对赌

陈楫宝 著

贵州出版集团
贵州人民出版社

图书在版编目（CIP）数据

对赌 / 陈楫宝著 . -- 贵阳 : 贵州人民出版社，
2024.6
ISBN 978-7-221-18325-5

Ⅰ．①对⋯ Ⅱ．①陈⋯ Ⅲ．①长篇小说－中国－当代
Ⅳ．① I247.5

中国国家版本馆 CIP 数据核字（2024）第 091336 号

对赌
DUI DU
陈楫宝 / 著

出 版 人	朱文迅	
责任编辑	张晋萍	
出版发行	贵州出版集团　贵州人民出版社	
地　　址	贵阳市观山湖区中天会展城会展东路 SOHO 公寓 A 座	
印　　刷	小森印刷霸州有限公司	
版　　次	2024 年 6 月第 1 版	
印　　次	2024 年 6 月第 1 次印刷	
开　　本	787 毫米 ×1092 毫米　1/16	
印　　张	25	
字　　数	373 千字	
书　　号	ISBN 978-7-221-18325-5	
定　　价	68.00 元	

楔　子

"方远，说话方便吗？……OK，我手头有一个亿，你帮我在华尔街找个有经验的操盘手，尽快把资金安全地转移到境外。"接到石文庆从国内打来的电话时，秦方远正在哈德逊河一艘灰白色的摆渡船上争分夺秒地打盹儿。

现在是早上六点多，天空刚刚泛白，自由女神在晨曦中举着火炬，精神抖擞。

"什么？你有一个亿？！美金还是人民币？你回国才几年啊！"已经入秋，河风夹杂着寒意吹过来，秦方远打了个激灵，"这还不简单吗？买房置地，直接投资，或者通过地下钱庄转移到离岸公司，花钱的招数很多啊——你可是哥大 MBA（Master of Business Administration，工商管理学硕士）出身呢！"

"当然是人民币啊！我回国才三年，怎么可能搞到一个亿？是一个处级官员的，在垄断行业专管审批。我帮他理财，就是那种钱，你懂的，想转移出来漂白了。"

秦方远一听，全明白了，他本能地看了下周边的人。这条船上，坐着不少华尔街未来的富翁和金融界宠儿，也许因为说的是汉语，除了声音大引起些许关注外，他们都在忙着打盹儿或者敲打电脑、玩 iPad（苹果平板电脑），没有什么人关注这个年轻的亚裔小伙子在电话中说什么。秦方远转身跑到外面的甲板上，压低声音说："这事儿有风险，你怎么也干这事儿啊？华尔街确实有帮朋友在专门搞这些勾当，不过佣金挺高，至少 20%。"

"哈哈，我就知道找你靠谱儿。华尔街嘛，只要有暴利，这些人都可以去杀人放火了。马克思不是说过吗？如果能获得 50% 的暴利，资本就可以铤而走险；如果能获得 100% 的暴利，资本就敢于践踏人间的一切法律；如果能获得 300% 的利润，资本就敢冒被杀头的危险。"

"你少跟我贫啊！这事儿得稳妥，否则宁可不做，别把我朋友一起给害了。"秦方远说完，就在心里嘀咕一句：大清早的，说什么杀头之类的话，也忒不吉利。

石文庆嘿嘿一笑："佣金当然没问题，潜规则我懂，只要安全、稳妥、迅速。这个官员也是海归，明事理，守规则，愿意出这笔费用。如果是土鳖，我就懒得操这份心了，这种人一听要出这么高的佣金，还不如让人直接杀了他呢！他们也根本不会盘算弄到这些钱自己付出啥成本了。"

快挂电话时，石文庆抢着说："我很快会过去找你谈另外一件很重要的事。你整天在华尔街混，离故国很远，思想已经很土了，国内现在都在热火朝天地忙着造富呢。"

挂了电话，秦方远站在甲板上，迎着清凉的晨风，起床时梳得格局鲜明的头发被吹得有些凌乱。望着迎面而来的曼哈顿，一排排巨楼在晨曦中巍峨地耸立，秦方远突然想到了一个词——over-qualified（大材小用），这个词用在老同学石文庆身上恰如其分。

目录
Contents

第一章

疯狂造富

这是最好的年代，也是最坏的年代。是个人就谋划着创业、融资、上市，千万富翁层出不穷，机遇千载难逢！你是继续在惨淡的华尔街耗费大好青春，还是回国用青春赌明天？

1. 100 倍市盈率盖过华尔街

这天下午，秦方远正在摩根士丹利的总部大厦里忙着手头的活儿，突然接到石文庆的电话。他火急火燎地说，自己现在就在曼哈顿百老汇，让秦方远赶紧过来。秦方远一阵疑惑：这家伙怎么说来就来，也不提前打声招呼？

秦方远在美国已经待了五年，从美国常春藤名校普林斯顿大学金融专业毕业后直接进入摩根士丹利总部工作。走在两边高楼林立、不到一英里长的华尔街，抬头望着一线天，这个一米八多的小伙子，时而感到很渺小，钢筋水泥垒砌的建筑物把空间压缩得局促、狭小，人类就像一只只蚂蚁被踩在脚下；时而也会感觉很强大，穿梭在这条街上的人，掌握了全球多少财富！自己迟早会成为他们其中的一员，想到这儿，他的梦想充盈着胸膛。尤其是拿到摩根士丹利的录用函，第一次以一名正式的华尔街员工的身份穿梭在这条街上的时候，他雄赳赳，气昂昂，就像华尔街投资银行家的梦想触手可及。

梦想是有保鲜期的。一段日子后，他总结出这句话，自己都觉得很精辟。

接到石文庆的电话后，秦方远赶快收拾好办公桌上的用品，打卡下班。在坐电梯下楼的过程中，石文庆的电话又追过来，问他到哪儿了。

"催什么催啊，我在电梯里呢。"秦方远很不习惯在拥挤的电梯里接听电话。苹果手机的铃声似乎千篇一律，人们都懒得去折腾，直接采用了出厂时设置的铃声马林巴琴。因此在手机铃声纠缠不休的响声中，同梯的其他人也习惯性地低头翻看自己的手机是否有来电。并且，在逼仄的电梯空间里，白领们自觉地尽量不接听电话或保持沉默，不像在国内任何场合国人都习惯信手接打电话，旁若无人地嚷着说话。在这种窘境下，石文庆连续拨打了三次电话，秦方远摁掉了两次，刚摁掉电话又响起，直到第三次，他硬着头皮摁了通话键，压低声音说："马上就到。你小子怎么说来就来？之前没见你办事这么积极啊。出国之前怎么也得打个电话通知一声吧！你总是喜欢搞突然袭击。"

放下电话，想起石文庆的绰号"西门庆"，秦方远哑然失笑，刚才还有的一些不快转眼便烟消云散。这个绰号还是在国内念本科时，班上同学票选的，不仅谐音，而且还是石文庆那些花花事儿的真实写照。

转眼间，秦方远从摩根士丹利的大厦出来，快步拐弯，远远就看到石文庆那颗硕大的脑袋，剃着板寸，在阳光下格外醒目。他一袭黑风衣，戴着墨镜，在那儿东张西望，晃来晃去。

石文庆迫不及待地冲上来，给秦方远来了一个结结实实的熊抱："哥们儿，三年不见，你在华尔街混得人模狗样的。瞧瞧，这走路姿势，西装革履，人家都以为你是华侨二代呢，其实还不就是来自中国山沟沟里的一个穷小子。"

秦方远的情绪一下子被这种调侃感染了，也顾不上风度，顺势擂了石文庆的胸口一拳："今天怎么打扮得像个亚裔黑社会啊？"

"像吗？我也就衣服黑了点，肤色可不黑。"

"你的心没黑就好。你跑到纽约就办那事儿啊？不是给你介绍了人，你们正在联系办理吗？"

石文庆单眼皮的小眼睛夸张地扫了眼四周，白人黑人黄种人棕色人，从身边穿梭而过，个个行色匆匆，男的女的高的矮的胖的瘦的，都目不斜视，他心想：都金融危机了，大家都还那么忙着呢。他们也无暇顾及这对小伙子在嘀咕或密谋什么。石文庆收回瞬间走神的思绪，他盯着秦方远，郑重其事地说："那事儿办得差不多了，这次顺便过来感谢你。最主要的是，有更重要的事情找你密谋。"然后，他眨眨眼，刚才那副故作严肃的样子不见了。

秦方远一听就乐了。"跟我有啥关系啊？别出事了把我牵进去就行，我怕心脏扛不住哦。"秦方远右手拎着公文包，左手往左胸轻抚了下，开玩笑地说。

"你不是从小就练岳家拳，身体强壮吗？走，我们吃饭去，边喝边聊。"

秦方远逗他："去老地方'成都印象'吧？"

"去五粮液川菜馆。"石文庆张口就来，不容置疑。

"成都印象"是他们当年留学美国时去得最多的川餐馆，靠近中国驻纽约总领事馆。整个纽约市的中餐馆都偏少，唐人街虽然有几家装修考究的川菜馆，但做的菜不地道。当年跟着中国的地方官员或者商业考察团混吃最多的就是在"成都印象"和靠近曼哈顿洛克菲勒中心的五粮液川菜馆，那菜做得才叫地道。"成都印象"的条件不敢恭维，空间局促，设施简陋，中国来的官员在这里吃请，总是抱怨资本主义国家的中餐馆怎么这么不上档次。其实，这已经是纽约最地道的中餐馆之一了，虽然价格高，一盘毛血旺都要 30 美元，还天天爆满呢。

"知道你的小心思，不过我告诉你，那个湘妹子早就不在了。都三年多了，人家早就嫁作商人妇，怎么会傻傻地一直原地等你？你就别惦记了。"秦方远边开路边揶揄他。

"我是百花丛里过，片叶不沾身，你就别瞎操心了。"石文庆扬扬自得的劲儿，三年不见，丝毫未减，正所谓江山易改，秉性难移。

他们在五粮液川菜馆中心坐下，石文庆慢悠悠地脱下风衣，递给秦方远——他背后有个简易的挂衣钩。秦方远扫了一眼，Burberry（博柏利）。石文庆自嘲般解释说，虽然博柏利在英国已经沦落为小痞子的标志性行头，但在中国可是一个巨时髦的牌子。

　　他强调说："我可不是啃老族啊。当年在美国念书，我是真的不愿意刷盘子，确实花了老爷子不少银子，但现在可是自力更生。"

　　"看来真应了'士别三日当刮目相待'那句话。"秦方远接话正色道，"你那钱挣得可是冒大风险了。"

　　石文庆不屑："你说这类钱？确实有风险，但舍不得孩子套不住狼，高风险高收益是孪生兄弟。不过，我也就是业余搞搞，兼职的。"

　　"你这身打扮，让我想起了当年我们在美国读书时，你推荐我看的那部网络小说《回国驯火记》，就是美籍华人安普若安校长的大作。那个主人公包博，你模仿他可真是不遗余力！"

　　"那是我回国后学习包装的《圣经》。不过，那只是小说，现实生活可比那精彩多了。"

　　开始点菜，秦方远说："今天我得尽地主之谊吧！你随便点。"说到吃饭，秦方远心里一直过意不去，当年上学没少蹭石文庆的饭局。

　　石文庆也不客套，三下五除二就点好了。秦方远一看，还是石文庆最爱的那三道菜——麻婆豆腐、毛血旺和水煮鱼。这个口味重的习惯，他至今没有丝毫改变。

　　石文庆点好菜，喝了口普洱茶，四处张望。

　　秦方远一看就知道他在干什么，说："别找了，那个湘妹子真的嫁人了。你都三年不跟人家联系了，你还真以为有跨越时空的爱情啊？再说，就你那德行，拈花惹草片刻不空闲，人家凭什么等你？"

　　"不是，一年前我们还联系来着，也没跟我说要嫁人啊。你说的是真的假的？"石文庆半信半疑。

　　"骗你干吗？人家嫁到迪拜去了，男方是石油大家族，据说还是Burj Khalifa Tower（哈利法塔）的股东之一。这段姻缘在华人圈里还被传为'财子佳人'的一段佳话。"

　　"×，什么'财子佳人'？嫁到那地方，人家男人可以娶好几个老婆，有她的好日子过吗？"石文庆似乎痛心疾首。

　　"不说她了，嫁人是人家的权利。你在国内也没闲着。对了，那个

对 赌

天津妹子咋样了？你把人家肚子搞大又始乱终弃了吧！"

一听天津姑娘，石文庆脸上就有些挂不住了。那姑娘可是中国国航的空姐，石文庆坐头等舱时泡上的。刚泡上的时候，石文庆还跟秦方远炫耀说那个小姑娘是 1987 年的，是个小处女，得意得不得了。后来他把那小姑娘的肚子搞大了，一个要嫁，一个不娶，两人没少折腾，这是石文庆在越洋电话和 MSN（Microsoft Service Network，微软公司推出的即时消息软件）中跟秦方远痛诉最多的事情。

"我们是有爱情的，你有过在人家窗前守候整整一晚上的经历吗？"

秦方远双手抱拳，做佩服状："哈哈，这话我听多了。我还知道某人在杭州出差，在北京的姑娘说想吃草莓，某人立马打的赶到温州亲自采摘，又连夜赶回北京送到姑娘手上，把那姑娘感动得当晚就以身相许。不过这是某电影学院彼姑娘，可不是此空姐哦。"

石文庆有些生气了："哥们儿可不是来讨气受的。再说了，我那些事情也就跟你唠叨唠叨，你怎么拿出来调侃我啊？"

秦方远立即打住，呵呵一笑了之。

石文庆也不是善茬儿，转头调侃起秦方远来了："乔梅快硕士毕业了吧？那你们俩就可以夜夜笙歌，不用再过牛郎织女的生活了。"

"她已经念博士了。"秦方远赶紧转移话题，"先别谈她，你回国这三年混得怎么样？平常电话里也没有觉得你咋的了，但今天你这个样子简直是脱胎换骨了。"

本科的同班同学中，石文庆和秦方远是同一年申请来美国读研的，而且相距很近，秦方远去了普林斯顿大学学金融，石文庆则去了哥伦比亚大学念 MBA，这个专业每年录取的应届本科毕业生很少，石文庆自己也认为是撞了大运。跟秦方远不同，石文庆毕业后就毫不犹豫地选择了回国发展。

喝口酒，秦方远又问："你这次除了办那事儿，还有啥事儿来着？打算来华尔街抢花姑娘？"

美国雷曼兄弟倒闭后，誉称金砖国家的中国、俄罗斯、巴西、印度纷纷涌向美国华尔街，既抢钱又挖人。国际金融危机爆发，热钱四处寻找安全地带，人才价格也便宜。

石文庆一听就乐："这句话你还真说对了，我是来抢人的。"

石文庆回国后并没有回湖南衡阳接管家族企业，而是在北京选择了一家投行公司，主要做项目中介。这家公司的老板是李宏。

李宏这个名字让秦方远肃然起敬。美国一些商业杂志经常会出现关于他的报道，比如回中国创业之前，已经在美国硅谷创建了一家提供领先的局域网服务的企业，并成功在纳斯达克上市。他还是华夏资源科学技术协会的创始会长，这个协会是由在硅谷的企业家和中国最优秀的企业领袖组成的高科技企业家协会。

李宏创建的华夏中鼎投资集团以提供投融资顾问为主业，帮助准备在纳斯达克上市的公司成功运作前期 VC（Venture Capital，风险投资）和 PE（Private Equity，私募股权投资）融资，还运作一些中国公司在纳斯达克上市，在华尔街华人圈的名头较响。这次，他们跑到美国，转了旧金山和洛杉矶，去了硅谷和华尔街，寻找一些 LP（Limited Partner，有限合伙人）出资人，打算自己成立一只基金做投资。

秦方远拿起石文庆的名片：华夏中鼎投资集团公司投资总监。这个职务翻译成英文是 Associate（投资经理或投资总监），而秦方远至今还是个 Analyst（分析师）。

石文庆有些得意地说："我明年就可以干到 VP（Vice President，副总裁）了。"

秦方远看着石文庆的样子，半带嘲弄地说："Associate 在华尔街就是一个普通随员，一个跟班的，翻译成中文也就是个投资经理，哪是啥投资总监啊？也就骗骗国内那些土老板。"

石文庆有些尴尬，抢过名片，有点儿孩子气地嘟囔："你等着，不出三年，我就是 MD（Managing Director，董事总经理）。"

秦方远一听就乐："知道什么叫 MD、PE 和 ED 吗？学医的嘲笑说，你们千万别告诉我你在一家 PE 公司担任 MD 或者 ED 什么的，来看看吧，PE 是 Premature Ejaculation（早泄），MD 是 Muscular Dystrophy（肌肉萎缩症），ED 是 Erectile Dysfunction（阳痿）。"

石文庆还未听完就笑得要喷饭，用手指着秦方远："你小子那么端庄的一个人，怎么也变得风趣了？"

秦方远待石文庆笑完，转向正题："你们公司的业务不是投融资顾问吗？怎么想起自己搞投资基金了？"

"投行经纪业务是我们的强项，但现在做基金也是好时机，我们两手抓，两手硬。这些年公司积累了一些企业资源，成立自己的基金方便跟投。"石文庆喝了一口白酒，刚进口就吐出来了，"什么味儿啊，这还是酒吗？"他嚷嚷着要叫服务生质问，秦方远拉住了他，说这是改良酒，美国人哪喝得下高度的烈酒啊，你就凑合着吧。

石文庆擦擦嘴唇，朝着秦方远伸了下脖子："雷曼兄弟那么个庞然大物都倒了，大量资金涌向中国避险，中国又推出了创业板，知道平均市盈率多少吗？ 100 倍！世纪机遇啊！"

谈及业务，石文庆的脑子快速转动起来，这是哥儿俩共同的地方，秦方远曾经大言不惭地把他们的谈话定位为智者的对话。石文庆谈起中国资本市场来滔滔不绝，像一个在中国资本市场浸淫多年的老江湖，虽然他回国只不过两三年时间。在这一段时间，秦方远在华尔街按部就班地发展，做过分析师，也做过模型师，顺风顺水，也中规中矩。

分析师出身的秦方远对财务数字异常敏感，他抓住石文庆口中吐出的几个数字，脑子迅速启动了运算功能，以几何级的速度运转起来。

说着说着，石文庆突然伸长脖子，迎着秦方远质疑的眼光，一字一顿地说："哥们儿，我们的机会来了！"

这个机会与投资暴富有关，秦方远当然很清楚。当年还在普林斯顿大学念书时，分众传媒在美国上市，一夜之间诞生了无数个千万甚至亿万富豪，一串 VC 和 PE 从中获得了高倍数的回报。中国概念股异军突起，给这些华人留学生注射了一剂兴奋剂。

"国内 VC、PE 亿元规模以上的有 3000 家，其他小虾可能上万家，中国全民 PE，卖白菜的也倒腾 equity（产权）了，真是僧多粥少。国内的创业板推出来，一家女儿很多家抢，瞧瞧创业板估值，个个挣嗨了。"石文庆说，"你们华尔街制定了规则，但这个规则在国内已经被抛弃了，都疯了。比如零售业，一般以市盈率（Price to Earning Ratio，P/E ratio）或市销率（Price to Sales Ratio，P/S ratio）估值，但你知道现在国内怎么估值吗？普遍采取总流水倍数，即 GMV（Gross Merchandise Volume，商品交易总额）乘以倍数。玩法就是凭概念融钱，烧钱买广告，冲营业额，用更高的营业额融更多的钱，融了钱再砸广告。你自己都会看得目瞪口呆。"

秦方远深为怀疑："这是虚假繁荣！难道投资人都疯了？不按规则出牌，迟早会吐出来。"

当然，秦方远在华尔街也感受到了中国话题的温度。几乎是一夜之间，原来门庭冷落的专事中国研究的华尔街分析师、基金经理、宏观经济学家成了抢手货。

有一次，一个普林斯顿大学的学长来访，澳大利亚人，在联合国做事，他们喝着咖啡闲聊。这位外交官对中国影响力有过一段形象的比喻：在国际事务上，谈大事，他们要看两个国家的脸色，一个是美国，一个是中国。表决一件事情，先看美国脸色，美国同意了，再看中国脸色，如果中国也同意了，他们就喝咖啡去。为什么？两位大佬同意了还有啥谈的？如果两个国家意见相左，他们也喝咖啡去。为什么？两位大佬意见不统一，谈了也白谈。

石文庆打断秦方远的思维扩散，突然问了一句："还记得我们班上的钱丰吗？"

"当然知道，还不是一般熟悉，我们还在同一个宿舍。"秦方远脱口而出，随即他对石文庆挑起这个话题提起了警惕，"你提他干吗？"

"嘿嘿，你紧张啥，这么多年过去了，你还疙瘩着呢？知道你们当年一怒为红颜差点儿干起来，人人皆知啊！知道吗？你们的女人胡晓磊谁也没嫁，嫁给了一个海南商人，在北京做传媒。你也别抱怨美女嫁作商人妇，环境使然也。你出国后，钱丰以为自己有戏，就猛追胡晓磊，结果她很快就把自己嫁出去了，把自己变成绝缘体，一点儿机会都不给钱丰。钱丰只好找了个北京二外毕业的，对方结婚不到一年就一个人跑到国外读书，他在国内又成了孤魂野鬼，多郁闷啊！"

"什么叫我们的女人？再说，都过去多少年的事了，怎么说起他们啊？"秦方远知道提到钱丰就会扯到胡晓磊，迅即抗议制止。他端起一杯酒，碰了下石文庆的酒杯："喝酒喝酒，喝酒还堵不住你的嘴啊！"

那些青春过往，是秦方远心底的一块伤疤，在最柔软的地方是最脆弱的一块。

石文庆不接秦方远的话茬儿："你别急，你那点儿心眼儿我知道，待我慢慢讲。钱丰台球打得棒，你也知道，不是吹，如果当年他也走台球专业路线，说不定就没有后来的丁俊晖了。这个你该承认吧？全校无敌手。有一次我们跑到学校东门那家台球馆参加比赛，他还给我们俩赢了辆山地车，我们骑着这辆车跑到华师去泡妞。"

"那是你，我只是陪衬。"

"哈哈，我到现在也不明白，你都一米八多的大高个儿，我还不到一米七，我怎么出去泡妞总是拉上你啊？这不是自暴其短吗？不过，我可是无一失手啊！"聊到这个话题，石文庆自鸣得意，"先不说那个。知道钱丰现在在干吗？这小子毕业后就去了深圳一家创投基金，真是邪门儿了，这小子去了后咋就运气那么好。不知道他通过什么关系帮助老板投了一家做移动软件的企业，在创业板上市，他个人按照收益的 1.5%拿佣金，一下子拿了三百多万。

"还有一个更绝的项目。一个做数据库营销的 80 后，不知道通过什么手段搞到了宝马、奥迪和 LV（Louis Vuitton，路易·威登）等高端商品的客户资料，将这些资料分门别类，建设了一个专业 IT（Internet Technology，互联网技术）营销平台，搞二次精准营销，迅速崛起。刚起步的时候，有六家 VC 看过，都说感兴趣，却迟迟不投。结果，一个偶然的机会钱丰跟这家企业的老板打了一场台球，以球会友，两人一见如故。钱丰说服自己的老板快速决策投资，才300万人民币就占15%的股份，那笔投资简直就是天使啊！不到一年的时间，这家企业估值10亿人民币，当初那些没投的投资方后悔死了，最后以高出当初20倍的溢价进入。钱丰这小子，现在非常得意。"

"这个题材爆发力很强。美国也有类似的公司，刚刚在纽交所上市，天使投资人获得了八十多倍的回报。"秦方远情不自禁地对这两个项目进行类比。

"钱丰牵头投资的这个项目肯定会创造超过100倍的溢价神话！"

听到这句话，秦方远猛地灌了一口酒，辣得咳嗽起来。

学金融的人有一个共同的德行，提到高回报率就如同男人服了伟哥一样全身亢奋。有人说，学金融或MBA的人就一根筋，那根筋就是投资回报。秦方远听到超百倍的回报率，有着本能的异常兴奋，但知道这个交易的主导者之一后，反而兴奋不起来了。

前几天，他们公司的同事还聚在一起讨论类似的IPO（Initial Public Offerings，首次公开募股）案子，动辄上百倍的回报率，让洋人们叹为观止。这在西方极难一见，在中国则屡见不鲜。

"现在，套用狄更斯的那句话，'这是最好的年代，这是最坏的年代'。是个人就谋划创业，每个人都琢磨着融资、IPO，以期一夜暴富，千万富翁层出不穷。"石文庆没有注意到秦方远瞬间的情绪变化，他满腔热情地趁势发出邀请，"你是愿意继续在惨淡的华尔街耗费大好青春呢，还是顺势而为，回国大干一场，用我们的青春赌明天？"

石文庆的这句话，学的是乔布斯。当年，乔布斯如此邀请百事可乐的首席执行官约翰·斯卡利（John Sculley）加盟："你是卖一辈子糖水，还是一起改变世界？"

秦方远怦然心动。

对老同学这突兀的邀请没有任何思想准备，秦方远怔怔地看着眉飞色舞的石文庆，陷入了沉思。

在石文庆滔滔不绝的分析中，秦方远明显感到热血上涌，心跳加速，他激动起来："回去？"

"我个人认为，现在国内涌起两波热潮：一是当下的液晶媒体的细分市场。只要稍具规模，就有十多个 VC 在排队见老板，有的老板根本不见，或者上来就是一口价，几个亿，认可就投，不认可就拉倒。不就挂几块屏吗？还个个牛气冲天。分众传媒在纳斯达克上市以后，只要是有人的公共场所，统统都被'分众'了：机场、车站、广场、商场、餐厅、酒店、楼顶、墙面、公路沿线、飞机、火车、地铁、公共汽车、出租车、厕所等，像做机场的航美传媒上市了，做地铁的华视传媒上市了，做医院的炎黄健康传媒也在准备上市。两年多的时间，户外新媒体投资发生几十起了，涉及金额将近 10 亿美元，这些后来者们都在各自的领域内跑马圈地。

"二是即将崛起的团购。中国经济发展的三辆马车——投资、贸易和消费，投资和贸易发展乏力，国家肯定会促进消费领域的发展，最有希望的就是消费。消费模式创新，比如团购打折，这个在美国已经兴起，我们都判断中国也会马上刮起这股旋风，已有几家类似模式的公司拿到了 VC 投资。属于我们的机会来了！"

石文庆激情澎湃地说着，秦方远也深受感染，脑子迅速地运转。在听石文庆描绘的间隙，秦方远跟服务生要了盒酸奶，喝酸奶是他思考问题时的习惯性动作。

石文庆顺势握住秦方远的手，胸有成竹地说："我早就替你找好了下家。别在华尔街混日子了，回吧，哥们儿一起搞点儿事情，过了这个村可就没有这个店了。"

秦方远当然理解这句话的分量。这样的机会，也就只有"金砖国家"才会有，在这些国家，机会收益就像一根波澜壮阔的曲线，一路向上。而在欧美国家，在国际金融危机之后，这根线平行延伸，甚至下滑。就像日复一日的两点一线（办公室到家）工作生活，梦想保鲜期过后，他似乎看到了自己未来的日子，平淡得像一潭死水，波澜不惊。

石文庆给秦方远找的下家是铭记传媒。

"转会费 100 万人民币，也就是给你在国内的安家费；年薪 120 万；最重要的就是期权，管理层的期权池（Option Pool）有 10%，你可以分得一杯羹。怎么样？"石文庆直接开出条件，他当然大概知道秦方远目前在华尔街的这个岗位年薪是多少，"我来之前已经和对方的老板敲定了。回中国，你也许遗憾一时；不回中国，你会后悔一辈子。"

秦方远听了这个条件，有些心动。不过，略作思考后，他提出了一个更苛刻的条件：希望自己能获得占总股比 10% 的期权。

石文庆满心欢喜地等待秦方远笑逐颜开、欣然应允，对秦方远提出的这个条件一时惊愕："华尔街真是个大染缸，个个都是金钱动物，你小子才混几年啊，就学他们狮子大开口？！"

秦方远嘿嘿一笑："高风险高收益嘛，谁知道回国后会是啥样呢？必须降低机会成本啊。"

石文庆略微思索，强调说："这个数字我还得回去跟对方老板核实。"

不过，秦方远一听说回国加盟的公司老板是个女人，立即打退堂鼓。孔子曰：唯女子与小人难养也。

"这个张总可完全不一样，她是女人中的男人，而且还是极品女人。"石文庆说，"做事豪爽，出手大方，情商很高，肯定不是你想象中的一般女人。"他悄悄地和秦方远说，"这个人有很深的背景，否则怎么可能做到现在这么大呢？"

2. 回国，还有青春可以赌

上午十点，纽约肯尼迪国际机场。

挤进办理登机牌的队伍，秦方远满头大汗。他一手推着行李车，一手牵着女友，左冲右突，心里直想骂人。纽约连续一周大暴雨，百年一遇，很多航班都取消或延误，候机大厅快成集中营了，塞满了黑人、白人、黄色人、棕色人，操着各种语言叽叽喳喳。

乔梅一言不发地紧跟着秦方远。运气还算不错，秦方远回国的这趟航班正点，办完登机手续，他长吁了一口气，这个粗心的年轻男人根本没有注意到身后女友的情绪变化。

就要进安检了，秦方远放下行李包，和送行的女友乔梅拥抱、吻别。突然，他"哎呀"一声惨叫，惊动了机场全副武装的安全员，他们正在不远处像猎犬一样四处逡巡。黑人警察风一样跑过来："What?（怎么了？）"

秦方远用手帕纸蒙着嘴唇，鲜血从嘴角流下来，像一条纤细的蚯蚓。他痛得弯下了腰，用纸擦了下血，然后缓慢地站起来，对跑过来的黑人警察摆摆手："All right, thank you!（没事，谢谢！）"

他抬头，看到乔梅眼睛射出冰冷的寒光，狠狠地瞪着他。

"你跨过去，就是另一个世界。那边，是你的世界；这边，是我们俩的世界。"乔梅，像护卫着自己的家和山洞的母狼，舔了一下嘴唇，上面还带有秦方远的血的味道。"你走了，就是永远走了。"

说到最后，她的冰冷语调中隐隐多了些哀怨的味道。

乔梅越是冰冷，秦方远的心越像针扎一般，他微闭上眼睛，无奈地摇摇头。他的脑海里忽然浮现出一个场景：一个满脸胡茬儿的老男人，在舞台上声情并茂地、哀伤地唱着《黄昏》："依然记得从你口中说出再见坚决如铁／昏暗中有种烈日灼身的错觉／黄昏的地平线／划出一句离别／爱情进入永夜……"

恍若隔世。五年前，也是在机场，另外一个女孩子为他送行，同样的哀伤，同样的怨恨。虽然，那次是女孩子偷偷地前来送行，但在转身的一刹那，他看到了不远处那没来得及躲闪的眼睛，眼睛里噙满了泪水。他没有回头，没有停步，安检过关飘然而去。

想起这些，被喧闹和压抑的华尔街锻炼得不轻易动感情的秦方远鼻子发酸，有哭的冲动。

石文庆那次邀约，让秦方远的内心翻腾了好些日子。留下，还是回去？这是个问题。

"这是个绝好的机会。"师兄游苏林年长秦方远一轮，在华尔街 FT 投行做高管，做到这个位置最显著的特征就是房子。

送走石文庆后的一个周末，秦方远电话预约，游苏林难得地恰好在家休息，他们就约在家里面谈。

游苏林家在曼哈顿城中的一栋高档公寓。所谓高档公寓，就是那种三梯两户的错层设计，四面是观景玻璃窗。游家在第 66 层，取六六大顺之意。客厅里，卧室房门打开的时候，坐着旋转红木椅子转一转，曼哈顿的风景尽收眼底：南边，是自由女神高举着火炬，远远的，像一盏指天的神灯；东边，威廉斯堡大桥、布鲁克林大桥、皇后区大桥层叠起伏，一目了然；北边就是石文庆读 MBA 时的母校哥伦比亚大学；西边是位于哈德逊河对岸的新泽西州。

看到这个，秦方远觉得自己很憋屈。像众多留在华尔街的留学生一样，他们白天在华尔街工作，晚上住在新泽西，早晨和晚上得乘船摆渡过哈德逊河。相比寸土寸金的华尔街，新泽西的房租要便宜很多。

游苏林老辣，秦方远一进门就读懂了他脸上的表情。实际上，秦方远在电话中简要地跟他讲了下情况后，他就知道这个小伙子心里已经有了定见，只是需要一个人对他予以肯定。这个小伙子，文弱的外表下隐藏着倔强的一面。

自从在一次纽约同乡会上认识后，刚刚出道的秦方远就经常约游苏林在中央公园锻炼身体，还传授游苏林几套岳家拳，那是秦方远的家传，"三门桩""四门架""五法""六合"等套路古朴自然，紧凑严密，节奏鲜明，"浮如云出岫，沉似石投江"。游苏林感慨：广济岳家拳，国家非物质文化遗产，算是见到活物了！秦方远有些腼腆：嗯，一切皆缘分。的确，两人是地道的老乡，本科又都在武汉上的，一个是武汉大学，一个是华中科技大学，堪称武汉双子星座；诸种因缘际会让他们迅速发展成为忘年交。

"我唯一不确定的就是，中国的经济发展奇迹还能保持几年？"男人之间的谈话都喜欢直奔主题，谈的都是硬邦邦的话题，用不着寒暄。

游苏林想了想，没有直接回答这个问题："你那同学石文庆跟你说的是实话，形容这个时候中国的机会为'千载难逢'并不过誉。我经常阅读有关中国的报告，我个人认为，有三个方面值得关注：一是中国中央政府实行重商主义政策，各地方政府也均在高调招商，在税收、土地、资金等方面的支持力度很大；二是 VC、PE、IPO 等在资本市场推波助澜，各种创业、投资、造富的神话层出不穷，Chinese Dream（中国梦）的时代到来了；三是中国的近 14 亿人口已经把这个世界工厂催熟成全球最大的消费市场，这种巨量级的市场将会孕育出全球规模最大的企业。"

秦方远听完这番话表现出了本能的兴奋，来到华尔街工作后已经被训练得不苟言笑的他变得轻松起来，有些没心没肺地笑了，笑得无拘无束。

游苏林说："你其实心里早就想清楚了吧，在我这里找肯定来了？"

秦方远的脸微红："我怎么想的总是逃不过你的眼睛，姜还是老的辣。其实我已经在计划办理辞职，这次来一是向师兄请益，二是顺便向师兄告别。"

"很好，还记得我之前跟你说的那番话吗？"

"当然记得：一个男人在 40 岁之前爱干吗就干吗，经历得越多就越有价值。怕什么？不要前怕狼后怕虎。"

"这句话是多少人的后悔和遗憾成就的真理。你还问我，我为什么不回。我是错过机会了，性价比没有你高。我老婆、孩子、房子、位子都在美国，要想走，牵一发而动全身，难啊！我甘愿接受这种状态吗？哈哈。I know you don't like it, but have to live with it.（我知道你不喜欢，但不得不忍受它。）"

秦方远之前听说过，游苏林的一个下属回国后混得人模狗样的，据说在国内的金融圈里地位不一般。华尔街的考核制度非常严格，就像海尔的张瑞敏当年推行的末位淘汰制一样，华尔街每年一评，五个等级，五颗星星。优是五颗星，良是四颗星，三颗星勉强及格，两颗星则直接淘汰。恰好国际金融危机爆发那年，那个人得了三颗星，FT 投行大幅度裁员，他就灰溜溜地回家去了。走的那天，游苏林拉上秦方远给他送行。在肯尼迪国际机场，那人灰头土脸，萎靡不振，游苏林再三安慰他回国会大有作为。秦方远当时看着那同胞颇有感触，想着自己会不会也有这一天，被动离职？

"河东河西啊！"游苏林一句随意安慰之言一语成谶。前不久，这位前下属手握着几十亿元的大单子跑过来找 FT 投行老板谈合作，很是给游苏林长脸。

从游苏林家里出来，秦方远就决定了，接下来是如何跟女友乔梅说。

乔梅还在马萨诸塞大学上学，刚刚念博士一年级。秦方远是乔梅的第一位男友。乔梅一直怀有一个纯净到近于迂腐的梦想：找一个一心一意相爱的人，以身相许，相濡以沫，从一而终，"执子之手，与子偕老"。因此，在来美国读研之前，也许是看过太多身边朋友出国即分手的悲剧，乔梅坚持独来独往，把第一次真正的恋爱留给了秦方远。

乔梅从来没有想过他们也有分离的一天，她一直小心地呵护着自己的男友，一直做着未来两人共同的 American Dream（美国梦）。他们曾经憧憬过，在美国只要经过自己不懈的奋斗，就能获得更好的生活。因此，奥巴马当选总统那天，他们在租住的公寓里举杯庆祝，也是那一次，秦方远第一次发现这个北京女孩海量，秒灭他这个南方大老爷们儿。

秦方远先她一年硕士毕业，和其他一些师兄师姐毕业就回国的选择不同，秦方远顺利地留在了华尔街，给乔梅吃了颗定心丸。

秦方远心里一直忐忑不安，不知道该怎么和乔梅说。他太了解这个北京大妞，聪明而固执，认准了一个目标就一头走到黑。

高三时，学校要保送她上中国人民大学，这位北京市级"三好学生""十佳中学生"却执意要参加高考，说要尝尝千军万马过独木桥的滋味,不考人生会有遗憾;高考填报志愿,满页纸只有一个志愿——清华大学,后来如愿;来美国读研,只申请了一所大学——马萨诸塞理工学院,未如愿,直到申请期限的最后一刻,她才慌了神,匆忙申请马萨诸塞大学。自此,这个超自信、土生土长的北京女生的自信心才开始一点点滑坡。

秦方远还记得和她第一次欢爱的情景。当他们极尽缠绵地完成了所有前奏,秦方远手忙脚乱地就要对最后的高地发起冲刺时,乔梅突然异常冷静地顶住他的长驱直入,压抑着兴奋,冷静地问:"你会一辈子爱我吗?"

秦方远毫不犹豫地回答:"会!"

"你不会吃了香蕉吐了皮吧?"

秦方远没想到在这关键时刻乔梅还能有如此形象的形容,彻底让他"I 服了 you"。他在燥热和巨大的期盼里,仍能应景地回答,用坚决、快速的语调说:"不会!我就喜欢香蕉皮!"

乔梅盯着他的眼睛,显然,她被秦方远肯定的回答和热烈的情绪感染了,整个身体瞬间松弛,迅速燃烧起来,在秦方远的臂弯里,她整个人瞬间坍塌了。

事后,秦方远才知道乔梅为什么如此慎重,因为他是她的第一个男人。

乔梅几乎把自己的全副身心都寄托在这个男人身上了,包括美国梦。所以,当秦方远跟她说出回国的决定时,她先是愕然,然后震惊,继而从喉咙里发出一句毫不妥协的声音:"No!(不!)"

接下来就是无休止的争吵,从秦方远提出离职申请到获批,再到预订回国机票、打包行李,乔梅全程干涉但一无所获。

秦方远回国的前一天下午,乔梅专门从马萨诸塞州的阿默斯特开车六个多小时长途奔袭赶到纽约,她想做最后的努力,拯救他们之间的爱情。乔梅很清楚,她是铁定不回去的,如果这次放手,那就意味着秦方远以后就不是她的秦方远了。每当想到这个,乔梅就心里难受,痛哭,直到无泪可流。也许这是女人的共性,对自己的第一个男人总是那么在意和难忘，即使多年后发现对方是一个无赖，也认为最初的爱是那么铭心刻骨。

最后一个晚上，乔梅没有上床，她坐在沙发上，安静地抚摸着躺在沙发上、把头搁在自己怀里的男友，哼着儿时的摇篮曲给他催眠。他们没有任何力气争吵了，彼此已经筋疲力尽。她没有哭泣，泪水已经干涸；没有吵闹，甚至连说话都没有大声，语气轻飘飘的，像从遥远的亚马孙河漂流过来，空洞而没有人间气息。

睡到半夜，秦方远醒了，他看着耷拉着脑袋、抱着自己打瞌睡的乔梅，有些心疼，坐起来，轻轻地移开她的手，靠近她，并伸手抱紧她。乔梅醒了，她怔怔地看着秦方远，看着他从沙发上下来，然后抱着自己进了里间，把自己轻放到床上。这是多么熟悉的动作！然后，她看到秦方远在宽衣解带，给自己，给她。她仰躺在床上，等待着一个温暖的场景，等待着他俯身过来的吻，那么温厚、柔软，她习惯性地闭着眼，享受着他的舌头在里面轻柔继而疯狂的搅动。也许是迷糊中的习惯动作，她闭着眼迎合、热吻，身体很快燃烧起来，她不自觉地发出呻吟。忽然，她清醒了，看到一张熟悉而又陌生的面孔，她一侧身，猛地推了一把，秦方远从她身上滚了下来。他惊讶地看着她。乔梅说："我不舒服，不想要。"

乔梅的这个举动让秦方远心里发紧，他忽然有些担心了，不是担心她出现极端的意外，而是担心一种结局。相恋四年，在异国他乡，彼此已经融入，了解得很深了。

"你不是要做全球著名的投资银行家吗？你不是说华尔街才是你最好的归宿吗？你不是说一辈子陪我，等我毕业了，我们去佛罗里达看海，去温哥华滑雪吗？"曾经的一个晚上，乔梅说话的声音轻柔但掷地有声，简直让秦方远没有回击的余地，"你就是一个菜鸟，你以为你无所不能吗？！"

秦方远竭力抑制着内心的翻江倒海，宣泄着委屈和不甘心："我在华尔街就是一个小马仔。你知道，我是最底层的分析师，拿着最低端的薪水，我心不甘啊！混到高级金融分析师？至少要五年！从后台混到前台，交易所交易员？那得靠多大的运气！努力？我每天都要工作十八个小时了，周末也很少休息。在这个圈子，我们是得靠自己的智力和勤奋，但是再努力也需要运气。有两次，如果我的主管约翰听了我的投资建议，至少能挣数千万美元，我也至少可以拿到上百万美元的奖金，但是他还没有听完就否定了。他们后悔，我更后悔，这样的机会千载难逢。你以为我愿意住在新泽西吗？跟我同一年进这家公司的，他们是美国人，有先天优势，他们租的公寓离上班地点只有两个街区，溜达着就过来了。而我呢？要折腾半天，要摆渡、要赶车、要挤地铁。"

秦方远还隐瞒了一个秘密，就是回国的原始冲动，那是男人间的斗争。

秦方远费尽口舌，乔梅却不为所动。她心里就是固执地认为，他不应该回国，他们不能回北京。

北京，祖辈生活的故土，那里留有她惨痛的记忆。高二那年春节，她父亲从外地开车赶回来团聚，被一场车祸吞噬。噩耗传来，她浑身发冷、发颤，母亲当即晕倒，弟弟恐惧地哭喊，全家大乱。她是被北京培养又被北京送出去的优秀的孩子，故乡北京在她心里是一个复杂的情结，情感浓烈，爱痛相缠。虽然时过多年，长大成人的乔梅经常梦回北京，梦到父亲，梦到那条发生车祸的公路，心情总是在冰火两重天之间转换：热烈的怀念到噩梦般的痛楚，转瞬之间。

曾经，在一次波士顿北京留学生派对上，同学们也聊到要不要回北京发展的类似话题。有同学心有余悸地说，北京的空气糟糕透了，欧美外交官被派驻北京得增加大额津贴，申请者还不踊跃；北京已经不是他们的北京了，而是全国人民的北京，全民蜂拥而来，膨胀到居住人口达2000万，人满为患；北京是全球著名的"堵城"，从清华大学开车到王府井赶场晚饭局，路上耗费的时间都可以从北京飞到东京了。然后得出结论：这样的北京值得回吗？那时，乔梅还站出来发表了一番长篇大论予以反驳，充分发挥了她当年在清华大学担任某国际非营利性组织公关部长时练就的强辩口才，直接把对方辩晕，列举了北京一串串的好来。

此次，为劝阻秦方远回北京发展，乔梅风格大变，将那位同学列举的关于北京的一串串不好，全部拿来砸给秦方远。他感叹：果然屁股决定立场。时间可以改变一切。

秦方远深信人的欲望完全可以时移世易，梦想是可以与时俱进的，比如过去追求名校、学位、舒适的生活，现在追求机会。水往低处流，人往高处走，有什么错？哲人都说过，人最怕的不是欲壑难填，而是彻底没有了任何欲望，欲望是推动人类前进的动力。

在机场，秦方远竭力控制着自己的泪水，他抚摸着乔梅满头的乌发，把她拉进自己怀里，用力紧紧地拥抱着。乔梅像无辜的、受尽委屈的孩子，泪水终于涌了出来，像断线的珍珠，不可抑制地哗啦啦往下掉。

秦方远想起了许多年前在武汉街头，那个姑娘泪水在面颊上流淌，给他唱歌……那时候，秦方远还只是个毛头小伙子，木讷，不懂分离，感触远没有今天这么深刻。

秦方远笨拙地安慰乔梅："我会抽空回来看你的。回国对我而言是一个难得的机会，我请求亲爱的你，让我回去把项目做完。未来我们还有很长的路要一起走，现在分开一段时间，根本不会影响我对你的爱。"

乔梅只顾自己哭着。自古多情伤别离，不管有怎样的承诺，她都难以承受这样的分离。她在想，当初那些美丽的规划怎么突然就变成了泡沫？那些相依相偎怎么一下子就变成了决然分离？她不是不通情达理的人，可就是说服不了自己接受这样的现实。她开始质疑所有过往的真实性，甚至在心里隐隐意识到，自己在这个男人的心目中，原来是如此微不足道。她更加悲痛得难以自持。

她这一哭，秦方远手足无措。一些人从周边走过，但没有什么人停下脚步，也没有人歪头瞧一眼，他们脚步匆匆，没有人舍得花一点儿时间关注这对恋人的分离。也许两个年轻人的分别司空见惯，也许纽约，这座以华尔街闻名、由金钱铸造的城市，根本就不相信爱情的泪水。

这时，机场响起了提醒登机的广播，是秦方远的这个航班。他轻轻地推开乔梅，说："我得走了。"乔梅突然甩开手，头也不回地跑开了。在最后一刻，她都无法挽回这个男人的心，她后悔自己跟着来了。她委屈、抽泣的身影，让秦方远一时也恼恨，甚至烦躁起来。

秦方远看着乔梅从视线里消失得无影无踪，伸出的手很快就收了回来，紧紧攥着拳头。他暗暗对自己说：乔梅，我的选择是正确的。时间会证明一切。

是的。时间会证明一切。

3. 人人都跑到中国淘金

秦方远登机坐定，还沉浸在离别的伤感里，他用纸巾蒙着自己的眼睛。好了，既然选择了就不能后悔，就如此吧。想当年，考取普林斯顿大学金融专业研究生后，他就从来没有想过回国发展。有啥可回的啊，国内哪有市场经济环境，要么国企垄断，要么官僚资本，像他这种无根基、无背景、无资本的"三无"农村孩子，在国内难有作为，更遑论做什么投资银行家。不像石文庆，家底殷实，老爸好歹在湖南有家摩托车消音器企业，一不留神发展成亚洲最大的生产基地。

想起石文庆，秦方远的心情很复杂。一个月前，那句轻易击溃秦方远坚守多年的华尔街梦的话，就是从石文庆那上下开合的薄嘴唇里吐出来的："你是愿意继续在惨淡的华尔街耗费大好青春呢，还是顺势回国大干一场，用我们的青春赌明天？"至今想起来，还是那么激情澎湃。

他忽然想，是的，我是在以我们的青春赌明天，"我们"有我，也有乔梅。我把乔梅的青春也赌出去了。乔梅最终也一定是明白了这点。

飞机已经拉起，仰头向上，乘客顺势往后靠，失重让人空灵地飘起来。国际长途旅行，一些乘客坐定后就戴上自带的眼罩闭目养神。

秦方远的脑子不得片刻停歇，一会儿是乔梅，一会儿是公司业务，一会儿是石文庆，一会儿是即将回国加盟公司的女老板，甚至还想起了钱丰，在一个讲台上，镁光灯聚集，照亮了他那张得意张狂的脸，这家伙胖了吧？这些复杂、琐碎甚至没有逻辑关系的影像片段，一股脑儿地涌向他的脑海，怎么闭目养神都不能静下心来。秦方远使劲儿揉着太阳穴，竭力让自己静下来。

飞机碰上强大的气流旋涡，剧烈地颠簸。这趟航班是中国国际航空公司的，乘客十之八九是华人。国航的空姐一紧张，操着普通话就喊起来，嘱咐乘客系好安全带，不要在过道走动，要相信我们的机长，他有着近二十年的安全飞行驾驶纪录……由于颠簸得厉害，一个小男孩哇哇大哭，对抗着空姐急促的话语。

颠簸了大概十分钟，大家才随着飞行的逐渐平稳而平静下来。秦方远感觉到刚才心跳迅速加快，心脏要从口腔抛出来一样，有些难受。待飞行平稳后，他起身去洗手间方便，顺便放松下心情。

他刚走到过道的中间地段，距离卫生间还有一段距离，一位靠近过道的乘客突然转头对着过道呕吐起来，秦方远本能一躲，但空间狭窄，没躲过去，大叫一声："My God!（天啊！）"

秦方远的裤脚和皮鞋上沾满了呕吐物，散发着酸涩的味道，过道附近的人立即都捏住了鼻子。

秦方远心底烦躁，抱怨声几乎夺口而出，但眼角余光所及，看到是位姑娘，在美国多年养成的习惯顿时发挥作用，他勉力以关切的语调询问："Are you OK?（你还好吧？）"

那姑娘停止了呕吐，抬起头，好一张年轻漂亮的面孔，像极了香港演员李若彤，简直就是《天龙八部》中的王语嫣，只不过因为呕吐厉害显得有些憔悴。她看着身材高大的秦方远，有些紧张，对他道歉说："Sorry to trouble you.（给你添麻烦了，很抱歉。）"一口纯正的美国口音。

秦方远竭力表现出很绅士的样子，双手摊开，耸耸肩："That is all right.（没关系。）"他迅速往卫生间的方向跑，像是穿着西服的败阵斗士匆匆逃窜，狼狈不堪。

这时，机舱里传出一个四川口音的男声："咋吐得这么凶，肯定是情况反应咯。"然后是一阵放肆的浪笑。

"你们全家才都是情况反应！"

这句话尖利而响亮，不是多么标准的普通话，却是地道的中国式对骂。快到卫生间门口的秦方远循声回望，破口回击的正是刚才呕吐不止的年轻女孩。

随着骂声出口，那阵放浪的笑声戛然而止，也许他完全没料到，这句玩笑话当事人竟然听懂了，还惹来了毫不客气的回击。

秦方远冲进卫生间，用了几乎一卷纸擦拭掉秽物，又把脚放到水龙头下，细流潺潺，太考验秦方远懊恼的耐心了。

出了卫生间，秦方远走在过道上，明显感觉到有人别过头去，嗅到了比较浓的味道。没办法，就这样吧！秦方远无奈地摇摇头。

回到座位上，秦方远有些沮丧，怎么这么倒霉！想着想着，他索性闭上眼，慢慢睡着了。

从纽约肯尼迪机场直飞北京需要十三个半小时。秦方远也不知道睡了多久，由于长时间同一个姿势，醒后感觉身上酸痛，就打算伸伸懒腰活动下。过去由于公司的业务需要四处飞，如同空中飞人，他早就在空姐们不厌其烦的教导下练熟了空间飞行操。他扭头一看，吓了一跳，什么时候邻座换成了一个年轻女孩？

"请问原来那位先生呢？"原来旁边坐着一位美籍爱尔兰男士，他们还攀谈了几句，对方是要到北京考察一个风力发电项目。

"呵呵，我说是你的朋友，他就很理解地和我换了位置。你醒了？睡得真香啊！我没好意思打扰你。"

秦方远眼睛适应了机舱里昏暗的灯光，端详了一下眼前这个满脸笑容的女孩，正是刚才吐自己一裤腿的那位年轻姑娘。

他好奇地问："你怎么换到这里来了？"

女孩内疚地一笑："不好意思，这是消毒湿巾，你消消毒吧！刚才很对不起，飞机颠簸得很厉害，我实在是扛不住了。"

人就坐在面前，笑脸盈盈，秦方远顿时不忍心看到对方因为这件事有压力，轻描淡写地说："没关系，也是意外。下飞机后我再换一条裤子就是了。"

女孩投过来感激的一瞥，主动伸出自己的手说："Jessie. Happy to meet you here.（我叫杰西，很高兴在这里遇到你。）"

秦方远也伸出手："Simon. My pleasure to meet you.（我叫西蒙。也很高兴见到你。）"

两人这就算是认识了，便相互介绍起来。Jessie感兴趣地问："Simon，你在Morgan Stanley（摩根士丹利）？"

"一个月前吧，我现在是无业游民。"秦方远呵呵一乐。

"无业游民就是失业了的意思吧？你去中国旅游吗？"

"不是，在美国混不下去了，我得回中国谋生去。"秦方远自我解嘲。

Jessie瞪大眼睛，很奇怪秦方远的表述。Jessie明白像Morgan Stanley这样的公司，即使是实习生名额也是争得头破血流，更不用说正式员工了，她自然对秦方远离开美国的表述比较好奇。Jessie换了话题："我是第一次到中国工作。"

"第一次到中国？你不是中国人？"

"我是在美国出生，美国长大的，我的父母是温州人。"Jessie对着一脸诧异的秦方远莞尔一笑。

"你的普通话说得不错。"秦方远说，"也难怪你的英语很纯正。"

"我从小生活在唐人街，上了汉语培训班，是父母逼着我学的。小时候折腾死了，不过现在感觉那时候的付出有回报，值得！"Jessie快言快语。

"对了，你之前怎么也那样骂人？"秦方远调侃说，"那可是地道的国骂。"

Jessie 一听，就知道他说的是刚才她骂那个四川人的话："呵呵，是啊。我班上有个北京的女同学，她经常在电话中跟她男友对骂，男友骂她'你怎么这么笨'，她就回'你们全家都笨'，男友骂她'你很讨厌'，她就回'你们全家都讨厌'，笑死我了。"

说到这里，她认真地告诉秦方远，在中国要叫她于岩，"于"是她祖上的姓。父母告诉她，回国要入乡随俗，当然要叫她地道的中国名字。秦方远笑了笑，算是应承下来。

两人断断续续地聊天，Jessie 开朗的性格和真诚的态度消除了秦方远在飞机上的枯燥。两人从国骂、爱好谈到金融、投资，越聊越有共鸣，秦方远甚至有些庆幸自己的裤腿被吐得一塌糊涂。邂逅是一段美丽的传奇。秦方远想起了石文庆泡国航空姐的事情，最初他的第一反应是石文庆这个无赖的家伙，又把摧花辣手伸向空姐领域了，石文庆辩解说他们是有感情的。现在秦方远也隐约相信，感情这东西，确实未必由经营而得，反而往往在不经意的邂逅里萌生。

飞机预到达的通知响了起来："各位旅客，感谢乘坐中国国际航空公司航班，本次航班的目的地北京就要到了，飞机大概在二十分钟后着陆北京首都国际机场第三航站楼。请各位系好安全带，请不要打开手机、电脑等无线电子产品，请注意安全……"

秦方远一阵激动，毕竟好久没有回来了。这时 Jessie 递过来一张刚匆匆写下的纸条，上面写着她所有的联系方式。她在北京王府井东方广场工作，单位是一家美国基金公司。

秦方远在国内还没有落脚点，他本想留个石文庆的手机号，这对死党，就算漂流到天涯海角也能彼此找得到，但想到石文庆那副见到漂亮女孩就厚颜无耻的神态，便果断地打消了这个念头，还是积点儿德吧！

他耸耸肩，摊开双手："我是五年来第一次回国，现在是居无定所，京漂一族。"

Jessie 很郑重其事地说："没关系，等你安定下来了，可以跟我联系。"

　　下了飞机，秦方远帮于岩取下行李，问她怎么去市区，她朝出口处看了看，指着其中一个举着牌子的中年男人说："中国公司的司机过来接我了，你不用管我，赶紧先去换条裤子。"

　　秦方远心头一暖，这个小自己几岁的女孩现在还惦记着把他裤子弄脏的事情，真是难得。

　　于岩用右手做了个打电话的样子，在耳边晃了晃，便走向机场出口。秦方远不由自主也冲着她做出个类似的动作，心头莫名觉得一阵轻微的戏谑式的快乐。

　　一个念头忽然袭击过来，像不经意间触摸到漏电的电器外壳，他猛地顿住脚步，身体发麻，心口惊惶。在他内心，下意识地给这次回国抹上了一丝壮烈的色彩，悲伤但决然的别离、前路漫漫但依然前行。然而，伤感和挂念只在飞机上延续了半个小时。现在他意外地发现自己居然在轻松解脱的情绪里，甚至对未来，对某些缥缈的未知有着兴奋和期待。像是不经意在镜子里瞥见自己都不知道的自己，像是坚实冰川上偶尔出现的一条微小裂缝，让人不安。

　　幸好石文庆的电话及时打断了他，避免了一场自我认知的小小灾难。那个闹腾欢快的声音嚷嚷着说："你刚下飞机吗？我马上到，五分钟，我以为飞机总是晚点呢，所以晚出发了十来分钟。"

4. 做投资两年就有了豪房名车

　　北京的天空似乎清澈了些，满大街涌动的黄色面孔让他恍如隔世，几年前的北京印象又回来了。石文庆开着一辆乳白色的沃尔沃轿车过来接机，坐定后，石文庆拍着方向盘说："车子不在贵，在于安全。你瞧瞧这沃尔沃，听说要被浙江吉利集团收购，'中国制造'还会是沃尔沃吗？"

秦方远一听就乐："你就杞人忧天吧，谁说中国制造不好啊？我们在美国的时候用的哪种东西不是 made in China？那些意大利产的、法国产的，我们买不起啊，穷学生一个。"

"美国的同事比较关注这个案子，这是典型的蛇吞象！吉利的资金真有那么强大？听说要花掉 20 亿美元。"三句话不离本行，秦方远关心起交易细节来。

"再多的钱，吉利也能支付，知道为什么吗？背后有中国政府啊。我们有钱，外汇储备两万多亿美元，不就是收购一个海外汽车厂吗，那还不跟玩儿似的。"石文庆得意起来，"不过，我可听说啊，高盛在吉利放话收购沃尔沃之前可是抢先一步，也没有你那美国老东家啥事。"

"高盛跟中国政府什么关系？两位董事长都跟中国有交情。佐利克，世界银行行长，还有前财政部部长鲍尔森，他们都是友华派、知华派，我们总部对此心知肚明。至于高层怎么想的，我这个小职员就不清楚了。"

车子飞驰在首都机场第二高速路上，形色各异的楼宇在快速地后移，低矮的地方在大兴土木，浇灌机、高吊机的轰鸣声不断，戴着头盔的建筑工人在安全网里，远远看去，像蜘蛛一样辛勤劳作。秦方远看得眼花缭乱，五年没回国了，北京是一天一个样儿，看着这一切都是那么新鲜。

车子过东三环，石文庆指着新央视大楼说："看，那就是著名的大裤衩，老外设计的，整个一个意淫的试验品啊！"

他转头对秦方远说："这就像是你们这些从华尔街回来的，早期唬唬人还是管用的。"

秦方远对这种比喻不屑一顾："看来你刚回国时就靠这个蒙骗了不少银子和姑娘。"

"唉，俺那时就是一个小屁孩，那些读完书就回国找工作的人挤满了 CBD（Central Business District，中央商务区）和金融街，谁稀罕啊？这世道，越来越势利了。"

石文庆直接把秦方远拉到了富力城的住处，这是石文庆在北京添置的第二处房产，三室两厅，他偶尔会带一些女孩子来过夜。石文庆自己住在另外一套房子里，在大望路阳光 100，离这里不远。

洗漱时，秦方远还隐约感到嘴唇有些痛，不小心用的劲儿大了些，牙刷把伤口撕开了，鲜血又开始往外流。

石文庆问："这是咋回事？你又不是三岁小孩子，刷个牙还能刷得血淋淋的。"

"不是，是被乔梅咬的。"话刚出口，秦方远就后悔了，他可不想在老同学面前丢人现眼。

石文庆再三逼问，秦方远简单讲了一下为了回国他和乔梅的纠结、冲突，最后叹一口气："这次可是闹大了，把她给彻底惹恼了。"

石文庆听完就乐了："哥们儿，行啊！美国诚可贵，爱情价更高，若为金钱故，两者皆可抛。你总是那么顺，名牌大学上着，毕业顺利留在华尔街，找的女朋友还是个初恋的，这次中国热闹了又跑回来，你可是什么便宜都想占啊。"

"回国奔向光明可是响应你的号召啊！"不过，秦方远仔细一想二十八年来走过的历程，发现命运确实挺眷顾他的。想到这儿，心情舒畅起来。

第二章

中国式基金

人民币基金太坏，今年投了明年就想上市，上市后立即想套现。生个孩子还要怀胎十月呢，哪有连过程都不要，就连孩子带妈一块儿娶回来的？

1. 人民币基金想不怀胎就生孩子

　　仲秋的夕阳最后温情地瞥了一眼匆忙的长安街，便消失在了地平线。匆忙拥挤的人群来来往往，让北京的夜舒展起来。

　　王府井东方广场某座十八层，在一间三十余平方米、奢华高调的办公室里，坐着铭记传媒董事长兼总裁张家红。办公室朝向长安街，大玻璃落地窗，俯首窗外，车水马龙，闪着夜灯的车流排成了数条火龙，蠕动前行。

　　当初装修这间办公室，张家红极费心思。一套办公桌椅全是雕刻着蜻蜓花纹的红木，价值不菲，墙上还挂着她这些年四处找寻来的一些墨宝和竹雕，不过灯饰却是繁复的欧式样式，衬出些许典雅来。这间办公室是她找文化人帮忙设计的，尽可能地彰显文雅和品位。可耐人寻味的是，此刻，她正对着站立一旁负责运营的副总裁肖强大爆粗口："你们是脑子进水了吧？煮熟了的鸭子怎么就飞了？那是一千万的合同啊！为了这个单子，我还专门跑了一趟，我的时间可是很宝贵的，懂吗？"

　　肖强身材肥胖，中等个头，跟着她干了十多年的广告，自认是张家红的心腹，对她日益暴躁的训斥习以为常。他几次嗫嚅着想说什么，看到张家红骂完后似乎微微松了口气，就接过话说："张总，不是我们自己的问题，是对方总是纠缠那个案子，广告部的人说案子不到位，他们老板不点头就没法签。"

"案子？哪个案子？"张家红愕然。

"就是他们申诉到最高法院的案子，涉及三个亿的那个。"肖强轻声提醒道。

张家红立马想起来了。她狠拍了一下红木办公桌，咬着嘴唇，内心懊悔不已。

他们第一次去重庆见这个客户时，本来没有想着签1000万元的单子。去之前，对方很爽快地答应了可以签200万元的现金广告投放合同，对于铭记传媒而言，这已经堪称现金大单了。

这个单子之所以看起来不费力，缘于肖强的关系。几乎从二十世纪九十年代初就开始，拉广告的比妓女还多，稍微有点儿关系就搞个广告公司，三五条枪，拉出去也浩浩荡荡，董事长总裁副总裁的，个个都是"总"。因此，广告竞争堪称惨烈，活下来的要么是靠过硬的关系，搞定单子后再分包给下游的创意、设计、制作之类的小公司；要么就是用钱堆起来的，拿下好的广告时间段和好的板块搞投放。广告公司出来拉广告、做客服的，基本上清一色是水灵灵的小姑娘，用石文庆的话讲，广告公司的那些妞，刚出校门，脸上都能拧出水来。肖强搞定这个广告客户，当然不是靠美色，而是靠关系。那是肖强在某部委担任处长的哥们儿，在一次酒足饭饱之余，趁着酒劲儿未消，在肖强的百般恭维下，信手抄起电话就给重庆做保健品的白老板打了电话。那白老板一听，回复得也很爽快："第一，一定要好好接待；第二，可以投放200万，你大处长发话了，岂有不响应之理？反正投给谁也是投，何况这个媒体听起来应该效果不错。"

张家红一行喜滋滋地飞到重庆江北机场，果然形势大好。那家企业的老板白董事长亲自带领两辆7系列的黑色宝马和一辆灰色的奔驰过来迎接，浩浩荡荡，煞是热闹、气派。到了公司——他们在渝中区一栋高档写字楼办公，据说是花了数千万买下了两层——也许得益于是VIP

对赌

（Very Important Person，贵宾、高级会员）客户，物业破天荒地在大楼正门的大型显示屏上打出一行字：热烈欢迎中国铭记传媒张董事长、肖总一行指导工作！

对方接待如此隆重，让向来低头求人的铭记传媒一行人受宠若惊。在对方公司的会议室，肖强他们把精心制作的广告投放策略PPT草草讲解完毕，白董事长就催着去了渝中区一家豪华的酒店。在酒桌上，白董事长见识了张家红的海量，他敬一杯张家红干一杯，他的手下轮番敬酒，张家红是来者不拒，那豪爽劲儿可把那帮人给镇住了。

张家红好久没有见过200万元现金的大单子了，亲自出马也是为了确保万无一失。也许是喝高了，张家红借酒挨着白董事长耳语："白总，知道您在重庆腕儿大，但在北京，有啥事儿，只要我们能摆平的，我们会全力以赴。"

白董事长一听这话，眼珠滴溜溜一转，就接过话毫不隐讳地说："我们刚好有个案子，二审败诉，我们已经提请最高法院再审，正着急找不到关系呢。"

张家红是做销售出身的，自然明白满足客户需求就是天理，只要你敢提，我就敢答应，事儿办成了不愁单子签不下来。她一字一板地说："这事儿就交给我们吧，小事情。"她替自己在国家某机关工作的老公接下了这个活儿。

白董事长也投桃报李："那这样吧，张总。我们也不能让您白帮忙，如果这件事情处理好了，我们给贵公司的投放额度提升到1000万元，以后每年保持密切合作。"

1000万元的大单？这对正处于饥饿期的铭记传媒而言是绝大的刺激，张家红一行听得心花怒放。

转头回程上飞机时，张家红就开始懊悔，还是肖强提醒的："张总，这事儿靠谱儿吗？万一搞不定，我们估计连原来200万的单子都没法签了。"

这下子可把张家红给激醒了，她跨进公务舱后就晕乎乎的，一屁股坐下去，压坏了随手放的水晶蜻蜓结。

回到北京，张家红刚把这事儿给老公一说，就被彻底否了。

张家红还不死心。对方催了肖强好多次，张家红告诉肖强先谈 200 万元的，等事情解决到一定地步，再分批增加投放额度。

两个多月过去了，眼巴巴地看着就要到手的 200 万元的单子也没影了，这个单子可以满足公司两个月的工资需求缺口了。

肖强还没有出去，负责媒体资源开发的副总裁邹华生闯了进来："富泉大厦要提高一倍租金，否则就不跟我们续约。"

富泉大厦是北京 CBD 的标志性建筑，超五星级写字楼，签约的两年试用期快到了。当年签这个单子，她找到这个地盘的区长打招呼才搞定的。"不就一些卫生间吗？还这么多事。"那区长打电话给楼盘开发商的老板，把他骂了一顿。

后来这位区长被调到北边某大区，那个区也是白领云集之地，IT 行业发达，高档写字楼鳞次栉比。张家红乐呵呵地琢磨着，这下子又可以一网打尽了，却没想到前不久那区长犯事儿进监狱了。

真是屋漏偏逢连夜雨。一个月前，财务经理胡冬妹就给张家红汇报说，如果仍然拉不回来现金单子，公司现金流最长只够支付半年的员工工资，不过持续增长的开发运营、管理等费用就没着落了。

张家红搞这个传媒公司，用她唯一的闺密廖晓兰的话说，纯粹是吃饱了撑的。说这句话时，廖晓兰已经随着她从国企急流勇退的老公移民到澳大利亚了，正在悉尼的某个海滩上，躺在椅子上晒太阳。

张家红在电话中说："这帮老外，天天晒太阳，也不怕得皮肤癌。在北京这个地方，冬天也不冷了，下场雪都成为奢侈品了，一到夏天热烘烘的，我们抹的防晒霜 SPF（Sun Protection Factor，防晒系数）值超过 30 还不管用。"

廖晓兰对她的牢骚已经见怪不怪。论起这两人的关系，勉强算得上是闺密。她们曾经都是国企华歌有线的同事，也就几年时间，就各自出来干自己的事了。张家红搞了个户外广告公司，就是在北京这个高速发展的城市四处竖立广告牌子。廖晓兰则听从老公的建议在家相夫教子，她也懒得上班，不要说坐地铁拥挤不堪，就是开车上班，也怕那些失去耐心的车主不停按喇叭的噪声。

张家红搞户外广告挣得盆满钵满，一度让廖晓兰眼红。不过，也就数年时间，她老公在一家国企下属全资子公司担任董事长，每年各种奖金和福利津贴不少，后来暗自投资了一家私人企业，七搞八搞弄上市了，锁定期限一到，套现了事。于是，他在众目睽睽之下，在竞争对手血红的眼睛里，主动提出辞职，反正票子也捞够了。待上级单位做完离任审计就办妥了移民，带着一家老小跨洋移民到澳大利亚了。

如果论钱，张家红也挣了不少，至少够全家用一辈子的，甚至包括她的宝贝女儿这一辈子。不过，她有件事就是想不通，一些早些年还是小马仔的，既不是像她那样有老公的好背景，也没有像她那样高的酒精耐受量，竟然转眼间就是某某上市公司的老总，比如纳斯达克、纽交所或者香港创业板、主板，甚至是伦敦的 AIM（Alternative Investment Market，第二板交易市场），这些人几乎是一夜之间摇身一变就成了亿万富翁。相较之下，自己挣的钱虽然不是张张见泪见血，也是一张一张挣来的，实在是不容易。

后来在一次饭局上，她正为北京奥运大规模撤除户外广告、未来无所适从而焦虑，一个朋友给她出了个主意——学分众传媒，未来也弄一个纳斯达克上市公司玩儿玩儿。于是，就有了这个高档写字楼卫生间液晶屏媒体的铭记传媒。

廖晓兰在越洋电话中说："第一轮烧完了？烧完就烧完了，又不是你的钱，反正你也没有少挣是吧，着什么急？你现在应该是皇帝不急太监急才对啊！那个什么投资人老严，他投了 300 万美元，应该他急才对啊！我们都什么年纪了，又不是小青年，拼什么命啊！"

廖晓兰的话，张家红听进去了一半。她心里盘算着，万一真的弄成了上市公司呢？那来钱多容易、多快啊！即使上不了市，再融钱进来不就可以继续玩吗？烧钱谁不会？

她在电话中感谢廖晓兰的开导。人真是奇怪，在一起的时候明争暗斗，谁也不服谁，一旦分开，有了距离，却互相惦记，甚至可以掏心窝子。彼此都过了不惑之年，发现朋友还是老的好，不过，在北京真能让自己掏心窝、解这种深层次郁闷的人，还真是一个都没有。

公司还得生存下去，怎么办？

债权融资需要抵押，银行对待民营中小企业像看贼一样，一毛不拔。张家红的老公通过自己的特殊关系，也偶尔帮忙找个小型银行的行长，那行长答应得很痛快："行啊，我们支持嫂子创业。"不过一落实，则遇到各类障碍，尤其是要房产、有价物品等质押，一个轻资产公司，拿什么做抵押？眼看着国企们像用自家提款机似的纷纷往家里拿钱，他们这些创业者却只能眼巴巴地干看着，想大骂，但怒骂又有何用？张家红还一度抱怨老公是蜻蜓点水，不出力。

那就继续股权融资吧！

一位老朋友廖总帮助介绍了一家号称主流的人民币基金前来洽谈。这天，这家基金的合伙人带了一帮人过来，张家红接待之前专门跑到美容院打扮一番，精神焕发。张家红带着秘书何静、财务经理胡冬妹等三四个人，人数上基本与对方相等。介绍人廖总也是老广告人，他所在的传媒公司在香港上市，国有控股，自然，这样身份的人介绍的基金不会差到哪儿去。来之前，廖总跟张家红说，这家基金公司很有钱，投了不少传媒行业的公司，非常有戏。张家红一听就来劲儿，手头正缺钱，她自然把这家基金当成大救星了。因此，一大早，她就安排办公室的人去买了五盆水仙花，摆上了一些新鲜水果，烧好了泡上等龙井的水，以示隆重待客，博取好感。

张家红拿下第一笔融资后，就毫不犹豫地租下这层八百多平方米的办公区。会议室比较敞亮，摆放着一张条形乳白色的大桌子。把客人引进了大会议室。他们陆续进了会议室后自然就形成了面对面坐的格局，似乎距离比较远。

合伙人姓刘，一位与张家红年龄相仿的男士，他从进公司就四处张望，嘴角总是带着微笑，不怒而威。坐定后，彼此先是互相介绍各自的团队，并寒暄了一番。刘总喝口茶，抿了抿嘴，就说了一通话，把张家红说得一愣一愣的："张总，来之前听我们的朋友廖总介绍过，也研究过，你们和分众传媒 Business Model（商业模式）相近，但也有创新，他们的 cash flow（现金流）和 revenue（收入）稳健，相信你们也不会差到哪儿去；尤其是听到对你们的 founder（创始人）和 team（团队）的介绍，虽然有些地方不是很完美，但主流还是好的，尤其是作为 founder 的你，我们很满意，其他的 team 可以逐步完善。这次来，我们长话短说，希望你们能提供一份详细的 BP（Business Plan，商业计划书），我们研究一下后就可以做 DD（Due Diligence，尽职调查），再报 IC（Investment Committee，投资决策委员会）批准。如果顺利的话，两个月之后就可以 close（结束）了。"

张家红竖着耳朵听了半天，对方一连串的英语单词搞得她云里雾里。她有些懊恼，憋不住了就脱口而出："刘总，我们都是中国人，还是说普通话吧！我这个人英语太差，大学也只上了个大专，当年毕业也不用拿什么学位，更不用考啥英语四级，就白话白说吧，免得误解您的意思。"

张家红说完这句话后，刘总一愣，继而和身边的同事相视一笑。这一细节被张家红捕捉到了，这种带有嘲讽的神态让张家红有些不爽。

接下来，对方问了一下张家红公司的财务情况，张家红说："财务状况不错，净利润是正的，是吧？"她转头看向财务经理。财务经理先是点头，继而接话说："净资产和净利润是正的，不过，收入构成里有 70% 左右为易货收入，包括什么高尔夫卡、健身卡、体检卡，以及保健品……"

听完财务经理的一番话，刘总一行人的笑容逐渐僵化在脸上。刘总冷不丁地问："张总，按照目前的进度，公司的现金还能维持多长时间？"

"最多半年吧！"张家红事后经老严提醒，才知道这句话纯属没过大脑。

他们又对视一眼，意味深长地一笑。这些细节被敏感的张家红捕捉到了，难道我说错了？唉，她有些后悔刚才说话太快。维持半年，会不会给我们压价？管他呢，丑媳妇总要见公婆的，越早了解越好，反正只要投资款赶紧进来就行。

"贵公司目前还和哪些 VC 们谈？"

"真正谈的没有，接触的倒是有几个，也就打了几个电话，说要过来面谈也没有来。"张家红说，"廖总对我们公司很了解，既然你们投资过类似的媒体，我相信我们公司适合你们投资。我的要求很简单，麻利投资，钱尽快进来就行。"

刘总对张家红表现出来的急迫视而不见，他还是不紧不慢地问："张总，目前的股权结构是什么样的？听说第一轮是严老投资的，他在我们行业里说话分量很重，被他看上的项目一般差不到哪儿去。那严老给了多少估值？"

刚才心情还在随着对方不冷不热的态度逐渐下落的张家红一听这话，立马情绪就上来了："是啊，当初我就是拿了几页纸，铺了很少的液晶屏，拍了一些照片，老严他们来看过一次，我去香港找过两次，然后一拍即合，300 万美元就打过来了。老严这人做事大气，不怎么斤斤计较，只占了 40% 的股份，另外 60% 的股份就是我的，公司目前只有两个股东，你们投资的话就是三个了。"

刘总也许没有想到张家红说话这么爽快，他想了解的几个关键问题三下五除二就了解得一清二楚，心里有底了。在与张家红接下来的闲聊中，他不断地看腕表。

又聊了一会儿，刘总站起来说："我们一会儿还有一个项目要看，做这个行业的嘛，得不断找项目、看项目，天生苦命。谢谢张总能安排上午宝贵的时间来接待我们，我们对这个项目还是很感兴趣，接下来会持续接触，保持联系。"

张家红有些急："你刚才说项目在两个月之内就能结束吧？我们什么时候正式谈？"她已经在心里盘算公司现有的资金能够支撑多久，这笔钱什么时候能到账了。

刘总表现得很镇静，他说："张总，这个需要等我回去，我们几个

partner（合伙人）要研究一下您这个 deal（项目），一旦有消息我会第一时间通知您。"

这群 VC 在张家红迷惑不解的目送中，坐电梯下楼去了。

财务经理胡冬妹也感觉出了不妙，她上前跟张家红说："是不是我们哪句话说错了或者说多了？"

张家红想了半天："我也没觉得哪句错了啊。"

放出要搞融资的消息后，半个月里，陆续有十多家 VC 过来谈，甚至有一天见了三拨人，第一家基金前脚刚走，后脚就进来了一家，而另外一家已经快到大堂了，张家红做接待也是忙得不亦乐乎。这些基金里，有浙江财团，有山西煤矿老板在京组建的新 VC，也有国企背景的 VC 和 PE，他们开口介绍就是几个亿。不过，他们上来就要看净利润，瞧着财务报表还不错，但听到张家红老老实实地介绍有 70% 以上的收入为易货收入，包括一些保质期只有一个多月的鸡蛋等难以变现的东西时，VC 们大部分都被吓跑了。胆大的则提出一些苛刻的条件，想以极低的价格进来，几乎相当于 A 轮融资之前的价格，这次吓着的是 A 轮投资者老严。老严说了一句话："怎么能把金蛋当狗屎卖？"

老严老谋深算。作为最早把 VC 和 PE 引进中国的大佬级人物之一，老严在圈内有着超强的号召力，他当然知道何时出手、如何出手了。

老严在电话中对情绪有些焦虑的张家红说："第一，在签署保密协议之前，不能跟任何投资者说出准确的财务数据，包括前轮估值和股比。现在的 VC，不排除会窃取商业机密，转头投资竞争对手的可能。尤其是关于账上还有多少现金的问题，不要告诉对方，一旦被各种 VC 掌握了充分的信息，麻烦之多你是想不到的。第二，你作为创始人，恕我直言，是很优秀，但是你们团队不完整，这将是比较重要的问题。第三，我认为专业的事情应该交给专业人士打理，你是销售业务型的，融资将是件很耗心力和体力的活儿，建议找一家融资顾问公司。"

老严还安慰张家红，提议找美金，说适当时机可以考虑动用他的资源："放心吧张总，我们就是一条绳子上的蚂蚱，我不会甩手不管的。"

　　听了老严的一席话，张家红明白了个七七八八。团队嘛，确实有问题。运营副总裁肖强，跟随自己多年，老牌高中毕业，懂业务，曾经陪客户一顿饭喝下52度二锅头一斤半，酒风过硬，北方客户颇是喜欢；但他带队伍不行，一个十来个人的团队分成三派，内讧不断，缺乏管理经验；最大的特点就是忠诚。资源开发副总裁邹华生为人踏实，善啃硬骨头。曾经开发一个客户，约好了见面时间，不巧天降大雪，路上车少，公共汽车也停开了，他硬是冒着风雪走到客户的办公室，头发上都结冰了，客户为之感动，当场签下合作协议。但他最大的缺点就是视野狭窄，难以管理全国的业务。财务经理胡冬妹是张家红爸爸战友的女儿，活儿细，忠诚，但让她做一份VC们要的商业计划书，憋了一个多月，结果做得四不像，后来主动放弃说干不了这活儿。她虽是个好管家，但与投资家的距离大概有从地球到月球那么远吧。想到这个形容，张家红情不自禁地乐了。再就是销售总监们，老严投的300万美元进来后，公司也大张旗鼓地招聘了一些人，除了大客户二部销售总监肖南可堪大用外，其他溜的溜、裁的裁，两年时间里走了一大半。张家红就慨叹："打虎亲兄弟，上阵父子兵。古语说得好啊，关键时刻能留下来跟着自己打天下的还是老臣旧部。"

　　老严不是建议找一家融资中介吗？找谁呢，这活儿好像谁都会干，几条枪就能拉起一个投资顾问公司，还得找一家靠谱儿的。张家红就请老严帮忙物色，老严推荐了一家投资中介，就是华夏中鼎投资集团。

　　眼看着第一轮融资的钱哗啦啦地一去不复返，张家红心急如焚，最怕的就是财务经理过来说最近又有哪个液晶屏供应商催货款，现金还能维持到哪个月了。

　　这天，肖强汇报说1000万元的单子没了，甚至200万元的单子也没了。广告没有卖出去，又碰到媒体资源要涨价，左右夹击。张家红半天无语，她挥挥手让肖强和邹华生他们出去，自己一下子瘫倒在椅子上。她突然心疼起自己来了，底下这些拿高薪的人就不能帮着她想想办法！

一种从未有过的无力感笼罩全身，她只有一个念头：若再没有单，公司怎么维持下去啊！

这时，电话铃响了。石文庆告知加盟负责融资的秦方远回国了，要约个时间面谈。

张家红顿时心里亮了起来，立即坐直了，撂下石文庆的电话就抄起公司内线让何静安排明天上午 9 点的面试。

她在赌一场赌注很大的赌博，与海外有关。一是押宝海外基金。她多次与人民币基金接触，在心里不知道骂了多少遍。这类基金太坏，今年投了明年就想上市，上市后就想着倒腾套现，总共也就两三年时间。生个孩子还要怀胎十月呢，哪有连过程都不要就连孩子带妈一块儿娶回来的？听说海外基金的条件没有这帮人苛刻。华夏中鼎的李总和石文庆不是分析了吗？人民币基金做 VC 的，生命周期不是"3+2"就是"5+2"，也就是说他们的耐心最多是七年，到期就清盘；海外基金最短的也是"5+2"，长的还有"8+2""10+2"呢。外国人讲的是拼耐力，而中国享受短跑冲刺。一个百米冲刺的跨栏王，大家都排着队抢他做广告，而拿下马拉松冠军的，热闹一阵子就被众人遗忘。

再就是把宝押在秦方远身上，他不是从海外回来的吗？不是华尔街的吗？因此，张家红开出的条件连石文庆都眼红。

石文庆心想：这个女人不简单啊，大手笔！

2. 全民 PE：个个拼爹，投资靠抢

秦方远回国第三天，石文庆张罗了一个饭局为他接风洗尘，邀请的都是在国内投行圈混的大学同学，多数是在做 VC 和 PE。

这是 MBA 出身的石文庆精心策划的一个局。他半开玩笑半认真地说："大才子留洋凯旋，在外面混久了，估计会一时水土不服，让这些在国内摸爬滚打个个被锻炼得一粘上毛就比猴精的兔崽子们给才子洗洗脑，试试水温，有利于提前适应国内市场。"

秦方远呵呵打趣："我也是土生土长的中国农民的儿子，又没练那个啥功，洗啥脑啊？"

上午石文庆说安排饭局，下午秦方远就接到了一个熟悉又陌生的电话："我们的大才子终于衣锦还乡了？我们都以为你一去不复返，在美国发洋财，忘了我们这些上下铺兄弟呢。我们曾经想啊，你这么多年跟我们这些混在国内的老同学鲜有联系，这人啊，一有钱就忘本。"

秦方远一听就知道是谁，就是整个宇宙都失声了，他也记得他的声音。

钱丰似乎对两人之间那段青春过往的纠葛早就不在乎了，他在电话中的语气很是志得意满，能够想象钱丰还是那副吊儿郎当的德行。秦方远接过话茬儿："我在美国就知道你在国内飞黄腾达了，别寒碜我了，我不过就是华尔街的穷小子一个，能找碗饭吃就谢主隆恩了。"

钱丰说："晚上饭局就是为你安排的，我们好久不见，得胡吃海喝一顿，不醉不休。你瞧瞧，一听说是为你组织的饭局，那帮家伙，个个都往北京赶呢，我平常怎么招呼都没几个人响应，看来，喝洋墨水的号召力就是强。人与人咋就差别那么大呢？"

秦方远知道钱丰在贫嘴。当年两人可是面和心不和，暗战了数年，不仅仅是为了女人。像男人一样去争斗吧！河东河西，五年光景，一个去海外拿了洋文凭，在华尔街著名投行干着最基层的活儿；一个在国内碰上好运气，挣得盆满钵满，满身挂着铜板。

秦方远想知道这晚来的都是哪些同学。在钱丰口述的名单里，唯独没有那个人，他有些失落。曾经，在美国许多个秋日黄昏，漫步在落叶满地的校园小道上，这个人的倩影一度蹦上他的心头，有着乡愁一样的味道。不知道她在国内过得好不好。既然没有来，那就算了吧，想必钱丰也是如此吧！因此在两人的通话中，谁都没有提及她。在这件事情上，

对赌

两人似乎心照不宣。

一个多小时的光景，钱丰开着一辆黑色宝马 X5 过来了。远远看起来，宝马车快超过他的个头了，钱丰身高还不到一米七，除开腰围横向膨胀，在五年时间里一毫米也没见长。

钱丰右手甩着车钥匙，迈着八字步，晃悠悠地过来了。他见到秦方远，主动上前，有些费力地拍拍秦方远的肩膀，说："真没想到你还会跑回国跟我们这帮人混。想当年，你跑去普林斯顿大学，我们多羡慕啊！见人就说，我们同班同学在普林斯顿，多给我们脸上贴金！你这么突然一回来，弄得以后我们去美国都无落脚之地了。"

秦方远当然听出了他的话外之音："还不是回来了。瞧你这几年，挣得盆满钵满的，我还得重新开始，你就得意吧！"

秦方远曾经在心里预演过很多次与钱丰会面的场景，只是，运气不好，撞上以金钱论英雄的时代，挂满铜板的钱丰开着宝马，这些本来不在他预演多次的戏剧中。他心底有些失落。

晚餐地点选在北京东城区南锣鼓巷南口的巴国布衣，这家餐厅晚上七点还有变脸表演。他们在纽约川菜馆也常享受祖国的这种传统艺术，这些民间绝技已经传到国外去了。前不久有学者撰文抱怨国家非物质文化遗产没有保护好，其实这些国粹传到国外也算是发扬光大了，难道谁还会否认中国是原产地？

在巴国布衣的二楼订了一个包间，刚好正对着变脸表演舞台。来了有七八个同学，不是做投行的就是做基金的，只有一个人例外，那就是秦方远，本来最应该在基金里混的非他莫属了。"不是我不明白，这世界变化快"，秦方远现在要去甲方了，不知道是喜还是忧，当年可是班上做投资的种子选手。

这帮死党，上午接到石文庆的电话，一听说秦方远回国了，晚上要聚餐，个个积极响应，在北京的推掉其他饭局，在外地的则是赶紧买了机票冲到北京。看来投资行业确实风生水起，从这帮人买不打折机票眼都不眨一下的情形来看，似乎个个实力雄厚。

推杯换盏中，在深圳做创投基金的赵宏伟开秦方远的玩笑："老同学，向你讨教一个概念。你在华尔街大投行工作，能否用一个通俗的说法给我们洗洗脑，投行到底是个什么概念？"

在武汉做投融资顾问服务的张海涛立即斜了一眼赵宏伟："这个概念都不知道还怎么混啊？"

赵宏伟使个眼色，张海涛立即明白过来，接过话说："也是啊，有人问，天天说投资银行，为何把做上市或并购的中介顾问机构叫作投资银行？里面的从业人员也都叫投资银行家？在很多老百姓和本土企业家眼里，投行，那可是充满神秘色彩的厉害角色啊！腰缠万贯，点石成金，比那些存钱借钱的银行牛多了。可那些银行才是真正有钱的真银行呢，投行只是赚点儿中介顾问费，是干苦力活儿的呀！"

石文庆抢过话，一一指着在座的："你们不是个个混得人模狗样的吗？就说你吧，赵宏伟，创业板上市的那个项目，你自己可是跟投了，快一年了吧？转眼就套现，得专门腾出一间房子装钱了。还有你，海涛同学，你那些事别以为我不知道啊！你们拿出这个小儿科问题问方远，太不厚道了吧，你们可是靠这个忽悠了不少土鳖老板哪。"

秦方远待石文庆说完，故意拉长腔调揣着明白装糊涂说："你们这帮家伙，在拿我开涮寻开心啊！"

场面很快就活跃起来。

秦方远明白这帮家伙在嘚瑟什么，顺水推舟逗乐："其实我听到的最有意思的解释就是：有一个投行菜鸟问：'什么是投行？'前辈拿了一些烂水果问他：'你打算怎么把这些水果卖出去？'菜鸟想了半天说：'我按照市场价打折处理掉。'这位前辈摇头，拿起一把水果刀，把烂水果去皮切块，弄了个漂亮的水果拼盘：'这样，按照几十倍的价格卖掉。'"

赵宏伟听完，撇嘴说："这个故事我们早就听说了，华尔街最近没有创新解释啊？"

秦方远呵呵一乐："现在都全球经济一体化了，哪还分什么华尔街或非华尔街。其实国内投行做得不比海外差，你们动辄几十倍甚至上百倍的回报，放在美国，那简直是做梦。"

张海涛说："看似风光，内心彷徨，说的就是我们这帮人啊！现在的企业老爷很难伺候，我们这些做投行的，四处讨好，既要跟企业老板搞好关系，请客吃饭，获得信任，还要符合投资方的所谓价值需求。一个字：难！"

石文庆似乎不爱听，他指着张海涛的鼻子说："你说说，你才毕业几年啊，就买了一辆五十多万的奥迪，在武汉还有两套房子，难在哪儿啊？"

秦方远一听，眼睛就睁大了！张海涛是谁？当年大学每学期都至少有一门课挂科补考，一门心思想从政当官，几年不见居然也像钱丰一样鸟枪换炮，不是大款也是小腕了。

张海涛一脸苦相："哎呀，一个姑娘无数人抢，你看看现在外面，个个都说搞投资、搞投行，差不多全民 PE 了。抢肉吃的多了，就剩下汤了。"

"武汉不是有好多企业吗？比如做石油设备的湖北大地，那也很不错啊！"秦方远很奇怪。

"湖北大地？那确实不错，但人家也不需要融资上市；就是需要，我们也跟对方搭不上，这类好企业好项目，抢的人估计排满武汉一桥二桥了。"

"那企业的老板是我老乡，一个镇上的。老板的儿子叫马华，是我小学到中学的同班同学，有机会给你引见一下。"秦方远热情地建议。

张海涛立即站起来，一抱拳，然后端上一杯酒，满脸真诚："相当好啊！同学之间不言谢，我先干为敬！"说完，他仰脖一饮而尽。

"别客气！对了，你刚才说啥，怎么就全民 PE 了？说来听听。"秦方远紧追他的前一句话。

张海涛说："你难道不知道？连中美两国政府都有热线电话了，你们这帮无所不知的华尔街人竟然不知道，你问这话不是逗我们玩儿吧？一上来就甩给我们一个博士论文的题目，我们这几个人几斤几两自己还是能掂量出来的。"

秦方远摆手："你误会我的意思了，不是要你长篇大论。那就这样说吧，给我讲讲这个行业有点儿意思的。"

"这还差不多，让我们讲点儿人话，还是蛮会讲的。"从进门就表现得比较沉静的钱丰这时接过话来，"这样吧，我给你讲一个有趣的故事，在圈内流传甚广，你听了就知道PE现状了。一企业家接待某来访PE，会议室一下进来一堆人。接过一张名片：合伙人。顿生敬意：这是老板呀！又接过一张名片：管理合伙人。嗯？管老板的？又接过一张名片：创始合伙人。哦，这跟俺一样，这才是真正的老板啊！这时过来一个花白头，递过一张名片：首席合伙人。企业家顿时泪流满面：'爷爷们，到底谁是老大呀？'"

他们哄然大笑。

石文庆凑上来说："国内都在拼爹，投资公司在拼LP实力和背景。比如，LP们国外背景的就拼国外养老基金和大学基金，国内的就拼社保基金，即使国开行母基金也行，不然就不是主流了。当然，LP们凑合点儿知名家族起码是个好点缀，港台家族超过国外家族，国外的家族很多国内的人不知道啊！就像《货币战争》那本书披露的罗斯柴尔德家族，够知名吧，但是国内知道的人又有多少呢？当然，华人首富李嘉诚够来劲，台湾王永庆家族也不赖。国内家族？你们说说，能有谁啊？有限的几个隐形家族嘛。前不久还爆出有一家在澳门豪赌输掉三十亿，据说整个家族的实际资产还不够支付赌债。

"最近有一个名叫义云堂的微博很火，说的都是这个圈内的事。PE们拼完背景就拼规模，十亿以下都甭张口，还必须是双币的，美元和人民币。碰上一根筋不停追问的，就说是管理的总资产规模，投完的也算，退出的也算，从若干年前的第一期基金开始累计；再不行还可以说那是计划募集规模，资金分批到位。一个字：大！"

石文庆正在兴头上，钱丰有些坐不住了："一听那基金就是一些浙江、广东土老板们干的事，那是本土基金，与我们洋基金还是不一样的。

对赌

要讲 PE 的故事，我们得听姚新超的，他可是亲身体会。"

姚新超后来读了中央财经大学的硕士研究生。现在市场上，有两拨人把控着投资业，一拨是五道口的，那是清华大学五道口金融学院（中国人民银行研究生部）；一拨就是中央财大的。姚新超研究生毕业时，正为找啥样的工作发愁，有人给他提了一个参考意见：在中国要判断什么行业最赚钱，只需看"高干子弟"们在做什么就可以了。三十年前他们倒批文；二十年前他们在倒进口（走私）；十年前他们在倒土地；如今，他们在倒资本和拟上市公司。具体什么业务？他们在做 PE。

姚新超去了澳大利亚一只投资基金，这只基金的 LP 绝大部分是澳籍华人，对中国国情多少有些了解，GP（General Partner，普通合伙人）们也大部分是从澳大利亚留学回来的，这班人招聘管理团队，要求本土有资源、有背景。姚新超的爷爷曾经是河南省政府高干，官至正部级，虽然退休多年，但余威尚在，因此姚新超刚毕业就被派驻河南，成为驻地代表处负责人。他们老板给的指示只有两个：一是尽可能多地网罗企业资源，多多益善，我们先吃肉，就是肉吃不着，也得喝口汤；二是我们尽量低调，不与国内同行抢项目，不凑热闹。

赵宏伟说："现在那些洋基金也贼精，知道仅仅靠那些大牌子不管用了，也明里暗里挖有资源背景的人去抢项目。这些洋基金心底还挺有优越感，其实我挺瞧不上张口洋文闭口某某国际大家族的基金，知道他们怎么看我们本土基金吗？视为土鳖！他们说自己与土鳖基金不同，可以引进国外先进的管理经验，提供技术帮助，除了钱还有资源和增值服务。这年头，只要腰包鼓的，有钱拿出来专门搞投资的，谁没点儿资源和服务呢？这就像美女们评价自己，除了美还有内涵，可是只要是个人都有点儿内涵吧！PE 泛滥，竞争力体现在差异化，别总拿资源和增值服务说事儿，练点儿真功夫，拿出点儿绝活儿吧！"

喝上几杯白酒，这帮家伙就憋不住话了，都说起日常接触的人和事来，让秦方远大开眼界。

钱丰和秦方远碰了一下酒杯，一仰脖子，一杯 53 度的茅台酒"咕噜"

一声就顺着喉咙下去了，喝完就喊："这是真茅台吗？怎么喝着不对劲儿啊？"

石文庆抢着解释："反正一千好几百一瓶，谁知道真假。茅台股份的年报不是出来了吗，真正的茅台年产量也就两万多吨，而市场流转的有二十多万吨，从哪儿找真的啊？真茅台，都特供给部委机关和驻外使馆了。去他们茅台镇拉？内部人提供的？别得意了。上次我一个客户通过关系自己开车去茅台镇拉的，一路上车不离人人不离车，拉回来找专家一鉴定，哪有什么正宗茅台啊？不过味道还不错。"

张海涛说："说着 PE 怎么又转到茅台酒上来了？别跑题啊，钱丰这大腕不是有话说吗？"

钱丰灌了一大杯酒，站起来，满面泛红，几乎是喊着说："疯狂啊疯狂，稍微好些的项目，跑上门竞争的就有十多家，稍微露出些功力能上市的，排队上门的更多，一夫多妻啊！企业当然牛气冲天了。你瞧瞧，这跟定向增发有啥区别：（1）条款？没得谈；（2）价格？没得谈；（3）完全披露信息？还是留点儿隐私吧；（4）投资我们？那我也得看对不对脾气，顺不顺眼。瞧瞧，即使这类项目，PE 们都疯抢。"

石文庆接过话："这是最后的疯狂，我们做投行的就是喜欢啊！前几天还看到有人在微博上说，如今投电商完全就是在扎金花，精辟啊！反正大家都抢，上来二话不说，先闷十块，谁看牌谁吓跑，接着再闷一圈。两把闷完，孬蛋差不多看牌的看牌、跑掉的跑掉，玩家们再看看牌，牌好就继续扎，牌不好的扔了自己的牌去跟还没扔的人搭伙……目前是刚开始闷第一把，年底开始闷第二把，明年下半年差不多算是真正开扎。"

秦方远听得比较亢奋，他竖起耳朵，好像在倾听一个崭新的世界。其实这个世界不远，就是他生长的土地，就在他的脚下；但这个世界也很远，远得他快不认识了。

"我觉得京东商城的老板刘强东说得不对。他这么说企业和投资人之间的关系：和投资人只能有一夜情，千万别指望结婚！一夜情有两种结局：一是两情相悦，分手了还让对方常常思念；二是反目成仇，被对方搞得身败名裂。"石文庆说。

"谬论，简直是谬论！一夜情？我们还敢投吗？按照他的逻辑，你（企业）只是我们（投资方）睡过的几十个之一，而我们可能是你上床的唯一或者几个之一。你选错了，就不会有孩子（IPO）；我们选错了，还会有别的孩子。"久不发言的姚新超，不知从哪儿也信手拈来一个段子，形象，简洁。

"我觉得刘强东说得很到位啊，要么恨，要么爱。你们男人就喜欢暧昧，不清不楚的，不结婚还黏糊糊的，那算什么？"白鹿是饭局上唯一的女性，东北女孩，向来直言快语，长得高大清秀，篮球也打得不错，当年也不知道怎么就跑到武汉上学。毕业后先是去了家 IT 企业，协助老总融了第一轮资金后，自己就被挖到投资方去了，也怪那投资人操之过急，喜欢就喜欢，非弄到身边干吗？搞得投资方和被投资方差点儿撕破脸。

白鹿不是花瓶，到了这家投资公司后，挖掘的 5 家客户投资了 2 个，虽然都是跟投，但在这个狼多羊少的时代，40% 已经是非常高的签约率，你全家又没一个是"高干子弟"。

钱丰接过话："关于要价的故事太多了，乌龟王八什么样的人都有。义云堂不是披露过一个吗？说是有家企业，老板一谈价就狮子大开口，投资人急了：'用预测利润来定价？没问题！有订单吗？是订单哦，不是合作意向书、战略框架协议什么的。没订单？也没问题，有已经试用过的客户吗？也没有？那，有正在洽谈的客户名录吗？商业机密不能透露？那您这预测就是大饼啊！连画在纸上的都不是，空中飘的那种！您还是留着自个儿享用吧。'"

张海涛不甘落后："这个义云堂还讲了个有趣的故事。有个企业老板，要价很高，也同意对赌，投资者尽职调查后发现不是那么回事，就打算下调估值。投资者完全是苦口婆心：'为了高估值，您跟我们赌这么高的利润？我不知道您是咬着牙还是真乐观，可是您想过没有，万一经济波动了呢？对手降价了呢？替代产品出现了呢？材料涨价了呢？客户走人了呢？风险太多了！这赌注对您可是毕生的心血，对我们只是众多投资案例中的一个。算了，别赌了，往下调调估值吧。'"

白鹿接口说："风险投资就是赌嘛，投资十家企业，成了一家就够本儿，成了两家就挣了，这是高风险高收益的行业。其实你们想想看，失败的没人去宣传，少数成功的总是被大书特书，结果就给大众造成容易成功的假象。而且，每个人都觉得自己比别人强，别人能成我也能，别人会败我不会，其实这就是赌博的原理。投资人和创业家都是聪明人，但还都是人，逃脱不了人性的弱点。"

赵宏伟说："这一点我还蛮赞同的。说到赌博，我胆儿小，也玩不起这等豪门游戏，不过做做看客也挺刺激。没做好亏一亿美元的玩家也建议早些离场，根据我扎金花的经验，只有子弹充足才有底气扎到最后。"

钱丰则说："我扎金花的时候，通常第一轮就看牌，所以即使到最后赢钱，付的本钱也比别人多些，但不会输大钱。"

石文庆则发表了一番高瞻远瞩的长篇大论："企业发展谁也离不开谁，实业家和资本家本来就是一个连体婴儿。我们仔细想想看，谁在推动着企业发展？ 10 年前，成就一家全国知名的公司需要 15 年甚至 20 年的奋斗，后来有了风险投资人的介入，七八年时间就可以成就一家互联网知名公司。对于大多数创业者来说，不经历 5 ～ 8 年、每周 7×12 小时的创业奋斗很难有大成。"

席间众人谈笑风生，出道才几年时间啊，似乎个个成了久经沙场的老手。秦方远是个聪明人，自然知道这个饭局上看似不连贯的讲话都是来自生活的真谛。这顿饭，比跑去听几场大佬们的讲座值多了。

想到这里，他端起酒杯，摇摇晃晃地站起来，言真意切地说："这个酒，我干了！算是对同学们的感谢。听诸君一席言，胜走美国五年路！"说完，仰脖子一饮而尽。

同学们嘻嘻哈哈一笑："岂敢岂敢！你和石文庆是海龟，我们都是土鳖。我们都是从别人那里听来的，拷贝来的，我们没吃过猪肉，只是见过猪跑而已。"

石文庆接口说："你们这是变着法儿骂我们，不是乌龟就是王八，反正就不是啥好东西。"

这个晚上很爽快，酒喝了不少，话也唠了不少。据说酒喝多了吵吵闹闹的好，有利于散发尚未消化的酒精，减轻肝脏的解毒负担。

聚餐临结束时，一肚子话的钱丰问秦方远："我听石文庆说，你要去铭记传媒？负责融资？"

"明天去面试了，不知道结果怎么样。"秦方远顺口问了句，"你们基金怎么看这家企业？"

"我不是很清楚。不过，我们内部已经开了个投审会，很快要投忐不了传媒，在很大程度上它是铭记传媒的竞争对手。"

秦方远一怔，不知道钱丰说这句话的意思。莫非回国了还得和他竞争？真是一对冤家啊！他看到钱丰投过来的异样的目光，几乎是一闪而过。

钱丰当然明白秦方远的意思："不是你想象的那样，不是跟我竞争，是跟我投资的企业竞争。也不是竞争，是要提醒你一下，这家企业……"

正唠着，石文庆过来了，他听到了两人的对话，打断说："怎么会竞争呢？一个写字楼液晶媒体，一个出租车的移动媒体，不是一回事。"

石文庆转头问钱丰："听说你们在盯广州的一个项目，做家用医疗器械？"

"你消息够灵通的。我关注两年多了，在深圳那家创投公司时我就盯上了。老板是大学老师出身，青年才俊。公司发展稳健，效益不错，也不缺钱，融资 IPO 的欲望不高。最近，这个老板态度有些松动，应该会有机会吧！"

"我研究过他们的资料，他们的主要竞争对手是韩资的乐滋滋公司，已经完全把人家打败了。韩国那家公司裹足不前，体验店从全国 2800 多家迅速萎缩成 400 来家，不过，他们在华 10 年挣了近 300 亿人民币，也够了。"石文庆说起这家企业如数家珍。

秦方远听到 300 亿元的数字就很敏感，他抢着对石文庆说："市场还不小！那你还不把他们的融资项目拿下？"

石文庆示意钱丰："这个建议怎么样？我们合作。我了解的情况还真实吧？"

钱丰不得不服气："看来你这个投资银行业务做得确实比较到位，都快赶上商业侦探了。合作没有问题，关键是要为企业提供增值服务。"

这时，张海涛在一旁听见了，跑过来，操着吴侬软语学某企业家："增值服务？别忽悠了！你们一年投几十个项目，就这么几个合伙人，董事会能按时参加就谢谢了！再说了，什么加强公司治理之类的，不就是弄一套东西来监督我吗？是加强对我的治理吧？你们哪，不瞎掺和就是最好的增值服务。那些玩意儿，我有钱了去找专业的机构来提供，更靠谱儿！"

他们几个正在热聊，其他同学都不耐烦了，也许是基本都喝高了，吐字有些不清："谈什么业务啊，有事明天说，同学聚会不谈公事啊！好不容易大家聚一块了，快活快活 —— 今晚活动谁安排啊？"

石文庆买单。大家酒都喝得差不多了，酒店服务员建议把车停在院子里，还让保安在门口叫了三辆的士，直奔朝阳公园 8 号公馆。石文庆请大家泡豪华牛奶浴、露天温泉，还蒸了个桑拿，捏了个脚，然后一个个昏昏睡去。

躺在包房里，空间狭小，空气流通不畅，秦方远一会儿睁眼望着天花板，一会儿闭眼在床上翻来覆去，怎么也睡不着。想起钱丰那番没有说完的话，直觉告诉他，钱丰是话中有话，秦方远琢磨得头痛，怎么也想不出究竟是怎么回事。

3. 前辈忠告：海归必须本土化

秦方远还未去面试，石文庆就开始在铭记传媒内部制造舆论环境，说华尔街才子加盟铭记传媒了。

只是，这样吹嘘却伤了自己。石文庆接下铭记传媒的融资中介业务后，就经常往这家公司跑，一来二去，自诩色而不淫、天生有女人缘的石文庆自然跟这家公司上上下下的美女们都混熟了，平常说起话来就口无遮拦："告诉你们啊，很快来一个海归，大帅哥！"

"有多帅啊？长得像谁啊？我们三只脚的没见过，两只脚的见多了。"

"虽然没有四大天王帅气，但比他们年轻！"

"四大天王是父字辈了，谁还稀罕他们啊！"

"李光洁见过吗？比李光洁更帅，更有品位！"

"哇，李光洁？多有棱多有型啊！还海归！那多高啊？"

"一米八多吧！"

石文庆确实吊起了阴盛阳衰的公司里的美女们的胃口。不过，他自己却被顺势寒碜了一把，脸立刻就绿了。"哦，明白了，你是武大郎，他是武二郎，差距悬殊啊！"然后姑娘们笑痛了肚子。

秦方远去铭记传媒面试。头一天，石文庆给秦方远说，约了第二天九点与铭记传媒老板面谈，在王府井东方广场某座18层。当石文庆提到东方广场时，秦方远似乎耳熟，接着就想起来了，在回国那天的飞机上，那个中文名叫于岩的美籍温州女孩留下的地址，不就是东方广场吗？他本能地找了找，结果发现那张纸条装在西服衣兜里，而这件西服回来当天就送到楼下的干洗店干洗去了。顿时，他的心里不由得有些失落。

这天一大早，秦方远就爬起来了，简单洗漱后，就到楼下小区跑步，空气灰蒙蒙的，还夹着煤烟味。在美国时，他就听说了，北京是仅次于墨西哥的世界著名"堵城"，加上毕竟是老板第一次面试，对路况又不是很熟，所以他就早点儿起来，提前上路。

这天的路况还比较好，赶到东方广场的时候，他看了下时间，是8点25分，离预定的面试时间还有35分钟，于是就到楼下麦当劳随便吃了个早餐。8点50分，他乘坐滚梯到达一层，然后乘坐电梯到达第18层的铭记传媒办公区。8点58分，他站在前台。几乎是在9点整，准时到达铭记传媒公司董事长兼总裁张家红的办公室。

秦方远正要说话，前台李贝贝就已经站起来了，声音甜美："您一定是秦方远先生吧？欢迎！张董事长正等着您。"

秦方远不由仔细看了李贝贝一眼，李贝贝嫣然一笑，摇曳生姿地把秦方远带到张家红办公室。

李贝贝知道张家红已经在办公室等他了。头一天晚上下班时，张总亲自提醒她第二天早晨秦方远要来面试，而这天一大早，张家红就开着她的保时捷卡宴赶过来，早早地等候在办公室。

这成为李贝贝日后得意的谈资。我好歹也是阅人无数，他一走进来，我就知道肯定是秦方远。那种感觉和司空见惯的国内白领金领们完全不同。不，不，倒不是说他有多帅，而是，嗯，挺直的身材（由于从小上学和工作不注意坐姿，现在的白领男士腰椎不直的多了），头发乌黑整齐（现在白领男士秃顶的多了，不秃顶的头发也是乱的，唯恐老板看不出他昨晚加班了似的），最重要的是气质舒服，彬彬有礼，双目含笑（现在白领男士要么贼眉鼠眼，要么一脸自负，把装逼当自信），看来那个整天嘻嘻哈哈的石文庆所言不虚。

何静对李贝贝得意且陶醉的样子很不以为意，她打断李贝贝的话说："你这叫发情。"李贝贝也不生气，陶醉地小声说："我说的是事实啊。你那个时候不也找了机会到门口转悠，不也是想见识见识这个大帅哥吗？不管怎么说，他第一眼就记住我了。"

何静没好气地瞅了她一眼，随即觉得以自己的才干和身份，与这个肤浅物质的小丫头较劲颇没意思，自嘲地笑了笑，转身走了。何静是湖南人，在深圳一家模特公司做过模特，不知道怎么就被张家红弄到了北京，在这家新锐传媒公司做董事长秘书，除了有高挑的身材外，还有传闻说她有不一般的背景。

对于秦方远众星捧月般的到来，何静有些莫名的抵触。她年纪不算太小了，也到了该抓紧谈婚论嫁的时候，听说公司马上就新来个华尔街的青年才俊，她不是没有过好奇和期待，但是她实在不喜欢——到了厌恶的程度——女人看到个稍微出众的男人就眼巴巴地往上贴着。李贝贝这种浅薄的小姑娘越是对秦方远一副花痴样，她就越反感秦方远。与他无关，这是场女人之间的战争。

她暗暗地在自己和她们之间画了一条线，既然秦方远是她们所喜欢的，那就肯定入不了自己的法眼。

张家红对秦方远的到来期盼已久，她看到秦方远进办公室，主动从老板桌后面站起来，然后走出来，轻轻拥抱了一下秦方远。据后来何静说，这是她跟随张总以来第一次看到她以西方式的亲昵礼节迎接客人，而且是一个即将成为部属的面试者。

初次见面，张家红给人的感觉是直爽、干练、有亲和力。双方坐定后，张家红展现出了随和的一面，轻描淡写地介绍说："这个创意是一个饭局上的创意，我原来是做户外广告的，在黄金地段竖一些大牌子。这些牌子可不是谁想竖就能竖的，那哪叫拉广告，简直是坐等收钱，一块牌子好几家抢着要，都是国企。谁知道北京开奥运会，把户外广告全部给清理了，没辙，就和一帮朋友聊天，结果聊出了这么个创意，我们未来就奔纳斯达克了。"

说这话的时候，张家红一脸自得。她还当面告诉他，第一眼就喜欢上了这个不到 30 岁的小伙子，瘦高，清秀，"连眼睛里都透着智慧"。

秦方远试探性地问："张总，其实我研究生一毕业就留在美国，对国内的情况不是很熟悉，也没有直接参与甲方融资的经历。我是做投行的，一直是乙方服务的角色，也没啥经验，为什么您要选择我加盟？"

张家红喜欢秦方远的直来直去，这激起了她的豪爽劲儿。她盯着秦方远说："你喜欢直来直去，那我也和你说实话吧。我这个人是粗人，过去搞体育的，后来做广告。对于融资这事儿，我不懂，最初的一笔投资是靠人情，现在进行的第二笔则需要专业人才。

"至于说为什么要找你回来，我们这波融资要美金，谈判方基本上是海外 VC 和 PE，我需要一个合适的人来对接。这个人最好是海归，常春藤名校出身，工作经历必须是华尔街投资银行家，哪怕你只是在华尔街的一个小公司里干过两天打杂；要不就是硅谷创业家，哪怕你只是在那儿摆过一热狗摊儿。也许说这个你不爱听，但我这是大实话。"

秦方远一边听，一边大胆地打量这位女老板。秦方远对张家红最初的印象有很深刻的两点：一对大耳环，在瘦削、白皙的脸庞上，非常醒目，蓬松的头发过耳齐肩；她盯着你看，眼睛一眨不眨的，似乎你在她的视野里不能留有任何私密。

张家红的这番话，一下子冲击到秦方远那敏感、高傲又脆弱的心灵。两年普林斯顿大学留学生涯，三年华尔街大型投行打拼，这是多么辉煌的资历！在国内老板眼里，却只是卖一张洋皮。

张家红一眼就看出秦方远的情绪波动，她呵呵一笑："我是个粗人，这帮洋 VC 们嫌我土，没有共同语言，非要一个能对话的人。我们要自己认为行，需要别人说我们行，说我们行的那个人也要行。"

秦方远平静了一下情绪，心里有底了，他表态说："如果公司确实如您所言，我相信自己能帮助公司创造价值，我也相信自己只会给公司增值而不会贬值。"

张家红很喜欢这种华尔街式的踌躇满志，她问："如果我是一个投资商，你靠什么来说服我投资你的公司？或者说一个创业企业要依靠什么样的品质来获得成功的融资？"

哎呀，眼前的女老板不错嘛。上来就抛出一番颇有专业水准的问题。后来秦方远知道，所谓久病成医，张家红在与众多投资者的接触中，也耳濡目染，多少了解一些投融中的道道。

秦方远没有急着回答，而是讲了个故事："我曾经在美国听了一堂课，我就借用 New York Angels（纽约天使投资公司）主席、Rose Tech Ventures（罗技风险投资公司）主管合伙人 David S. Rose（大卫·罗斯）对天使投资的看法来回答您。他说，这是一种撞大运的生意，你得亲吻过一大群青蛙才能撞上一个大项目。这个人很了不起，他属于创业型投资人，也就是说自己创过业，后来做投资人，所以属于'两栖'投资人。他对于创业企业融资，提出有十种品质很可贵，总结起来就是十个关键词：（1）integrity，诚实；（2）passion，激情；（3）experience，经验；（4）knowledge，知识；（5）skill，技能；（6）leadership，领导力；（7）commitment，承诺；（8）vision，视野；（9）realism，现实；（10）coachability，可塑性。

"当然，对于铭记传媒而言，已经成功有过第一轮融资，不属于天使投资。根据我掌握的一些材料来看，诚实、激情和承诺很重要。广告行业跟 IT 类企业不一样，主要是技术性创新度不高，而重在商业模式的创新。要赢得消费客户，诚实是最基本的要求；激情是让投资者看到我们向上成长的力量；承诺则代表我们自己对企业前景的信心。"

秦方远一口气说完，然后平视张家红，等待着她的反应。

张家红在秦方远回答时走了一下神，尤其是对于那十个关键性的英语单词，理解起来很费力，或者说干脆听不懂。不过她听懂了秦方远用中文讲的诚实、激情和承诺，她表现出很欣赏的样子，似乎不甘被看出不懂。她还补充了一句：对，还加一个：爆发力！

秦方远听后一愣，他知道，其实这个词用得也不坏。

张家红满脸欣赏地看着眼前这个充满自信和激情的小伙子。公司上下现在就缺少这样一股清新有活力的风气，不管海龟还是土鳖，这个小伙子都值得吸纳进来。以后有这个人在身边，对付那些洋基金就有底气了。

张家红站起来伸出手："非常欢迎你的加盟！你过来就挑起重担，我们投融资的事情就交给你了，我相信你能行！至于条件，我相信石文庆已经跟你说过了，他的话就代表我的意见，一分不少，按时兑现。"

面试整体看来相当成功，基本上一个小时就结束了。何静说，这已经是老板在正式场合面试比较长的时间了。知道原来她是怎么招人的吗？既不正式也不长，随意性大。她会在各种场合，包括饭局上或者健身房里，约上面试者聊几句基本上就敲定了，当然，招聘的人以销售为主。销售出身的张家红多精明，她滴溜溜几眼，聊上几句，就知道对方的斤两了。

秦方远从东方广场出来后心情很愉快。不过，他也有些抵触情绪，什么叫"哪怕你只是在华尔街一个小公司里干过两天打杂"？从小到大，秦方远都自认优秀，每个阶段都是个儿顶个儿啊，这些难道比不上只是在华尔街混几天的招牌响？在华尔街投行时，虽然干着分析师的活儿，但跟着老板四处飞，也看了不少项目，而且以欧美为主，没吃过猪肉，还是见过猪跑的。

出了东方广场大楼，秦方远给石文庆打了个电话。石文庆那边的背景声音嘈杂，他在电话中喊着让稍等一会儿，他出来接。

原来石文庆在 KTV 陪一家企业的总监们唱歌："没办法，干这事儿就是这样。我们不是中介吗？我们就是帮客户成功融资挣佣金，在国内就是这样，陪唱、陪喝、陪洗。"

石文庆似乎早就知道面试结果了，肯定有人给他通风报信了。他对秦方远说，他这几天还在大连，赶不回去，"你现在去见我的老板吧，他一直想见你"。

石文庆的老板就是李宏，已过不惑之年，1985 年去的美国，拿下了哥伦比亚大学 MBA，娶了个台湾老婆，是较早一批跑到硅谷发展的中国留学生，有着丰富的人生经历。他不仅是秦方远的人生偶像，更是众多回国创业留学生的青年导师。

实际上，秦方远从铭记传媒公司一出来，张家红就给李宏打电话了，说自己很满意，估计秦方远在思想上有些疙瘩，让他帮助做做思想工作。

会面约在下午，李宏的家在海淀稻香湖别墅区，距离北京市区有一段距离，上了八达岭高速一直往北。出租车司机一路上介绍说，当年这里就是农村的菜地，加上有一些湖泊，村里人进个北京城得折腾半天，现在可好，有钱人都往那地方跑。不是流行这样一个段子吗？乡下人吃菜的时候，城里人吃肉；乡下人吃肉的时候，城里人吃菜；乡下人想进城，城里人要下乡；乡下人认为富态才有派头，城里人却开始减肥了。

车子接近别墅区的时候，司机指着一片白茫茫的湖面："知道吗？稻香湖中央有个小岛，据说是他们有钱人的红灯区。可是听说的啊，原来那个××区长栽进监狱，就是犯在稻香湖开发的事上。"

李宏新建的别墅就是一个大四合院，掩映在葱茏的树木之中。他站在门口，牵着一条狼狗，穿着一件对襟的唐装，纯棉制品，头发往后梳理得很光溜，宽额头，看起来性格爽朗。他等候多时了。

院子空间很大，有不少的石榴树，七八套房子。他们进了中间一个中式木雕装饰的房子，红木椅子，摸上去光溜溜的。李宏听到秦方远关于面试的叙述就哈哈大笑，他拍了拍秦方远的肩膀，说："其实你的运气还不错，碰到的是张家红。这个女老板性格豪爽，如果是其他一些人，根本不跟你直接提条件。这就像是东西方文化的差异，也是饺子和比萨之别。饺子和比萨分别是中国人和西方人喜欢的食物。中国人比较含蓄和神秘，喜欢把事情包起来，如饺子一样，馅是什么，吃了才知道。西方人喜欢直截了当公开透明，如比萨一样，有什么肉，有多少奶酪和哪些蔬菜，都摊在面儿上，一目了然。在国内，很多事情需要琢磨，实践出真知，完全照搬华尔街的那套肯定不行。经济全球化，人才要本土化。最贵的不一定最好，最合适的才最好。我当年回国，一样面临着融入的困惑，习惯了就自然了，自然了就表明融入了，融入了就有竞争力了。"

李宏转了话题："我早就听石文庆提到过你。当年我在哥伦比亚大学念书时，还经常去你们普林斯顿大学玩，去瞻仰你们的高等数学所，纳什还在那里吧？"

提到纳什和普林斯顿，秦方远的脸上洋溢着自豪，说话的声音就响亮了些："他还在数学系。他是个特别奇怪的人，估计跟他得的那种病有关系，外面传闻他彻底好了，我也不了解具体情况，似乎时好时坏的。有一次他在一间教室的黑板上写了很奇妙的各类公式，学生们都看不懂，我恰好碰到，就问同学这是谁，他们说那就是纳什。一面之缘。"

"你认为普林斯顿大学最大的优点是什么？"

"独立和自由吧！比如访问学者，只要申请过了就全包，包吃包住包薪水，也没有什么学术上的压力，比如必须得在什么级别的刊物上发表什么级别的论文之类的。我们学校是校友捐款最多的吧，校友们以为学校捐款为荣，像六十年代从普林斯顿大学毕业的校友胡应湘，就是那个香港公路大王，他就以普林斯顿校友的名义捐给母校一亿美元，是学校收到的最大手笔的捐款，使我作为华人学生深为骄傲。"

"我去过你们数学系和物理系连体楼，在你们那物理系楼的大厅，挂满了诺贝尔奖的奖牌，甚为震撼！"李宏不忘夸一下秦方远。

李宏善于茶艺，泡了一壶陈年普洱，茶汤红得发黑。秦方远抿了一口，初始是一股中药的气味，继而顺滑，浓稠。

秦方远接过李宏的话也夸了对方一把："哥伦比亚大学也是老牌常春藤，杰出校友很多。像老同学石文庆，您的师弟，他毕业就回国了，还有这么好的运气投到您门下，受益不少。这次跑到美国，变化太大了，我简直不认识他了。"

这个下午，一老一少聊得比较投机。其实李宏并不老，正当打拼之年，秦方远认为丰富的经历使人越来越像一个智者。国外为什么称呼博士学位"PhD（Doctor of Philosophy）"？翻译成中文就是哲学博士。读到博士都是仙人，都会自然而然上升到探讨生命价值、活着的意义或者说出世与入世的问题的层次，是智者。当然，得是真博士，而不是当下美国野鸡大学的假博士，或者国内大学不上一天课的"论文博士"。想到博士，秦方远自然就想到了正在攻读博士学位的乔梅。抵达北京当天，秦方远打电话给乔梅报平安，乔梅在电话中一言不发，直到秦方远说安全到达了，乔梅就自顾自地把电话掐掉了。秦方远真正意识到，这次回国确实把乔梅伤到了，他的心里像被针扎了一下，疼痛起来。

这个下午，秦方远注意到，李宏推掉了几个会见和饭局，把整个下午的时光都留给了他。

两人聊到了铭记传媒项目，李宏不忌讳向后生讨教："你对这个项目怎么看？"

秦方远思索了一会儿，说："不瞒您说，在打算回来的一个多月里，我对国内户外媒体市场做了一个简要的分析，同时对比分众传媒上市的申请材料，我个人认为这个项目有爆发点。"然后，他根据自己所掌握的数据分析了一番。

铭记传媒类似于分众传媒，是更细分的分众，主要在星级酒店和高档写字楼的卫生间安装10英寸的液晶屏。如果说江南春的分众传媒是把大家上班等待电梯的时间充分利用起来，铭记传媒就是把人们上厕所的时间"变废为宝"。

秦方远说，他很在意的是铭记传媒A轮投资人老严，在普林斯顿大学念书的时候，就看到校友捐款名单里有他，这也是他做出回国的决定并加盟铭记传媒的一个重要因素。

李宏接过话说："对老严，我们在美国就很熟，有媒体把他树立为将风险投资引进中国的第一人，不管怎么定位，说明他对这个行业的贡献确实不小。在资本市场上，不管一个人的名声有多大，确定这个人的价值有一个显性的指标，就是看他掌管了几只基金，规模有多大，这说明有多少LP信任他，把钱交给他管理。"

秦方远以充满敬仰的语气说："听说老严手头有两只基金，一只人民币基金，一只美元基金，规模都不小。"

"美元基金有20个亿，人民币基金30个亿吧。"李宏说起来轻描淡写。

秦方远倒吸一口气，猛干了一小杯普洱茶，把杯子放下的时候不经意地停顿了一会儿，敬仰之情更增添了一分。

秦方远想间接了解一下张家红这个人，他比较认真地向李宏请教："国内一个朋友做证券行业分析，也帮我查询了一些资料，做了一些访谈，非正面了解了铭记传媒公司和老板张家红。老板这个人，跟我想象中还是有些不一样，既不等同于山西煤矿老板的彪悍，也不是江浙老板那样锱铢必较，是一个比较特别的人。"

李宏一听哈哈大笑。"这个张总，搞体育时搞了个少年组全国100米跨栏冠军，爆发力强，性格强势。你未来会明白，张总拥有的一些资源是很多企业难以企及的，能够在首都繁华地段树立起户外广告牌是相当有能量的。"李宏说这是中国特色，然后他语重心长地说，"中国资本市场不完全是市场资本主义，你要入乡随俗，实际上讲的就是融入，本土化和属地化，我相信你会随着时间的推移而改变。"

陆续聊了三四个小时，李宏让陕西厨师做了地道的陕西菜，虽然留美多年，李宏还保留着爱吃家乡菜的习惯。回国建好这栋四合院别墅后，就专门请了一位陕西厨师在家烧菜做饭，有贵宾过来，也是如此招待。相较那些高档场所的各色饭局，李宏倡导绿色饮食、健康生活，即使在外面吃鲍鱼海参也不如在家的一顿青菜豆腐稀饭吃得舒服，有营养。

他们两人就像师徒一样，边吃边聊，这情景突然让秦方远有些不好意思，也许今天坐在这里的应该是石文庆，秦方远觉得似乎有点儿夺友所爱。不过，这个念头也就那么一闪而过。

作为铭记传媒第二轮融资的顾问，石文庆就是具体项目负责人。临走时，李宏拍着秦方远的肩头："你们要好好合作。"

4. 融资求生

秦方远上班报到那天，张家红在晨会上把他隆重地介绍给大家。

铭记传媒每天都要召开晨会，先是各个部门自己的晨会，安排具体工作；然后是总部人员集中在大厅，公布重点事项和业绩进展简报。如果有新人加盟还要介绍新人，结束时就喊喊公司口号，什么优质服务之类的。

秦方远被张家红推到前台，往前面一站，立即引起了队伍里一些小小的骚动，当然主要是一些小姑娘。

事后李贝贝形容，他大高个儿，瘦，沉静、清晰、谦逊的话语，再加上习惯性地夹杂着英文单词，习惯性地轻轻耸肩，还有一份陌生环境的羞涩，简直把这些小姑娘给迷倒了。

秦方远做了一个简短的开场白，话不多，说话时还有些脸红。人群中窃窃私语。

张家红补充说："秦方远是我们公司从华尔街引进的高端人才，负责我们的融资和投资，各个部门要密切配合。没有钱我们怎么布点？没有钱我们怎么发工资？我们要上市，要做大公司，要基业长青，就得融资。"

张家红说话通俗易通，不愧是销售出身，套话官话很少。结束时，她问大家："看过《天下无贼》这部片子吧？这部片子的经典台词是什么，还记得吗？"

办公室主任董怀恩抢着说："二十一世纪什么最贵？人才！"

他还学着片中黎叔的语气，学得惟妙惟肖，人群中爆发出笑声，气氛一下子就活跃起来。张家红一看气氛起来了，就顺势说："你们对秦总有什么期待的，或者有什么想了解的，都可以敞开了问。"

"可以问隐私吗？"不知道人群中谁抛出了这句话，明显是女声。

张家红看了秦方远一眼，转头说："这个也可以。"

秦方远感觉张家红蛮亲和的。

人群中有个女声迫不及待地问："秦总有女朋友吗？"

这个问题早在秦方远的意料之中，从他进入公司的第一刻起，他就感觉到了许多异性年轻而热烈的眼神。当这个问题提出时，人群中响起了掌声，好像鼓励他回答，也是种良好的期待。

他立即回答："有。"停顿了一秒，他略带微笑，补充一句："她还在美国。"然后底下小姑娘们一片夸张的"啊""哦"表示失望的声音。

许多日子后，肖南回忆起这个场景，对秦方远说："你其实挺滑头的，第一句是诚实的回答，第二句则表露出别有用心。在美国不在身边，不就是说在国内自己是单身，是完全自由的吗？狼子野心啊！"秦方远嘿嘿一笑，也不辩解。

秦方远也清楚地记得，那天晨会散场时，站在前台，他像领导一样目送大家一个一个离开，其中有一个人投过来不屑一顾的一瞥。后来才知道，那个人叫肖南，大客户二部销售总监，据说是铭记传媒公司销售的当家花旦，一个人完成公司一半以上的任务。

5. 要操盘，先掌权

秦方远在铭记传媒的职务是董事长特别助理兼投融资总监。这是在面试时，秦方远跟张家红主动要的，张家红一口应承，薪水都开那么高了，职务又算得了什么。

秦方远心里很清楚，做融资要决策的事情很多，人多嘴杂，议而不决，会严重耽误进度，所以要有权。这个心思，好像一眼就被何静看出来了，秦方远故意装作不懂董事长特别助理是干吗的。

何静说，特别助理就是某些权力仅次于董事长，何况现在董事长又兼总裁，更是权倾一时。何静那天在秦方远的独立办公室里，脸上带着一丝难以捉摸的浅笑，轻声细语："你倒是挺像典型的中国'海归'，镀过金的。海外的本事还没机会见识，中国的道道你可是精通得很。别的不要，先要个特别助理。这个特别助理可牛了！一方面你可以代表董事长处理事情；一方面你的工作只向董事长汇报，什么VP、副董事长啊，全不在话下，你的眼里只有一个人——张家红。"

对赌

虽然话里带着刺，秦方远当作听不见，只是冲她微笑，眼睛还带着一丝赞赏。这姑娘，年纪不大，却不像外表表现出来的那么简单。

秦方远争取了一间独立办公室，紧靠着张家红的办公室。办公室面向长安街，落地玻璃窗，站在窗前俯视，长安街景一览无余，就像当年他在曼哈顿的摩根士丹利总部大厦俯视地面上衣冠楚楚的人群，那感觉，君临天下，志得意满。对面是长安俱乐部，也经常能俯瞰到豪车和体面光鲜的男女在那里进出。后来，每当秦方远疲倦时，他就站在窗前，俯视着中国最有权势和最繁华的马路上的芸芸众生，有钻营的官吏，有投机的商人，也有跑"部""钱"进的各路诸侯，就会感慨人间香火旺盛。

第一天上班的中午，张家红亲自到秦方远的办公室看了看，然后叫上办公室主任董怀恩，安排说："给秦总的办公室多添置一些盆景，水仙花、文竹之类的，让物业别忘了浇水。"

董怀恩连连点头，接受完任务，临离开秦方远办公室时还不忘说一句："如果秦总有自己喜欢的或者特殊需求，尽管吩咐就是。"

实际上，董怀恩比秦方远还大两岁。有人曾经形容说，中国的办公室主任基本上是迎来送往，带头鼓掌。不过，秦方远认为，作为企业的办公室主任，一个很重要的职责就是内部的后勤管理和协调各部门之间的关系。

张家红亲自安排完采购鲜花盆景后，邀请秦方远共进午餐。

午餐选在东方广场 W3 座一层侧厅中式餐厅 My Humble House（寒舍），圆拱形的玻璃天花板，透过玻璃可以望到蓝天，空间宽敞，就餐环境安静。他们选择了一个靠窗的位置，张家红喊来服务生，让秦方远点餐。

秦方远说："就工作套餐吧，简单点儿好。"

张家红说："那怎么行？今天是我代表公司为你接风。我来吧。"

她接过菜单，点了店家推荐的几道菜：两份人参炖湛江鸡汤，两份佛跳墙，一份台式炒杜果贝，外加一份辣汁京葱鹿筋煲，主食是两份花雕阿拉斯加蟹拌稻庭面。

张家红在点菜的时候，秦方远眼睛扫过餐厅四周，从临近的餐桌，一桌桌扫过去，直到最远端其他桌的客人，身上都是西装革履，脸上都是一样的表情，踌躇满志，激越江山。没有看到什么。他低头对着手头的另一份菜单，心里盘算起来：好家伙，这顿午餐不包括酒水就要1300元，比美国还贵。这不是一般人会来的餐厅。秦方远心头一凛，隐约意识到自己的心思。那个于岩，她不就在这里上班吗？总会下来吃午饭的，也许可以再次遇上她。

张家红没有注意到秦方远的神情："你是喝白葡萄酒还是红酒？要么是艾格尼阿玛罗尼红酒，要么是谢密雍白葡萄酒？"

秦方远说："张总，已经够丰盛了。您的心意我领了，下午还有工作，我们就喝点儿别的吧。"

这时候，穿着一袭白衣裙的何静过来了，手里拿着一盒酸奶。服务员认识何静，拉开门让她进来。

秦方远惊讶地看着何静走近，以为她也参与中餐。

何静走到他们的餐桌前，放下牛奶，对张家红说："张总，酸奶放这儿了。"然后，她对满脸诧异的秦方远招招手，算是打了个招呼，就像一阵轻风飘然离去。

张家红看到秦方远的神情，以为秦方远对何静送来牛奶感到诧异，就解释说："听石文庆说过，你喜欢喝酸奶，这是从我朋友的农场送过来的。"

秦方远听闻心头一热。

在等餐的空当，张家红快言快语："不瞒你说，虽然公司的商业模式不错，但现在财务状况不是很好。那个老严，就是我们第一轮投资的严总，已经同意我们启动B轮融资。我对融资的要求：一是这次金额要大；二是融资时间要短。现在市场上一些区域性竞争对手也在做，我们要抢时间。"

秦方远知道张家红对这轮融资的急迫，观察人事是投行人士的职业本能。秦方远认真思索了一番，再次跟张家红确认："张总，如果这次融资成功，希望公司能设置一个合理的管理层期权池，并兑现承诺给我的 10% 期权。"

张家红听了大吃一惊："10% 的期权？我跟石文庆说过，是期权池总量的 10% 啊。"

这下轮到秦方远大为吃惊了："我回国之前跟他敲定的是 10% 的期权，而不是期权池总量的 10%，这有本质上的区别。他不是说和您敲定了吗？"

秦方远心里开始发紧，是不是石文庆这家伙为哄自己回来就编造了承诺？这可开不得玩笑啊！秦方远回国赌一把，是冲着期权来的，可不是为了薪水，这种薪水秦方远在美国再奋斗一两年就能拿到，那可是华尔街啊，含金量完全不一样！

他紧紧盯着张家红。

张家红是聪明人，她脑袋瓜迅速转起来，表现出恍然大悟的样子："哦，对了，石文庆跟我提过，没问题啊！"

秦方远如释重负。

张家红心里很不爽，这个看起来很阳光、很青春的小伙子初来乍到，屁股还未坐定就狮子大开口，私心也太重了吧？不过，先答应了再说，融不了资上不了市，再多的期权也连张废纸都不值。

张家红乘机做出探讨的姿态："你觉得这轮融资多少额度比较合适？"

秦方远不假思索地说："一般而言，对于项目方来说，并不是融资的额度越大越好，融资 2000 万美元不一定比融资 1000 万美元好。成功的融资，一定是首先找对投资机构，然后再融到合适额度的资金。企业的融资额度，一般以未来 18 个月或者 24 个月企业运营、扩张和发展所需要的资金额度来计算。也许，企业在 18 ～ 24 个月后发展势头良好，现金流回收充足，那时候企业的价值更高，再去融资会融来更多的钱。也许，企业在 18 ～ 24 个月后就上市了，那时候，企业在股市上的价值更高，股民会用更多的钱来支持企业。

"并且，融资额度和进程与公司中长期发展战略有关，还涉及未来的扩张路径，是全部一个个自行开拓网点，还是自行开拓兼并购等，这些因素都要考虑。"

张家红一听，心里就有谱了：哎哟，怎么和老严说的差不多啊？我说这次融资就搞个大的，一笔融到位。老严说这个阶段融那么多钱干吗？规模起不来，净利上不去，估值高不了。我还纳闷呢，一次性融多一些岂不是更好吗？秦方远三言两语就解释清楚了，与老严的提议不谋而合。她刚才因为期权的问题引起的不快烟消云散。

秦方远接着说："在投资者进来之前，我们需要做一份商业计划书。我有两个要求：一是财务和经营情况对我公开；二是我们要充分讨论未来的战略发展规划，需要各个部门配合。也就是说，我需要您授权我在这次融资事件中可以支配各个业务部门。"

如果抛开刚才秦方远庞大的物质欲望，张家红还蛮喜欢他这种直来直去、作风强硬的风格。对了，他是什么性格的人呢？她迅速在心里琢磨起来。上半年公司还请了乐嘉过来培训，对每个人做了性格分析。人的性格分成四种：绿色代表性格和缓，善于沟通，大智若愚；蓝色代表冷静，性格沉稳；红色代表性格急躁，作风强硬；黄色则是皇帝性格，说一不二，唯我独尊。张家红认为自己是偏黄色。那眼前这个小伙子是什么颜色呢？红色偏蓝？

张家红做销售出身，计算得失自然亮堂，她曾经在公司大会上话语凌厉：公司花这么多钱雇你，你的时间是不完全属于你的，你的时间是很贵的，如果浪费在一些低效率的事情上，是在浪费公司的钱和资源，是不道德的。这是赤裸裸的西方经济学对抗马克思主义经济学的宣讲，把台下从小接受社会主义教育多年的员工们讲蒙了。自然，对于秦方远此番提议，听起来似乎在揽权，实际上恰合她心意，只要达成公司目标，枝枝节节何必计较。想到这儿，她当场表态："这些都没有问题，即使公司其他业务受影响也在所不惜，我们要全力以赴。"

张家红说到做到，行动迅速，午餐结束后，回到公司就立即召集各个部门的总监开会，完全按照秦方远的要求做出了详细安排。

6. 中国式海归聚会

回国上班半个月，石文庆数次邀请秦方远参加各种聚会，侨联、侨办、外办、欧美同学会、海外校友会等举行的招待会、茶话会、午餐会、慈善晚宴舞会之类的活动，他都没有去。

初到美国留学时，秦方远处处感觉新鲜，和石文庆一起参加了很多场老乡会、校友会、纽约同学会之类的活动，几乎占用了第一学年各种假期。在这些聚会上，秦方远最大的收获是获得了乔梅。

之后，他基本上闭门不出，除了工作后在纽约参加过几次华人聚会，他还是以投行菜鸟的身份参加的，之后就兴趣寥寥。一方面是受不了菜鸟被忽视的郁闷；另一方面，他厌倦了互相吹捧的氛围，虽然他知道这就是华尔街，一切以金钱论英雄的江湖。在他内心深处，还是喜欢青山绿水般的宁静和简单。

这个晚上，秦方远对石文庆说还是算了吧，我在家看看书得了，却迎来石文庆好一番数落："做了投行怎么就没有改变你的性格？做这行的不能沉闷，要像狼一样凶悍、狐狸一样狡猾，要有狗一样的嗅觉，虽然你回国做甲方、做融资，不做投资了，不像我四处找客户，但怎么的你也要找 VC 和 PE 吧？虽然我们是中介，有介绍的义务，但多认识一个人总比没有好吧？在家千日好，出门一时难。在家靠父母，在外靠朋友。这是古训，你懂不懂啊？怎么的也是个海归，既然回来了，我们就要适应这个圈子。圈子就是资源，山不转水转，现在用不上，不一定代表未来用不上啊！知道吧？"

"我是不喜欢那种场合，男的个个脸上挂满欲望，女的珠光宝气，说着无聊的话，那不是浪费时间吗？那场合适合你泡妞，要是想找资源搞投资，可以上个 EMBA（Executive Master of Business Administration，高级管理人员工商管理硕士）啊，清华、北大或者中欧的。"

"瞧你说的，我们除了工作就没有生活了？中欧 EMBA？那都是功成名就的大老板玩儿的，身家不上亿，人家不带你玩儿；还是我们这些人身份相当。今晚你得去啊，都是我们这些年轻人，最大的不会超过40 岁，不去你会后悔。"

秦方远故意插科打诨：那×× 商学院 EMBA 呢？据说每期会招美女主持和明星进去当招牌。我在纽约就听闻过一个段子，说是一事业有成家有妻儿的成功人士上了该校 EMBA 班，最大的收获不是认识了一帮名流富豪同学和隔三岔五打打高尔夫，而是收了一堆房卡，EMBA班女同学太主动，"又给我塞房卡，不收还不高兴。忙起来一天要赶三四个场，真是吃不消。"这，这，太适合你了。去读个班，比你赶场子四处猎艳好啊，安全还低成本。

石文庆一脸不屑：喂，我可是单身贵族，可以名正言顺地找任何姑娘谈恋爱，干吗要花几十万的门票钱上个啥 EMBA 泡妞？那都是老男人老腊肉暴发户们干的勾当。

秦方远推辞不了，就在石文庆婆婆妈妈的唠叨中上路了。

这个晚上的聚会是一个海归俱乐部发起的"海归之夜"大型鸡尾酒会，在东二环华润大厦。他们在请帖上写了一首诗，不知从哪里抄袭的：香车美酒的风光 / 衣锦还乡的荣耀 / 你拥有了财富、魅力、智慧 / 默默站在你身边 / 深醉时的一杯醒酒茶 / 归家时的一盏灯 / 还有与你共度一生的勇气 / 读懂你的渴望 / 拂去你心灵深处的寂寞 / 蓦然回首……

临出门，石文庆进行了一番精心的打扮。

石文庆的穿着比秦方远要讲究多了。西服是浅灰的 Ermenegildo Zegna（杰尼亚），时尚年轻。回国之前，石文庆四处打听国内这些年流行什么，听说这个牌子后，一下子买了两套，比国内便宜不少。还买了件 Cerruti 1881（切瑞蒂 1881）的西装，是留着重大庆典时穿的。据说那年李安导演的《卧虎藏龙》获得奥斯卡最佳外语片奖，颁奖典礼上周润发穿的就是只有三粒纽扣的切瑞蒂西装礼服，含蓄端庄。西服套着法国 Yves Saint Laurent（圣罗兰）的真丝衬衫，至于休闲衬衫，则是美国的 J. Press（普莱诗）。普莱诗是美国最有学院气的品牌，哈佛和耶鲁这些美国东部常春藤名校的人都喜欢这个牌子的衬衫。皮鞋是意大利 A.Testoni（铁狮东尼）。皮带是全黑的 Versace（范思哲），配西装。

秦方远则相对简单得多，他经常去纽约梅西百货买打折品，穿的最多是 J. Crew（J. 克鲁），普普通通。

石文庆自己的沃尔沃这天限号，借了辆路虎 SUV（Sport Utility Vehicle，运动型多用途汽车），发动时像男人一样怒吼，充满着炫耀的力量感。石文庆说："这个海归俱乐部就是给我们这帮留学回来的人建的，我打算加入进去。搜狐 CEO（Chief Executive Officer，首席执行官）张朝阳是俱乐部的常客，比我们还潮，很多企业的 CEO 也加入了。据俱乐部的人介绍，他们经常组织京城业界精英超级派对，像百度 CEO 李彦宏、联想集团副总裁刘军、'打工皇帝'唐骏等也曾参加。"

说话间就到了东二环的华润大厦。坐电梯上了华润大厦 28 层，一种静谧扑面而来，眼前是一个由夏威夷设计师设计、洋溢着浓浓古典美式风格的宽大房间，古朴的油画、深棕的泰釉、泛青的磨砂玻璃，文雅，有格调。

活动安排在第 29 层，这是华润大厦的最高层，没有电梯，只能从 28 层沿着旋转而上的楼梯进入。沿旋转楼梯蜿蜒而上，呈现在眼前的是一个阔大的露台。

活动已经开始了。服务生们在门口笑脸相迎，有些端着酒水在人群中穿走，有葡萄酒、红酒、鸡尾酒、威士忌。秦方远随手拿了杯威士忌，自行找了个安静的地方。

石文庆一进门就不断地和人点头，看来，他是聚会的常客。

　　秦方远想起了一个场景。美籍华人安普若安校长的网络小说里描写了海归主人公在国内做投行的声色犬马的生活，其中就有一段是写海归们聚会的。主人公包博出席了几次，并认识了一大堆人，从查尔斯张、Dr. Chen（陈博士）到去国外一年混个学位就跑回来的"游学生"，五花八门，什么人都有。不过包博觉得那些人没什么用，就是贵为总裁、副部级干部，包博也不太看得起他们。他觉得这些人大部分不是来蹭饭吃的，就是来找机会泡妞的，要不就是想多认识点儿人做发财梦的。他们中有的人连英文都说不清楚就号称是剑桥大学的经济博士，还有脸给市政府当经济顾问呢；有的见到别人的第一句话就是"我是加拿大人"，胸前总是别着一枚加拿大红枫叶国旗的徽章；有的名片上印着"加拿大温哥华华人企业家总会会长"，还真以为自己是华侨领袖呢，其实就是几个人注册的那么一个非营利组织；有的是包打听，见了包博第一句话就问"你回国创业的钱是谁给的"，第二句话是"你现在有多少身家"，第三句是"你现在赚到钱了吗"……都不知道该如何回答他；有的像三年没见过女人似的，只要有漂亮妞出现，立刻黏上去，先介绍自己已经入籍拿外国护照（谁知道是塞浦路斯护照，还是毛里求斯护照）了，再介绍自己的年薪是多少多少，更神的是直接告诉人家我有 18 亿元的身家，然后再花 180 元请小姑娘吃顿饭，并讨论由性到爱的长短问题和"18 亿元 +18 岁 =180 元"的数学公式……包博见了这种百无一用又令人作呕的人，想躲都来不及，一群废物加傻 ×！如果稍微得志一点儿，就开始牛气冲天地吹自己"一生中已没有什么事情再值得我去努力、去追求了"，简直让包博"佩服"得浑身起鸡皮疙瘩。难怪国内同胞拿海归说事儿呢！这帮废物到哪儿都是废物，在国外是，回了国还是。包博可没时间浪费在这些人身上。同时，包博还是想保持他低调行事的原则。所以这种活动他去过几次之后，就再也不露面了，除非是政府邀请的正式活动，他会去，但去了也是凡人不理！人家问他要名片，他满脸微笑但骨子里透着一股凉气地说："对不起，没有！"

　　想着这个场景，秦方远立即感觉眼前的场面似曾相识，他可不想成

为生活中的傻 × 加废物，就本能地坐在一个僻静的角落，一个人在那儿喝威士忌。

秦方远看着前来参加聚会的人满腹的虚荣，内心便有点儿寂寥。他突然想念起乔梅，想念他们在美国一起出行、一起欢笑，那种紧紧缠绕的柔情。而眼前，灯影交错，他虽然自由适意，却是实实在在地孤寂。

石文庆领着一个女孩走到秦方远身边，介绍道："这是刚从英国留学回来的 Monica（莫妮卡），现在在国企工作，是我们这里有名的美女。这是我同学秦方远，美国普林斯顿大学毕业，在华尔街做了三年投行，现在回国发展了。你们好好聊。"说完，他冲着秦方远眨眨眼，做了一个暗示的表情，然后就快速地没入人丛中，找女郎们嗨去了。

秦方远仔细地看了看 Monica，她涂着厚重的粉底，抹着浓重的眼影，身上还有浓郁的香水味，便有些意兴阑珊。他不喜欢把自己清纯的本质掩藏起来的女孩，再美他也觉得那是虚伪。Monica 像是自来熟，开口就是一番滔滔不绝，基本没给秦方远说话的机会，就说自己来这里就是为了多认识些人，以后做项目就可以有更多的资源来整合。

秦方远礼貌性地点点头，轻描淡写地说自己第一次来这里。然后，他举起杯，跟 Monica 碰了下杯，似乎有些突兀地表示身体有些不舒服，建议 Monica 去找别的留学生。

Monica 一愣，就有些不依不饶，脸上有些不高兴，说起话来声音有些大，不知道是因为环境嘈杂还是怕秦方远听不懂："来这里就图一乐，干吗把自己裹得严严实实，搞得那么清高寡欢的？"

本来还礼貌有加的秦方远一听这话，立马认真打量了这个姑娘一番，硬邦邦地回击说："我是来陪同学的，我有权利选择清净。"整个一个生瓜蛋子的状态。

也许说话的声音有些大，一些人开始往这个方向围过来。那姑娘站起来，对着往这边张望的人群摆摆手："没啥事，我们聊得欢着呢。"

秦方远对这个姑娘的应急举止哭笑不得，刚才还像干仗似的，怎么就聊得欢呢？不过，他心里倒是为此少了些抗拒。

"你是刚回国的吧？之前也没有见到石文庆带同性来过，姑娘倒是不断变换。"

"那是他的本性，你也知道了？"秦方远听到这儿眉头舒展开来，就不是那么冰冷了，倒显现出天真的一面来。

"西门庆嘛，谁人不知？连他自己都坦然接受这个称号，据说还是你们这帮同学给起的雅号。"

姑娘抿了一口波尔多红酒，扬着眉毛，对秦方远挑逗式地说："你们回国参加这个聚会都得来向我报到备案，本姑娘是盟主。"说完，她又猛地往自己嘴里灌了一大口酒。

秦方远很吃惊："这是什么鸟？"这句话让他想起在美国念书时和石文庆去一位同学家参加的聚会。那位同学是中东人，石油家族，钱多势大。那次聚会上，就碰到不少放肆的美国女生，比男人还要强悍，不过，那时她们都在微醉状态，也就见怪不怪了。

秦方远站起来，准备扶一下莫妮卡："你喝多了吧，我扶你去旁边沙发上休息。"

"好啊，你还蛮绅士的嘛。"莫妮卡有些大舌头了。她个头在一米六八左右，胖，在秦方远搀扶的时候，整个人瘫在秦方远身上，嘴里喷着酒气，双手钩住秦方远的脖子。

秦方远心想：这是什么鸟啊？整个儿一粗犷的大妞。

等从酒宴出来，石文庆发动他借来的路虎："我靠，还认生，半天都点不着。"正说着，就听见"嗡"的一声闷响，车子终于点着了。

拐上主路，石文庆说："别看那女孩子对你凶，不友好的样子，那说明她对你有意思了。我参加聚会那么多次，怎么就享受不到这种待遇呢？你瞧瞧，你这先天的条件在这种场合还是颇有诱惑力的。"

"诱惑力？我可是在一旁坐着喝东西，没跳没闹的，也没有招惹谁，谈什么诱惑力啊。"

"你就装吧！有些人还就是喜欢你这种外表淡定内心汹涌的伪君子。还是说正题，刚才和你搭讪的那个姑娘在一家大型垄断国企负责广告投放，多少人想巴结她。还要告诉你，她可是南方某地前省长的千金。"

秦方远心想，我一不拉广告，二不攀龙附凤，管她是谁家的千金呢。

石文庆从后视镜看了秦方远一眼，他比较不爽秦方远故作清高的神情，于是继续开导："这个女孩不是啃老族，自己挣的钱不少，几乎每个月都要跑趟香港购物，简直就是购物狂。知道钱哪儿来的吗？她在这家国企管广告投放，国企老板是她爸爸在位时提拔起来的。当然，她爸爸还在位，没有退。在地方不是和省委书记有矛盾吗？中央就把她爸爸调到国务院某部委担任正部级的副部长，有职有权。

"话扯远了。这个女孩比我们大两三岁吧，估计刚过三十岁。我打听清楚了，她自己管理一亿元的投放额度，和其他同事共管两个亿的投放额度。按照广告圈的潜规则，每笔投放会有 20% 的佣金，即使共同投放的两亿她一分钱都不拿，只拿她主投一亿的，每年至少也有 2000 万元的收入！"

秦方远瞟了一眼石文庆："你盯上人家的钱袋了？你原来可不是这样啊，你家里从小就不缺钱。"

"呵呵，我是盯上了，但是人家看不上我啊！"石文庆在秦方远面前说话向来不藏着掖着，"我是看上了她和她家里的钱，那么多钱，怎么花啊？我得想办法为他们理财啊。再说，现在做项目容易吗？得抢啊，靠什么抢，就是靠资源。现在都什么年代了，像高盛、摩根士丹利、瑞士信贷这些海外豪华投行，早些年还完全可以靠专业、靠品牌，现在都活得很猴精了，都知道挖高官的子女亲戚什么的。没有高层资源行吗？有一个靠一个。"

秦方远打断他的话："你现在就整天想着帮官员理财？有多少人像上次那样，愿意出那么高的佣金？再说，干这行，很危险。"

"不就走钢丝吗？人家真正走钢丝的都不怕，我这个操盘的怕什么！有什么风险？这个来钱快，懂吧。像上次找你华尔街朋友办的，顺风顺水，挣钱快啊！"

"这类钱，究竟能有多少？"

"给你讲两个案子吧，都是被公开查出来的。一个垄断性国企的副总经理，每个礼拜都会按时收到山西煤老板派人送来的一麻袋现金，每袋 50 万。每个周末，这个副总就自己跑到存款机一笔笔地存，交给别人不放心啊！家人？万一在外面养个小蜜啥的，要用钱啊，一旦每笔钱都被他老婆掌握了，那还不是吃不了兜着走。就是这么一个人，多傻！犯事后，检察机关查到仅这项存款记录就有 51 笔。

"还有一个案例。某部委一个关键岗位的处长，在北京不同位置买了三套房，每套房都腾出一间房子堆放现金。案发后，检察机关发现，三间房子堆满了现金，有用皮箱装的，有用购物袋子装的，甚至有用牛皮信封装的，知道盘点后有多少吗？三个亿！你说他们土不土？如果漂白了，估计也不会有事了；即使有事，自己进去了，钱还在啊！像台湾的陈水扁那样，自己进去了，钱还大把在海外，子孙几代估计都用不完。"

听着这些，用"惊心动魄"来形容秦方远的心情也不过分。他一时沉默了。

石文庆把车子拐上东三环，开着路虎就是爽，他没有直接回去，而是沿着三环兜起风来。凌晨时分，白天拥挤不堪的三环路终于可以喘口气了，车子不多，开起来痛快。

石文庆从后视镜看到秦方远沉默的样子，他说："对了，你别岔开话啊。刚才说那个女孩的事情，如果人家搭讪你，别拒绝人家，怎么的也试一试，万一有戏呢？"

"那是不可能的。"

"怎么不可能？是不可能联系你，还是你们之间不可能？"

"我们之间不可能，我不喜欢这样的女人。"秦方远重重地用了"女人"一词，而不是像石文庆那样用"女孩"。他蓦地想起于岩，在飞机上与他相谈甚欢的女孩，她才当得上是女孩。如果 Monica 是像于岩那样，也许他……

"别啊，怎么的也泡一泡，即使最后不成，爱情不在友情在，怎么的也为哥们儿搭个线。看在我们同窗多年的分儿上，这个牺牲你应该付出啊！"

秦方远不屑地说："让我牺牲爱情为你挣业绩？我可没有那么高尚。为你打架斗殴可以，像在美国那次，几个黑人小子抢劫你，我为你挨两刀也毫无怨言，但我可做不到牺牲我一个幸福你们大家。"

石文庆看了一眼后排座上的秦方远，继续开玩笑："牺牲了你的色相，未来我给你补几个。像那个乔梅，可是我给你介绍的哦！"

提到乔梅，秦方远心里如针扎，有些痛楚，又有些烦躁。

他回国后，给她打过几次电话，她没有接听，也没有回拨。发MSN，发邮件，石沉大海。看来，乔梅对他是真的恨。这几天，他已经不敢拿起电话，怕听到那冷漠的没有尽头的嘟嘟声。他知道乔梅的脾性，可不像普通女性那样拿小脾气当武器。她说不理你，那是真的不理。说恨，是真的恨。

只是，昨天晚上，他偶尔翻检托运过来的行李，翻出了一本健康书，还有在纽约上班时乔梅给他制订的日常菜谱和营养计划。比如，乔梅用娟秀的小楷写着：每天要吃至少五种蔬菜；不能喝碳酸饮料，要喝牛奶；不能吃肥肉，每天要慢跑 30 分钟，做 50 个俯卧撑。瞧着那些熟悉的字，温暖的语气，他五味杂陈。

第三章

运筹帷幄

———

打铁先得自身硬，融资先得自己行。商业计划书要弄清楚三个关键问题：我们企业是做什么的？我们怎样赚钱？VC 为什么要投资我们？这些清楚了，就成功了一大半。

1. 成大事者，不怕得罪人

到公司上班不到一个月的时间，秦方远就被人举报，举报他的不是别人，而是一些总监们。

负责媒体资源开发的邹华生看来是真急了。一天下午，他在张家红的办公室门口排队面见时就怨声不断，待张家红喊他进去，这位 45 岁的河北男人气呼呼地说："秦方远是个什么样的人啊，太让我丢脸了！"

张家红纠正他："应该叫秦总。怎么回事？"

邹华生说："您安排我们这段时间尽量满足他的需求，他倒好，这一个礼拜都给他占用了，每天不到六点就给我打电话，说要去看几个网点。看就看吧，你这么早起来，人家写字楼，还有高档饭店，门都没开呢，客户还没有上班啊！我都一把年纪了，哪受得了这样的折腾，这就不说了，关键是这么早赶过去人家也没有开业啊！他却说，北京太堵了，不早点儿动身，时间都耗在路上了。这还是其次。关键是，每到一个客户那儿，基本上都要待上半天。待就待嘛，关键是待在厕所里，像什么样子嘛！昨天，他拉着我在国贸三期饭店上上下下跑了好几个卫生间，有的卫生间不对外开放，只对本公司员工开放，他也非要进去。在租户多的一层，他一待就是两个小时，还一个一个地数人数，掐表算时间，看每个人进去的时间，看液晶屏的时间，弄得上厕所的人诧异不说，有的还去投诉了。"

张家红立即明白了怎么回事，人家秦方远是在干活儿啊！虽然不知道在干什么，起码人家很敬业。想到这儿，她三两句就把邹华生打发走了："秦总的任何要求，我们都必须满足，这是不能打折扣的。"

邹华生悻悻地走出来，还嘟囔着："人家物业说了，这个小伙子看起来文质彬彬的，怎么整天泡在卫生间里？是不是神经有毛病？"

抱怨的不只是开发部门的人，做销售的也来告状了，说秦方远手伸得太长，差点儿搞坏客户关系。告状的是张家红的亲信，大客户三部的李晓红。这个已年过不惑的中年女人，跟着张家红在广告行业干了十年，按理说，应该觉悟不低。那天陪同张家红接待完一个广东客户后，她抱怨说："那个新来的秦总竟然跟我要客户电话，说要给我的一些客户打电话。这太犯忌了吧，我的客户的联系方式怎么可能给不相关的人？您发话了，我们全力配合，没办法啊！给就给了，可是不知道他是故意捣乱还是不懂事，上来就对我们的客户说，你为什么要投放我们的媒体？"

越说越来气，李晓红也许是实在憋不住了："哪有这样问话的？就是做客户调查也不能这样问啊！我们巴不得对客户说得天花乱坠呢。瞧瞧他干的这叫啥事啊，愣头青！"

张家红示意李晓红闭嘴，但她心里也不理解秦方远的所作所为。

唯一没有被秦方远骚扰的是大客户二部总监肖南。肖南也听到李晓红他们对秦方远的风言风语，暗自庆幸自己没遇上。

好景不长。一天中午，秦方远叫肖南一起吃午饭。那次秦方远不是跑过来在肖南的耳边说，也不是在内部的自动办公系统上说，而是站在他办公室门口对着肖南喊的，那还得了！公司为了节约成本，也有互相监督的意思，开放了大办公区，绝大多数人都在大办公区办公，就是销售总监也不例外。因此，秦方远喊肖总的时候，大办公区的员工都听见了，他们整齐划一地停下了手上的活儿，齐刷刷地把目光投向秦方远，然后又转向肖南。肖南本来不打算去，公司很多小姑娘巴不得有机会与秦方远共进午餐，她可不随这个大溜。转念间，肖南决定应邀，看看他会怎么着。

肖南祖籍吉林长春，父母是地质大队的，经常在野外考察，居无定所。她在5岁的时候就跟着爷爷投奔在四川德阳上班的叔叔，一直到18岁，然后上的是中国劳动关系学院。在上大学时，她就开始在一些广告公司做业务，大四毕业后自费跑到英国纽卡斯尔大学读市场营销。

肖南是为数不多的能为铭记传媒签来真金白银单子的人。在一次内部营销经验交流会上，张家红提议让肖南讲讲经验，与大家分享。肖南讲道："很多基础很好的合作开展不起来是因为那些事都是你想做的，而不是在对方规划内的。所以人脉越深越要事先做足功课，深入研究对方，抓住对方一个强需求点来设计一个有针对性的方案，让对方直接选Yes or No（做与否）。不要去谈战略合作之类的概念，从一个点开始先合作起来。"

这个看起来非常感性的文弱女子，看问题的深度超过那些自命不凡的男人。

很多人认为，肖南身边肯定不乏男人，其实他们都错了。肖南回国后，从来没有碰过男人，尽管也周旋于夜总会，或登山、骑马，混迹在一些非常男人的活动空间，但她却一直洁身自好。肖南的初恋在英国。她发现这个人的品质存在严重的问题，跟她交往的同时，还与在伦敦的另外一个上海女孩保持亲密关系，难怪他经常往伦敦跑。肖南知道真相后，没有任何犹豫，手起刀落，断绝关系，很快从迷失的热恋中爬出来，打落的牙齿往肚里吞。

秦方远约在东方广场附近的菜根香酒楼。他对肖南说，知道你能吃辣，会吃辣，甚至无辣不欢。肖南听他口气里隐隐透着熟稔，微怔：他怎么知道我的饮食习惯？学得很快啊，做足功课，深入研究，先从一个点开始切进去。嘿嘿。

　　他们找了个靠近窗台的位置，窗外就是中国医学首府北京协和医学院，这所当年由洛克菲勒基金会投资创办的医学院，灰砖青瓦，朱红色墙面，古色古香，有一种沧桑的淡定。他们坐定，点菜。秦方远说："我们点两菜一汤吧，每人点一道菜，汤就要一个萝卜鲫鱼汤如何？"

　　肖南说："你都点了吧……你这么了解我的口味。"

　　肖南这句话说得让秦方远有些不好意思。点完菜，秦方远说："你知道'喜鹊'吗？英超的，我喜欢。"

　　肖南摇摇头。

　　"就是你们纽卡斯尔联队啊！"秦方远呵呵一乐，"英超每个球队都有一个外号，比如阿森纳叫'枪手'；布莱克本叫'流浪者'；博尔顿叫'快马'；桑德兰是'黑猫'；查尔顿外号叫'鳕鱼'，据传，二十世纪初他们的球员普遍爱吃鳕鱼。"

　　"我去看过他们的比赛，但和你比不了，我不是球迷。"

　　"你在广告行业干了几年了？你比我小一岁吧！"秦方远看似漫不经心地问。

　　肖南立即警惕起来："不是不能随便问女士的年龄吗？"

　　秦方远一乐："我看过公司总监以上的人事档案。当然，是经过董事长批准的。"

　　肖南明白了，有种被人扒光了衣服的感觉。她接过话茬儿："是选美呢，还是选人？"

　　刚说完这句话，她自己就有些想笑，想起那些姑娘私下都抢着议论秦方远，但是人家来了一个多月，却没有人明刀实枪去搭讪。也许她们想着秦方远是有女朋友的，那怕什么呀？只要没有结婚，任何人都有竞争的机会。何况那女友还在美国，山高皇帝远，哪比得上近水楼台先得月。

　　肖南神情愈加轻松起来，就说："我都干了三年广告了，英国留学我只读了一年半，回国就进入广告圈了。这个行业就是一个名利场。"

　　秦方远说："我听说女人拉广告比男人有优势。"

肖南有些不屑地说："你是不是想说，女人有身体的优势啊？你这么快就了解广告圈的流行说法：拉广告的女人就是'三陪'，陪吃、陪喝、陪睡；男人就是'三拼'，拼酒、拼钱、拼体力。你以为我拉广告靠身体吗？"

秦方远忙不迭地说：抱歉，就是一段子而已，绝无冒犯之意。肖南看着秦方远那副真诚得不得了的样子，不禁莞尔一笑。

他们边吃饭边聊天。也许是有意为之，秦方远表现得漫不经心，他随便问了肖南一个问题："你们营销专业经常制造一些新名词，我都搞不懂，今天向你这位专业人士请教一下，如何区分推销、促销、营销和品牌销售？"

肖南明白秦方远是在考她，心里想：哼，这算啥，岂会难倒我？她想了想，说："给你打个比方吧。男生对女生说'我是最棒的，我保证让你幸福，跟我好吧'——这是推销；男生对女生说'我老爹有三处房子，跟我好，以后都是你的'——这是促销；男生根本不对女生表白，但女生被男生的气质和风度所迷倒——这是营销；女生不认识男生，但她的所有朋友都对那个男生夸赞不已——这是品牌。"

这个形象而有趣的比喻，让在邻座吃饭的诸位乐得差点儿喷饭，秦方远当然也乐得不行，对她就有些刮目相看。

午饭后，肖南说要去北五环见一客户，刚说完，秦方远就抢着说："我也去吧！"

肖南看了看秦方远，以为他开玩笑呢。在广告圈，业务之间有道防火墙，一般不轻易碰同事的客户。"那我怎么介绍你啊？董事长特别助理？还是投融资总监？但这些牌头跟见我的广告客户不怎么搭界啊。"肖南逗他。

其实，她在心里权衡半天，秦方远不是做业务的，不存在内部竞争，让他去倒是无妨。再说，也看看他现场表现如何。

秦方远一脸认真："你就什么都别介绍了，就说我是你新招的部属。"然后，说完他补充一句："就说你的跟屁虫，一拎包的。"

肖南发自心里地笑了："好有范儿的跟班，物超所值。"

也是天公作美，似乎知道他俩要出门，日常降雨量极小的北京这天午后竟下起了一场飘泼大雨，长安街上的车子几乎是蹚水而行，溅起一阵阵水花。人们都跑到超市躲雨，或者去挤地铁了。

肖南没有办法取消与客户的见面。这个客户可是预约了三次才约上的，虽然大雨滂沱，肖南还是硬着头皮带着秦方远去坐地铁。

在东单上地铁，很挤。回国才一个多月，秦方远已经很习惯于挤地铁，一进去就抢到了一个位置。

秦方远刚刚坐定，准备起身让给肖南，却看到旁边有一个老大不小的孕妇，他和肖南对视一眼，决定把座位让给孕妇。

他刚起身，"啪"的一下，另外一个结实的屁股就坐下来了，不是那个孕妇，而是一个不知趣的三十多岁的男人。这个人估计是瞄了很久，一看到秦方远起身，立马一屁股坐上去，那位孕妇悻悻地站在一旁。

秦方远立即不客气地对那个男人说："这是我让给那位大姐坐的，人家是特殊情况，请你起来。"

那人一看秦方远是个毛头小伙子，就别过头去不理不睬。秦方远又重复了一遍，那人还是不理他。第三次，秦方远紧皱着眉头说："希望你起来，如果你再不起来，我会对你不客气！"

"不客气咋啦？又不是你家的座位，这是公共座位，谁抢着了就是谁的。"

对方的话音刚落，就看到秦方远迅即出手，抓住对方的锁骨，手腕上翻，只轻轻一提，对方就嗷嗷叫，眼神溢满痛楚和莫名的恐惧，立即乖乖起身让座。

整节车厢里的人都拍手叫好。看来，人们不是恐惧恶，而是恐惧向善的代价。

这一切也就几分钟的工夫。肖南看在眼里，微微点头，这么一个清瘦的年轻男人，脾气不小，力气也不小。

出地铁时，肖南说："如果你刚才打不过人家怎么办？对方有同伙怎么办？你不怕吗？"

秦方远这时候就像一个顽皮的大男孩，他呵呵一笑："实话告诉你，我同时对付三个人是没有问题的，但再多就够呛了。"

肖南不信："同时对付三个人？"

"呵呵，是的。我从小就练广济岳家拳，我父亲连海公就是岳家拳传人之一，这拳法实战性强，虽然上了初中后家里没有让我继续学，但功底还在，上大学后又练了一些散打。在美国也一直没有闲下来，我参加了学校的散打队，只是回国后就没有时间和场地练习了。这不是逼着我练练手吗？"

肖南笑了，这个秦总，有意思。说起话来，时不时带着一股天真而真诚的模样，只不过……她心里隐隐觉得，秦总的天真和真诚似乎有意无意压在某条难以言明的边界上。

2. 一天接到好几个 VC 电话也不是好事

秦方远还在外头带着公司运营和开发部门的同事做调查时，张家红亲自打电话给他，让他赶回办公室，说有一家国有背景的投资基金过来看项目："你过来看怎么处理吧，以后这事儿就全权交给你了。这家是我老公通过自己的关系介绍过来的，他们说靠谱儿，我心里没底，你先见见吧。"

秦方远回来还不到一个月，公司的情况已经熟悉得七七八八了。这家基金张家红虽然心烦不愿意见，最终还是决定让人家上门来，估计也不是一般关系，至少比那些擅自打电话过来约谈的重要性高一点儿吧！

前台李贝贝曾经在一天之内接到好几个 VC 的电话，包括一些 PE，秦方远在办公室时就转过来，不在时就给了对方秦方远的手机号。秦方远最初接到对方电话时，有种天然的亲热，毕竟都是做投行或投资基金的，同行同行前世有缘嘛。第一个电话是一个小伙子打来的，据说是浙江一家3亿元规模的人民币基金。小伙子比秦方远年轻一两岁，来了就问他一些基本的问题，索要了一些资料。秦方远在接待之前做了充分的准备，掌握了一些数据，包括行业前景、商业模式、SWOT分析（一种战略分析方法，S、W、O、T分别代表优势、劣势、机遇和威胁）之类的，就期待着对方深挖，结果聊了半天，小伙子提不出有难度的问题来，秦方远悻悻然，在索然无味中结束。临挂电话时，小伙子还给秦方远暗示说，他虽然是投资经理，但是是直接给管理合伙人汇报的。其言外之意，就是他在投资公司很受重视，有较强的推荐权。秦方远心想：就这样的投资经理还颇受宠？弟弟，这可是靠专业吃饭的。有一天，秦方远就跟张家红汇报了这事儿，张家红一听就乐："哎呀，我之前和你一样，不知道接到多少个电话，有自己打过来的，有熟人介绍的。我就纳闷了，时下怎么那么多人有钱？个个说搞投资。现在挣钱多不容易啊，要不是缺钱我还搞什么股权融资啊！银行贷款不是搞不定吗？就卖身呗，出让股权。真没想到，刚放出消息，就一连串的人找过来，结果呢，谈着谈着就基本没下文了。刚开始还谈得热烈，一谈到财务数字，比如净利润率啊、成长率啊、覆盖率啊，人家出门就变脸，打电话不接，发邮件不回，行不行也得给我个回复吧？除了几个是通过关系介绍过来的还客套几句，说些'长期关注，未来一定寻求合作机会'的话，其他的都杳无音信。心烦啊！方远，以后这劳心活儿就仰仗你了，年轻人体力好。不过，不靠谱儿的见都别见，还是选择一些优质的。"

　　后来秦方远又见了几拨，发现确实与张家红说的类似。不过，秦方远毕竟投行出身，知道即使一个普通的投资经理，一周怎么也得看上两三个项目，天南地北，整天飞来飞去，很辛苦，不一定看项目就得投啊。不过，去看项目之前，连基本情况都不了解上去就一通ABC简单交流的，确实耗人又耗己，更是耗费他们自己的管理经费。

| 对 赌

这次，秦方远听出张家红虽然对这只投资基金不屑，还是有些心动，只是拿不准，万一有戏呢？所以，秦方远一听这语气，就知道自己该怎么处理和对待了。他一个电话打给石文庆，如果在北京的话，就一起过来接待。

石文庆几乎是和秦方远同一时间赶到东方广场的。

对方来了两个人，女士稍年长一些，姓韩，陪伴的男士称其韩总，也不过40岁，气质高雅，握手时轻轻一碰，可不像张家红跟客人握手时那么用力。她轻轻落座，在沙发上跷起二郎腿，满眼含笑地看着忙着递名片、招呼前台倒茶水的秦方远和石文庆，她说："别忙了，喝白开水就行。我不喝茶，喝茶容易睡不着觉。"

上来就暴露自己的弱点，这一招叫先亲后疏，秦方远想，这个女人有点儿不简单。她待秦方远和石文庆坐定，接着说："你们张总说两位皆是青年才俊，常春藤学校毕业，华尔街出身，后生可畏啊！"

秦方远只是颔首示意，以示认同。在秦方远的印象中，石文庆向来自命不凡，对于这些褒扬向来都是全盘接受毫不谦虚。这次，石文庆不断地点头说："过奖了过奖了，我们还是才疏学浅，应该向前辈多多讨教。"

秦方远突然从心里有些厌恶石文庆这一套，他白了一眼石文庆。石文庆似乎没看见，一心一意地对着两位贵宾恭维着。

韩总是某上市保险公司旗下的直接投资部总监。那男士也许认为这两位小青年不知轻重，交换名片时不停介绍说，韩总直接负责具体投资，也是我们公司五位投审委成员之一，有关键性的一票。

这个信息的传递，秦方远和石文庆当然懂。

那男士介绍了一下他们的基金以及过往的投资业绩，包括体检连锁机构等，已上市六个项目，待上市的有七个；目前已经是第三期基金了，全人民币基金。虽然比不上深圳那些地方的创投基金当前的收益丰厚，但也有很光明的未来。

秦方远介绍了一下公司发展历程、管理团队、组织架构以及商业模式。

一边专心听着的韩总突然发话："现在的净利润有多少？"

秦方远刚要开口，被石文庆抢了先："根据我们的预测，明年净利润在 6000 万左右，正处于爆发期启动阶段。"

"去年呢？今年已经过了三个季度了，预计今年会有多少？"

"去年是负值，今年应该在 1500 万左右。这个行业的爆发性强。"

说到这个数字，秦方远观察到，韩总期待的眼神中闪过一丝失望。

韩总说："我是个快言快语的人，这个业绩呢，应该算可以。明年只要能达到 3000 万净利润，就可以报材料，上创业板，这个业绩足够。"

"等等，韩总，不瞒您说，我们公司不适合国内创业板。"秦方远打断了韩总的话。

石文庆对秦方远的行为明显有些不满，也白了秦方远一眼。

"这是为何？"

"这是因为：第一，我们公司是海外架构，公司在首轮融资时已经在英属维尔京群岛注册了一家纯外资公司，公司未来上市地打算选在纳斯达克；第二，创业板的国家推荐上市领域仅限于新材料、新能源、高科技、现代化制造和现代化服务业，我们户外传媒不在鼓励行列。"

韩总听了秦方远的一番解释，先是肯定，说公司已经设计了海外架构，还不错嘛，有国际化视野；然后她又有些不屑地表示，我们是国企背景，只要业绩过硬，没有硬伤，我个人判断是适合国内创业板上市的，可以运作。

秦方远明白，她已经在盘算公司的下一步美景了，无非是进入股改，报送证监会，过会，然后上市，套现走人，基本在三年时间里完成，最多不会拖过四年。

一旁只听不语的那位男士说："哎呀，听起来不错啊，还有 1500 万净利润。明年 6000 万，年底就可以股改，后年上半年报送过会，下半年应该就可以上市。我们一年的锁定期，也就是第三年下半年就可以成功退出。韩总，这个恰恰是我们要寻找的项目，中晚期项目，就是

Pre-IPO（Pre Initial Public Offering，拟上市公司）嘛。"

韩总以微笑回应。

秦方远自己心里明白，从财务数据来看，粗看起来似乎能按照对方的逻辑往前走，但他们一旦一个一个细节抠起来，就会发现完全不一样，所谓魔鬼隐藏在细节之中。

他凭着职业敏感，知道凡是看起来开头非常好的，结果往往不一定完美，所谓乐极生悲；而开头麻烦的，却往往能成功。就像西方人，也如上海男人，谈判时讨价还价，甚至令人不厌其烦，但是一旦谈判敲定，则执行结果基本完美，所谓"袖手于前方能疾书于后"；而中国某个喜好饮酒的地区人们谈事情的时候，往往一开始就拍胸脯，答应得很痛快，甚至签约也痛快，执行起来却拖拖沓沓甚至违约，结果令人大失所望。

韩总临走时说，他们回去要研究一下，希望能得到铭记传媒提供的商业计划书。从初步获得的信息而言，他们还是很感兴趣的。

送走韩总一行，石文庆跟随秦方远回到办公室，他抱怨秦方远："我怎么觉得你对自己很没有信心啊？人家说可以上创业板，你怎么轻易就把人家的建议给否了？"

秦方远关上门，对石文庆说："我知道你有意见，不过，我们不能一听到有人投就一切顺着他们，我们应该诚实。我们本来就是设计了海外架构，这是最基本的事实，如果连这个都不告诉对方，对方在尽职调查时也会查出来的，那时候解释再多也会毁坏我们的形象和对我们的信任——你自己分析，不是也不适合创业板吗？"

"那也不能一下子断了人家的念想。饭要一口一口吃，信息要一个一个释放，一下子释放那么多关键信息，不是把对方噎死也会把对方吓死，这是谈判，是经验。"

"那也得开诚布公，藏着掖着，信息不透明，迟早会出问题的。在这个问题上，我们应该达成一致，你说呢？"

"好吧，你说得总是在理。如果你对铭记传媒有更深入的了解，就不会这样和我说话了。"

事后，张家红问了秦方远情况。秦方远说："对方表示感兴趣，需要进一步接触。我个人认为他们不会投的，他们想的是 Pre-IPO 项目，和大部分基金一样，进来就想着尽快在一两年内弄上市。从我们目前的业绩来讲，肯定不会那么快的；并且他们即使投资进来，也是按照净利润估值，这对我们是不利的。"

一听净利润估值，张家红的脸色就不好看，她很明白自己企业的斤两。

"张总，我个人认为，我们还是选择外币基金，一是根据公司架构和未来上市地考虑，二是外币基金的风格更适合我们。"

"管它什么外币还是人民币，能投进来就是好币。"张家红张口就说，"我现在只关心，什么时候钱能进来。"

秦方远有些想笑，张家红虽然年过不惑，有时候说话比他还可爱，甚至有些童真。秦方远说："人民币基金普遍耐心不够。从我加盟公司这段时间接触的人来看，虽然有的打着 VC 的旗号，但他们干的都是 PE 的事。也就是说，他们巴不得今年投资、明年上市、后年退出套现走人，这是我们所不能完成的任务。"

"对，对！就是这番德行。"秦方远这一番话说到张家红心坎上了，"老严和你的意见一样，也是建议找外币。具体情况我也不懂，就按照这个思路来吧！"

3. 融资关键：商业模式清晰

对公司一个多月的调查下来，秦方远基本上摸清楚了公司的情况。在他的建议下，公司召开了一次业务讨论大会。

公司里有一间比较大的会议室，可以容纳上百人，秦方远建议按照圆桌会议的方式安排座位，体现平等，让所有人都可以畅所欲言。

张家红的开场白让销售总监们心惊胆战："现在销售不好，最近两周一个现金单子都没有进，想听听大家的意见。"

"我的一个重点客户抱怨网点太少，按照目前的报价计算下来，平摊到每个网点的投入非常大，不亚于一些地方卫视。"肖强说，"等我们网点铺得密度够了就投放。"

"实话告诉大家，现在我们手头的现金不多了，哪有继续铺设网点的能力？"张家红说，"抱怨不是解决问题的办法，我们就是要想办法在现有条件下争取更多的合同。"

张家红转向当家销售花旦肖南，最近一个多月，她那块业务也停滞不前了，这让张家红比较紧张。

肖南也有些无可奈何："有一些客户一直在保持沟通，还没到下单的时候。"

张家红有些失望。其他一些销售总监也纷纷谈到，新客户对这类新媒体有一个认识的过程，签单还需要时间；而老客户投放后做了监测，发现效果不理想，投入产出不成正比，是否再投很犹豫。

张家红心里很着急。跟那些杂七杂八的 VC 们聊多了，她也知道只有净利润才是王道，这关系着是否能融到资金以及能融到多少。虽然现在资本市场很疯狂，是卖方市场，但像这样主营业绩起不来，融再多的钱也是白搭，更遑论在纳斯达克上市了。

秦方远听在耳朵里，急在心上，感觉有劲儿使不出来。

前些天，张家红突然问他："莫妮卡和你联系了吗？"

秦方远甚是愕然，莫妮卡是谁？过了好一会儿他才想起来是石文庆那次带他参加聚会认识的那个女孩。聚会结束没几天，还真接到了莫妮卡打来的电话，邀请他一起共进晚餐。秦方远对她确实没有什么好感，就婉言谢绝了。

张家红是怎么知道的？他怀疑是石文庆这小子通风报信的。

张家红试探性地说："莫妮卡掌握着一大笔广告投放费用，人家吃肉我们喝碗汤也好啊，救急啊！"

秦方远当然知道张家红话中的意思，他觉得严重不靠谱儿，谁跟谁啊！他们本就是萍水相逢，即使确如石文庆所言，莫妮卡对自己有好感，自己对她却是毫无兴趣。高官之女又咋的？管理广告投放又咋的？跟我有五毛钱关系啊！想到"五毛钱关系"这个网络名词，秦方远暗自在心里幽默了一把。

秦方远迎着张家红紧盯着他的目光，坚定地说："张总，那是不可能的！"

张家红本来高燃的希望瞬间熄灭。

这天会议的高潮是在秦方远这一部分。秦方远站起来，先是播放了自己制作的PPT（PowerPoint，演示文稿），关于客户精准定位、消费习惯分析、投入成本收益分析等。

这是张家红他们第一次看到秦方远做的PPT，不愧为在华尔街混过的，做起这些事来头头是道，逻辑清晰，分析到位。

然后，他安排办公室人员抬过来一块白板，这是开会之前特别安排办公室购买备用的，他在华尔街养成了会议分析的习惯。他在白板上写写画画，边写边说："我知道一线销售不容易，我们现在遇到的瓶颈是什么？不在于网点多少，不在于投入多少，也不在于给客户的佣金多少，我认为是商业模式的问题。"

大家都竖起了耳朵。

"我们要始终关注一点，就是要为合作者创造价值。合作者分为两种：一是资源开发的合作者；二是花钱投放广告的客户。我们为他们创造了什么样的价值？创造了多少价值？这是问题的关键。"

接着，他在白板上写了一些数字："给客户创造的价值体现在哪儿？广告投放客户无非就是要获得如下两种价值：第一，增大销售量，这是绝大多数中小企业广告主的主要投放诉求。他们每投放一块钱，都要计算能够销售出多少产品，能带来多少收入。第二，扩大知名度，这类诉求主要是大型企业的品牌诉求，包括增强美誉度、信誉度之类。"

在秦方远演讲的时候，会议室里静悄悄的。秦方远分析了每天一个液晶屏大概有多少人看，每个人大概看多长时间，什么样的内容是他们感兴趣的，又是什么形式的广告符合客户的需求，条分缕析，言之有物，数据确凿。

这下子，李晓红和邹华生等当初不理解秦方远怪诞行为的人算是真正看懂了，当秦方远讲完这一小段分析，会议室突然响起了雷鸣般的掌声。掌声是由邹华生带起来的，他由衷地对着秦方远狠命鼓掌："秦总那些天泡在卫生间，数人头，计时间，观察节目和关注程度，原来那里面大有文章啊！物业还对我们不友好，还骂我们秦总，现在我只想说，他们才是神经病！"

秦方远像一位老谋深算的将军，尽情享受着这些掌声。也许，他听说了这帮人告状的事。

秦方远受到了鼓舞，他继续说："我们对商业模式要进行一些改进。"

"什么叫商业模式？"他以征询的目光看着下面的人，不待底下反应，就自言自语地说，"说白了，就是我们如何通过自己的产品和服务，让客户从口袋里给你掏钱。要想投资者投资你，我们必须用最短的时间告诉投资者我们是怎么从客户那里获得收入的。比如，现在市场比较流行投资轻资产公司，商业模式一清二楚，像携程的订房、订票；有的稍微复杂，如当当网和京东商城，纯电子商务，网上卖东西，需要有库存，有运输和配送，物流配送需要他们加大投资，征地、租赁、建队伍；有的较为间接，如早期的新浪、搜狐、网易等门户网站，免费很长时间，主要靠广告收入；像后来的团购，主要通过与商家流水分成赚钱。这些公司的商业模式都很清晰。"

"那我们的商业模式是什么？"肖南站起来，有些挑衅性地提问。

"这个问题问得好！"秦方远最喜欢的就是台上台下互动，这样的讨论能增强相互理解和记忆。

"通过我对铭记传媒商业模式的分析，我们要想快速发展、赢取客户、获得盈利，就要树立双赢的价值观。具体而言，从资源开发方面来讲，我们要改完全租赁模式为双方合作模式。过去是一年租金要花多少，运营成本由我们一家承担，成本高，压力大，还存在每年房租上涨的不确定性。如果部分变为我们和写字楼合作的模式，我们共同开发，共同分享收益，即使对方提成多一些，我们也是划算的。

"另外一方面，对于广告销售，广告投放是我们的主要收入来源，现金为王，这一点没有任何问题；但是我们也可以考虑合作模式，比如分账模式，现在美国有一些团购网站在尝试跟商家合作，指定一个比例，按照销售流水分成。客户最担心的是什么？是担心现金投下去后，对销售没有起到促进作用。比如现在的一些电子商务网站，投入17元的推广成本仅收回1元的销售，成本太高，广告客户最担心的就是钱打水漂了。对于这类客户，我们要消除客户的这种担心，投放不要钱，搞分成合作，风险共担，利益共享，我们谈判出一个彼此合适的比例就OK。"

张家红做了这么多年的广告，当然知道要双赢，也知道迎合客户心理，满足客户需求就是王道。不过这天，她听到秦方远的分析，创造价值、多方合作的观念以及分账的运营模式，还是感觉很新鲜，这是一个新的商业尝试。

谈到现金流的问题，则说到张家红的痛处了。

秦方远说："通常企业关注两点：revenue（收入）和profit（利润）。狭隘地理解，revenue就是现金流入，一般有三种渠道：一是经营活动产生现金流，比如产品销售的收入；二是投资产生现金流，如炒股票、炒外汇和股权投资，还有变卖固定资产等；第三是融资产生现金流，比如股东投入、银行贷款、外部投资等。我想提醒大家的是，一个健康的企业必须从经营活动这条管道往里注水，只有这个'水源'才能保证现金流源源不断。同时，要维持企业的正常运转，现金流入的速度要大于流出的速度，也就是现金流不能断。也许公司业务还在经营，但要是没钱发工资、没钱采购原料、没钱交媒体资源租金——现金流断了，这就麻烦大了。

"据我了解，我们公司的现金不多了，刚才张总也提到了，公司生存到了关键阶段，这就依赖在座的各位同事、各位销售精英了。"

秦方远的激情演讲，不仅折服了张家红，也折服了运营团队的同事们。当秦方远整个演讲结束，张家红第一个站起来，提议大家给秦总鼓掌，掌声又一次持续性地考验每个人的耳膜。肖南也用力地鼓掌。她侧头看到，参会的何静莫名其妙地脸颊绯红，就像自己拿了一次大奖，心潮澎湃。她嘴角露出一丝笑容，很轻微地摇了摇头。

4. 人生处处名利场

秦方远回国工作一段时间后，发觉上班坐地铁太挤了。微博上有人形容，北京地铁高峰是人进去，画出来，非常形象。金融出身的秦方远更喜欢数字，有资料统计说，北京地铁公司所辖 12 条线路日均客运量在 550 万人次以上。有一次，一个五十多岁的引导员大姐说："每天嗓子都在冒火，看着蜂拥的乘客，你不想喊都不行，半个小时就浑身湿透了。"

还是何静有主意，她说现在回来的海归，初来乍到那会儿，没有买房子买车，基本上都租赁一辆固定的出租车接送上下班，平常不用，费用每月也就 1500 元左右。秦方远信口说，如果未来能有随叫随到，还能提供优质服务的专车服务就好了。秦方远说这话之后数年，基于定位系统和移动互联网的网络约车像星星之火在神州大地形成燎原之势，优步、滴滴、易到以及神州专车、首汽约车等共享经济蓬勃发展。创造价值的商业来自于不经意的灵感，灵感生产创意，创意则须建立在能否正确解决用户的痛点。而多年后，秦方远已在香港一家著名投资公司担任董事总经理，他对此进行了一番成功的投资布局。当然，这是后话。

这天一下班，何静就拉着秦方远去看车，是通过《手递手》报纸上的广告找的。

老赵五十多岁，是个很幽默的北京人，秦方远他们找到他时，他正坐在胡同口与街坊下象棋，屡败屡战，把自己的北京现代索纳塔出租车搁在一旁，呼着粗气，边下棋边嚷嚷。秦方远看老赵有些粗野的样子，心里就有些动摇，刚抬脚要走，却被老赵喊住了。旁边一个街坊插嘴说："老赵这人，人好，就是话痨。"老赵似乎看秦方远很顺眼，初次见面就来个自来熟，拿着秦方远规规矩矩递过来的个人资料，他张口就侃："你还是海归啊，有素养，好！我说小伙子，你租我车算找对了。知道吗？我家老爷子当年是给首长开车的。你不是湖北黄冈人吗？我家老爷子给你们老乡林彪开过车。我自己呢，开了二十多年，北京胡同没有我不熟的。这车子是我自己的，你可以四处打听，在北京，出租车是自己的的也就几百辆。"

秦方远三下五除二地告诉他刚才的棋局败在何处，关键点哪一步走错了，该怎么布局怎么走。老赵似乎看到了救星，高兴得不得了："得了，我以后就是你的专职司机了。不就接送你上下班吗？价钱好说！我算是碰上大师了，一定向你讨教讨教。"条件很快谈妥，临走时，老赵介绍说家住双井附近，一套三百多平方米的平房，"你说，我这房子、这地段，是租出去好，还是等拆迁卖了好？"

"当然是卖了！"秦方远毫不犹豫地回答。

何静听了愕然："为什么？"

秦方远说："我回国之前专门研究了中国经济方面的资料。我发现，北京平均租售比高达 1：546，最高达到 1：700；上海租售比高达

1∶500；深圳租售比高达 1∶480。全国主要省会城市平均租售比超过 1∶300。1∶500 的租售比意味着假若依靠出租赚钱，平均需要 45 年才有望收回购房款。"

对于房市，秦方远的判断错了。后来北京的房价以疯狂而不可理喻的姿势狠狠扇了秦方远们一记又一记响亮的耳光。中国房市，基本漠视了华尔街们的任何数据模型。何静则似懂非懂地点点头。

时间已经比较晚了，何静陪了秦方远几个小时了。秦方远有些过意不去，就提出请何静吃饭，感谢她提供的帮助。

何静看了看天色："好吧。那我带你去一个地方吧。"

何静住在方庄，一个朋友提供的两居室的房子。何静带他去的地方就在住处附近，一家咖啡餐厅，何静说那里的牛排比较地道。

咖啡厅靠近中央音乐学院附中，一个不大的广告牌展示着来自墨西哥的地道牛排。餐厅面积不大，隔成了三个空间，最外面一间是普通顾客厅，暗灰色的木头座椅，简朴；中间一间是沙发间，红色布套沙发，挂着几台电视。何静说，这电视里长年累月播放迪士尼的《米老鼠和唐老鸭》，弱智啊！每天来吃饭的都是些少男少女，放点儿浪漫的多好啊！

何静带着秦方远径直进了最里间的私密包间。餐厅里响着苏格兰风笛，悠扬的音乐舒缓地流淌，安静，惬意。秦方远要了七成熟的牛排、水果沙拉、面包以及烤鸡翅，还要了一盒酸奶。

何静抿嘴笑："又是酸奶！这习惯啥时候能改改啊？"

"习惯难以形成，形成的习惯难以改变。"秦方远一笑，"我当年和前女友在美国时，她爱喝酸奶，顺便把我也给传染了，这叫耳濡目染。"

何静没有认真听秦方远解释他为何喝酸奶，倒是一个词引起了她注意，就是"前女友"。

她心里一震：前女友？记得他刚回国到公司报到时说有女朋友，人在美国，可没有提到这个"前"字啊！这段时间，发生了什么，让女友变成了前女友？这段时间可并不长。她莫名地对遥远海岸那端的那个不认识的姑娘起了悲戚之心，隐隐有些红颜命薄的感叹。

她可不明白，很多时候，什么都没有发生，诸事已成非。人在时间和距离面前，远比自己以为的更脆弱和无力。

在等餐的空闲里，两人愉快地闲聊起来。

何静是艺校毕业，在深圳做了两年模特。秦方远问她："为什么不在那个行业继续发展？"

说起这个，何静刚才还顾盼生辉的眼睛立即黯淡下来："其实我蛮喜欢那个职业的，但是我接受不了那个行业的潜规则，争宠，抢业务，只有利益没有友情，吃青春饭的这个行业职业生涯短暂。我来自小县城，父母都是公务员，他们希望我在外面出人头地，可是，哪有那么容易？"

秦方远说："我听说广告圈也是名利场。其实人生处处是名利场，不管形势如何变，坚守自己的信念，遵从内心就好了。"

何静抬起头说："信念？你不看看长安街上匆匆而过的人群，他们的信念就是金钱的信念！有的甚至穷尽一辈子追求房子、车子、票子，拥有了这些又有什么意思？"

说完，她的眼神迷茫起来，视线越过秦方远头顶，仿佛望向远方："在老家的那个小县城，个个关心的就是每年挣了多少钱。做模特不是很来钱吗？不是有老板包养吗？有意思吗？"

她收回目光，盯着秦方远的眼睛，一本正经地问："那你的信念是什么？"

"利己同时利他，创造价值。不成功便成仁，认准了的事情就一头扎下去。"

"那你这次回国帮助公司融资，是不是也利己利他了？万一融不成就成仁？"何静看似漫不经心地问道。

"当然得利己利他啊。我个人觉得融成应该没有什么问题，只是金额的多少而已。"

"这么自信？那你个人应该获益不少吧！"何静又诡秘地一笑。

秦方远警惕起来："此话怎讲？"

何静倒也坦诚："你别紧张，我也只是偶尔一次听到张总跟谁打电话，商量你的期权来着。发现谈话比较敏感，我就转身离开了。"

原来如此！

秦方远听了心情还不错，起码张家红已经重视他的个人诉求，而不是当作耳旁风。不过，在这种场合谈起这个似乎不妥当，他忙转移话题。

"听说你身后背景不小啊。"

"知道外面都这么传，其实已经分了，前男友的老爸是高官，跟张总的老公是一个单位。我现在是一个人了。"说完，何静如释重负般深叹了口气，"我现在是自由人了，和你一样，爱谁谁。"

何静这次用了"你"，而不是"秦总"，秦方远似乎感觉到她看自己的眼神有一些异样。

秦方远没有接这个话头，刚好牛排上来了，他便开始大快朵颐。他心里想，自己公司的同事可千万不能沾惹，这里的水深水浅，自己还没有摸透呢。继而莞尔，人家啥都没有表露，只是一个眼神，自己这个大老爷们就在这里无限遐想，就差担忧万一有了孩子该怎么办。

饭毕，秦方远问何静怎么走，何静说了个地方，秦方远想想也没什么事，说："我送你回去吧！"

一路上，两人无语。街灯昏暗，凉风习习，秦方远挨着何静慢慢地走，肩膀不时碰到她的肩膀。何静也不避开，低着头，安静，也不知道在想什么。到了楼下，何静犹豫了一会，说："要不要上去坐坐？"

秦方远眼前忽地闪过乔梅的模样，继而闪过于岩的身影和清脆的笑声，他厌烦起自己，急促地说："石文庆约了我一会儿见面，我先走了！"

何静愣怔了一下，轻轻回了句"好吧"，转身独自上楼。挫败像锁链，她一向轻盈的脚步滞重起来，一级级的台阶让人难以忍受。

5. 商业计划书的三个关键问题

一天晚上，张家红接到一个朋友的电话，让她晚上看央视财经频道，有一个节目谈融资。张家红很少看电视，不知道有多少年了，他们全家也很少去看电影，只要有时间，她就跑去美容院。有人说，女人一旦过了四十就江河日下，一天不如一天。青春易逝，岁月易老，像张家红这个级别的女人，现在发现时间是最大的敌人，看不见摸不着，经常会陷入莫名的恐慌。

这晚的节目，说到点子上的是一句话：股权融资企业一般是揭不开锅才匆忙融资的。张家红看到这个片段说，真牛。然后专家们又说，融资过程会让企业家脱一层皮。这句话，又加重了张家红的焦虑。

秦方远和石文庆开始商业计划书的写作，这是融资的关键部分。他组建了一个松散的融资团队，有财务经理和法务经理。财务经理胡冬妹一听就比较紧张："我不行啊，秦总。我最多只能做你的帮手，提供一些数据资料。"

秦方远说话也直截了当："对，这就是你的全部工作，其他工作我和石总来做。另外，我需要找哪个部门了解情况，你帮我约好就行。"

胡冬妹一听，感觉还比较简单，就高兴地干活儿去了。

在一个多月的时间里，秦方远和石文庆配合作业，他们抓住各个部门的总监讨论现有的业绩、运营的优劣势、未来的发展规划等。小会议室贴着一张醒目的通知，告之众人它已经被征用，每天从上午八点半至下午六点。他们无论什么时间段，都四处抓人，抓着了就在白板上给大家写写画画。

这些总监被秦方远他们的工作状态给惊呆了，更为惊讶的是秦方远的工作方法。几乎任何事情都可以跟数字扯上关系，平常一些搞不清楚的数字以及数字引起的发展趋势，像曲线图、柱状图、饼状图等，在固定的数据模型下，只要随便变更一个数字，就会引发相关联数值的变化，可谓牵一发而动全身。

大局观是秦方远给大家灌输的一个很重要的观念。

在财务及业务部门的配合下，秦方远联手石文庆做了一份漂亮的商业计划书，SWOT分析鞭辟入里，一目了然。石文庆负责市场前景、政策环境及竞争对手部分，秦方远发挥金融专长，对于VC们最看重的财务估值模型下了很深的功夫。商业计划书图文并茂，未来三年和五年的增长曲线让张家红看得心花怒放。之前，那些洋VC们催促多次要看商业计划书，张家红一直找不到拿得出手的东西。

一天下午，张家红把秦方远和财务经理召集到小会议室，还叫来了石文庆，她想详细了解一下财务估值模型。

秦方远建议说，既然是谈商业计划书的，涉及很多经营层面的东西，希望把运营部门的同事也一起叫上。

肖强、邹华生、李晓红，还有肖南，也都被召回来了。张家红曾经说过，铭记传媒的最大优势之一就是执行力强，只要她一声令下，属下都会立即执行。这次也是，她听了秦方远的建议，临时让秘书通知这些奔跑在各自战线上的运营团队总监们赶回来，总监们也都及时赶到了，幸亏他们这几天都在北京及其附近的区域。

何静曾经悄悄地跟秦方远抱怨过。张家红说："这个世界三条腿的难找，两条腿的满大街都是。我给他们高薪，而且从来没有降过员工薪水，他们岂有不听命之理？"何静抱怨说："老板的理念就是，我花钱买的就是支配你的时间。"

听了这些话，秦方远的心情五味杂陈：中国的老板们，学习能力超强嘛，连这理念都和华尔街接轨了？物竞天择，果然是选择性的拿来主义。

　　这天，张家红自嘲是个粗人。秦方远当然不那么认为，这个精明的广告业务员出身的老板，对数字非常敏感，也许她分不清净资产收益率和内部收益率，但她死盯着能融多少钱，出让多少股份，未来多久能达到上市指标，顺利去纳斯达克敲钟。因此，她对秦方远交代说："方远，我只关心两件事：一是能融多少钱；二是什么时间钱能到账。其他杂七杂八的事情，你就放手干吧！"

　　话虽如此，她还是比较在意企业值多少钱，是怎么评估的。前些年，她也上了一些总裁班，二三流大学举办的，甚至上过北京大学和清华大学举办的。她也想过直接上中欧工商管理学院，但是需要一些有名望的人推荐，这本来是小事一桩，但后来她又想，与其听教授们清谈，还不如趁市场好多捞点儿钱实在。比如，在一次总裁培训班上，那些二三流的教授们在黑板上画满了各类图表和曲线，一会儿点着曲线的一个点说，这个节点企业最值钱，融资最合适；一会儿点着那个点说，这个节点价值在下滑，能卖就卖了，底下的张家红看得头昏脑涨。她心想，这些教授们指画半天，就没看他们成功卖个企业，也从来没有成功创办过企业，看这些曲线有个屁用。话是粗了些，说的却并非毫无道理。张家红最初在一家广告公司做业务员时，一笔广告款拖了快一年还没有收回来，公司逼着催收，拿不回来就扣发奖金。在年底她挺着怀孕的肚子，顶着寒风，只身坐了三十多个小时的火车，从北京南下广东东莞，找到老板软缠硬泡，终于收回了那笔款子。这才是真功夫！因此，张家红就想，天天在黑板上算这个算那个有啥用？能拿到真金白银才是正事，一手合同一手支票才算功夫，比整天臭贫好百倍。

　　这个念头在张家红的脑海里根深蒂固，直到她那次拿着一纸合同跑到香港，铺了几个写字楼的液晶屏，竟然轻易就拿到300万美元，原来融资这么爽，比苦哈哈地一家一家去求点儿广告收益大多了。这彻底改变了张家红对纸上谈兵的看法。当然，第一轮融资也是运气好，老严一直为没有押宝分众传媒而耿耿于怀，而另外一家火车液晶屏媒体要价太高，不划算，所以当张家红通过圈内的朋友找上来，他就索性把宝押在细分市场的铭记传媒上。后来老严说，投资铭记传媒固然是市场行为，但他其实还有一个想法，就是以张家红的背景，再怎么着，也不会让他血本无归吧！

这天下午，秦方远也是在小会议室的白板上写写画画，让张家红恍惚如昨。不过，这次实实在在比画的是自己的企业、自己的孩子，由专业人士从头到脚说健康。

秦方远说："这份商业计划书是我和石文庆一起做的，包含了公司众多同事的共同努力，当然，也还存在很多不完善的地方。我要说的是，做商业计划书的目的是什么？就是要解决如何吸引 VC，如何让 VC 激动，促使 VC 做出投资决定的问题。因此，商业计划书既可以长篇大论，也可以简明扼要。从目的性来讲，关键是要关注三个问题。"

"首先，我们企业是做什么的？"

说到这儿，他停了下来，开始以提问的形式跟大家交流。

"肖总，请您回答，我们要提供给 VC 的是：我们是做什么的？提供的产品和服务是什么，其独特性在什么地方？主要解决用户的什么问题？我们的客户是谁？是普通的个人消费者，还是政府、商家等集团客户？"

肖强本来在走神，出于一种本能，他对这种枯燥的讲解有着抗拒心理，没想到被秦方远叫起来提问。

他想了半天，老老实实地回答："我们就是卖广告的。至于独特性嘛，就是分分众，属于自有媒体。人家主要安装在电梯间而我们在卫生间，这应该是我们的独特性吧！至于客户嘛，当然是企业啊。"

秦方远有些失望，他最不喜欢的就是这种基本不过大脑的简单回答，尤其是长时间从事一项职业所产生的职业惰性和思考问题的结构性缺陷。

他皱了皱眉头，业务交流会嘛，也是张家红想看看商业计划书是怎么写的，就不计较回答得是对是错了。于是他翻看了自己对"我们企业是做什么的"的分析，让大家做了一些笔记。

"第二个关键问题就是，我们是怎样赚钱的？

"如何让客户掏钱？如何将价值送达客户？商业模式在国外是否有成功的案例，是否经过市场的验证？在中国的扩张性如何，市场是否足够巨大？如果国外没有这种商业模式，投资者不敢投。在国外，不确定性越大就越有可能获得风险投资，但是在中国则恰恰相反，这大概就是中国式创新与美国式创新的重大区别。"

李晓红站起来提问："这几句话说起来容易，能否用实际案例逐步给我们分析讲解？"

这时候，石文庆站起来，径直走到前台，接过秦方远递过来的白板写字笔，换下秦方远。他在白板上写写画画："我来给大家举个例子，毕竟我在国内工作了几年，也接触了不少企业。我最近在关注一个家用医疗器械企业的案子，我简单地描述一下就一目了然了。"

石文庆举的例子是南方一家家用医疗器械领域公司。在全国拥有500多个社区店，做玉石理疗床；同时以水净化和空气净化设备为主的连锁店有120多家。在海外，如印度和俄罗斯等地，有200多家。

"为回答刚才秦总提出的四个问题，我们分析一下这家公司，以例说明。简单说，这家公司就是卖产品。卖谁的产品？卖自己研发生产的产品，温热理疗设备、空间环保除菌仪、多功能制水机、保健食品、高电位能量场等为代表的产品系列。这就与国美电器和苏宁电器不一样，他们是大超市，卖的是别人的产品。卖自己产品的好处是什么？一是产品质量可控，医疗器械与理疗产品比家用电器要重要得多，毕竟是与人的身体健康密切相关；二是保持高毛利，保证所有的合作者都有利可图，就是我们常说的多赢模式；三是塑造自己的品牌。"

"这种模式我很清楚，请问这跟厂商直销的专卖店有何不同？当年很多家电厂商开了不少专卖店，结果都被国美和苏宁电器给打败了。"毕竟是学市场营销的，肖南提的问题一语中的。

"这个问题提得非常好。"石文庆表扬了一下肖南，转头对张家红和秦方远他们说，"不好意思，我还要借用大家几分钟时间。这个案例讲透了，大家就可以举一反三，就能更好地理解我们自己的项目了。"

张家红听得入迷，本能地对石文庆点头示意继续。秦方远在心里也是偷偷乐，平常看起来玩世不恭的石文庆，谈起业务也是意气风发，激情澎湃，正应了那句话："出来混的，都各有各的道。"

"为什么那些专卖店最后基本上都死掉了？这涉及几个关键问题：一是成本。在一段时间里，厂商自己开专卖店，几乎是一夜之间遍布大江南北，但是很快，这些专卖店也是在一夜之间关门倒闭。究其原因，成本是难以承受之重。房租和人力成本是所有连锁店最重要的成本，甚至是压倒很多专卖店的根本原因。这家公司呢？采取的是特许经营方式，借用别人的钱销售自己的产品，塑造自己的连锁品牌。我们注意到，这个模式中的合作方都是挣钱的。公司提供高毛利产品，提供连锁品牌，提供终端经营管理培训，协助办理各种证件及处理各种政商关系，不承担房租和人力成本。对于公司而言，是一身轻；对于投资者而言，他们承担房租和人工成本，享受高毛利产品所在区域的独家销售，获得高毛利的回报，不用担心产品市场同质化竞争，也不用操心政商关系，不用担心员工培训。这是各取所需，各尽所能。二是库存。很多专卖店也是被庞大的库存压死的。这家公司怎么做的呢？他们一年只集中销售四次，其他时间皆是给顾客提供免费体验和健康知识讲座的义务服务，实际上还为老龄人群提供集中交流的场所。在每次集中销售之前，公司都收到各店提交的订单和订货款，实现按订单生产，现金交易，应收款几乎为零。这种状况不仅是在国内，就是在国际上，又有多少家企业能够做到？三是夫妻店。很多人瞧不起夫妻店，其实这是个很大的误区。夫妻店通俗地讲就是自己做老板，这意味着他们会珍惜每一个顾客，珍惜每一次交易，其用心程度和责任感与打工者迥然不同，谁想搞砸自己的饭碗？四是可扩展性强，全国有27000多个社区，如果按照每个社区开办一家计算，则理论市场有27000多个社区店的容量，扩张性强。

"那么这个商业模式有没有被市场验证过？这也是问题的关键。从项目而言，体验营销模式是经过验证的。韩国乐滋滋玉石理疗床品牌在中国发展十多年，销售数百亿元，他们实际上给国内的本土竞争者做了市场教育和引导。"

石文庆一口气说完，喝了口水，下了讲台跟秦方远换了位置。秦方远补充说："比如最近的新浪微博，能够在很短的时间里让新浪的股价突破 100 美元，是基于他们号称是中国的 Facebook（脸书），而 Facebook 则是被美国市场验证了的，社交网络媒体的用户黏度非常高，以至于 VC 们争先恐后。"

这时候，张家红起身带头鼓掌，颇为感慨："刚才石总讲的案例让人羡慕啊！我一是羡慕他们挣钱了；二是羡慕他们应收账款为零，我们要么易货要么欠账。听了这番介绍，如果我是投资人，我都有投资的冲动。"

秦方远听了一乐："张总，每个公司都有各自的特色，只有有特色创新的公司才有生存的机会，包括我们铭记传媒。"

李晓红抢过话说："不用羡慕他人。其实我们更关心的是这家公司能否成为铭记传媒的广告客户。"

果然卖什么吆喝什么。李晓红的幽默引爆了现场气氛。

秦方远喝了口水，清了清嗓子："好，言归正传。刚才石总给大家讲述了一个案例，回答了'我们是做什么的''我们是怎样赚钱的'这两个问题，我继续说这个话题。

"投资者还会关注我们从事的这个行业市场规模有多大。广告行业当然是高速增长，从每年央视黄金时段招投标节节高涨中就可以感受到，还有那么多网站类的广告收益也是年年高涨。除了广告，我们还设计了消费品流水分成，中国消费拉动 GDP（Gross Domestic Product，国内生产总值）的潜力一旦发挥出来，将会非常惊人。我在华尔街时就分析过，投资和出口、消费，拉动中国经济发展的三驾马车，华尔街最看重的就是消费马车，这辆车的爆发只是时间问题，14 亿多人口的消费市场，空间之大，想怎么想象就可以怎么想象。项目潜力的大小由市场容量决定，我们这类项目市场容量堪称庞大。市场容量够了，就要拼我们的竞争力，抢占市场地位，要在行业市场中占有相对领先的地位。一般而言，VC只关注那些商业模式扩展性强、行业领先、提供能够实实在在满足用户需求的产品和服务、有大量客户的企业。像我们铭记传媒这类企业，VC只对市场第一名感兴趣，因为市场第一的公司，其团队的能力往往是已经得到验证的。市场地位一方面是市场占有率，另一方面是收入、利润等财务指标以及公司未来的成长性。

"因此，我们必须成为细分市场的第一名。同时，管理团队是我们当前的弱项，这个等我们融资过来后必须补上。

"第三，VC为什么要投资我们？

"我们必须做到，或者要让VC们认识到，我们的公司就是目前最好的项目。这个圈子里的一个明规则就是同一个项目会有很多VC来看甚至竞争，同样VC们也会对同一类的项目做比较：哪个公司是当前投资的最好选择？如果让他们认为我们就是最好的选择，那就非常棒了！一旦有数家VC来竞争，届时我们选择的就不光是钱了，还要看他们能够给我们带来哪些附加值，能提供什么样的增值服务。别小瞧这些软实力，在同质化竞争中，它们往往会成为关键棋子。"

秦方远在小白板上写写画画，不时做着手势，这种激情高涨的情绪像流感一样迅速感染了大家，底下的人听得如痴如醉。张家红更是听得心花怒放，这一天，她认为是她创办铭记传媒以来最快乐的一天，与年轻人在一起，连不惑之年的自己也充满着活力。

不过，她还没有弄明白，怎么判断公司值钱，值多少钱？

说到估值这个话题，秦方远与石文庆不约而同地互相看了一眼，他们同时想到了一个场景，就是在同学聚会时说到的估值案例，有些想笑，但刻意掩饰住了，毕竟今天这个场合笑场不合时宜。其实那不是笑话，而是一个鲜活的案例。一个企业老板融资，投资者跟他谈估值，什么P/E估值法、P/S估值法，怎么算，他都觉得亏。他干脆对投资人说：别跟我谈您那估值方法，俺从小数学不好，只会加减乘除。价格这玩意儿就是谈出来的，要不俺跟您讲讲俺的算账方法？俺公司这地比买的时候翻了 5 倍，俺这品牌前阵子找专业评估公司估了 10 个亿，这些账上都没记。还有，比俺公司还小的同行已上市了，市盈率 50 倍，俺没上市就算对折也还 25 倍呢！

秦方远正正神色，说："判断一个公司的价值，主要有三个关键点：一是净资产收益率，简单地讲就是公司的盈利能力，投入 1 块钱进去，能够在多长时间获得多大的回报。这也是判断一个公司健康状况的指标。二是增长性，VC 们之所以近些年来疯狂地投资户外媒体、TMT（Telecommunication，Media，Technology，电信、媒体和科技）行业，就是看中了它们的爆发性，也就是成长性。根据我对公司现有财务数据的分析，公司过去三年来的增长率在 150% 以上，非常不可思议！"

这么高！张家红本能地和财务经理对视一眼，心照不宣，刚刚有点儿亢奋的心情立即黯淡了下来。不过，张家红内心还是暗爽了一把，毕竟这个刚刚长到快 3 岁的孩子，在大夫检查了个遍后说健康，未来堪成大器。小孩子嘛，虽然有些三病两痛的，只要本质健康就行。连专业人士都说未来了不得那就了不得呗，管他什么基因缺陷还是啥的，这社会有病的人多着呢，不照样熙熙攘攘的嘛。

不过，秦方远接着的一番话让张家红心里很着急："判断一家公司的价值还有一个关键指标，就是风险控制能力。对于铭记传媒而言，风险控制无非两块：一是开发成本，液晶屏市场价格的浮动。大量采购液晶屏是公司的主要成本之一。二是对资源的占有率及稳定性。能开发多少家高档写字楼？这些客户签约年限能有多长？到期后物业不续签，或者续签但租赁成本大涨怎么办？这些都是公司风险控制的关键点。也许，一着不慎满盘皆输。"

就像一个人被人扒光了衣服，看得透亮透亮，张家红边听秦方远讲解边思维飘散。毕竟，张家红是个聪明人，她在心里暗喜：就我们这些草根，哪想得到这些东西？哪懂这个啊？

她更关心的是，投资方会出个什么价格，怎么样估值比较合适。

这是秦方远的长项，在华尔街的时候，他研究过欧美创业企业，也研究过中国本土企业，欧美偏重研发，而中国偏重市场。

秦方远耐心地给大家解释企业价值评估方法的三大体系。

"企业价值评估是一项综合性的资产、权益评估，是对特定目的下企业整体价值、股东全部权益价值或部分权益价值进行的分析、估算。目前国际上通行的评估方法主要分为收益法、成本法和市场法三大类，有的还增加了净资产法。"

"成本法应该就是计算对公司投入了多少，然后就估值为多少吧？"胡冬妹比秦方远年长五六岁，她不耻下问了。

"有道理。简单讲就是，你把公司做到目前这个状况花了多少钱？或者说别人需要花费多少钱才能做到你目前的水平？

"成本法是最保守的方法，在目标企业资产负债表的基础上，通过合理评估企业各项资产价值和负债，从而确定评估对象的价值。理论基础在于任何一个理性人对某项资产的支付价格将不会高于重置或者购买相同用途替代品的价格。主要方法为重置成本（成本加和）法。"

得到秦方远的表扬，胡冬妹也就不顾年龄的差异，表现得很好学："那谁同意这样评估？仅仅考虑钱，还应该考虑人力、资源和知识产权的投资啊！有道是没有功劳有苦劳，像外面那些人，人家的大好青春时光白白浪费进来不计价啊！"

秦方远接着胡冬妹的话说："比这个估值方法更不能接受的是净资产法。"

众人都睁大眼睛等待秦方远继续说下去，还有什么方法比成本法更糟糕的？

"这种方法完全不考虑公司的发展前景、市场地位、团队甚至知识产权等因素的价值，尤其是对于互联网、咨询公司等轻资产的公司，这种方法的估值结果是非常可笑和令人难以接受的。"

石文庆在秦方远说话的间隙，给他做了个鬼脸，意思是赶紧往下进行，别卖弄了。同窗多年心意还是相通的，秦方远也冲着他努了努嘴。

张家红这时插话说："炒股不是讲究市盈率吗？这个是 VC 们关注的，也是常用的吧？"前段时间跟 VC 们接触多了，张家红也学会了一两个专业词语，比如这个市盈率。

秦方远趁机抬举了一下张家红："张总，您说得对，现在资本市场上使用非常多的就是这个市盈率，概括地说就是收益法。P/E 就是价格除以盈利，叫作市盈率。比如现在国内创业板的上市公司平均市盈率有 100 倍，这个倍数是市场认可的。如果你的公司也跟这些上市公司各方面差不多，理论上你也可以按照这个倍数来给自己的公司估值。比如你公司去年利润 1000 万元，公司估值就是 10 亿元。当然，这是不可能的，因为你没有上市，VC 为了赚钱，在 P/E 倍数上会大打折扣，他愿意给你 10 倍就不错了。"

张家红听了就有些泄气，说："那根据我们前面的净利润，恐怕估不了几个钱。"

"先别急，张总，上帝给你关上一扇门的同时也给你开了一扇窗，所谓东方不亮西方亮。当我们发现 P/E 估值不合适的时候，市场又推出了一个估值方法，就是市场比较法。"秦方远给张家红减压、鼓劲儿。

"市场比较法是最现实的方法，就是将评估对象与可参考企业或者在市场上已有交易案例的企业、股东权益、证券等权益性资产进行对比以确定评估对象的价值，其应用前提是假设在一个完全市场上相似的资产一定会有相似的价格。就如同在水果市场卖苹果，一样的品种，你的苹果不可能比别人家的苹果卖得贵很多。市场法中常用的方法是参考企业比较法、并购案例比较法。

"很显然，对于我们铭记传媒而言，市场比较法是非常适合我们的，有分众传媒、华视传媒和航美传媒等上市公司做比较；即使没有上市的，也有炎黄健康传媒做比较，这家做医院液晶屏媒体的企业市值也不错，有四家 VC 的两轮投资。

"这些评估方法，各有关联和利弊。收益法和成本法着眼于企业自身的发展状况，不同的是收益法关注企业的盈利潜力，考虑未来收入的时间价值，是立足现在、放眼未来的方法。因此，对于处于成长期或成熟期并具有稳定持久收益的企业而言，采用收益法比较合适。成本法则是切实考虑企业现有资产和负债，是对企业目前价值的真实评估，所以在涉及一个仅进行投资或仅拥有不动产的控股企业，以及所评估的企业的评估前提为非持续经营时，适宜用成本法进行评估。

"市场法区别于收益法和成本法，将评估重点从企业本身转移至行业，完成了评估方法由内及外的转变。市场法较之其他两种方法更为简便和易于理解，其本质在于寻求合适的标杆进行横向比较，在目标企业属于发展潜力型企业、同时未来收益又无法确定的情况下，市场法的应用优势凸显。"

张家红听得似懂非懂，只觉得头大："能有直观的案例吗？"

秦方远一听，知道自己太书生气了，根本用不着讲那么多，那么详细："近几年发生在国内的收购，比如国美花费 36 亿元收购北京的大中电器，这就是溢价收购；而在美国，谷歌用了 16.5 亿美元收购视频网站 YouTube（油管），这个网站当时不挣钱。也许这个比较不是很恰当，大中电器拥有数十家连锁公司，虽然卖给国美获得了高价，但是与轻资产的 YouTube 比，我们就一目了然：YouTube 网站的估值是大中电器的三倍之多，凭什么？是怎么算出来的？"

石文庆插嘴说："华夏中鼎之前服务了一个项目，在细分市场上处于领先地位，发展潜力非常大，而当时投资机构的估值是 4000 万美元。在经过重新梳理业务、拨亮业务亮点之后，对该项目的估值为 8000 万美元。最终，融资协议中的估值基本上是按照 8000 万美元来计算的。"

秦方远继续给张家红比画，在白板上画了一棵树："我们可以用类比的方法来说明。将公司比作一棵果树，树上的水果是过去的成果。这种水果，在一个特定的时间及时地说明了这棵大树的健康状况。树上的水果就像利润，是过去季节努力的成果，这种成果是可以看得见的。

"同样，我们也可以将大树的枝干比作公司的资产负债表和损益表，它们反映了公司过去和现在的健康状况。

"这棵大树未来结出果实的能力，对公司来说就是其未来产生利润或者正的现金流的能力。

"为了更全面地了解和预测公司的未来，我们必须分析大树的地下部分，也就是大树的根部以及外部的条件，诸如雨水、阳光等，这些因素都影响着大树的生存。在处理或分析公司的时候，我们使用类似的推理方法。"

张家红虽然对这些专业词汇听得似懂非懂，心里还是暗爽了一把：看来当初听从石文庆的建议，花大价钱把秦方远从美国拉回来是对的，不得不服，专业就是力量！

当晚，张家红喜滋滋地把这份商业计划书通过电子邮件传给了 A 轮投资人老严。

老严是在看到商业计划书后的第二天从香港飞回来的，他没有回自己的办公室，直接到了东方广场的铭记传媒。按照一般的惯例，像这种骨灰级的投资人，很少会这么冲动地光顾一家小企业。

秦方远被叫到小会议室的时候，看到老严，非常吃惊！他三步并作两步冲上去，紧紧握着老严的手："师兄好！"

老严哈哈大笑，盯着秦方远看了半天："后生可畏啊！张董事长在电话中跟我夸了你半天，之前李宏也和我说有个小师弟堪成大器，一定要认识。昨天，我看了你们递交的 B 轮融资 BP，让我们这些老东西看了都有投资的冲动。"

这句话让秦方远受宠若惊，他知道对于这个骨灰级的投资界老前辈而言，那可是惜字如金，这么高的评价，使用频率极低。张家红听了这句话更是心花怒放，她从中看到的是白花花的银子，她认准只要老严说行，基本上距离成功就不远了。

然后他们就开门见山地讨论起来。

老严说："你们用了不少篇幅和数据计算出投资的内部收益率达到 60%，这是相当高的一个数据。这个应该是 VC 们自己来核算，一般商业计划书不提供这个，不过我认为保留这个比较好，让投资者们一目了然——当然他们内部会再次计算的。"

秦方远说："严总，我知道 IRR（Internal Rate of Return，内部收益率）是 VC 和 PE 们非常关注的一个指标。从我们建立的公司财务预测模型来看，IRR 是可喜的，我相信 VC 们会给予积极评价。"

"是这样的，IRR 是一只基金结束的时候才得到的结果，它们更看重的是回报倍数。比如，如果一家 VC 投资了 10 个项目，可能结果是 4 个死掉，2 个可以收回投资，3 个获得 2 ～ 5 倍的回报，一个成功（超过 10 倍回报）。实践证明，风险投资最有效的方法就是对每个早期项目期望 10 倍的回报，成熟项目则期望 3 ～ 5 倍的回报。对于早期项目，如果创业者的目标是 40% 的 IRR，投资者也许能获得 5 倍的回报，但是并不能补偿 4 个失败和 2 个打平的项目的损失，需要 10 倍的回报才行。因此，在试图说服 VC 投资的时候，创业者要让他们看到如何实现 10 倍的回报，而不是 60% 的 IRR。"

这些专业的讨论，张家红也就只有听的份儿，不过她也不感兴趣。在这一老一少兴趣盎然的讨论中，她都有些困了。一看表，坏了，这个时间点美容院又打烊了。看来创业这事儿还真不是女人干的，都沦落到只要温度不要风度的地步了。

三个多小时的讨论转眼就过去了。老严最关心的回报倍数问题，根据秦方远和石文庆核算的数据，未来三年能达到 25 倍以上，他自然就心满意足了。

临走时，老严对张家红说："如果你们企业能执行完这份商业计划书的 2/3，赴美上市就没有问题；当然了，融资也是没有问题的。"

秦方远站起来，郑重其事地对张家红和老严说："两位老板，我有个请求，你们看合不合适。"

他们走到会议室门口就停住了脚步，齐齐转头看着秦方远："什么事情？直接说吧。"

"这次融资，如果你们两位对我放心的话，我想除了关键条款由你们裁决外，其他的需要给我充分授权，这样我在一线谈判时会更有效率，更有灵活性。"

张家红和老严对望一眼，还是老严老辣："这个没有问题！但是，我们需要确定几条底线，只要不突破这个底线就可以。"

"我同意严总的意见，华夏中鼎公司也归你协调。我们的底线就是融资金额和股权出让比例，其他都全权放手给你。"张家红也表态。

听了两位的话，秦方远如释重负，就像将军出征前拿到了尚方宝剑，扰乱军纪者可先斩后奏。

第四章

关键交易

绝大多数 VC 的想法都一样：用很低的价格把股权买进来，再以高价卖出去。所以，签投资意向协议前，VC 会说"你的企业很值钱""你的企业优势很多"；而协议一旦签署，他们又开始挑企业的毛病，这里不好，那里不好，其目的只有一个——压低估值，从而降低投资的价格。

1. VC 的七寸

自从那次在回国的飞机上邂逅，秦方远与于岩就再也没有见过面。不过，秦方远时时会想起她的样子，冥冥中觉得，肯定会再次遇上那个姑娘。直觉并非只是女人的专利，男人对于捕猎也有着与生俱来的直觉。果然，他们再次邂逅了。

这天上午，张家红站在电梯间，看着电梯的数字往上翻，整理了一下衣裙，拍拍手，刻意抑制了一下激动的心情。何静跟在后面，拿着张家红的手机，也是一脸笑容。

昨天晚上 11 点多钟，正要上床就寝的张家红接到李宏的电话，说有两家基金明天过来跟公司高管见面，要洽谈融资的事情。

张家红现在关心的是："这两家靠谱儿吗？"

李宏说："这两家是美元基金，GP 是老朋友，也是老严推荐的，他们研究了我们的商业计划书。刚才，也就是美国西部时间 8 点，他们 LP 专门召开电话会议讨论了这个案子，认为可以考虑投资。张总，我个人判断，如果不是特别感兴趣和靠谱儿，一般 LP 们是不会浪费时间来讨论的，一般投资总监或者 GP 们讨论就可以了。所以，我认为很有希望，我们要高度重视，热情接待，认真洽谈。"

一听李宏说得这么郑重其事，张家红差点儿就蹦了起来！她跑到客厅坐在沙发上，紧紧握着手机，贴着耳朵："那太好了！我马上安排！"

张家红几乎是喊着告诉秦方远的，秦方远还从来没有听到张家红如此激动过，也许是沉闷太久了，鲁迅说过，不在沉默中爆发就在沉默中灭亡。秦方远最后抱怨一声："他们怎么搞突然袭击啊？"大战在即，这句小小的抱怨，张家红不管是没有听到还是故意忽视，都不重要了。

秦方远早上赶到办公室，忙着修改 PPT。张家红安排办公室打扫大会议室，调试投影仪。何静与石文庆保持着联络，贵宾快上电梯时，张家红赶紧赶到电梯口迎接。

华夏中鼎推荐的是两家美国基金，主投基金是森泰基金，跟投是大道投资。头一天晚上，李宏给张家红提到过这两家基金，张家红像小学生背课文一样一字不漏地用脑子记了下来。

秦方远上网查询了一下，森泰基金资料显示，这家是美元基金，LP 以美籍华人为主，比较成功的项目是在香港上市的餐饮连锁小肥牛，以及在美国纽交所上市的高德能源，收益不菲。近年来主要物色消费连锁和 TMT。管理团队十来个人，管理合伙人托尼徐也是海归，当年在高盛工作时主导过参股国内最大的某家电连锁企业的案子，虽然没有成功，却不影响他被森泰基金高薪聘用，据说管理 3 亿美元的额度。很有意思的是，这只基金正在申报证监会 QFII（Qualified Foreign Institutional Investor，合格境外机构投资者）认证，要做全球华侨的寻根投资基金，实力不小。

秦方远给石文庆电话确认，石文庆给出的信息是这两家基金投的意愿非常大："我有个哥们儿是他们的投资总监。他们这次破例把商业计划书的要点发给美国的 LP，他们给予了高度肯定，应该没有多大问题。"

李宏也亲自过来了，基金那边是托尼徐带队，率领一帮人马浩浩荡荡开了进来，一下子塞满了会议室。

张家红这边，除了秦方远外，还有财务经理胡冬妹和法务经理赵宇。

一会儿，何静敲门进来说："对方人马到齐了。"秦方远拿着笔记本电脑去了会议室。

秦方远迈进会议室，换了一通名片，当他把名片递给对方的一个女孩时，顿时愣住了。对方在笑吟吟地看着他，似乎在等着看他要花多长时间才能认出她来。

这个女孩竟然是于岩，依然是那样清秀的脸庞，盈盈微笑。秦方远脑子中如雷轰电鸣，这难道就是传说中的缘分？虽然他曾设想过或许会再次遇上，但没想到竟以此种身份在这种场合相遇，北京有 2000 万人啊！而对于岩来说，在她加盟北京这家 VC 以来，第一个正式接触的项目接洽人竟然就是飞机上邂逅的、印象还不错的一个人，这本身就是个奇迹。

于岩在秦方远进门的一刹那就一眼认出他来，本能地就要起身，和他拥抱一下，来个贴面礼。可是，来中国之前，父母就告诉她要遵守中国的礼仪：女孩子要矜持；长幼有序；礼让上司；握手不要拥抱；要笑不露齿等。

于岩抗议说，咋那么多规矩啊！她可是土生土长的美国人，自由观念根深蒂固。父母说，要成大事得学会融入，入乡随俗是根本。

于岩向秦方远伸出手："Nice to see you again.（很高兴再次见到你。）"

秦方远这才缓过神来，连忙握了握手，他在于岩的眼睛里捕捉到了重逢的惊喜。飞机上的邂逅，短短浅浅的聊天竟然在彼此的心里埋下了渴望重逢的种子，只是他们当初并未觉察，别后才知其中滋味。

石文庆问："你们之前认识？"

两个人对视了一眼，同时点头。

石文庆就有些不怀好意地瞄了秦方远一眼，低头笑。这一细节被秦方远捕捉到，他使劲儿对石文庆努了下嘴以示抗议。

"这是个意外的惊喜。"托尼徐开玩笑说，"我们的合作有个喜庆的开头。我们的于经理刚来中国不久竟然碰到老熟人，在这个场合，我认为这预兆着一个美好的开端。"

张家红连连说是。

在热闹欢笑中，会议开始了。

他们先彼此介绍了一下团队，秦方远之前从资料上看过对方的团队介绍，只是没有看到于岩的名字。原来于岩刚毕业，做的是投资助理。

介绍到秦方远时，张家红一脸得意地特意强调了秦方远的学历背景，以及不久前从华尔街回国，原来是在摩根士丹利。她最后强调说："这波公司融资的事情就全权交给方远负责了。反正我是个粗人，啥也不懂，以后的事情，方远说了算。"

张家红这个开场白，立即把气氛给带暖了。

托尼徐鼻梁高挺，身高不亚于秦方远，粗看起来颇像美国著名影星汤姆·克鲁斯。托尼徐之前对秦方远有过初步的了解，现在听到张家红这么隆重地介绍并委以重托，自然对这个年轻小伙子不敢轻视。

托尼徐还介绍了大道投资的合伙人洪达开，这人也是人高马大，一开腔就是满口东北味。这只基金比较小，刚刚进入中国市场。"这个项目如果不错的话，我们主投，大道投资跟投，这也是洪总加入这家公司以来的第一个项目。"托尼徐说，"首先我们团队对这个项目非常感兴趣，所以这个项目由我亲自操盘。其次，这个项目A轮投资是老严投的。作为行业内人士，没有人不认识老严，毕竟他是最早把VC和PE引进中国的美籍华人之一，在圈内有着超强的号召力。他既然敢投资，我们就放心了一半。再次，华夏中鼎李宏总裁的个人品牌我们都认。是啊，我们李总手头囤积了不少潜在的投资项目，我们投资了这个，还望再推荐下一个，你们吃肉，我们也喝碗汤。"

李宏呵呵一笑："我们现在这个项目就是块大肥肉。"

在一番融洽的气氛中，秦方远打开PPT讲解起来，关于创始人、管理团队、行业前景、竞争优势、产品或服务、商业/收入模式、市场推广及营销策略、公司发展规划、财务状况及财务预测、融资需求及资金用途等，基本上是概要，内容与之前提供的商业计划书相差无几，这次只是进一步强化而已。他一边讲解，一边回答对方的问题，汉语夹着英文。

于岩很欣赏秦方远的 PPT，边听边记录，还在纸上写下自己的思考。

对铭记传媒提问完后，托尼徐礼貌地问张家红："张总，对我们您看有哪些需要了解的？"

张家红直截了当地说："我觉得挺好啊。既然你们是严总和李总介绍过来的，我们很放心。我是个粗人，草根出身，就说句粗话：我只关心你们是否愿意投资我们，钱什么时候能到账，哈哈！"

托尼徐对张家红的粗犷没有表现出意外，也许，对融资方的这些心态他已见怪不怪了。

这时，秦方远开口说："徐总，我想提几个问题，可以吗？"

托尼徐一愣，忙接口说："当然可以！有问必答，言无不尽。"

虽然昨晚通过从网上查询的资料简单了解了一下这家基金，但还只是一些皮毛，需要进一步了解。他主要关心基金的两个核心问题——实力和业绩。

对于基金而言，实力就是资金规模了。一般而言，外资 VC 基金动辄三五亿美元，超过 10 亿美元的基金也不在少数；本土的大部分人民币 VC 基金则没有这么大的盘子。时下国内大部分 VC 在各种场合鼓吹自己的时候，开口就说自己手下管理着几只基金，有多大规模，虚实难辨。因此，秦方远提的第一个问题就是，这家基金是面对全球投资，还是专注中国市场？真正可以投资在中国市场的比例有多少？单个项目能够投资的额度有多大？

托尼徐说："我知道秦总的意思，就是担心我们不诚实。实际上，我们在网上公布的情况基本属实。我们已经做了两期基金，都是 3 亿美元，全部投资在中国市场，单笔投资不超过 5000 万美元。"

"不好意思，徐总，我还得继续提问。您的公司上一个成功的项目是几年前上市的？是在第几轮投资进去的？投资后多久上市的？您本人有过成功的项目吗？"秦方远的态度比较谦逊。

秦方远抛出的这些问题也是基金核心议题之一，就是业绩。VC 的业绩不是表现在管理多少钱、投了多少项目，而是成功了多少个，投资回报情况怎么样。现在经营一家天使茶馆、专注于天使投资人培训的著名投资人桂曙光先生说过，很多 VC 就靠着 5 年前甚至 10 年前的某个成功项目赚足名声，满世界忽悠，可是从此再也投不到一个像样的项目了；还有很多 VC 就靠"傍大款"，跟在大牌 VC 屁股后面投，也能侥幸捡点儿漏；也有很多"成功"的 VC，只做第二、三轮投资，甚至只做 Pre-IPO 投资，一两年之内没有上市可能的项目根本不看。

托尼徐没有因秦方远看似咄咄逼人的提问而表现出任何不快，毕竟做投资多年，久经沙场，涵养还是有的，不仅如此，他还对眼前的这位高个儿小伙子有些刮目相看，看似嘴上无毛，提问却句句到位，直言不讳，果然华尔街风格。他选择坦诚回答："第一期已经关闭清盘，上市了 3 家，待上市的有 2 家，1 家估计会死掉或者被并购。你们肯定知道小肥牛是在香港上市的吧，我们是第一轮投资的，前年上市获得了 20 多倍的回报。至于在纽交所上市的高德能源，则被多家知名财经媒体评为当年最成功的投资项目。第二期基金也是 3 亿美元，我们是'7+3'，这只基金有 10 年生命期。去年是第一年，投了一个项目，做移动互联网传媒的。如果我们这次合作成功，我相信你们会给我们比小肥牛更高的回报。"

说到这儿，托尼徐的团队鼓起掌来。受此感染，张家红他们也配合着鼓掌，气氛愈加活跃。

秦方远仍然比较沉静，他说："徐总，还可以继续讨教吗？"

"继续问吧，讨教还谈不上。"他自然注意到这个小伙子转换了用词，显示出他的涵养来。

"如果贵基金投资了我们，你们会给我们带来什么样的增值服务？我们知道，优秀的 VC 公司会有广泛的行业关系和丰富的企业管理经验，确实能够为被投资企业提供很多的增值服务。"

托尼徐微微一笑："说实话，一般 VC 会说帮助企业进行市场拓展。要提供这项增值服务，VC 必须对市场营销有很丰富的经验，但是我们没有市场营销的工作经验和背景，我们更多的是财务、投行、技术等方面的工作经历。不过，我们可以帮助贵公司在物色高级管理团队人员和规范公司财务管理上提供一些帮助。"

"能否帮助我们推荐一些广告客户？"张家红听到增值服务，第一个想到的就是这个。

"哈哈，一听张总就是业务出身，言必谈及广告。冲你这句话，我们就必须全力以赴了！"托尼徐插科打诨般回答。

时间很快过去，四个多小时转眼就不见了，双方意犹未尽。

会议结束后，对方没有接受张家红在楼下酒楼安排的饭局。送走投资者后，张家红问李宏："感觉怎么样？"

李宏说："感觉不错，应该没有什么问题，会继续往下走。"

2. 投行的雷池

中午，石文庆给秦方远打电话："说句也许你不爱听的话，今天你有些喧宾夺主了啊！"

"怎么了？"秦方远不太明白他的意思，"你是说我给基金提问吗？"

"是啊，人家张总都说没有什么问题，你却连问了三个，还咄咄逼人，这样不好啊！"

"我明白你的意思。"秦方远笑起来，"这些问题确实是我们要了解的。融资和投资，需要双向了解，这是出于对未来投资的可能性和安全性的考虑。对了，关于对方的情况，其实应该是你们中介方提前提供的哦。再说，如果我只是个应声虫，连这些基本问题都不提出来，人家凭什么要挖我回国加盟，我又靠什么体现自己的价值？"

"哈哈，看来你不是榆木脑袋，我还以为你在华尔街变呆了呢，进入角色很快啊！"

"其实做人做事，在哪儿都一样。人性这东西，有共性，放之全球而皆准。"

"对了，今天那个叫于岩的，你在哪儿认识的？我怎么从来没有听你讲过？"

秦方远心里明白，这小子迟早要问这个。"就是在回国的飞机上认识的，普通朋友。"

"嘿嘿，看来你本事不小，艳福不浅。你小子回国的时候也没有交代啊，突然就冒出一个林妹妹。根据我的经验，你们俩肯定会发生事儿，有戏，瞧她看你的神情就不一样。"

"少来啊！你不琢磨下一步进展的细节，尽琢磨这事儿，真是色性不改！"

石文庆不接秦方远的话，径直说："虽然你比我在美国待的时间长，但我告诉你经验，西方女人牵手、接吻、上床三部曲，直接干脆，但可不能轻易动感情，否则吃不了兜着走。"

秦方远说了句"别把人都想成是你"，就撂下电话，不听石文庆啰唆。

快下班时，秦方远拿起名片，给于岩发了个短信，问她现在在哪里，有没有空一起吃晚饭。

于岩很快就打过来了，说正要打电话给他，她就在楼下的东方新天地闲逛，让他赶紧下来。

秦方远心里一暖，她应该就是特意在下面转悠，等着他来电话。他放下电话就赶到电梯口，使劲儿按了按下行按钮。于岩早就在施华洛世奇水晶专卖店门口等着了，笑吟吟地看着奔过来的秦方远。

待秦方远走到跟前，于岩递过来一个服装袋，阿玛尼牛仔裤："送给你的！在这边上班有时候逛街，看到合适的就给你买了，号码是我目测的，放在办公室很久了。颜色也不知道你是否喜欢？上次飞机上的事情是我的错，我得赔偿你啊！"

"受宠若惊啊！哈哈，都过去那么久了，你还惦记着。不是早就没事了吗？"

"那也是个结啊。"

"我怎么觉得你不像土生土长的美国人，倒像婆婆妈妈的中国姑娘。"

"什么是婆婆妈妈？我不是跟你说了嘛，我从小就生活在唐人街，受人之恩，报人之恩；给人添堵，赔礼道歉。"

秦方远笑了笑，两人一起去了附近的一家西餐厅。

秦方远说："今天很意外，没想到在这种场合碰到你。"

"是意外。不过，我之前给过你联系地址的，你应该知道我在东方广场啊，怎么就不联系我？"

秦方远不好意思地说了实话："那个条子装在西服衣兜里，不小心拿到洗衣店给洗了。我知道你在东方广场，但是我没有记住你公司的名字，我给你道歉。"

于岩看着秦方远一本正经的样子，连忙制止："谁让你道歉了，今天邂逅也很有意思。"

他们聊了起来，像老朋友一般，其实加上这次，他们才见过三次面而已。

于岩说："我终于知道你回国的宏伟理想了，原来在这儿。"

"这儿不好吗？"秦方远比较忌讳同行说他投身到甲方，而不是继续留在投行领域。

"挺好啊。"于岩并没有觉察出秦方远的敏感，"我们就觉得这家公司不错。"

"子曰：君子谋道不谋食。耕也，馁在其中矣；学也，禄在其中矣。君子忧道不忧贫。"秦方远借助孔子的话解释了自己的抱负，"这句话的意思就是追求理想，顺便赚钱。"

于岩饶有兴趣地托腮看着秦方远："我小时候也被逼着背《三字经》，太难背了，在我的强烈抗议下，我父母只好放弃了。"

秦方远是跳跃性思维，他抓住于岩上一句话不放："你们觉得这家公司不错？你们内部对我们是怎么判断的？"

"哦？这个我们有纪律，你是知道的，你还不是我们的已投资客户，我不能讲的。"于岩马上意识到什么，立即正色道。

秦方远当然知道大型投行的规定，部门与部门之间都有防火墙，何况对外？一位普林斯顿大学的师兄，毕业后一度干到大摩高管，后来涉嫌一宗内幕交易——老婆炒了关联公司的股票。事发后，夫妻双方均被判监禁两年，考虑到他们有个一周岁的小孩子，美国法院就判先让男方服刑，男方刑满后再让女方服刑。还有一位大摩亚洲公司 MD，也是因为涉及与中国某能源和商品供货商相关的内幕交易被拘捕判刑。

想到这儿，秦方远知道自己犯忌了，尴尬地一笑，以示歉意。

这时，服务员跑过来说，餐厅里没有酸奶。秦方远问："那有有机牛奶吗？"服务员说："都卖完了，估计要到晚上七八点钟才能采购回来。"

于岩很好奇地问："为什么一定要喝牛奶？西餐厅喝咖啡不是更好吗？"

秦方远想起喝牛奶是乔梅的建议，乔梅的影子在脑海里一闪而过，他的心被轻轻地触动了一下。眼前是谁？是于岩。他迅速稳定了情绪，对服务员说："那就来摩卡吧！"

于岩饶有兴趣地问："你喜欢喝 Mocha（摩卡）？"

秦方远闻言，言语轻松："摩卡是很好喝的品种，我还会做呢。首先，取一份巧克力酱挤到杯底，在上面加一份 espresso（浓缩咖啡），然后加牛奶和奶泡，最后在上面挤一块鲜奶油。"

在美国，个性化咖啡满足不同人的需求。刚去美国时，秦方远并不习惯喝咖啡，之后在美国同学的怂恿下，隔三岔五地去，逐渐喜欢上了，也多少了解一些咖啡的道道。

于岩闻言不语，服务员送上来的是一杯 Cappuccino（卡布奇诺），就是奶沫咖啡。秦方远一看就乐了，两人心照不宣。喜欢咖啡的人都知道卡布奇诺意味着什么。卡布奇诺的做法是先做一份 espresso，再用蒸汽喷蒸牛奶打出奶泡，然后将热蒸奶倒入咖啡杯，最后将奶泡轻拨在咖啡的最上面。喝这种咖啡，嘴边或多或少会沾上一些白色的奶沫。如果说 espresso 是男人，那 Cappuccino 就是爱情，它是 espresso 与柔美女人（奶沫）的完美结合，柔中有刚，刚中有柔。

喝完咖啡后，秦方远带于岩去看了一场电影，就在东方新天地下一层的百老汇新世纪影院，看的是张艺谋的《山楂树之恋》。

在影片的最后一刻，女主人公静秋闻讯赶往医院见男主人公最后一面，当她一步步靠近病床，喊着男友的名字，那种即将生离死别、阴阳两隔的情感激荡，顿时冲垮了秦方远的防线，眼泪哗哗的。他赶紧别过脸去，不让于岩看到。他想到了乔梅，理解了一个女人在男友离开时的巨大伤感。

于岩也是眼睛红红的，看来情感上的东西是人类共有的财富。不过，从影院出来，于岩说："我就是不理解，爱就爱吧，怎么爱得那么不痛快？"

也许是咖啡的作用，也许是受电影凄婉爱情故事的影响，把于岩送回住处回来后，秦方远辗转反侧怎么也睡不着，脑海里一会儿浮现出VC们投资就要大功告成的场景，一会儿浮现出乔梅哀怨的眼神，一会儿又浮现出李若彤清秀的面孔，不，准确地说是于岩。

3. 期权池：利益矛盾集中点

第三天，张家红就收到了反馈消息，森泰基金和大道投资决定投资铭记传媒，约好了时间敲定价格。

秦方远告诉张家红，价格是敏感问题，也是实质性的问题，对方既然谈到这部分，说明这波融资确实正式展开了。

秦方远和华夏中鼎投资公司在商业计划书中提到的是融资 5000 万美元，出让 30% 的股份。当初写作商业计划书提出这个数字时，连秦方远都认为离谱儿，顶多一半的价格还差不多，这足以支撑公司未来24个月的发展。张家红则认为只要钱能及时到位，1000万美元也行，她是根据当初老严300万美元占据了40%的股份来比较的。更重要的是，如果钱到不了，就是一个亿也没有多大价值，公司坚持不到那会儿。石文庆他们则坚持高举高打，先奔着这个数去谈，谈判嘛，就是互相让步和妥协的过程。石文庆说起来头头是道，其实他心里盘算的是佣金的事情。当初张家红签署的中介协议是以融资总额的5%支付佣金，自然佣金的多少与融资总额密切相关了。

敲定投资金额的电话会议是在晚上12点开始的，恰好是美国西部时间早上9点，森泰基金的一个LP参加了。据说这个LP是投资审批委员会的主要成员之一，有投票权。

电话拨通之前，石文庆和秦方远跑到张家红的办公室，异口同声地说："张总，价格讨论期间，您别轻易发言；在最后一锤子定音时，您发言敲定就可以了。"

张家红满口应承。一方面，她对第一次面谈时秦方远的表现相当肯定，也信奉专业的事情应该交给专业人士做的原则，同时也避免显得自己老土；另外一方面，她也懒得跟那帮资本家讨价还价，显得自己多么小气似的。不过，她提出只许谈成不许败，时间不饶人啊！

秦方远当然理解张家红的焦虑。

按照对方提供的电话号码、密码等把电话接通，那边已经等候多时了。

托尼徐他们一行都在，会议由托尼徐主持，先介绍美国的LP，看得出来托尼徐对这个人很尊重。LP是美籍华人，姓温，说起普通话来不是很标准，但慢慢说还能听懂。

温LP上来就说："非常高兴跟在座的各位通话，大家辛苦了，这么晚了还要讨论一些重要问题。铭记传媒的张董事长也在吧？"

张家红打了声招呼。

托尼徐说："我们这次会议主要是讨论价格问题。我们内部商谈了一下，两家公司商定的额度是 3000 万美元受让 30% 的股份，这是我们所能接受的最高价格。"

张家红听了怦然心动。

秦方远注意到了张家红的情绪，他和石文庆对望一眼后，又与张家红对视了一眼。

秦方远抢着说话："This deal is not good enough.（这个价格不够好。）3000 万美元的投资我们没有意见，只是股份占比 20% 比较合适。钱多少我们不在意，在意的是所占的股份比例。你们从我们提供的商业计划书上可以知道，虽然不是我们想要多少就是多少，但我们应该值这个价钱，这也是我们所能接受的底线。"

双方一开始就亮出了底牌，显然都不是对方所能接受的。

电话会议双方在秦方远讲完后的瞬间沉默了，谁也没有率先发声。张家红看着秦方远，意思很明显，差不多得了。

托尼徐率先打破了沉默："因为目前公司有盈利，但不是很多，我们也没有按照 P/E 来估值；即使按照 P/S 估值，贵公司也到不了这个价格。我们当然是着眼于未来 3 年的高速增长，并在与类似上市公司的估值比较下得出的最乐观的估值，所以希望张总能给予充分考虑，希望我们能够共同继续前行。"

张家红听出了森泰基金他们表示的意思：一是这个价格已经是最高价了，还是考虑到未来高速增长的估值；二是如果不同意这个价格，已经无法继续谈了。

秦方远也听出对方的话外之音，对方特意指名道姓地提出张董事长，意在指出这个价格只有张董事长能够拍板，同时也希望张董事长能够接受这个价格。好狠毒的一招！

张家红做了一个"OK"的手势，意思是是否就这样定了，还未等石文庆反应过来，秦方远就做了个"NO"的唇形，又摇了摇头。

秦方远认为，谈判这个东西，老外狡猾得多，即使同意也不能当场同意，因为就算这轮同意了，后面还可能有变数。他曾经跟张家红讲过，有些 VC 的态度会在签订投资意向协议前后来一个 180 度的大转弯（因为已经单向锁定企业只能和他一家投资机构谈合作了）：在签订投资意向协议前，VC 会说"你的企业很值钱""你的企业优势很多"，而在签订投资意向协议后，他们又开始挑企业的毛病，这里不好，那里不好，其实目的只有一个——压低估值，从而降低投资的价格。在一定意义上，绝大多数 VC 的想法都一样：把公司股权用很低的价格买进来，退出时再以高价卖出去。

秦方远说："这个价格我们要商谈一下再确定。另外，为了公司发展的稳定性，未来要吸引更多人才进入，我们需要预留一部分管理层期权。"

这句话正合 VC 之意。秦方远之所以在这个节点提出这个问题，实则有他的意图，就是把期权的事情明朗化。

设立期权池就是允许持有者按照约定的价格（通常很低，可以忽略不计），在规定的时间内，购买一定数量的公司股份。发放期权会稀释其他股东的股份比例，因此很多 VC 会要求在投资之前，企业就把这些期权预留出来。这样，在 VC 投资之后，管理团队购买股份的时候，VC 的股份就不会被稀释了。期权池对融资价格确实有着不小的影响，但又是一个很重要的条款和设计。大部分企业在 VC 投资之后，都需要为新招募的或者以前的管理团队分配期权，尽管发放期权就会稀释其他股东的股份。

温 LP 接过话说："Option Pool 早在我们的考虑范围里了，我们原来打算留 15% 的股份作为管理团队的期权。我们 3000 万美元应该占据 35%，我们先期拿出 5% 作为期权池的一部分，原股东拿出 10%。"

如果按照森泰基金和大道投资提出的这个分配方案，3000 万美元的融资额度占比 30%，则 Pre-Money Valuation（投资前估值）为 7000 万美元（VC 简称为"Pre 7 投 3"），如果 VC 要求期权池大小为 15%，那么企业的股权结构为：VC 的股份比例仍然为 30%，15% 的未分配期权，A 轮投资者及创始人持有 55%。换句话说，A 轮投资者及创始人拿出自己 15% 的股份，分配给将要招聘的高层管理人员和一些以前的团队人员。

张家红盯着秦方远和石文庆的脸色变化，她自己还没有转过弯来，只是对期权和这个 15% 很敏感。

石文庆无所谓，他的利益在于此次融资总额的 5% 的佣金，因此他在意的是融资总额，而不是双方预留的期权大小。根据这次谈判，估计融资总额突破不了 3000 万美元，因此他反而淡定了，接下来就看张家红和秦方远怎么决定了。

秦方远则在脑海里盘算着，15% 的管理层期权？我个人还提出来10%，那未来那些众多的高管怎么办？根据商业计划书的规划，这波钱融进来后，公司需要马上招聘大批人马，包括通过猎头公司从市场上挖一些高管进来，否则无法满足公司未来的发展需求。对了，还有那些跟从张家红打江山多年的部属，他们的利益怎么保障？想到这个数字，心就"咯噔咯噔"地跳。

张家红看到秦方远他们一时停在那里打算盘，她也意识到这是个问题。

秦方远说："如果按照这个估值和分配，确实如张总所言，这个价格无论 Pre-Money Valuation（投资前估值）还是 Post-Money Valuation（投资后估值）都只有我们所希望估值的五折，这也超出了我们的底线，估计比较难以往前推进了。"

秦方远说完这句话，张家红的脸色就变了，她担心人家因此不投了。秦方远啊秦方远，你这是为了个人利益而不顾集体利益啊！她本能地想进行补充，收回秦方远的话，但如果这样，秦方远在未来的谈判中就会处于不利地位。

在他们考虑的同时，对方也在平心静气地等待。

谈判是件耗时耗力的活儿。张家红曾经有一次和香港一家著名集团公司旗下的广告公司谈判，他们打算收购张家红在北京的户外广告资源。张家红委托台湾律师代表他们参与谈判，最后一次谈判从早上谈到第二天凌晨 4 点多，谈得对方人仰马翻，最终胜利。当然，那时张家红底气十足，自己的户外广告资源全北京排名第二，仅次于华歌传媒，并且块块牌子挣钱。这次不同，自己多年的积蓄全部投进去了，还拿了老严的 300 万美元，即使这样，还是像往大海里扔了块石头，连响都没响一下就迅速沉没了。现在公司就像一个快要被淹没的孩子，手忙脚乱地想抓住一根稻草，活命最重要。

张家红还是表态了："各位，非常感谢开诚布公的讨论，这是我们继续往下走的良好基础。至于今天讨论的这个问题，我们还有一位股东，我还要跟他沟通一下，我想会尽快跟大家再次沟通的。一旦确定了，我们这方谈判代表是秦方远先生，他可以全权代表我们公司。我要表达的是，无论何种方案，我们要获得的都是共赢。"

张家红说话滴水不漏，面面俱到。秦方远想，能做到这个份儿上，她也不是完全靠混的。

那边的温 LP 也表态说："我完全同意张总的意思，我们要获得共赢。我们非常看好户外传媒和移动传媒，我们研究过贵方的商业计划书，很专业，如果贵方能够按照计划书上的既定规划推进，我们非常乐意参与进来，共同努力。我也确定一下，我方谈判代表是托尼徐先生，他在中国可以完全代表森泰基金。"

会毕，秦方远看着张家红似乎有话要说，但碍于石文庆不便张口，这毕竟涉及个人利益。张家红看出了秦方远的意思，说："待我和严总商谈后再回复你吧。"

秦方远回到住处，已经是深夜 2 点多。石文庆开着他的沃尔沃送他回来的，车飙起来，车窗摇下来，听着外面的风声呼呼直响，真是爽快！

石文庆在车上说："我个人认为 3000 万美元可以接受，这也不是小数目了，不是一般的基金能出得了的。在其他条款上我们可以再争取好的结果，关键是要赶紧进行下一步。"

张家红向老严报告这个事，还商谈了期权的事情，本来老严对这个 3000 万美元还是表示认可，但一听到对方提出的期权池比例的问题，他就表示反对："投资前估值里不包含期权池，我们不要单独为期权池买单。既然他们投资进来，跟我们一起做股东，就没有理由只让我们自己拿出股份做期权池，要拿大家一起拿，期权池在 VC 投资之后设立。比如，在这波 VC 融资 3000 万，投资前估值 7000 万，如果期权池大小为 15%，那么在设立期权池之前，B 轮 VC 股份比例为 30%，创始人为 42%，A 轮 VC 为 28%。然后我们共同按照比例分别拿出 B 轮 VC 4.5%、创始人 6.3%、A 轮 VC 4.2% 的股份，凑成 15% 的期权池。这样，投资后，公司的股权结构是：创始人 35.7%、B 轮 VC 25.5%、A 轮 VC23.8%、期权池 15%。"

张家红迅速用笔记下这些比例，包括老严的大概意思。

秦方远回到住处不久就接到了张家红的电话，张家红把老严的意思向秦方远传达了，还强调说："至于你个人的期权，我们一定会尽量满足。"

次日上午，秦方远给托尼徐回话过去，对方一听就不同意这个方案。他强调说，根据对公司的初步了解，即使按照 3000 万美元占比 30% 的估值，他们出的价也已经是上限了，如果按照铭记传媒提供的期权池建议方案，则他们的价格投资前高出 25.2%，投资后高出了 17.6%，他们投审委肯定通不过的。

张家红听了这个消息，一时手足无措，她愿意接受对方的条件，但老严通不过。

下午托尼徐打电话给秦方远说，鉴于双方的合作诚意，建议把期权池缩小到 10%，这样大家彼此就少稀释些了。

这下子，直接损失的是包括秦方远在内的管理团队的利益。秦方远刚加盟铭记传媒的时候就提出个人要 10%，如果按照 VC 的方案，秦方远个人要获得 10% 的期权就只能是奢望了。他擅自否决了，根本没有和张家红商谈。

也许是张家红听到了这个消息，第二天一大早她就把秦方远叫到办公室，说："我们现在最关键的是要融资成功，只有融到了公司才能活下来，继而上市，期权也好、股票也好才有价值，否则就是一张空白纸，有什么价值？"

秦方远一言不发。他深沉而宁静的神情，让张家红有些扛不住。对于自己应得或者之前老板承诺的利益，秦方远是不愿意妥协和打折扣的。他心里很清楚自己为什么要放弃华尔街回国。赚钱不是罪恶，罪恶的只是手段。拿自己该得的，或者说获得已经承诺的比例，天经地义，否则干吗要跑回来？

实际上从加盟铭记传媒开始，秦方远就已经在盘算迈向纳斯达克敲钟的时间表了，甚至盘算起了自己的期权退出时的收益。他曾经跟石文庆私下透露过，自己的梦想就是做一名出色的投资银行家，回国就是为了获得第一桶金，加盟创业公司就是缩短实现梦想的时间。

张家红对于当初答应给秦方远 10% 期权的承诺，一度想过要毁约，不过自己也很快否定了。这是什么时候？融资的关键时刻，秦方远是关键人物，决定着公司的生死，怎么能够出师未捷身先死？临阵换帅乃兵家大忌。

她索性说："这样吧，方远，答应你的事情我个人给你承诺，保证你拥有之前我们承诺的那个数，少多少我给你补多少吧！"

既然张家红作为一家之长，作为公司的大股东，把话说得这么明白，秦方远也没有什么可说的了。不过，他表态很看重这个，当初回国不是冲着有限的薪水，虽然目前的高薪水已经是铭记传媒的不可承受之重。这种业界所称的"中国机会"，是 IPO 后所拥有的股份会以十多倍甚至数十倍的价值予以回报，年薪与之相比，则是小巫见大巫。还有一点就是，全程参与一家企业从融资到 IPO 的过程，熟悉企业管理，积累经验。

秦方远回复托尼徐，公司同意期权池方案。不过，他同时附带了一个条件：未来董事会薪酬委员会里，铭记传媒代表对管理层期权分配拥有一票否决权。

托尼徐一听，只要不突破期权池的份额上限就行，至于怎么分配，则不是他们关注的要点，就送了个顺水人情，爽快地答应了。

4. 各种协议，各种猫腻

不几天，森泰基金发过来一份 Term sheet（条款说明书，类似于意向协议）。Term sheet 是投资者与拟投资企业就未来的投资交易所达成的原则性约定，集中了投资者与被投资企业之间未来签订的正式投资协议、公司章程等文件的主要条款。虽然只有寥寥几页纸，但 Term sheet 中囊括了融资相关所有关键内容的概要，因此，一旦双方签署 Term sheet，接下来的融资过程就会非常程序化。

拿着 Term sheet，秦方远想起回国第一次同学聚会上钱丰讲述的一个案例，忍俊不禁。"什么国际惯例？""Term sheet." 那农民企业家一甩脸子："Term sheet？别跟我整那洋文，我怎么听怎么像'他妈 shit'。不就是框架协议吗？还是意向的，又没啥法律约束，没问题，签！排他期？不行！你们弄俩月排他期，让我把其他投资人挡在门外，最后你们给我挑一堆毛病，再压我价格，那我到时候不是叫天天不应叫地地不灵吗？这是你们的如意算盘吧，嘿嘿……"

还有一个是义云堂在微博上讲的笑话。投资者提供了一份条款繁多的投资协议，把一个企业老板看得头痛。他对投资者说："这是投资协议吗？分明是丧权辱国条约嘛！别跟我谈什么国际惯例，到咱中国得按中国惯例。什么跟随权、拖售权，瞧这名词翻译的，拗口不？你们在这儿知道要这权那权的，怎么不见你们去要言论自由权、公民选举权什么的？我们民企本来就是夹缝中求生存活下来的，临了还要被你们欺负一下？"

这次，秦方远他们也在这些条款上卡壳了。铭记传媒法务经理赵宇比秦方远大一岁，刚刚通过司法考试，之前在中关村一家上市公司的法务部工作过，虽然不是严格意义上的律师，对一些条款还是比较熟悉。

秦方远和赵宇、石文庆一起研读条款，问题集中在三个方面：

一是锁定期，在签订正式协议前三个月内不能与其他投资者接触，即为排他期条款。秦方远他们专门约了托尼徐的团队过来商谈。

托尼徐漫不经心地说："投融资合作就像一对男女谈恋爱，你既然跟我谈了，就不能再跟别人谈了吧。"

这样的话，乍一听很有道理，但仔细想想，"投融资合作就像一对男女谈恋爱"，这个比喻没有错，但是后面的"你既然跟我谈了，就不能再跟别人谈了吧"这句话还没有说完，不完整，只要求企业方对投资方专一、忠诚了，没有对等地要求投资方对企业方同样专一、忠诚。既然企业方不能再跟别的投资机构"谈恋爱"了，那投资方是否也应该不能再跟别的同类型企业"谈恋爱"呢？事实上，很多投资机构要投一个行业的一家企业，至少同时在看这个行业的三家企业，甚至更多家。

托尼徐表态："对于这个行业我们目前只接触了铭记传媒一家。不是行业老大吗？我们一般只投行业第一，其他看都不看，放心好了。"

秦方远接过话："三个月排他期太长了，我个人建议 45 天如何？"

"45 天？我们尽职调查都不一定能完成。"

"我们可以给中介机构 15 天调查时间，15 天出具报告，15 天你们讨论，这样时间足够了吧！"

"不够。15 天调查时间？会计、审计和律师整理材料都整理不过来，太紧张！"

"如果 45 个工作日呢？这样加上周末的 10 天，就有 55 天了。"

"秦总，你们计算得也太精密了，真是服了你们！那行吧，我们就不计较这个细节了。如果处处按照这个节奏来谈，签正式合同时不知道要谈到什么时候，估计今年都难交割。"

这是秦方远回国做的第一个项目，具体多长时间交割完成，他心里也没底。他看了看石文庆，他应该明白。

这个行业也有非常极端的案子。石文庆曾经告诉秦方远，国内有一家人民币基金，说起来很牛气，投资的企业中有十几家已经上市，据说管理有几十亿元资金。为了抢项目，竟然客户访谈不做、历史财务分析不做、未来财务预测不做、竞争分析不做，将公司提供的商业计划书直接改成内部投资建议书，主要抓住回购和对赌条款就毅然下单了。秦方远说，这在华尔街简直让人难以理解！石文庆则说，这叫动物凶猛，大量囤积项目，遇到抢钱时代，竟然越做越大，甚至故意被外面传闻背景多么深，了解底细的人都知道，实际上就是几个草根出身搞的，在军阀混战阶段，拼的就是谁胆儿大，手快，心狠！

也许想到这点，石文庆悄悄地给秦方远做了个"OK"的手势，秦方远就明白了。

秦方远让律师加了一条：这期间，贵基金也不能和与铭记传媒构成竞争或潜在竞争关系的任何对手谈合作。

托尼徐听了耸肩摊手一笑："我说过，我们只投第一，不看第二。"

秦方远耐心地解释："排他期条款应该对等吧。"

二是系列优先权的谈判。这是 Term sheet 中最棘手的。比如优先清算权，这是 Term sheet 中一个非常重要的条款，决定着公司清算后的蛋糕怎么分配，即资金优先分配给持有公司哪一特定系列股份的股东，然后再分配给其他股东。例如，A 轮融资的 Term sheet 中规定 A 轮投资人，即 A 系列优先股股东能在普通股股东之前获得多少回报。同样道理，后续发行的优先股（B、C、D 等系列）优先于 A 系列和普通股，也就是说投资人在创业者和管理团队之前收回他们的资金。

又比如，优先购买权条款要求：公司在进行 B 轮融资时，目前的 A 轮投资人有权选择继续投资以获得至少与其当前股权比例相应的新股比，使得 A 轮投资人在公司中的股权比例不会因为 B 轮融资的新股发行而降低。另外，优先购买权也可能包括当前股东的股份转让，投资人拥有按比例优先受让的权利。

张家红和老严几乎没有计较什么，都是一一应承。

双方交战又卡在董事会组成条款上。森泰基金和大道投资他们提出，董事会应该设立5个席位，森泰基金和跟投的大道投资各出一个董事，铭记传媒原股东各出一名董事，然后共同从外面聘请一名专家作为独立董事。

A轮投资人老严对这个条款没有什么异议。张家红感觉有些不对，但又不知道问题出在哪儿。

秦方远当然知道董事会条款的敏感度和重要性。在美国硅谷流行这么一句话："Good boards don't create good companies, but a bad board will kill a company every time.（好的董事会不一定能成就好公司，但一个糟糕的董事会一定能毁掉公司。）"

秦方远计算了一下，B轮融资完成后，张家红持股比例由原来的60%降至37.8%，即使加上支付给管理团队的期权股份，实际权益股份也降到了50%以下，而三家投资者一旦结盟，张家红完全处于不利地位。秦方远就这个问题的严重性，专门和张家红做了充分的沟通。

秦方远解释说："股权融资的本质就是对公司股权的变更，当公司的股权变动时，必然会影响公司的控制权和管理权。"

张家红比较讶异："我是感觉哪儿有点儿不对，但理不清楚。董事会不是一个摆设吗？我是老板，是大股东，当然是我说了算啊。"

秦方远没有笑，他一脸认真，这神情让张家红感觉到事态有些严重。

魔鬼隐藏在细节之中。秦方远觉得自己有义务提醒张家红一旦失去对董事会的控制权可能产生的弊端："张总，这个条款我们必须力争，其重要性超过估值。我记得大学的时候经常看港台的一些肥皂剧，关键争执都发生在董事会，因为董事会的控制权会影响企业整个的生命期。事实上，企业失去控制权并不可怕，但是如果一家成长型企业过早地失去控制权，那是非常糟糕的事情。所以，我们在这个问题上要想清楚，防范这类事情发生。

"一旦失去对董事会的控制，最极端的情况，他们会开除创始人您。有可能投资人联手，完全控制董事会，这样的话，他们可以拒绝进行第三轮融资，一旦公司现金告急难以为继，他们会强迫公司以低估值从他们那里募集下一轮融资。如果公司 IPO 不成或者有更好的收购者，他们会不顾创始人视企业如孩子的感情，将公司廉价卖给自己投资过的其他公司。

"总体而言，在融资之前，大部分私营公司的老板是创始人，但融资之后，新组建的董事会将成为公司的新老板。您知道国美董事会之争的事件吧？黄先生进监狱后，为迫使接替他的董事长离开董事会，重新选举董事长和更换董事，闹得动静有多大，一度震惊资本市场！"

张家红听得心惊胆战。A 轮融资之后，公司也成立了董事会，张家红是董事长，老严和她老爸是另外两位董事，但从来没有开过董事会议，大事打两人的电话基本就解决了。

我靠！融钱进来也不是天下太平时，竟然机关重重。看来，天上不会掉馅饼，世界上没有白拿的钱。

秦方远看出了张家红的紧张，他试图抚平她的焦虑，说："张总，刚才讲的那些只是存在可能性，不一定就会发生，我们之所以要关注这个，是从风险控制的角度来考虑的。"

张家红心有余悸："这个条款等我回去考虑一下吧。"

第二天，张家红对秦方远说："我不能同意这个条款。我咨询律师了，他们建议董事会由三席组成，原有股东保持两位，新进投资者共享一位，同时可以增加一个观察员席位给 B 轮投资者，他们不是一家主投一家跟投吗？"

OK！这个设计不错。获得了秦方远的肯定，张家红扬着脸，得意地粗着声：哼，做投资的想跟我玩儿套路，比心眼儿，这些都是我做销售时玩剩的！

森泰基金他们同意了这个设计，却又提出了额外的要求，就是要求 CEO 占据董事会一个普通股席位。

张家红听了满口应承："我自己就是 CEO 啊，这没有问题。"

但是，森泰基金的这个临时提议引起了秦方远的警惕，为什么要强调 CEO 必须是董事会成员呢？

托尼徐的解释是，一是 CEO 作为公司执行管理的主要角色，参与董事会，能更好地理解和执行董事会决议，有利于信息的点对点传递，决策信息不会因为多层次传递而失真；二是现在的 CEO 不就是张董事长吗？

张家红也对秦方远这个质疑不得其解。

秦方远对张家红说："张总，不排除这在未来会是个陷阱，如果未来您不是 CEO 呢？"

张家红对这句话一时想不明白："怎么会？哦，即使我不是 CEO，那也得听我的啊！我是董事长，人选得我推荐，肯定是我信得过的人。"

秦方远有些想笑，不过转头一想，张家红哪懂得这么多玄机啊？他跟张家红解释说："CEO 是由董事会决定的，而不仅仅取决于您。您想啊，如果未来公司一旦更换 CEO，根据这次与 VC 签署的协议，则新的 CEO 将会在董事会中占一个普通股席位，假如这个新 CEO 跟投资人是一条心的话，将会出现什么样的情况呢？"

经秦方远这么一解释，张家红算是真正明白了。是啊，新 CEO 不是她，肯定是外聘的职业经理人。她忽然想起来她一个朋友的公司，VC 向董事会推荐了一名 CEO，也是董事，结果这个 CEO 联手投资人董事控制了董事会，不但否决了扩张计划、薪酬分配方案和预算，还差点儿免掉那朋友董事长的位置。想到这儿，她不禁出了一身冷汗。

张家红在心底给秦方远又加了一个大大的分数，这波融资让自己长了不少见识，真是应了那句"外行看热闹，内行看门道"的话。

张家红和秦方远再三坚持他们商谈的方案，最后森泰基金放弃了他们的 CEO 入董事会的提议。

投桃报李，回购权、反摊薄、优先分红权等条款，铭记传媒都一一放过了，用张家红的话说，那叫"抓大放小"。

| 对 赌

眼看着就要签署 Term sheet 了，结果又被另外一件看起来很小的事情卡住了：审计费、律师费谁出？投资者当然认为应该由融资方出。张家红一听脸就绿了："下个月工资都要东挪西借呢！"

秦方远把这个问题抛给石文庆："这事你们得协调吧。"协调的结果是：如果没投成，该费用由投资者承担；若投资成功，则由铭记传媒支付。

签署了 Term sheet 后，投资机构就要委派中介机构进场做尽职调查了。

万事开头难。待一切敲定，中介快要进场时，秦方远没有料到张家红表现得那么激烈。

张家红不理解投资人为什么兴师动众做尽职调查："我第一笔融资300万美元就没有搞什么尽职调查，现在搞那么大动静干什么？"

石文庆急了，他跑来跟张家红解释："张总，你那第一笔融资基本上等同于天使投资，程序相对简单些。一份完美的商业计划书、一个精心准备的幻灯片和富有感染力的表达能力，只能赢得 VC 的兴趣和投资意向；要最终获得资金，还需要在尽职调查过程中让投资商全面了解企业法律结构的演变历史、历史经营情况和发展预期、财务状况和盈利开支预测，以及公司的内部管理状况，同时也要配合 VC 向合作伙伴、客户和供应商了解企业的市场和资源，这样才能有充分的证据证实自己的企业物有所值。"

秦方远在白板上画着图解释："尽职调查是投资者交易或投资决策制定前，在目标公司的配合下，对目标公司详细的财务和运营状况进行的调查，包括审核公司账务、调查公司内部及外部利益相关者，如供应商和客户等。"

张家红一听要详细调查公司财务和运营状况，就不干了："有些东西是公司的商业机密，怎么能给外面的人？"

秦方远有些哭笑不得："张总，中介来调查之前，要跟我们签一系列保密协议的。通常情况下，尽职调查实际上就是项目投资可行性论证，也是作为是否决定交易及定价的依据。由于风险投资公司与创业者存在严重的信息不对称，风险投资公司的尽职调查就是为了减少信息不对称，为风险投资家做出正确的投资判断提供充分的科学依据。

"在尽职调查过程中，VC 不但会仔细参观企业，与企业的中高层管理人员交谈，还会发给企业一份几页或者十多页的尽职调查清单，要求公司提供企业的历史变更、重大合同、财务报告、财务预测、各项细分的财务数据，以及客户名单、供应商名单、技术及产品说明和成功案例分析等资料。VC 可能还会咨询你的供应商、客户、律师和贷款银行，乃至管理人员过去的雇主和同事，他们甚至会去调查提供信息的有关人员，以证明提供的信息是否可靠。"

"这也太烦琐了！当初我们拿老严的钱也是美金，也就见过几次面，最后去香港，当场就敲定了，他们也没有要这个报告那个报告，做这个调查那个调查的。"张家红说，"这下可好，要对我们调查个底朝天，七大姑八大姨都翻出来，我们拿点儿钱也太不容易了吧！"说这话时，张家红显现出的是一个小女人的神情，可爱，无辜，似乎有人正在抢她心爱的化妆品或者首饰。

秦方远耐着性子解释："老严那笔钱说是 A 轮投资，其实也可以说是天使投资。天使投资风险大收益也大，出的钱少占的股份多，赌博的成分更大一些。而现在这个阶段是风险投资，属于中期融资了，我们要想获得较好的价格，就需要对等的业绩和规模。

"实际上，尽职调查不但是企业证明自己的机会，也是企业发现自身问题、自我提高的机会。投资者们做尽职调查，其目的是评估投资后的风险，同时也是为了能在投资后有针对性地提供增值服务。如果我们不同意对方做尽职调查，则意味着这波投资基本结束，不投了！即使人民币基金进来，也是要做尽职调查的，只是程度的深浅不同而已。"

说了那么多，张家红最在意的就是秦方远那句"投资人不投了"，那还考虑啥？那就进来吧，丑媳妇总要见公婆的。

在进场之前，秦方远当然要求对方签署一份保密协议，尽量从法律风险控制上把未来潜在的负面影响降到最低。

对赌

森泰基金发送了一个保密协议通用模板，双方就商业秘密的准确定义、保密范围、保密年限、投资公司对外披露公司商业秘密的许可程序，以及未经许可而泄露商业机密后的违约责任达成了一致。

不过，秦方远提了两条：第一，希望披露是双向的，公司全盘告诉投资者做了些什么，同时投资者应该告诉公司投资过或准备投资的同行关联公司信息。一旦确定了投资目标，投资者应该主动停止与被投企业竞争对手的接触，并且在完成投资后尽量不要再投资竞争企业，如果非投不可，应尽早主动与铭记传媒沟通。第二，在做完尽职调查之后，投资公司有可能决定不对企业进行投资，因此还应该在保密协议或者保密条款中约定把尽职调查的所有资料完整、及时地归还给企业方。

第一点容易理解，至于第二点，理由是投资公司针对企业的尽职调查是全面、深入的了解和掌握，投资公司对企业做完尽职调查之后，已经基本掌握了企业所有的商业秘密。

托尼徐就笑了："这不是你刚回国做的第一个项目吗？传闻千千万万，可别风声鹤唳。对于第一点不要小题大做，你们的意见可以在正式协议里体现，而不是保密协议。至于第二点，我不同意，如果没有投资成功，除非审计和律师费用铭记传媒承担一半，否则调查报告所有权归投资方所有。"

托尼徐为此还专门给张家红打电话，抱怨说："你们那个秦总干事怎么那么不利索？在一些小事上斤斤计较，这还让我们怎么对以后的合作产生信心？"托尼徐还丢下一句狠话："如果一个创业项目，别人一看就泄密了，别人就能做了，那就证明这个项目没有 barriers to entry（进入门槛），也就是说缺乏竞争力，那么这个项目本身就是不能投资的。所以，投资人根本不需要浪费时间讲信任度之类的东西，凡是怕泄密的项目本身就证明是不能投资的项目，OK？Next（下一个）！"

张家红一听，又惊又喜，惊在托尼徐千万别节外生枝，以免因小失大，喜的是秦方远在谈判中的表现，他确实拿企业当作自己的事来谈，并且专业严谨。她立即对托尼徐说："是要抓大放小，我会跟秦方远沟通。"

她根本没有找秦方远，她逐渐看出秦方远在其专业领域是一根筋，服技术权威不服上司，可别打击其积极性了，再说他的所作所为也没有错。于是，她就找了石文庆，让他从中协调，不要因小失大。

在这件事情上，秦方远放弃了坚持。他知道，如果没有融资成功，公司真的没有能力承担一半费用，一文钱憋死一个英雄汉啊！于是，尽职调查的保密协议就顺利签署了。

森泰基金和大道投资经过磋商，内部初审后按照行业惯例，两家机构共同聘请了中介机构——一家律师事务所和一家会计师事务所进行尽职调查，然后根据中介机构出具的客观的尽职调查结论，来决定是否正式投资。

5. 中国式上市：狡猾的 VIE

于岩约秦方远爬香山，时间是在一个周六的下午。于岩全程参与了与铭记传媒——确切地说是与秦方远的谈判，她刚刚入行不久，一是处于学习阶段，敏于行而讷于言，只听不说；二是工作归工作，生活归生活，因此两人在日常生活中绝口不提工作。她明白，这段时间他们都比较累。

秦方远也正想把自己从融资的僵局中拔出来，调整下身心。其实，心里早就想约于岩，不知为何，秦方远竟然梦到了于岩，梦中醒来，有些讶异。用石文庆的话说，这是蠢蠢欲动的泡妞心理作祟，甭跟我说你非乔梅不可，遇到美女坐怀不乱，你以为自己是柳下惠啊？那叫反人性，懂不？还有，有位作家说过，每个男人的隐秘心理就是妻妾成群。想起石文庆这位泡妞高手，此次被他抢白一番，秦方远不怒不恼，仔细揣摩，发觉这家伙有时候看问题一针见血，尤其是在男女问题上。

对赌

于岩住在东三环三元桥附近的凤凰城，这是公司给她租的房子，每月租金 8000 元左右，三室一厅，一个人住确实有些空荡荡的。

这是东三环为数不多的南北通透板楼格局的楼房，由于距离使馆区比较近，凤凰城有三分之一出租，租户里有一半以上是各种肤色的外交官，于岩一时有些错觉，似乎回到了童年的旧金山。

秦方远没有叫出租车司机老赵，于岩也没有喊公司的胖子司机，他们约定坐地铁过去。秦方远从双井上了十号线，于岩在三元桥站会合秦方远，然后在海淀黄庄站换乘四号线，也就半个多小时就到了北宫门站。

从北宫门出来，于岩招手拦下一辆的士。秦方远说："要不我们走到香山去？"

于岩给否决了，爬山肯定会消耗很多体力，还是省省吧，还有好一段距离呢。

时间是下午，去香山的人少，也就二十多分钟的光景，他们就到了香山脚下。

深秋的香山妩媚异常，真是万山红遍，层林尽染。一路婉转的轻音乐让人的步伐也轻松起来。

最初，于岩是巾帼不让须眉；爬到一大半的时候，走在前头的秦方远回头把手伸给于岩，于岩没有犹豫，就顺势搭上了。自此，两人就有意无意地牵手，再也没有分开过。站在香山之巅，俯视远方笼罩在雾霭之中的北京，于岩说："中国人活得真辛苦，整天生活在重度污染之中，却还有那么多人往这里跑。"

"是啊，你不也是其中一员吗？"秦方远叹了口气。

"我只是过来实习，迟早会回美国的。"说着，她转头看着秦方远，"我觉得你也更适合美国。"

"怎么说这也是我的祖国，我不知道还要不要回去。"说到这儿，秦方远想起了还在美国的乔梅，想起了因为自己执意回国突然从他的生活里消失得一干二净的乔梅，他有些伤感地叹了口气。

这些微妙的情绪变化，于岩捕捉到了。她没说话，只是拍拍秦方远的手。

在山顶上,秦方远接到了在武汉做投融资服务的同学张海涛的电话:"方远,你上次说认识湖北大地的老板,什么时候介绍我们认识啊? 听说他们在搞融资,要上市,这可是大好机会啊!"

秦方远正在兴头上,就满口应承下来:"没问题,我马上给你联系。"

六个电话能找到美国总统。这是秦方远在普林斯顿大学念书时比较感兴趣的一个话题,说的是数学领域的一个猜想,名为 Six Degrees of Separation,可以翻译成六度分割理论或小世界理论。它的意思是,你和任何一个陌生人之间所间隔的人不会超过六个,也就是说,最多通过六个人你就能够认识任何一个陌生人。

秦方远找到湖北大地老板的公子,也就是秦方远的发小马华,只需要一个电话,是通过在武汉上班的另外一个同学找到的。马华在电话那边说:"你回国了? 这号码可是北京的啊。昨天我们回黄冈了,还跟阿P聊到你,没想到今天就接到你的电话。"

发小聊天谈事就是爽快,用不着那么多客套。秦方远说:"我回国了,在北京,这段时间太忙,找时间回去聚一聚。对了,我一个大学同学,做投行的,听说你们家的企业在融资,要上市,他想和你们谈谈,看是否有机会合作。"

"这事儿啊,排队都排满雄楚大道了。我们已经签了一家投行,融资这几天就完成了,估计太晚了。"

"哦,这样啊,那行吧。祝贺你们啊!"

放下电话,给张海涛回过去,对方在电话中遗憾不已,然后说:"你在哪儿? 怎么听到风呼呼地响啊?"

"在香山顶上。"

"你怎么这么逍遥啊,肯定不是一个人吧? 嘿嘿,好好玩儿你的吧!"

秦方远也不知道这些哥们儿鼻子怎么这么灵敏,隔着十万八千里,还能闻出秦方远不是一个人爬香山,跟算命先生似的。其实,秦方远有点儿书呆子气,也许是在国外待久了,石文庆曾把嘴一咧地说,我靠,什么年代了，你还崇尚卿卿我我，国内早就过度开放了，也许 85 后的男女，即使刚认识的网友，一顿饭后就跑去开房，三下五除二，"炮局"。

他转头看于岩，于岩在他打电话的那档儿，就一直看着他，那眼神放电，赤裸裸地诠释了什么叫"含情脉脉"。秦方远有些心猿意马。

下山时，秦方远建议坐索道下去，于岩说："那怎么行，既然是爬山，就应该爬呀，怎么能坐下去？"

秦方远发现有时候于岩像孩子般执着、可爱，自然就顺从了。

下到香山公园门口，于岩就喊累，她说："这附近有家不错的酒店，我们去休息一下恢复体力吧！"

秦方远说："哦，你怎么知道？这附近确实有香山饭店。"

"呵呵，我来之前查的啊！"

在香山饭店大堂的咖啡厅，秦方远和于岩都点了美式咖啡。于岩皱着眉头喝了一口，就扔在一旁了，秦方远说："这太可惜了吧！"

他们在一起时基本不谈工作，这次则例外。于岩向秦方远请教问题："Simon，我最近去看了几家企业，其中一家问我们能否帮助其在香港或纳斯达克上市，说国内要 IPO 的企业排队老长了，他们没有时间等。对了，你了解 VIE 模式吗？"

秦方远听到于岩说"老长"，有些东北腔的味道，就忍俊不禁。

于岩说："Simon，你笑什么？"

秦方远就说了，她一听，说："我那投资总监是东北铁岭的，是中国最著名的笑星赵本山的同乡，跟他说话多了，就也有点儿东北腔调了。别笑，赶紧说正事。"

"这是 Stress Interview（压力面试）？"秦方远开着玩笑，招手向大堂服务生要纸和笔。

秦方远笑后一本正经地说："Jessie，你刚才提到的这个问题很现实，现在国内排队要 IPO 的公司有个五六百家吧！至于国外上市，现在政策在收紧。"

于岩用双手托着腮帮子，认真地听秦方远说。服务生送来了纸和笔，秦方远就一边写写画画一边讲解。

"这也是中国特色，最流行的就是'类新浪模式'，也叫 VIE 结构（Variable Interest Entities，可变利益实体），协议控制。要讲清楚这个，我得先讲讲红筹架构，因为 VIE 结构是红筹中的一种。

"我们从基本路径开始讲。国内的项目要在海外获得投资，通常的做法是搭建所谓的红筹架构，由国内公司的股东在避税天堂的离岸岛国或地区成立控股公司，获得国内实际运营主体公司的控制权，并作为接受 VC 投资等资本运作的主体，最终实现所谓的红筹上市。海外控股公司的注册地通常是 BVI（The British Virgin Islands，英属维尔京群岛）、开曼群岛、百慕大群岛或者中国的香港。

"假设我和你共同投资拥有一家境内公司，其中我占注册资本的60%，你占注册资本的 40%。一般来说，红筹架构的基本步骤是：

"（1）首先我们俩按照国内公司的出资比例，在 BVI 设立 BVI-1公司，即所谓的 SPV（Special Purpose Vehicle，特殊目的公司）。

"（2）然后，BVI-1 公司以股权、现金等方式收购国内公司的股权，则国内公司变为 BVI 公司的全资子公司，即 WOFE（Wholly Owned Foreign Enterprise，外商独资企业）。只要 BVI-1 公司（收购方）和境内公司（被收购方）拥有完全一样的股东及持股比例，收购后，国内公司的所有运作基本上完全转移到 BVI-1 公司中。

"（3）我们俩按照国内公司的出资比例在百慕大群岛（或开曼群岛）注册成立一家百慕大公司，又将拥有的 BVI-1 公司的全部股权转让给百慕大公司。百慕大公司间接拥有国内公司的控制权，它将成为 VC 融资的主体和日后境外挂牌上市的主体，同时也是员工期权设置的主体。

"（4）我们俩又共同在 BVI 设立 BVI-2 公司，或分别设立 BVI-3 和BVI-4 公司，以公司的形式持有我们俩在百慕大公司的股份。"

"比较复杂。为什么要在国内公司和百慕大公司之间设立 BVI 公司？"于岩不解地问。

秦方远微微一笑："在 BVI 注册公司的原因是 BVI 对公司注册的要

求简单，公司信息保密性强，但其透明度低，很难被大多数资本市场接受，而在开曼、百慕大注册的公司可以在美国、中国香港或许多其他国家或地区申请挂牌上市。"

"这个没有充分的说服力。我知道，在纳斯达克和纽交所上市的很多公司都在开曼群岛和百慕大注册。那中国人，比如刚才你假设的我们俩，为什么不直接在开曼或百慕大注册公司？这样就直接控制中国国内的企业了。"做投资的人就是喜欢较真儿，于岩具备投资人的基本素质了。

"呵呵，你这个问题 very focus（问到点儿上了）。"秦方远借机表扬了一下于岩，右手打了个响指，看着她的眼睛，"在中国国内公司和开曼或百慕大公司中间加一家 BVI-1 公司，在重组过程中，BVI-1 公司作为外商投资收购国内企业的主体，控股国内企业，而开曼或百慕大公司又百分之百拥有 BVI-1 公司的股权。如果以后上市公司有新的业务，可在开曼或百慕大公司下另设 BVI 公司，使从事不同业务的公司间彼此独立。同时，如果将来国内公司的具体经营发生变更等情况时，有 BVI-1 公司的缓冲作用，不至于影响上市公司的稳定性。另外，如果没有 BVI-1 公司，当 VC 及其他投资人出售开曼或百慕大公司的股份时，会造成国内公司股权结构的变更，可能涉及国内'三资'企业的相关规定，须办理相关变更登记事宜。

"在开曼或百慕大公司与直接控制人我们俩之间多设立一家公司（BVI-2 公司），则将来我们的个人行为不至于影响上市公司的稳定性，同样也起到了一个缓冲的作用。"

"这就是 VIE 结构？这不是完全股权控制吗？所谓协议控制体现在哪儿？"于岩兴趣盎然，提问也是毫不客套，干脆利索，没有东方文化习惯性的所谓"请问"或"您好"。

"The question is very good!（这个问题非常好！）"秦方远的情绪上来了。这也许是人类的通病，当一个人在他的专业上被另外一个人崇拜的时候，身体内的内啡肽往往会分泌旺盛，快感油然而生。石文庆还教诲过他，何为男人的最高颜值？是思想！身高相貌银子算啥呀，那只能哄骗无知少女，真正的知性美女，男人的思想就是她的春药。说这话时，石文庆有些得意，言外之意，他泡妞之道就是充分发挥哥大 MBA 的智慧，掩盖了与秦方远身高、相貌等的比较性劣势。

秦方远似乎难得碰上这么一个忠实的听众，尤其是美女，再绅士的男人也免不了虚荣心疯涨、表现欲膨胀，他继续激情澎湃地演讲："由于 BVI 公司属于外商范畴，根据《指导外商投资方向暂行规定》和《外商投资产业指导目录》的规定，有些行业可能不允许外商独资或控股，因此以上操作方式就不适合。比如，国内公司从事的是电信、互联网、传媒等需要牌照的行业，或者是部分敏感行业（如政府采购、军队采购），国内公司就不适合直接被 BVI-1 公司收购转换成 WOFE。

"此时，可以通过 BVI-1 公司在国内设立 WOFE，收购国内企业的部分资产，并通过为国内企业提供垄断性咨询、管理和服务等方式，换取国内企业的全部或绝大部分收入。同时，该外商独资企业还可以通过合同，取得对境内企业全部股权的优先购买权、抵押权和投票表决权。这就是所谓的新浪模式。

"再讲讲新浪。中国 1993 年时的电信法规规定：禁止外商介入电信运营和电信增值服务。而当时信息产业主管部门的政策性指导意见是，外商不能提供 ICP（Internet Content Provider，网络信息服务），但可以提供技术服务。为了海外融资的需要，新浪找到了一条变通的途径：外资投资者通过入股离岸控股公司 A 来控制设在中国境内的技术服务公司 B，B 再通过独家服务合作协议的方式，把境内电信增值服务公司 C 和 A 连接起来，达到 A 可以合并 C 公司报表的目的。

"2000 年，新浪以 VIE 模式成功实现美国上市，VIE 从此得名'新浪模式'。新浪模式随后被一大批中国互联网公司效仿，搜狐、百度等均以 VIE 模式成功登陆境外资本市场。2007 年 11 月，阿里巴巴也以这一方式实现了在香港上市。"

对着杂七杂八的图，于岩认真地看了又看，算是真正弄懂了。她抬头看着一脸得意的秦方远，逐渐地，他们对视的时空里，空气开始变得有了暧昧的味道。

秦方远温柔地看着于岩。和她在一起的时光里，他感觉到了脑电波共振，一股酥麻的感觉像电流闪过全身，浑身一热。完了，自己迷恋上她了。于岩抛了一个眼神过来，含情脉脉，秦方远读到的是欲望，他大着胆试探性地问："我们到楼上房间里休息一下吧？"

于岩点点头，没有任何迟疑和婉拒。

秦方远像是得到了圣旨似的冲到前台办好了入住手续。两个人手拉着手到了房间。秦方远自离开美国后，度过了一个又一个孤寂的晚上，虽然偶尔回忆起与乔梅的缠绵情景，但一梦醒来，徒添孤寂，情绪沮丧。而今天的于岩，眼前这个冰清玉洁的女孩，点燃了激情，动物性的本能欲望如一股股电流在体内奔涌。

一进房间，"啪"地关上门，两人就相拥着舌吻、脱衣、倒床，然后男女快感的呻吟声此起彼伏，一浪越过一浪……激情过后，秦方远仰躺在床，于岩紧紧抱着他，彼此喘着气。他望着天花板，心里突然有些纠结，要不要把自己与乔梅的事告诉她？

于岩紧紧地抱着秦方远："我问你，你是不是今天来爬山时就计划好了？"

秦方远愕然："没有啊！"

"那你怎么也和我一样，换洗衣服都准备好了，是不是打算在外过夜？"

秦方远一听哑然失笑，说："我只要在外面剧烈运动就会一身臭汗，如果不冲个澡，出去见人不礼貌；再说，浑身汗味也难受。"

于岩深情地看着秦方远说："爬山是我最爱的一项运动，关键是要找到合适的伙伴。"

说到爬山，秦方远突然笑起来，想起了大学寝室夜话时的一个故事。

"笑什么？"于岩迷惑不解地看着秦方远。

"我想起来了一个故事，说的就是爬山的故事。"

"是吗？那说来听听。"

"首先声明，可是少儿不宜哦。

"一个青年给地主家放牛，一次与地主的小老婆发生了私情，牛却跑得无影无踪。地主就问青年：'你今天干吗去了？'

"'放牛啊。'

"'在哪儿放牛？'

"'两座高山。'

"'那么高，牛岂不是得摔死？'

"'中间一片平地。'

"'吃什么？'

"'长满了青草。'

"'渴了呢？'

"'一口喷泉。'"

秦方远还未说完就乐不可支。于岩傻傻地眨巴着眼睛，一时弄不懂。继而在秦方远的点拨下，于岩明白过来，骂了句"shit（呸）"就扑了上去。

6. 典型性造假：阴阳合同

做审计的会计师事务所和做法律调查的律师事务所进场后，调查还比较顺利。

中介机构进场之前，李宏专门赶到铭记传媒，召集了包括部门总监在内的管理团队开会，重申此次尽职调查的重要性。

李宏说："尽职调查的目的有两个：一是查证；二是发掘。查证是核实业绩的真实性：项目究竟有多好？未来的发展潜力究竟有多大？或者团队中有哪些错误与不足以及不能被投资的理由和依据？发掘是找到绩优股的原动力：努力发掘项目自身的亮点、团队的管理能力以及项目的赢利能力、高成长能力、竞争优势等。"

肖强问："一般会问哪些问题？我们应该怎么准备？可千万别因为我们不懂而无意中犯错误，那可担不起责任。"

秦方远说："他们有调查问题清单，主要包括：（1）企业所处细分市场的市场容量和成长空间；（2）该企业在所处细分市场的市场位置和领先性；（3）该企业创业和管理团队的背景调查；（4）该企业的经营业绩和关键财务指标；（5）当前的现金、应收应付及债务状况；（6）财务报表、销售和采购票据的核实；（7）财务预测的方法及过去预测的准确性；（8）销售量及财务预测的假设前提；（9）该企业的运营水平；（10）该企业对直营体系和加盟体系的管理和控制能力；（11）管理信息系统的使用情况；（12）该企业的股权状况以及对创业和管理团队的激励情况；（13）政府政策和主管部门的管制对企业经营业绩的影响和预期；（14）租赁、销售、采购、雇佣等方面的合约；（15）已经发生的或者潜在的法律纠纷。

"我们要保证客观问题的真实性，至于主观问题，那就不是在座的各位所能控制的了。如实、详细地提供有关资料就行。"

华南区经理汤俊说："那岂不是把我们的衣服脱个精光？那还得了？"说完，他看着张家红。

之前，在秦方远的耐心劝说下，张家红理解并接受了尽职调查。这次张家红下达指示："任何部门都必须全力以赴配合秦总的工作，要人给人，要物给物，要钱给钱。我在这里重申一下：这次融资，我们只许成功不许失败。秦总全权代表我，所有不配合的，我们将予以重处！"

秦方远深为张家红的魄力所感动。他认为，张家红其实蛮聪明的，只要说服她了，执行及效率都不成问题，家长文化在中国颇有市场。

张家红强调："这次一定要全面、认真地配合调查机构。我们的融资，内部由秦总全权负责，对外是由我们的中介服务伙伴李总的华夏中鼎投资公司负责。华夏中鼎是投资银行的专业人士，在这个过程中，哪些财务数据可以公开，哪些商业秘密可以披露，双方是否应该对等开放信息和数据等，很多具体问题我们都要认真听取他们的意见。对吧，秦总？"

秦方远一时没有反应过来，他大概听懂了张家红的意思，就点点头。

李宏最后说："我们的目标就是让他们相信，我们企业的这个估值不是高了，而是低了。"

这天下班后，秦方远回到住处，张家红连夜召集白天的参会人员又开了一个专门针对此次尽职调查的会议，只是没有通知秦方远与会。这是事后何静偷偷告诉他的。

他纳闷：白天不是讲得很清楚了吗？还用得着继续开会讨论吗？竟然还不让他参加。

尽职调查快要结束的时候，发生了一件事情，引起轩然大波，秦方远算是大概明白了为什么那晚的秘密会议没有叫上他。

事情的发生似乎是情理之中，又在意料之外。

VC 们在尽职调查中，对销售部提供的一家南方卫生巾公司的合同有些质疑，铭记传媒报给 VC 的意向合同是 1500 万元额度的广告投放，这个数据连秦方远都吓了一跳。当时，秦方远给 VC 们的解释是，白纸黑字、有法律效力的合同，不会有问题的。

但是很快，一个无意中听到的事实彻底把他的好心情给破坏了。

秦方远坐着张董事长的限量版保时捷卡宴外出办事。张家红在途中点开车载电话，对那家卫生巾企业的广告总监说："如果 VC 来问你，你就咬定非常看好这家媒体，准备有 1500 万的广告预算，别露怯。"

车载电话是敞开通话的，两人的对话一清二楚。那个广告总监满口应承："张总，请您放心，我会完全配合好。"双方的对话并没有对秦方远避嫌，通过这个小细节，张家红显然是在告诉秦方远，她把他看成自己人了。

当时，秦方远很震惊。这不是公然造假吗？难道那份 1500 万元的合同有假？在华尔街，你可以投机，但绝不可以撒谎，此乃投融资大忌。

陆续地，阴阳合同频繁出现，彻底把秦方远给激怒了。

对 赌

他拿着两份销售合同找到肖强："肖总，这是怎么回事？同一个公司的同一个标的物合同，怎么金额不一样，并且是在同一天？"

肖强冲着气势汹汹的秦方远一笑："这就是合同啊，我们费了老大劲儿，对方才同意签署的，不是融资需要吗？有问题吗？"

"当然有问题！是大问题！同一天跟同一个企业签署两份合同，是同一标的物，有必要吗？明眼人一看就知道是问题合同。"

"怎么会是问题合同？白纸黑字，签字、公章样样具备，谁看得出来有问题？"

"我们给投资中介提供的是正式合同，没有错；但是我在公司法务那里发现同一家公司存在两份合同，同一天同一个标的物不同标的额，肯定有问题。"

肖强斜眼打量秦方远，像在看一个外星人："多新鲜！能有什么问题？是你有问题吧！你如果不同意，自己去找张总！"

秦方远受不了肖强那吊儿郎当的神态，差点儿上去给他一拳，但他克制住了，毕竟这是开放式办公区，人多嘴杂，做尽调的中介还在呢。

秦方远强忍着愤怒冲向张家红的办公室。但是，张家红不在，碰到了肖南。

肖南跑到秦方远的办公室："怎么回事？"

秦方远把事情的原委说了，突然想起来什么："你那家融资担保公司的广告怎么也是两份合同？"

肖南终于明白了，她也觉得秦方远有些神经质："这不是公司要求的吗？跟客户谈的啊，签两份合同，一份留在公司，一份给中介审计。"

"标的物成立吗？合同是否执行有效？"

"不一定啊，我们实际上只执行留给公司的那份合同。为了签另外给审计的合同，我们费尽口舌，还同时给对方签署了合同作废的协议，我们在一线作战，还游说客户配合融资，容易吗？！"

"那这是欺诈！"秦方远冲动地拍了桌子。

下午，张家红刚回到办公室，秦方远就冲进去，还没有等张家红的屁股落座，秦方远就把两份阴阳合同放在张家红面前，义愤填膺地投诉："这是严重造假，没法继续下去了！"然后就是一番连珠炮式的诉说，说话时胸部起伏不定。

张家红瞄了一眼合同，刚开始还沉得住气，听到后面，她的脸色变了，越变越难看，也许是刚从美容院出来，脸上的皮肤绷得紧紧的。她敢怒不敢言，一句"猪脑子"刚说了个"猪"字，就立即生生吞回了后半句。秦方远似乎很清楚地听到了张氏口头禅"猪脑子"，他的心情随之由亢奋、愤怒到跌入冰谷，跌到冰点。显然，张家红并没有站在他这一边。

张家红调整了一下情绪，小不忍则乱大谋，现在正是融资的关键时期，任何一个小的失误都可能带来巨大的灾难。何况，这是她的得力部属，融资成功与否跟他还大有关系。既然跟我谈大道理，那就谈吧！她心想，这是谁给捅出来的啊？

她耐着性子说："任何事情都要辩证地去看，存在一些瑕疵不要紧，只要主流没有问题，就要抓大放小，这是成大事的关键。比如说这个尽职调查吧，说句不客气的话，我就对这套花样一点儿都不感冒，尽调就尽调，别老 DD（Due Diligence）、DD 的，听着跟爷们儿下面那玩意儿似的。看他们整天翻文件、查账本、做访谈确实挺累，可有用吗？实话说，我不想让别人知道的东西他们绝对查不出来！所以关键是我。他们查过我吗？查过犯罪记录吗？听过我的酒后真言吗？他们哪，还包括你，书生！"

秦方远听得耳根发烫，他不相信这些话会从媒体塑造的成功美女企业家、知性女强人的口里说出来，他好不容易积累起来的自尊瞬间崩溃。他知道，没法谈了！

他抬腿就走，房门都没有关，把门口排队等待张家红签字的一干人惊得大张着嘴，好像能塞下一个鸭蛋。在这个张家红说一不二的公司，还从来没有部属敢给她脸色看。张家红心想：这个活宝！脾气比我还急躁！

晚上，石文庆到秦方远的公寓来了，秦方远正在电脑上玩《三国杀》。石文庆进来就强行关掉电脑，指着秦方远的鼻子："你是真懂还是假懂啊？只要项目本身没有问题，非要较劲儿这个阴阳合同干什么？！"

原来秦方远前脚从张家红的办公室离开，后脚张家红就给石文庆打了紧急电话，让他来灭火。

秦方远有些急了："这是欺诈、造假，不是故意较劲，是性质问题！"

"你真的把自己看成外国人了？"石文庆也急了，"这种事比比皆是。别说现在是私募了，即使是上市公司，哪家公司屁股就百分之百干净？财务造假上市的，还少吗？水至清则无鱼，华尔街也没有干干净净的。刚回国时我也和你一样，在国外混得再怎么样，回到中国市场都算初出茅庐、初涉尘世，懂吗？我们要适应行业潜规则。我真后悔当初把你给拉回来。"

秦方远知道，这个单子的成败与石文庆、石文庆的公司、石文庆的老板李宏等一干人的利益相关，他猛地想起了一个词：stakeholders（利益攸关方）。对，他们就是一个群体，与自己相关的一个群体，秦方远忽然感到一层层压力扑面而来。

秦方远告知石文庆，上一次张家红当着自己的面公然给客户打电话让他们配合在尽职调查中造假的事情。"我非常震惊！非常震惊！"秦方远一边在房间里转圈，一边喋喋不休地重复同一句话。

石文庆却认为他大惊小怪。"这算什么？1500万的合同即使不是现实收益，也可以是潜在收益，这家客户迟早会投放的，他们不是签了投放合同吗？只是金额不同而已。再说，这份合同也是白纸黑字签字盖章。我听说，广告客户只是嫌弃铭记传媒目前的网点不够，融资进来后我们就迅猛扩张，广告网点多了，广告投放价值就显现出来了。"他按住秦方远让他停下来，"你别转来转去，转得我头晕。你要明白一件事情，我们现在的任务是什么？是融资。这个行业是玩概念。什么叫概念？就是画饼，胆大且技艺高超的丹青手永远卖的是高价。"

石文庆接着说："我还告诉你一个秘密：其实这两家基金内部的投资人都沟通过了，基本上统一了意见，只要项目没有硬伤，联合投资是没有问题的。也就是说，所谓尽职调查也就是走个形式，走个过场。"

"业绩造假不是硬伤吗？"秦方远说，"这种事情在华尔街一旦发现，是要蹲监狱的。"

"别小题大做了，华尔街造假还少吗？"石文庆掰着指头数，"远的不说，就说麦道夫吧，还当过纳斯达克的主席，号称美国历史上最大的诈骗案制造者，那个'庞氏骗局'诈骗金额超过 600 亿美元啊！"

秦方远有些急了："他不也被判处 150 年监禁了吗？再加上两辈子都不够！"

石文庆恼火起来："你这么一根筋，就是放回美国也不讨人喜欢。你自己想想，就是未来查出问题，也不是由你来承担责任，法律部分有律师事务所出具报告，财务数据部分有会计师事务所出具报告，这些中介机构才要承担法律责任，跟你有五毛钱关系啊！"

石文庆越说越激动："我们公司非常看重这个大案子，何况铭记传媒那么多人，就靠这笔资金来发展。3000 万美元，多大的数字！如果这波融资失败，让他们喝西北风去？你承担得了这个责任吗？我当初苦口婆心地拉你回来，给你争取期权，张家红董事长那么大气，给你高薪，还主动给你一笔安家费，凭什么啊？难道真的以为完全是你个人价值的体现吗？还有，你今天提的这些问题，在中国绝大部分的融资案件里都存在。为什么最后 PE 们的收益那么高？个个高位套现收益巨丰，他们难道不知道其中的猫腻吗？他们更懂得什么叫抓大放小，什么叫舍不得孩子套不住狼！"

秦方远懊恼地捧着头，在房间里快走。这是秦方远的一个怪癖，遇到烦心事就条件反射地快走，无论空间有多大。

第二天，秦方远向张家红打电话请病假，张家红的手机关机。还是何静说的，张总也不知道怎么了，昨晚没有睡好，早晨看到她的眼睛，黑眼圈肿得老高。张总多爱美啊，每个月花在美容院就上万块了，这个样子太惨了点吧！她一大早跑到办公室狠狠补妆，也不知道谁惹着她了。

何静说："张总去昆明谈客户了，是肖总的客户。……你要请病假？

什么病啊？……哦，不方便说？哈哈，行！……两天？行！我给你圆一圆就行了，别搞得那么紧张兮兮的了。"

后来秦方远接到李宏的电话。李宏刚从华尔街回来，他给秦方远讲了一番话，让秦方远彻底放弃了抵抗。

后来李宏回忆起这件事情，他说只是给秦方远讲了一个真实的故事。当年一位哈佛毕业的女士为一家美国 PE 工作，到中国做尽职调查。被调查公司的一个本土女孩提前一天秘密飞往客户处。第二天哈佛女到达，看到的是公司产品的优异表现、完美的合同和资料、客户的好评，以及盛大的欢迎、献媚的恭维。该公司后来在美国成功上市。

只是李宏隐瞒了后面一段故事，那是著名美籍华人安普若安校长补充的："那位土鳖女说：'哈佛毕业顶个球，骗的就是你！'但是这只股票现股价只有 2 美分。当然了，她自己也没挣到钱。"

7. 分手情意在

与森泰基金的谈判，都是托尼徐负责直接沟通，秦方远有些日子没有看到于岩了。他给于岩打了一个电话，于岩说在河北保定跟同事看一个农产品的项目："我正要给你电话呢，我知道你们在谈判，就没有打扰你。等我回去吧，我也想你了，我还想爬山去。"说完，秦方远听到于岩在电话中无所顾忌的咯咯笑声。

于岩是他这个时候的内心慰藉。"还想爬山去"，秦方远对这句十分暧昧的话很敏感，内心突然充满了欲望。他想到了跟于岩讲的那个长工和地主小老婆偷情的故事。

回国后好久都没有乔梅的消息了。中间他去了趟乔梅母亲的家，在顺义一栋旧居民楼里。在美国，秦方远和乔梅在一起的时候，时常与她母亲通电话，彼此熟悉。虽然乔梅已经不理睬他了，或者说与他分手了，他还是有些惦记着北京郊区的老太太，毕竟是自己曾经的亲密恋人的母亲。

去之前，他买了箱牛奶和保健品。车子到了顺义，秦方远让司机找到顺义医院附近的医疗器械店，头天晚上他网购了一个护理膝盖的红外线治疗仪，在顺义就地取货。乔梅的母亲每年一到冬天膝盖就会疼，给闺女打电话时还能听到她痛得咝咝呼气的声音，这让乔梅很揪心，母亲毕竟是老了。

乔梅的母亲似乎已经知道他们之间的变故，对于秦方远过来看她，还是有些意外和感慨，她握着秦方远的手说："孩子，乔梅她不懂事，你别见怪啊！她现在在电话中经常跟我发脾气，她从小就受宠惯了，家里、学校都受宠，我就担心这孩子，将来上班了怎么办？社会要复杂得多。她这个性格啊，太犟！像她爸爸。"

说到乔梅爸爸，她母亲的眼圈就红了起来。秦方远安慰老人家说："您别担心她，她能照顾好自己。我有时间就过来看您，这是我的名片，您有事随时找我。"

她母亲连连说："好，好。"送秦方远出了门，还拉着他的手迟迟不放。秦方远坐上车开了好远，还能从后视镜里看到一个五十多岁的老人站在小区门口目送他离开。

第五章

对 赌

———

对赌就像婚前协议，谁结婚时就想着离婚？坚持住！投资人其实更怕赌。万一经营不善，即使投资人把大部分股权都拿走，又有何用？而且一旦创业者觉得不合算，他不是照样和你玩儿吗？

1. 对赌是还没结婚就想着离婚

尽职调查完成了，审计和法律出具了详细报告，除了一些无关大雅的需要规范财务制度、广告协议条款、员工劳动合同等建议外，没有实质性负面意见。

张家红喜滋滋地等待森泰基金和大道投资的大手笔投资，以解燃眉之急。公司账上的现金日益减少，财务经理报告说，最多只能应付不到两个月的时间了。

结果还是出了意外，在进入签署正式合资协议的阶段。这让张家红心急如焚："我×，玩儿我们啊！"

投资方提出，如果按照之前签署的协议，投资 3000 万美元，受让30% 的股份，要跟原股东签署对赌协议。他们的理由是，尽职调查完成，他们要对估值进行重新评估，之前已经明显偏高。

这让张家红很吃惊："资本家们也有签署好了协议事后不认可的吗？"

他们没有派人过来，先期是通过电子邮件沟通。

这种情况在秦方远的意料之中。自从发生了媒体资源网点和销售的阴阳合同事件，秦方远发现自己谈判起来没有原来那么理直气壮了，总觉得有个东西堵在心口。

对方提出，根据目前的测算，需要原股东拿出 10% 的股份对赌。他们的要求看起来理由充分：一是当前资本市场已经转向，不景气，国际金融危机后经济还没有完全复苏，一些专家还放话出来说，不排除全球经济会陷入长期的萧条，不排除再一次探底，因此，现金为王，不得不慎重；二是他们评估，整体估值需要在原来的基础上降低至少 30%，如果原股东坚持原有估值，则建议对赌，如果在第一年达不到预期业绩，原股东需向 B 轮股东转让 10% 的股份。

最先对对赌协议表示强烈反对的不是张家红，而是老严，B 轮投资者所提出的原股东只有张家红和老严他们。老严派人过来说，他们坚决不同意这个条款。老严委派的人老谋深算地说："对赌协议就像婚前协议，是不得已的下下策。谁结婚的时候就想离婚了？要坚持住，其实投资人更怕赌。万一没达到利润指标，投资人就算把公司的大部分股权拿走，又有什么用呢？而且，投资人想过没有，如果把估值调低，一旦创业者觉得不合算，他不是照样和你玩儿吗？"

张家红很着急，她给李宏打电话，要求华夏中鼎出面协调："原来不是签署了意向协议吗？投资金额和出让比例都谈好了，怎么现在变卦了？"

李宏虽然认为投资方的要求有些不近人情，但对赌也是行业惯例。"我当然明白，离婚都是两败俱伤。为什么结婚前父母都劝你谈两年恋爱？那是让你做两年的尽调。当然了，如果每个投资都做两年尽调，LP 早就把你给宰了！"李宏说，"我去协调协调。不过有一点需要提醒张总，在现实中，投资人即使签署了正式的投资协议，最后不投了的情况也不在少数。"

这句话让张家红心里一紧。不过，她更关心的是："对方报告不是无保留意见吗？最后怎么来了这么大的变化？是不是中间出了什么问题？"她暗指秦方远。

李宏说："尽职调查报告我们也没有看到，不过，我可以肯定跟秦方远没有多大关系。我个人认为，问题可能还是在大量应收账款上，曾经听到对方谈到过这些内容，审计部门可能对这个进行呆坏账计提损失，这样的话，估值相应降低也能够理解。"

张家红的聪明之处在于，在发现自己脑子不够用的时候，借用别人的大脑。她想弄清楚对赌的本质，都说这个是华尔街的通用原则，什么通用？我们中国人干吗用他们的？张家红真想骂娘，但想起来当初设计这个融资方案时就提到未来的上市地是纳斯达克，还是得在他们的地盘上玩，所谓入乡随俗，她当然懂得。

于是，她又把秦方远叫过来进行了一番洗脑。

所谓对赌协议（Valuation Adjustment Mechanism，估值调整协议），指的是投资方与接受投资的管理层之间所达成的一项协议：如果公司的经营业绩能够达到合同所规定的某一额度，投资方在获得投资股份大幅增值的前提下，将向公司管理层支付一定数量的股份；反之，如果公司经营无法完成合同规定的业绩指标，则公司管理层必须向投资方支付一定数量的股份，以弥补其投资收益的不足。

在这样的对赌协议中，协议双方赌的是公司的经营业绩，而协议双方手中所持的股份则成为这场豪赌中的赌注。

投资方在选择借助对赌协议对企业进行投资时，一般会为企业的发展制定一个相对较高的经营业绩目标，这也给接受其投资的企业的经营管理层提出了严峻的挑战。如果能达到投资方制定的目标，企业管理层不但可以获得自身所持股份增值给其带来的收益，还能够获得投资方额外赠予的股份；相反，如果无法达到投资方要求的经营目标，将丧失一部分自己所持有的公司股份。

秦方远认为，当前的企业现状并不适合运用对赌协议。

当年蒙牛与风投们的对赌是成功的，至于后来市场上出现的一些问题，那是发生在管理和营销上。对于一个发展初期的工业企业，选择对赌尽管具有一定的风险，但如果拥有一批优秀的经营管理人员，仍然会有相当大的成功概率，而成功达到投资方规定的业绩时，管理层所获得的投资方的股份赠予将成为对其辛勤工作的额外嘉奖。

但对赌失败的较多。永乐电器就是对赌失败的案例，结果被国美电器收购。至于陈晓与黄光裕之争，那是后来的事情，与对赌无关。永乐事件彻底打破了长期以来扎根于企业决策者们脑海中的"财务投资者不会干涉企业运营和战略"的观念。

张家红彻底明白了，为什么老严一再强调在本轮融资中他们属于同一战线上的老股东，这么反对对赌，原来考虑的都是自己的切身利益。

晚上，张家红又失眠了。

秦方远之所以反对对赌，是因为他发现这次对赌是赌企业，而投资者受的影响很小。这种状态对双方的影响有着本质上的不同：对于投资方来说，其结果是稳赚不赔，只不过是赚多与赚少的问题了；而对于企业管理层来说，对赌协议对其的压力要沉重得多。赢了对赌，企业管理层自然可松一口气；输了对赌，不仅要割让给投资者一部分股份，甚至会面临丧失企业控制权的风险。为了达到对赌协议所制定的目标，企业管理层疲于奔命，在经营管理中往往更加被动，屈服于业绩和资本，有时甚至会走向企业被并购的结局。

秦方远把这个忧虑告诉了张家红。

次日早上，张家红给一个业内的朋友打电话咨询对赌的事情。那位先生也是一家融资三轮并成功在香港上市的企业的老板，他一听张家红的焦虑，就哈哈大笑："投资人是聪明人干傻事。靠对赌就能制约企业？说白了，对赌最后实施的可能性到底有多大？企业利润没做好，再拿现金补偿现实吗？用股份补偿的话，一家经营恶化的企业股权又有多大价值呢？再退一步，即使你拿到补偿了，如果企业家觉得不爽，他肯定是有办法找机会补回去的，因为是他天天在管理经营企业。不怕，赌就赌吧！告诉你啊张总，我的经验就是，没拿钱之前我们是孙子，拿到钱之后我们就是大爷，真金白银拿到手才是关键。"

张家红到了公司后，把秦方远和石文庆都叫过来了。

经过那个朋友的一番教育，张家红心里已经有了定见，她说："估计不赌肯定不行，我们还是遵从对方的建议。如果不搞对赌，这个投资估计就黄了，估值再高也毫无意义，一分钱也拿不到啊！"

既然如此，秦方远和石文庆就提供他们之前准备的方案，可以按照原股东的股权比例来承担对赌责任，比如对赌10%的股比，按照60%和40%的比例，张家红承担的责任是6%，老严则是4%，风险共担，利益共享。

张家红当即表示同意，拉上老严垫背，共同进退，当然好啊！

老严则坚决不同意，说："我不参与企业具体管理，无法控制，对赌风险太大；而且，我也是一个纯财务投资者，太不公平。"

张家红说："严总，我们很感谢您当初对我们的支持。我们理解您作为投资者的心态，但是您也看到，这次如果融资成功，您是增值了十多倍啊！承担这点儿风险应该不成问题吧？"

"张总，要不这样，我们可以这波钱少要些，不要对赌了如何？我们还可以进行第三轮融资，那样估值将会更高。"老严在这个节点上抛出这么一招。

这下子点中了张家红的命脉，怎么的也要融到钱啊！她不甘示弱，对老严亮了底："如果这次钱不能顺利融到，公司恐怕支撑不了几天了。"

这让老严很震惊！

自从投资这家企业以来，他们基本上都靠电话了解公司的进展，从未开过董事会，虽然也收到过公司的年度财务报表，瞄一眼资产损益表的最后一项，是正数，就再也没有仔细研究，毕竟这个项目是他几十个项目中不起眼的一个，就没有认真对待。

当他问清情况，得知大部分是易货收入或大量应收账款，心里就有些泄气。不过，老江湖就是不一样，他还是坚决不同意拿自己的股份对赌，他判断在这种状况下，张家红会比他更急。

张家红曾经也听到同行议论过，只要有了第一轮成功的融资，就不愁第二轮了，所谓皇帝不急太监急。这次，太监不是太急，而皇帝急得不得了。

她明白，这个老江湖是死活不同意，但总不能就这样憋死吧！

她找来秦方远，说："我只同意对赌6%，其他的让投资人自己跟其他股东协商吧！"

秦方远找石文庆说明了原股东的意见，石文庆也感觉头大，就把这个问题抛给了上司李宏。李宏四处协调，投资人起初不同意。不过，毕竟都是做投资的，山不转水转，总有一天会在其他项目上和老严合作，何况这个项目还是老严推荐的，就同意了老严不参与对赌，专门对赌管理团队，不过他们只同意对赌股比由10%下调到8%。

两个点一旦上市也许就是上亿元的市值，张家红盘算了半天还是心疼，也坚持不松口。

于是双方僵持了下来。

2. 投资的非正常竞争

等待的时间很难熬。幸好还有于岩。

于岩经常在周末或晚上约秦方远共进晚餐，或者出去溜达，接下来的节目就是疯狂的"爬山去"。那天在香山宾馆秦方远跟于岩讲了那个地主家的笑话后，"爬山去"就成了两人欢愉的暗号，他们心照不宣。

秦方远对北京稍微熟悉一些，接下来的周末他就制订了一个游玩计划。这个计划曾经是秦方远的一个梦想，就是和情投意合的女孩子一起骑单车逛遍北京所有的名人故居、博物馆和各类文化遗址。这个梦想，从当年大学暑假秦方远住在上清华的同学的宿舍里时就开始萌芽了，只是一直找不到适当的时间和合适的人。当他把这个计划告诉于岩，两人一拍即合。于岩当然乐意了，北京甚至中国的点点滴滴，对她而言都很新鲜。

于岩对历史人物感兴趣。他们一家一家逛着名人故居，纪晓岚、齐白石、茅盾、程砚秋、蔡元培……这天下午，逛到鲁迅故居，在院子里看着那两棵著名的丁香树，于岩问："Simon，怎么哈佛大学费正清研究所对他的研究不多？"

"这个问题可不是三言两语能说清的，写个博士论文都绰绰有余。西方人很难理解中国人对鲁迅的特别的情感。热爱他的人把他看作精神的父亲，是黑暗中的火把。很多人专门用'先生'这俩字来尊称他。憎恨他的人抨击他恶毒扭曲，只会破坏，没有建设性，容易被专制利用。从西方的眼光来看，胡适思想源流来自西方，容易理解，能够定位。他是西方思想改变中国的象征。但鲁迅很难，不管怎么给他贴标签都不合适。他是西方思想改变不了中国的象征。如果没有亲身经历过中国社会独有的……黑暗中的恐惧，是没法真正懂得鲁迅的。"

"那你懂得他吗？"于岩捕捉到了秦方远的小小停顿，问道。一瞬间，她似乎看到秦方远眼睛里掠过一片阴影，再阳光的面容也遮掩不住。

"套用西方的一句话，一个中国人，30岁前不拥抱胡适，那是没有理想；40岁后不懂得鲁迅，那是没有脑子。不过，我真的希望，在我们40岁后，已经不再需要懂得鲁迅了。"秦方远以前所未有的真诚说道。

于岩听得似懂非懂，只是出神地看着秦方远沉浸的样子。秦方远微微一笑，对她讲起鲁迅的故事。鲁迅从北京跑到厦门，不到一年，又从厦门赶到广州，执手学生许广平。虽然当时师生恋遭遇嘘声一片，他们置若罔闻，终成眷属。他慨叹：高山流水醉，琴瑟知音惜……

于岩接话：青青子衿，悠悠我心，转角遇到爱……他们相视一笑。于岩热烈地说："你刚才的神情让我着迷。"

秦方远笑着回应："只有你才能点燃我。"

两人已走出鲁迅故居，推着自行车，在阜成门的胡同里随意晃悠。于岩顺势把自行车往秦方远车上一靠，右手绕过秦方远的头，踮起脚尖，在他的额头来了一个吻："我们爬山去。"

这句话让秦方远怦然心动，欲望瞬间膨胀。

说完那句话，于岩跳上单车，自行往前骑去。秦方远在身后紧追，大喊："你那不是香山的方向。"

"我家里也有一座山。"一连串清脆如风铃的笑声飘散在空气中。

深夜里，纠缠与燃烧过后，倦累和迷醉袭来，于岩抱着枕头沉沉睡去。秦方远没有睡意，轻轻抚摸着于岩赤裸光滑的背。卧室窗帘没有拉上，月光映进来，像是把两人浸泡在牛奶里，又泛着隐约迷离的霓光，带有些超现实主义的味道。

她的身体灼热，纯粹，有活力，更能让人品尝到相爱相悦的美妙。和乔梅，虽然也激烈，但现在回想，似乎更多来自生理性的冲动力量。他们之间所有的事情，即便是人类最本能的欢愉，也承负着无形的责任和因果。

一想到乔梅，秦方远心里咯噔了一下，适才的轻松忘我瞬间消失，烦躁和压抑涌了上来。

于岩似乎感受到了，迷迷糊糊"嘤"了一声，转身抱住他，趴在他的胸脯上，继续睡去。

秦方远摸着她的头发，心里愈发感到对自己的厌烦。他知道不应该，可就是不由自主。平时他想不起半分乔梅，可每次和于岩欢好之后，就不由自主地想起她。和于岩越是如鱼得水爱意绵绵，乔梅的脸庞就越严厉地出现在面前，似乎在提醒他，过于美好的愉悦是对过去的背叛，是一种罪恶。

项目融资陷入了僵局，虽然之前也想到了各种困难，现在的困境仍然超出了他的控制范围。

这天晚上，回到宿舍，秦方远又打开 MSN，乔梅的头像仍旧是暗的，秦方远心里又空荡荡地慌着。MSN 上再也看不到乔梅闪亮，难道换邮箱了？

想起她在机场咬着自己嘴唇时脸上那股恶狠狠的劲，秦方远就心里发紧。

对 赌

MSN 上，一个熟悉的名字亮了，李守宇，不就是那个台湾的哥们儿吗？

秦方远立即上去打了个招呼。

楚风萧萧：Hi（你好），哥们儿，好久不见！

我在台湾：Hi，方远兄，见你一面不容易啊！

楚风萧萧：呵呵，是啊，我回国了。

我在台湾：祝贺！我早就知道了，乔梅告诉我的。

楚风萧萧：乔梅？你什么时候见过她？

我在台湾：你回国不久吧。我们在 MSN 上聊天，说你回国了，好像比较忧伤。

楚风萧萧：唉，一言难尽。

我在台湾：你回中国做什么职业？

楚风萧萧：在一家企业负责融资和投资。

我在台湾：投资公司吗？

楚风萧萧：实体公司，我们从基金里融钱。

我在台湾：你这是华丽转身啊。我记得，你是为数不多的留在华尔街摩根士丹利的，我们那么羡慕！

楚风萧萧：哪里啊！

我在台湾：对了，我们另外一个师兄郝运来也在中国，做得据说相当不错，你们可以联系一下，他回中国可有些年头了。

楚风萧萧：是吗？你有他的联系方式吗？

我在台湾：你告诉我手机号，我马上发短信给你。

郝运来比秦方远高四届，博士毕业，他们在普林斯顿大学有过一年的同窗时光。毕业后，郝运来就回国了。秦方远还记得，当年他们刚进学校的时候，郝运来和他的台湾女友住在租赁的公寓里，经常把他们拉过去吃饭。他女友做得一手好菜，还能做地道的比萨，味道鲜美。

秦方远差点儿揍了李守宇一顿，那是刚进校的时候，还是郝运来从中调和的。说起来，那时都是愣头青，不记得是在什么场合下，李守宇说他是台湾人不是中国人，秦方远听了就来气，说你可以不认同政体建制，但不能不认同作为一个文化共同体的中国。再说了，台湾就是中国的一个小岛，你们祖上还是从福建过去的呢。

李守宇就是不承认，气得秦方远将起袖子差点儿一个耳光扇过去，要不是其他同学拉着可能就真干起来了，最后还是郝运来从中调和。后来，两人还成为了好朋友。

秦方远给郝运来打电话，郝运来一听就知道是秦方远，虽然很多年未见，聊起来依然亲切如故。郝运来说刚从飞机上下来，从机场开车回城里的住处，在方庄紫芳园。他在电话中说："我晚上有时间，要不你过来一起吃饭吧。"

富力城在东三环，离南三环的方庄并不远。郝运来到家不久，秦方远就赶过来了。

他们约在芳群园的一个湘菜馆吃饭。饭馆虽然不大，菜却做得很地道。郝运来说回国后就住在这个地方了，先是租房子住，后来索性在方庄买了新房，也就在这家饭馆吃了很多年。他还悄悄地告诉秦方远，他在郊区还买了一套别墅。

郝运来自带了保健酒，据说这个保健配方是从明朝万历皇帝传下来的。酒还没有打开，郝运来就打开了话匣子："知道这种酒好在哪儿吗？我说个段子你就知道了：男人喝了女人受不了，女人喝了男人受不了，男女都喝了邻居受不了，所有人都喝了地球受不了。四个字：滋阴壮阳！"

秦方远听了就乐呵："你今晚喝了，嫂子受不了！"

郝运来也一乐："你嫂子也出差在外，大不了去热公馆泡个澡得了，找个小姐按摩按摩。"

秦方远心里想，这帮家伙，回国后就都入乡随俗了。

这顿酒喝得很酣畅。多年未见，秦方远也豁出去了，酒量不大但干脆，两人是一杯接一杯，你来我往，好不快哉。

谈起投融资，郝运来很来劲儿。郝运来回来后混过三个地方，从美国基金到人民币基金，三十多岁的人说起话来像四十多岁的人一样沧桑。人们都说，如果让一个人早熟，就让他去做基金吧，那地方，可以遍尝人情冷暖、世态炎凉，再怎么幼稚的孩子也会被催熟。

郝运来仰脖干了一杯酒，脸色发红，微醉。他指着秦方远，然后敲了敲桌子，很像一些企业家的做派："在中国，没有高层人脉资源，好的项目根本就抢不到。那些外资基金什么的，到了中国也时兴挖个高层的亲戚进来，算是入乡随俗了。项目要抢，懂吗？"

秦方远附和说："是，要抢。"

"你别不爱听，就是抢！你想啊，一个进入辅导期的项目马上就可以 IPO 了，转眼就是几何倍数的收益，谁不眼红啊？我们这些做 PE 的，靠什么专业知识、什么华尔街背景，在他们眼里还不如一个省长的儿子，一个高官的儿媳妇。"

秦方远竖起耳朵，他想听听这些儿媳妇和儿子怎么去抢。

人生难得有一个安全放心的听众，郝运来精神抖擞，讲了一个真实的案子。

"在西部一个省，先不说具体的哪个省了，就是那个省的一个国企，打算 IPO。一些海外基金，当然是在国内融了不少人民币的基金，都去谈了，谈了很久，也做了大量调查，价格也谈好了，打算投入。这时候我们一个投资人半路杀过去，当地省纪委书记引荐的，他有很深的背景。第一次见面很好，第二次，这个国企董事长却不见了，找不着了，我们就急啊！后来终于找着了董事长，他说在外地，要二十多天才回。怎么办？这个项目得立即签下来，夜长梦多嘛。但我们这些做项目的怎么可能整天泡在当地，就留了一个人在那儿等。

"过了二十天，我们终于约上董事长出来吃饭。那个省纪委书记为了避嫌，派了一个秘书参加，加上我们的投资人、我，还有那个派驻留守的同事，一共五人。吃饭之前，我们打听到，在这二十天里，这位董事长压根儿就没有离开过当地，只是一直躲着我们。喝酒时，我那个同事借着酒劲儿发酒疯，右手端起一杯酒，站起来，左手指着那个董事长说，国企是你家的吗？不是！你是谁？你以为你多了不起就嘚瑟得不得了了！你就是国家的一条狗，给你吃啥你就吃啥。我们来投资的，又不是讨饭的，用得着躲我们吗？害得我在这里苦等了二十天！耽误我多少事！你以为你屁股干净吗？我们一查你就一个准儿，今天走出这个房间，明天你就得'双规'住宾馆，你信不信？给你脸不要脸！

"然后，他就势把那杯酒泼向那个董事长，也许酒醉身手难控制，泼酒的同时没有控制住酒杯，只听到'啪'的一声响，酒水洒了董事长一身，酒杯像一块小石子一样砸在董事长额头上，转眼间就看到血像蚯蚓一样沿着董事长额头流下来。

"那位董事长五十多岁，在位五年多，平日在单位里也是说一不二。他气得发抖，哭了起来，站起来就要跟我那同事——一个四十多岁的矮个子湖南人干架。我们之前根本没有想到会发展到这种程度，一时不知如何处理。这时候，我们的投资人，也就三十来岁吧——你别小瞧，虽然比我们大不了几岁，却是见过大世面的。他比较沉着冷静，立即喝止住，控制了场面，当场把借酒发疯的同事痛骂一顿，借机安慰了那董事长一番。

"其实我们心里都清楚，我们出的价只有其他几家基金的60%，那位董事长面相厚道，他也是害怕担责任，担心人家指责他让国有资产流失，所以磨磨蹭蹭地躲我们。不过，不几天我们就顺利杀进去了，后来是我们投资人又去找了那位他喊叔叔的省纪委书记，很快就敲定了。

"但是，我们碰到的其他一些项目，我们投资人也搞不定，因为一些基金的来头比他还要大。那些诸侯、封疆大吏，也不是说人人给足你面子，即使帮忙也就一两个单子，再找多了，人家就开始推诿，也有些根本就不给你面子。当然，如果父辈打电话肯定管用，但现在在台上的，又有几个会直接打电话？一般是秘书代劳。现在不是讨论PE腐败吗？讨论又咋样，空谈又解决不了什么……现在僧多粥少，抢的人多了，成本就高了，我们的压力也大多了。LP们期望越高，胃口越大，投资就越多，压力也就越大。"

对 赌

谈到融资，郝运来指点起秦方远来，说的话糙理不糙。他说："认识桔子酒店的 CEO 吴海吗？我觉得他形容投资与融资的关系比较到位，你也该学学。

"他将融资的企业比喻成想出台的、坐台的、已经自己变成了开怡红院的、出人头地的、想继续做大或上市的'小姐'，投资人就是你的一个嫖客，只不过是长期包养你的关系。'小姐'是干不过包养自己的人的，你没把他弄爽，你不知道这个嫖客会怎么搞死你。

"为什么'小姐'们对嫖客总是抱着幻想，相信嫖客总是好人多呢？这是因为'小姐'圈子本身的特点。你拿了嫖客的钱，仍在外面抱怨的话，嫖客可能会弄死你。另外，'小姐'也是人，都要面子，在外面说包养自己的人不好，自己多没面子。所以虽然互联网那么发达，也没有多少'小姐'在外面嚷嚷，因为嚷嚷的结果往往是包养自己的嫖客怒了，其他嫖客也不想找你了。

"嫖客给你的钱是让你来做美容、学学琴棋书画、做做品牌的，绝不是让你来买房、买车、存私房钱的。有人一听说别人融了几千万、上亿美金，第一反应就是你小子发了，这个是极端错误的，这个钱不是给你的，是给你身体的。"

"华尔街也是贪婪的。"郝运来的话匣子一打开就滔滔不绝，"二十世纪六七十年代高盛总裁格斯·利维说过，华尔街一直是追逐利润的，追求长期贪婪——与客户一起赚钱。知道现在是什么情况吗？虽然口头上天天喊着'客户第一，起码第二，绝非最后'，实际上他们已经把客户称为'提线木偶'，冷酷无情地敲客户的竹杠，变成短期贪婪。他们的理论是一笔交易赚的钱远远多于靠长期关系赚的钱，所以要用暴利能人而不会使用投资顾问。"

秦方远说，他在华尔街三年的体会虽然不是很深刻，也感觉到金钱至上、利益至上的气氛确实无处不在。华尔街肯定会为短期心态付出高昂代价。如果客户不信任你，他们最终将不再与你做生意，不管你多聪明。

郝运来拍拍秦方远的肩膀："不仅是说你，也是说我，我们都太嫩。我们在苦苦坚守理念的时候，却发现我们追求的最初理想已经变了。我们总会措手不及。"

3. 僵局才是真正的较量

对赌谈判一直僵持不下，那次会谈后有段时间双方没有再联系。这时候考验的就是双方的耐心。是的，你嫖客有钱，出台"小姐"也多的是，但如果这次应承你了，反而会被你轻视。历史上，千千万万的"小姐"都淹没在滚滚红尘里，姓甚名谁，谁也不记得，但有一个"小姐"世世代代家喻户晓。谁呢？杜十娘！"小姐"就是杜十娘，嫖客就是那个李公子。不管你是什么阶段的"小姐"，一定要记住《杜十娘怒沉百宝箱》这个故事。杜十娘，一个"小姐"，以为李公子真的爱上自己，就以身相许，结果到关键的时候，李公子为了钱把她卖给了一个富家子弟，最后杜十娘只能抱着百宝箱自尽。

其实你就是杜十娘，投资人就是李公子，不要幻想你真的找到了可依托一世的人，就算有，也是"小姐"碰到白马王子的童话。得了，杜十娘总比无名的"小姐"强吧！好歹人过留名雁过留声。

张家红憋不住了，催了秦方远几次。张家红又一次跟秦方远说："要不你问问于岩，内部进展到哪一步了？"

公司里已经在传秦方远和于岩的事情了。何静是最早听闻秦方远和于岩谈朋友的人。她对秦方远最鲜明的反应就是，喊他的声音很大，不再那么温柔，俨然自己就是张家红。而实际上，张家红对秦方远说话的口气，无论讨论还是下结论，都是客客气气的。

对赌

这次，为了融资的事情，张家红竟然让他从于岩那里打听消息，秦方远有些被利用的不爽。毕竟，他们只是私人生活关系，不能跟工作扯在一起。

秦方远索性跟张家红摊牌："张总，对方有防火墙的，于岩是投资助理，不会了解到多少的。不过，我个人认为，谈判谈到这个份儿上，催也是白搭。现在是双方都绷着，谁绷得住谁就笑到最后，我们就死扛。他们花了那么多人力物力，审计、律师，这些中介费用都不少，只要投不成，这些费用都由他们出，他们不会轻易放弃的。再说，现在外面是僧多粥少，好的项目基本上都被别人霸占了，哪有他们的份儿啊？"

张家红火急火燎地想早些签协议，钱早点儿到位，公司已经揭不开锅了，这个月的工资还不知道从哪儿挪呢。账上的确是净资产盈余，但那是大量的易货收入，难道要给员工发货物，发高尔夫卡、健身卡、洗牙卡不成？听了秦方远的一番话，她只想到两个办法来解燃眉之急：一是电话催中介方华夏中鼎；二是催销售赶紧搞些现金单子来应急。

李宏接到张家红的电话也是一筹莫展，虽然这两家基金是他介绍的，但人家也明白他们和融资方是利益共同体，只有融成了才能拿到佣金，因此在双方都绷着的时候，李宏也了解不到更多的情况。

要么就是功臣，要么就是罪人，这是秦方远对自己在这轮融资中的准确定位。虽然劝说起张家红来头头是道，其实他心里比谁都急。一天晚上，他发现自己怎么也睡不着，这样的情况持续了一个礼拜。"我×，竟然失眠了！"秦方远对着石文庆抱怨起来，"这么年轻，怎么会摊上更年期女人或者老年人的疾病呢？严重失眠啊！"

石文庆不知道从哪里听到消息，说于岩能够对项目起促进作用，据说背景深厚，至于更多的情况，消息方也不愿意多说。于是，石文庆也建议秦方远找于岩打听，再次遭到了秦方远的拒绝。

快接近25天的下午，秦方远接到了于岩的电话，她在电话中瓮声瓮气地说："你在干吗呢？我想你了。"

秦方远接到于岩的电话就蹦起来了，拿上外套就往外跑。

于岩在南锣鼓巷三棵树，这是家小门面的咖啡馆，旧平房改造的，也没有什么刻意装饰。他们选择一个靠窗的位置坐下，于岩要了杯卡布奇诺，秦方远担心茶和咖啡加重失眠，就要了一杯苏打水。

于岩看到秦方远浓重的黑眼圈，有些心疼："你最近忙啥了，怎么熬成这样子？"

秦方远当然不乐意说是失眠了，就信口开河："最近有几个广告客户过来，董事长非要我去陪吃陪喝，每天都熬到午夜。"

于岩比较惊讶："你不是只负责投融资吗？你又不管广告客户。"

秦方远说："国内公司哪里分这个啊，全民皆兵，全民动员，这可是中国特色。"

于岩对这些不懂，她说："这些天你也不联系我，我都想你了。"她伸出手，探过身子，摸摸对面秦方远有些消瘦的脸。

这个神情很像当年大二时，秦方远参加中南五省高校的一项创意比赛，他带领的团队获得了二等奖，胡晓磊在台下对着台上领奖的秦方远飞吻，并用口型说："你真棒！"那神情太可爱了！

想到胡晓磊，大学时代唯一的一次铭心刻骨的爱恋，他不由自主地叹了口气。

于岩抓住了这个变化："叹什么气？"

秦方远轻抚着于岩，又叹了口气："人在江湖身不由己，得谋生啊!"

于岩接口说："谋生也不能没有生活啊。对了，你什么时候回老家？带我去吧，我看了你写的《乡戏》，可想去了。"

"呵呵，那都是哪年的事儿啊？写那个玩意儿的时候我才18岁。再说了，10年过去了，那地方的水都被污染了，良田被开发了，平原建成了工厂，山坡被推平盖起了商品房，故乡早就千疮百孔了。"

于岩听出来秦方远并不是故意推辞，她又捕捉住秦方远的叹气，说："你干吗总是叹气呢？不像我当初认识的 Simon 啊！"

秦方远没有接话，顺手喝了一口苏打水，然后伸手过来抚摸了一下于岩的黑发。

于岩说："你不就融资的事儿吗？那事儿对你那么重要吗？"

秦方远原来不打算把工作上的事情扯到个人感情上，但既然说到了，也是这些日子的心病，他就回答："当然很重要！这是我回国发展做的第一家公司，融资的第一个案子，甚至关系到我未来的职业生涯。"

听到秦方远说得这么严重，于岩立即坐起来，她脱口就说："这事儿其实我们都评价不错，只是投审会中 LP 们的意见不一致。"她盯着秦方远，很爱怜地看着他："不过，我相信很快就会有结论的。"说完，她诡秘地一笑。

很快就有结论？什么结论？投还是不投？秦方远觉得这句话的伸缩性太大，但他不能直接逼问于岩，她仅仅是个普通的投资助理；再说，也不能让她犯错误。

只是，他忽略了于岩最后那诡秘的一笑，他也没有表露这个案子实际上跟他的经济利益密切相关。

晚上，于岩跟着秦方远回到住处过夜。这个晚上，秦方远没有失眠。

4. 压力测试：灰色交易的信用方案

日子哗啦啦地流走，融资协议却一直没有正式签，钱影儿也没有见着，张家红和秦方远的心情仅仅用"火急火燎"来形容已经不贴切了，简直就是在大火上烤。

又是几天过去了，转眼到了 4 月上旬。于岩打电话给秦方远说："跟我去博鳌吧。我们公司的一个 LP，也是我在美国的长辈，要参加博鳌亚洲论坛，我想让你陪我去。"

秦方远长了个心眼儿，跟张家红汇报说，森泰基金一个主要投资人要来中国了。张家红一听就说："专门考察我们项目的吗？"

"应该不是。"

"那我们想尽办法去接近他，现在是临门一脚。"张家红毕竟是销售出身，信奉"客户在哪里自己就在哪里"乃签单真谛。

"他们去海南参加博鳌亚洲论坛，不来北京，结束会议后直接回美国吧。"

"那得去啊！"张家红接过话说，"我们得去。"

这下子秦方远有些担心张家红要去，那就坏事了，于岩可没有邀请她。秦方远说："张总，我们讲究对等，既然对方没有邀请我们会谈，我个人建议您还是别去，我可以过去，这样既达到了我们的目的，又不失我们的身份。"

张家红认为有道理，于是说："那你去吧，只要有任何一丝机会我们都不能放过，让他们这些远在天边的老板听听我们的项目，看看我们的人是不是靠谱儿。"

运气还不错，飞机正点，这对已经习惯了在中国不误点就非常态的于岩和秦方远来说有些意外。看来此次开局就顺了，秦方远如是想。上了飞机，秦方远对于岩说："昨晚没有休息好，我准备在长途奔袭中睡觉了。"于岩虽然心里有些不乐意，但自己也是个国际飞人，非常理解飞长途的人的心态："累就休息吧。"

飞机在下午 3 点 40 分左右抵达海口美兰机场，于岩所说的那个 LP 派了一辆车子过来接他们。秦方远就感到奇怪，作为一个来中国参加博鳌亚洲论坛的美国商人，怎么在海南这个偏远的地方也能搞到车子，还用来接待本是这块土地上的主人的他们？

大概两个小时，车子抵达博鳌亚洲论坛现场。酒店已经住满了，酒店外围是人山人海，就像这里要举办一场英超比赛，记者、企业家、商人、退休的政治人物挤满了这个小岛，据说这是目前中国唯一环境保持良好的入海口。

海南的天空是蓝的，树是绿的，花是鲜艳的，连笑意都是那么灿烂。

秦方远见到一个干瘦的美国白人老头笑呵呵地走过来，于岩冲上前去先是拥抱了一下，然后在他耳边低语一番，秦方远看到他抬了下头，向他投过来一道目光。迎着这道目光，秦方远也礼貌地示意。

这个 LP 叫乔克，瘦高个儿，一边和于岩聊一边走过来："Dear guy, nice to see you.（亲爱的年轻人，很高兴见到你。）"上来握了下手，然后盯着秦方远从上往下看了看。

秦方远看到乔克上下打量他的样子，似乎明白了什么，就看了于岩一眼。于岩抿着嘴笑，一言不发。

然后他们聊了起来，谈生活，谈经济，谈中国的机会，只是没有谈核心话题——关于此轮融资的事情。

晚上，乔克在离此不远的一家酒店开了两间房。乔克是自费参加此次会议的。博鳌亚洲论坛以亚洲人为主，但谈论的是全球的事情，会议的主会场亚洲论坛酒店房间爆满，连附近的博鳌索菲特温泉大酒店和博鳌金海岸温泉大酒店都是。微博上爆出来说，一个总统套间都要 4 万块。新浪财经报道说，补一张参会证 1.5 万元，开幕式发言上千万元，未被邀请想进主会场 3.5 万元，论坛酒店普通房间房费加押金三天 1.2 万元，总统套房一晚 4 万元，房价 10 年增长超百倍，这就是博鳌的繁荣。这位记者说，繁荣总带给人失落，博鳌给我的失落在于，它的官僚气、散漫和敷衍。秦方远把这个翻译给乔克听，乔克一乐，说中国的高消费时代很快就到来了。

会议两天就结束了，秦方远和于岩赶过来的时候恰好是会议的最后一天。第二天，乔克告诉于岩，听说附近有个小镇叫潭门，当地的渔民从海里打捞了很多古董，想去看看，有合适的顺便也买一些。

于岩对秦方远说："他也是美国人，怎么知道得这么详细？"

秦方远略为思索，说："这符合当前的消费潮流和资本逐利性。当前不要说全球了，仅是中国就已经出现了艺术品泡沫，清朝乾隆皇帝的一个猴首就能拍卖个几千万。不是说地球是平的吗？什么样的信息他们嗅不到啊！"

"那里究竟有什么？"

"我听说那里有明清的瓷器。古代中国的国际贸易主要是水运，这里是出海口，水高浪大，不排除有货船沉没的情况，这样就存在渔民不时打捞出一些瓷器的可能性。"

"呵呵，你知道得真多。"

秦方远有些得意："咳，这算啥呀。其实我告诉你，来博鳌之前，我上网查了当地的资料，看到有这方面的介绍。1996 年，西沙华光礁 1 号沉船遗址被潭门镇渔民发现后，'西沙海域有古董'的消息不胫而走，水下爆破、手工挖掘、潜水探摸……人们大肆非法打捞西沙水下文物，潭门港一度被政府部门点名批评为水下文物的交易黑市。"

"那买卖是非法的吧？"

"是啊，我也不知道乔克怎么想到搞这个？去看看是可以的，但是买卖肯定不行。"

秦方远突然想起来什么："对了，我有个好哥们儿翁大宝，当年是北大历史系毕业的。他在海口，也是海南当地人，我把他叫过来吧，约好时间一起过去。"

第二天下午 1 点多钟，翁大宝坐高铁赶到琼海，然后打车赶到酒店。翁大宝说，自己在海口的一所中学教书，穷教书匠，买不起车啊，一脸自嘲。

他们决定去潭门镇看看。

于岩跑到酒店门口跟候着的私人出租车司机谈价钱，那司机一看是个头高挑、气质高雅的女孩，开口就是往返 500 元。于岩就跑过来跟秦方远说这事儿，催着一起走。

才半个小时的路程就要 500 元？这是天价！秦方远不干，跑过来跟司机砍价。司机也不是本地人，是安徽安庆人，一听秦方远的口音，第一句话就说，你是湖北的吧？

秦方远比较吃惊：哦？竟然能一下子听出我的口音？了不得。他第一反应就是这个人该不会也是湖北的吧？司机说，他是安徽安庆人，紧挨着鄂东，口音相近嘛。行了，一看你这位先生就是一个精打细算的人，来回收 258 元吧，总不能收 250 吧？这个你知道的嘛。

秦方远一听这个 250，就笑了，砍回了一半，差不多得了，就敲定了。

从博鳌亚洲论坛酒店到潭门镇大概 30 分钟。刚下了一场雨，空气清新，两边的热带树林郁郁葱葱的，天空的白云自行组合成各种图案，因此路上并不枯燥。

司机知道几家卖海捞瓷器的商家，进了潭门镇，他把秦方远一行带到一个小门面店，这里卖海螺、贝壳、黄花梨木工艺品等东西。店家自然见多识广，做生意久了，很容易辨别出谁是真主顾，谁是假主顾。他们一眼就看出秦方远一行是货真价实的买主，尤其是中间那个瘦高个儿的老外。

翁大宝上去寒暄几句，对方知道了来意，直接带着从后门进了小院，然后右拐进了一个大房间，大概 150 平方米，摆满了花纹瓷碗、陶罐和青花瓷，样子比较旧，有的已经有缺口。他们进去后随即关上门，还派了一个人在门口放哨。店家主谈人是一个四十多岁的男人，高颧骨，眼睛深邃，眼珠滴溜溜地，目光从他们身上滑过。他神秘地说，这是他们从渔民手里收购过来的，现在政府不让卖，只有熟人带来的客人才敢放进来。

于岩左看右看，说："看起来不错，是明清的吗？"

店家说："当然是明清的了，现在越来越少了，政府管得紧。物以稀为贵嘛，你们大老板当然懂啦。"

乔克基本上一言不发，也许是语言不通的原因吧。他拿起一个青花瓷，店家报价 12 万元，一个梳妆台镜面要价 10 万元，即使一只毫不起眼的小花碗——秦方远小时候在农村吃饭不知道不小心砸过几个的那种也要价 5000 元。在店家一个一个报价时，秦方远快速默算出来，这地上的东西总价要超过 130 万元。秦方远当然知道此碗非彼碗，此花瓶非彼花瓶，古董嘛，沉睡大海几百年，时间就是价值。

于岩拿着计算器一顿噼里啪啦也计算出来了。翁大宝第一个操着海南话说："我们是熟人介绍过来的哦，价格要厚道，欺骗只能是一时不会一世。你看电视了吗？三亚海鲜餐馆漫天要价欺骗顾客，一个酒店被罚了50万，顾客减少很多，短视行为后患无穷啊！"

"从一进来就知道你是本地人，俺们老乡嘛，哪敢欺骗啊？做这种生意的，我不敢保证我们镇上所有人都百分之百地卖正品，也有一些人造假，这些手段你也是知道的嘛；但是我敢保证我们这里的产品，一件就是一件，每一件都是正品，我们敢拿去鉴定。你看，这是鉴定证书。"

"证书可以伪造嘛，这个社会，什么不可以伪造？当年伊拉克总统萨达姆都有替身。"

"你说这话就是不信任我们了。你可以四处打听打听，我是本地土生土长的，在这里做生意二十多年了，如果我不诚信，会做到今天吗？你们这些做大生意的，要让我们随时关门还不是一句话的事儿，尽管放心好了。"

秦方远站在一旁，听着店家说话有些靠谱儿，就问于岩："确实想要吗？"

于岩和乔克交流，乔克点点头，他说这件事情让秦方远全权处理，于岩自己则已经习惯了看秦方远讨价还价。在美国，除了唐人街和非裔聚居地等一些地方对讨价还价不亦乐乎，其他大部分地方都是明码标价，即使降价也是如实标出来。刚回国那会儿，于岩按标签付钱，花了不少冤枉钱，不仅仅是秦方远，一些客户、同事也提醒她上当吃亏了。

秦方远跟店家砍了半天价，全部买下的话，支付100万元即可。于岩说："行，成交。"

这时秦方远的职业病又上来了："你怎么保证这些商品就是正品？万一是赝品呢？你支付了100万，万一是假的怎么办？"

"那就退回来呗。"

"如果他们搬家了呢，一夜之间消失了呢？"

"他们不是说在这里经营了二十多年，是本地人吗？"

"这是基于不确定性之上的信任，不靠谱儿的！"

乔克让于岩一字不漏如实地翻译给他听，于岩一边翻译一边对秦方远睁大了眼睛。

店家说:"我给你写条子、盖章、按手印总可以了吧?我又不是没做过大单生意,比这生意大的多的是,有啥担心的。"

乔克似乎对秦方远比较欣赏,他直接跟秦方远说:"Simon,你能否给双方提供一个可行的交易方案?"

秦方远的脑子快速转动起来,他想了一会儿说:"第一步,由翁大宝和店家在当地银行设立一个共同账户,设置两个密码,共同监管。他们都是当地人,是双方各自的权益代表。第二步,买方货款打进这个账户后,店家允许于岩把货运回北京请专家鉴定。为表示对这笔交易的诚意,运输费用、保险费用和鉴定费用由于岩承担。第三步,如果鉴定是正品,则由于岩通知翁大宝可以付款;一旦鉴定是赝品,则于岩负责把货物完好无损地运回来。如果运输途中或者递送到北京后,任何一件货物发生破损,可以按照现价赔偿,前提是店家必须确保完好无损地交付给物流公司。至于物流公司的职责权利,则由于岩与物流公司签订相应的保障协议。"

在秦方远说这些话的时候,店家一会儿点头,一会儿又大幅度摇头,他像听天书一样,听着秦方远设计的交易方案。

于岩在一旁听得入迷,这其实就是时下流行的电子商务支付体系支付宝的衍生品。

店家说:"一听你说话就是个大知识分子,说得难听点儿就是一介书生,区区100万,用得着这么复杂吗?一手交钱一手交货,都多少年了,哪有你这样的?货到了北京,我们还拿不到钱?再说了,我们这是文物,是非法交易品,随时有被查抄进监狱的可能。"

秦方远已经明白了乔克的心思。他当然知道文物属于非法交易品,是无法通过黑市大规模正常交易的,但他还是按照正常商品来设计这套方案,就是专门说给乔克听的。他还装模作样地跟店家解释说,这是对双方都安全的方案,你们没有任何损失。

店家转头去找几个人商谈,估计是股东吧,一会儿他回来说,这生意没法做了。

在回博鳌的路上，安徽籍司机对秦方远说："你真是大知识分子啊！我出道这么多年，年轻的时候也在老家做过生意，从来没遇上这么复杂的事儿。你这个方案我听着像听天书，但仔细一想，确实是那么回事。100万可不是小数字，谁也不确定这些商品就是正品，自然是小心为妙。"

于岩一路上比较开心，虽然交易没有谈成，她是看在眼里，甜在心里。她知道这番来博鳌的目的达到了。

在回程的飞机上，秦方远几次想问于岩她和乔克是什么关系，话到嘴边又吞回去。于岩对他的这个举动不闻不问，自顾自地看自己的书。

如果仅仅是上下级关系，乔克不可能对于岩这么亲密，那神情就像长辈对晚辈的迁就、关爱。是父女吗？于岩可是地地道道的华裔，而乔克是地地道道的白人，基因不可能发生如此巨大的变异。想到这个匪夷所思的念头，秦方远在心里嘲笑了一下自己，就戴上眼罩睡觉去了。

5. 绷到最后再笑

秦方远从博鳌亚洲论坛回来一周了，张家红快绷不住了，几次找到秦方远想问融资的事情敲定了没有，都是话到嘴边又吞回去了。她看到秦方远也有些萎靡不振，于心不忍，女人的心还是要细一些。

这天快要下班了，张家红补了下妆，竭力掩饰着脸上纵横交错的皱纹。岁月不饶人，人到中年，虽说风韵犹存，但美好的年华逝去，再也追不回来了。她还发觉，这段时间休息不好，眼圈的颜色加深了，连自己老公不经意看她时都会叹口气，让她心里拔凉拔凉的。

这时，一阵急促的手机铃声突然响起来，她从包里拿出来瞄了一眼，立马心跳加快——电话是托尼徐打过来的。

"张总，我们投审会已经同意投资贵公司。"托尼徐轻描淡写，不知是否刻意表现得这么平静。

张家红则不一样，她都想跳起来了。她对托尼徐说："太好了！感谢支持，我们不会辜负股东们的期望！"

托尼徐的语气逐渐暖起来："张总，以后我们就是一家人了，一家人就不说两家话。说白了，我们就是同一条线上的蚂蚱，荣辱与共。"

"是啊，是啊！我们当然荣辱与共、同舟共济了。"张家红忙不迭地表示认同。

挂了电话，张家红就去敲秦方远办公室的门，没有响应，她就跑回自己办公室给秦方远打电话，告知了他这个消息。

秦方远也憋不住了，像孩子一样："张总，我说了嘛，谁绷到最后谁就笑到最后，我们胜了！"

秦方远在老赵的出租车上，正打算回住处。已经快一个月了，秦方远经常是四处晃悠，刻意忘掉融资的事情。也许是逛累了，这几天乖多了，下班就回家。

秦方远说："接下来我就签署合同，办理变更手续，向商务部门和外汇部门报批，然后去工商办理登记。"

张家红最关心的是钱什么时候到位，秦方远早就了解清楚了："估计两三个月吧。"

"怎么会这么久？"张家红听了，一颗心就往下沉。

"向商务部门报批大概就需要 20 个工作日，这还是在一切顺利的前提下；一旦获批，对方才会打款过来，然后验资，向外汇部门登记；最后是去工商部门办理股东变更和增资。"

秦方远知道公司的资金情况，他安慰张家红说："在报批过程中，我们会要求对方先期提供一笔款子做过桥贷款，这个相对比较快。"

在通话结束时，秦方远不忘提醒张家红一句："张总，这次融资顺利成功，我那份的事儿还请您惦记着。"

"当然惦记着，怎么会不惦记着！"张家红听了直冒火，差点儿骂起来。还没见钱影儿呢，就知道惦记着自己的那点儿小利益，现在的80后啊，唉！

秦方远让老赵掉头去找石文庆。秦方远在电话里没有直接告诉石文庆是什么消息，只说让他不要走，在办公室等候。

石文庆正在微博上和一干美女调情，一个1987年出生的美女作家在微博里私信说："今晚还过来吗？"石文庆回复了一句："昨晚你把我累得要死，我还是先歇了吧。"那边马上发过来一个哭丧着脸的表情。

石文庆见秦方远进来了，就拉着他看他们的私信聊天。这种事儿，石文庆对秦方远不设防，没有防火墙。这是特例，两人同学多年，几斤几两，彼此知根知底。

石文庆说："也就玩了几个月，腻了，不打算再理她。我最近看上一个90后，刚从国外回来，这几天正热火着呢。"

秦方远今天有正事，强行关掉了石文庆的电脑，正要说话，石文庆赶紧做了一个打住的手势："你可别对我满口仁义道德，我受不了说教。先说你，什么事啊？看你火急火燎的。"

秦方远清了清嗓子，郑重其事，一字一顿地说："森泰基金的投资敲定，投审会通过了。"

"不可能。我几天前还跟他们沟通过，一共五票，其中有三票不同意，关键是出资最大的一个LP不同意，怎么可能今天就过了？"石文庆不相信，"他们通知你了？"

"是通知我们公司了，徐总给张总打的电话，我还以为你提前知道了呢。"

石文庆猛地站起来，冲到秦方远面前，一拳头下去擂得秦方远胸口生疼。

"你小子干吗？"

石文庆咧着嘴大笑："3000万美元，这是什么概念？！我在华夏中鼎主导的第一个融资项目，转眼就成了！"

他盘算起佣金和奖金来，想着想着，就有些手舞足蹈。

秦方远也是开心得不得了，他在来时的出租车上就开始盘算这次的收获，甚至想到不久的将来去纳斯达克敲钟。毕竟是两个尚未到而立之年的小伙子，绷不住的欢乐，花开在眉宇间。

开心过后，石文庆想起来了，得给森泰基金的投资总监——那个让于岩时不时冒出一句东北话的王秀义打电话。王总监在电话中说："是的，昨天深夜 2 点多敲定的，按照双方协商的条款来的。哥们儿，恭喜你啊！"

石文庆听出了他话中的意思："不会亏待兄弟的，放心好了，我们懂得怎么做。晚上出去玩玩？我知道几个地方不错，包你满意。"

秦方远在一旁狠瞪了他一眼："说正事。"

那位总监听出来还有人在，连忙说："石总，我可没别的意思，纯粹恭喜。你也为我们双方做了大量工作，也是蛮辛苦的，这也是我的工作，谈不上感谢与否。"

石文庆也认真起来："对了，前天晚上我们电话聊天时，你不是说基本上没戏了吗？不是那两个关键 LP 不松口吗？怎么突然来了个 180 度的大转弯？"

"其实我也纳闷儿呢。那位美国白人 LP 乔克是关键一票，还有一位美籍华人也是关键的一票，他们的分量很重。我们是全票通过制度，我们国内 GP 都通过了，但是只要一位 LP 没有通过就不行，不知道怎么突然间就峰回路转了。昨晚 1 点左右我们跑回公司开电话会议，他们那边不是一大早嘛，会议就专门为这个开的，大老板拍板就确定了。"

"那两位 LP 什么来头？"

"白人 LP 乔克前不久来参加博鳌亚洲论坛了；另外一位是美籍华人，在华人投资圈很有来头，姓于，是我们最大的 LP。"王总监感觉说得太多了，就立即打住，"具体情况待有机会你还是问我们徐总吧，我也了解得不太多。"

"姓于？"一旁的秦方远听到这个姓就开始琢磨。石文庆放下电话，打断秦方远的思路："走，晚上我们去热公馆好好庆祝一番。"

石文庆着手收拾，他把上衣和裤子的兜翻了个遍，机票，撕掉；住宿发票，取出来放进抽屉里；景点门票，撕掉；然后拿起手机开始删短信。

秦方远催他："你在干吗呢？走吧！"

"别急。这些证据可不能带回家，我家里那位比猴子还精，不毁灭证据，她又要跟我折腾了，撕掉万无一失。"

秦方远想起来了，石文庆家里还有个固定女友，老家湖南一个县长的公主。真是一物降一物啊！

秦方远逗他："谁让你出差都不闲着，谁都不想落下，谁的便宜都想占？"

石文庆说："微博这东西，没办法，就是好。我本来想改邪归正，她们不让啊，我能有什么办法？"

上了车，石文庆似乎想起了什么，侧头对坐在副驾驶座上的秦方远说："你回国不也一样吗？于岩就对你有意思，你小子估计也得逞了，那可是一个顶我很多个，那是什么素质啊！"

被石文庆点破了，秦方远尴尬地笑了笑。

车子开在半途，石文庆冷不丁抛出一句："乔梅现在咋样了？还不理你吗？"

哪壶不开提哪壶，这家伙为何关键时刻找不痛快？秦方远心情立即坠到谷底，如入寒潭，冰冷僵硬，寸步难行。

6. 落袋为安

秦方远决定搬家了。一个周末的下午,秦方远与于岩爬完香山回来,开门时听到房间里有响声。

对 赌

秦方远以为遇到了小偷，立即把于岩推到门外面去，让她再上一层楼，他担心万一碰到一个强悍的盗窃犯，动起手来会伤着于岩。

秦方远艺高人胆大，他冲进自己的卧室，却看到不堪的一幕：石文庆和一个女的正在床上偷欢。两人听到门被推开都吓得不轻，那女人立即拉上被子盖住了裸身，发出熟悉的尖叫。

石文庆看到是秦方远："你怎么跑回来了？不是爬香山去了吗，这么快就回了？"

秦方远赶紧退出房间，很尴尬地说："你过来应该通知我一下啊！"他更恼怒的是，石文庆他们用的还是秦方远的床，那是他和于岩的温柔床，想起这个就有些不爽。

这时，一直在外面监听的于岩推门进来了，看到秦方远站在客厅，就问："发生了什么事？"

这时，石文庆穿好衣服出来了，跟着出来的那个人让秦方远再次甚感意外。

竟然是何静。

石文庆似乎没有感觉到不妥，何静眼光看着墙壁，带着一股寒气。

石文庆打破尴尬："晚上一起吃山城辣妹子火锅吧！"

秦方远转头看了一眼于岩，征询她的意见。于岩摇摇头，秦方远也感觉不妥，多尴尬啊！

何静低着头，沉默不语。

他们离开后，秦方远就跟于岩说："我下周搬出去。"

正式签订协议时，张家红、老严、托尼徐他们都到公司来了。

张家红问石文庆："协议签订后，大概多久钱会到账？"

石文庆说："大概三个月吧。"这个额度的外商投资需要商务部审批，然后是国家外汇管理局审批，需要比较长的时间，验资结束后才可以用这笔钱。

"怎么那么久？！"张家红听了就心凉。

老严明白张家红的意思，他主动跟托尼徐说："徐总，报批需要一段时间，而公司扩张不能受制于资本。现在时机很好，也是公司大力做业务的时候，我建议，贵公司能否拆借一笔款子帮助企业过关？"

托尼徐也是久经沙场，当然明白这些审批都是拖拖拉拉的。只是他比较奇怪，老严也是投资者，并且是在册股东，完全可以通过过桥贷款的形式给予公司帮助；而他们自己刚刚签署投资协议，还有待商务和外汇监管部门审批，也就是说这项投资实际上还没有最终完成，怎么让他们来给公司拆借呢？

他没有表示出什么不快："这件事情我还要回去跟 LP 们商量一下，我们没有人民币基金，恐怕有一定的难度。"

张家红就等他们回去商谈，然后让石文庆他们办理系列报批事宜。

托尼徐最终没有给铭记传媒拆借资金，他过来解释说："LP 们不想参与过多的公司管理，就纯粹做一个投资者，做一名股东；而且公司没有人民币，拆借美元进来，也需要同样的时间进行报批。"

张家红一听就知道没戏，彻底放弃了拆借资金的念头。她开始动用老公的资源，亲自在商务和外汇部门跑起来。

也就不到一个月的时间，商务部门核准了增资申请，外汇部门也做了备案登记，这次两家投资公司倒是很痛快地把投资款一次性打过来了。

第六章

高调出击

———

　　夸大融资金额是行业潜规则。为什么？行业竞争这么激烈，一旦如实透露金额，对手很快就算出你的生存期、推广费用、销售价格……然后你就痛不欲生死翘翘了。而且，夸大金额可以壮我声威，鼓舞士气。

1. 出来混，有些规矩还是要守的

这次成功的融资，奠定了秦方远在铭记传媒的稳固位置。秦方远似乎也明白了何谓中国特色，何谓本土化思维。在这些思维下，纠缠于细节似乎有些多余。老严后来对他说过一句经典的话："投资之前要睁大眼睛，投资之后则是睁一只眼闭一只眼。这是 10 年来的心血总结。"

投资款进来不久，张家红就开始大规模招募人才，壮大队伍，大干快上，张家红在晨会上训话，挥斥方遒：我是 60 后的年纪，80 后的心脏，你们大部分是 80 后，比我年轻啊，要向我学习，融一大笔钱来了干什么？就得气势如虹，要敢于花钱，善于花钱，干掉竞争对手，一家独大，地位稳固，才会有业务稳固。

汤姆就是这个时候被猎头公司给猎进来的。

那天早上，张家红叫了辆巴士把大家拉到毗邻著名的北京一零一中学的达园宾馆，开了一个战略研讨会，汤姆就是在这个场合出现的。

达园宾馆始建于民国初年，南邻北京大学西门，东邻清华大学西门，西邻颐和园，北邻圆明园，是北京市文物保护单位。从外面看起来非常普通，四面围墙，只有一扇普通的朱红色大门，如果不是特别注意，经常从那里经过的人都会认为不过是一个普通的四合院而已。推门进去，别有洞天，亭榭长廊，绿树成荫，翠竹葱郁。院内有湖，湖中有岛，湖边可以垂钓、散步。总占地面积 12 万多平方米，其中湖面至少有 3 万平方米，宾馆的建筑风格集南方水景园林和北京四合院于一体。据说达园宾馆归国务院机关事务管理局管理，以接待高官和涉外贵宾为主，没有一定的人脉关系很难安排进去。何静说，这是张总特别找关系预约的。

张家红召集公司管理层说："最近会有大批高管加盟，充实公司的力量，希望大家要有气魄，以广阔的胸怀迎接他们。我相信，经过大家的共同努力，公司会有长足的发展，争取三年内在纳斯达克敲钟。"

汤姆就是那个时候上台的。汤姆中等身材，深色衬衣，牛仔裤，比较休闲，光头，戴着黑边近视眼镜。他上台说："本人姓高，祖籍湖南，在上海长大，从事广告行业十多年，之前在企业做营销。鄙人此生最佩服的就是一个人——林彪。他是个军事天才，解放战争三大战役打了两个。我很欣赏他的结果论。长征路上进攻腊子口之前，红四团团长向林彪保证：'如拿不下腊子口，我提头来见。'林彪回答：'我不要你的头，我要腊子口！'在塔山阻击战中，我军伤亡惨重，程子华向林彪报告损伤情况，听罢，林彪平静地说：'我不要伤亡数字，我只要塔山！'我们做广告销售的也是这样，不要跟我说多少理由，拿到单子才是好员工、最有价值的员工。我们提供好的绩效方案，提供好的网点，提供有竞争力的价格，难道我们就拿不下客户吗？"

汤姆最后一句像是问大家，又像是宣誓，故事简洁，意图明了，目标结果论。张家红在台下听了，暗爽：太给力了！张家红率先拼命鼓掌，底下的管理层一看张家红鼓掌了，也跟着狠劲儿鼓起掌来。

张家红站起来介绍："汤姆是谁？他是矿泉水'野夫清泉甜甜甜'的创意人，也是蛋糕'吃好点'的营销总监，是出租车传媒忘不了传媒的 COO（Chief Operating Officer，首席运营官）！"

底下掌声如雷："牛逼！""大佬！""给力！"……

忘不了传媒？秦方远在配合投资者做尽职调查时了解过忘不了传媒，虽然不是铭记传媒的直接竞争对手，但也同属于户外媒体。秦方远还记得，在刚回国的那一场饭局上，钱丰还跟他特意提到这家媒体，听到他要去铭记传媒，欲言又止的样子，似乎有什么事要说。

张家红说，这次动作要大，声音要响，做事要有气派。汤姆在忘不了传媒做COO，为了挖他张家红支付了一笔不菲的转会费，并开出高出同行50%以上的薪水和期权。

正式和汤姆签约后，张家红很得意地在公司的管理层例会上说，汤姆这次过来，可能会带来一百来号人，包括开发、销售和维护、影视制作的团队。

和汤姆签约没几天，忘不了传媒发了一份律师函过来，说汤姆和公司的合约尚未解除，铭记传媒擅自与其签署聘用协议，违反劳动合同规定，希望铭记传媒能及时纠正，否则将进一步采取法律措施进行追究。

法务经理赵宇谨小慎微，看完律师函比较紧张，尤其是听说汤姆还要带来一百来号骨干，这可是连锅端啊，行业大忌，如此一来，将彻底惹怒忘不了传媒，不排除会闹出行业地震，惹来不确定性的麻烦，甚至不排除吃官司。

他先是找了刚加盟公司不久的人力资源总监夏涛。夏涛出身于华为，他的鉴定意见是事情有点儿严重，应该遵守劳动合同，现在是大公司了，不是草莽阶段，职业道德还是要坚守的。

赵宇想找张家红汇报这件事。他一般不愿意一个人去找张家红，或者能不去找就不找，多一事不如少一事，他受不了张家红张口"猪脑子"、闭口"脑子进水了"的口头禅。他拿着忘不了传媒发过来的律师函，过来找秦方远，他知道公司目前也就秦方远有些话能让张家红听得进去，毕竟秦方远是这波融资的大功臣。他说："秦总，怎么办？从法律角度讲，他们都是有约在身，没有解约的，如果我们接收会存在潜在的法律诉讼风险。"

秦方远一听，就知道问题的严重性。

"我们去找张总吧。"

"行。"

他们敲门进去，说明来意，赵宇把对方盖着律师事务所章的律师函递给张家红。张家红瞄了几眼，顺手就丢在空中，那页纸飘了几下，然后急转直下，落在秦方远跟前。

张家红轻蔑地冷笑："跟我谈法律？开什么玩笑？！在这块地儿跟我讲法律，让他们回家跟他们家里人讲去！一句话，置之不理，该干吗干吗！"

赵宇刚要开口解释，立即被张家红一个眼神制止住。

赵宇侧头看看秦方远，秦方远示意出去。

2. 跳槽高管有反骨

然而，挖墙脚这件事情已经开始发酵。律师函发过来的第三天，秦方远接到了钱丰的电话，钱丰劈头一句："你们就放过忘不了传媒吧，汤姆那帮人挖不得。"

秦方远很吃惊："此话怎讲？你怎么掺和这事啊，这不是两家企业的事情吗？"

"咳，忘不了传媒这波融资就是我们基金投资的，我是这个项目的负责人。你说，我投资的企业发生这么大的变故，我能袖手旁观吗？"钱丰说，"你们挖汤姆挖得不是时候，我们打算明年就上美国IPO，这一巨大震动让我们怎么向资本市场讲故事？你想想，一个说起来有着巨大前景的公司，COO在上市前跑了，这怎么解释？"

秦方远当然理解这种窘境。

钱丰说："还有件事情我不得不告诉你，知道忘不了传媒的老板是谁吗？胡晓磊的老公！你说，这事儿怎么这么别扭啊！"

对　赌

听到"胡晓磊"三个字，秦方远心里"咯噔"一下，脑海里浮现出那双哀怨的眼睛，那年他在一只脚迈过机场安检线的瞬间发现的躲闪不及、爱恨交织的眼睛。这对纠结的恋人，就这样从此陌路，一个在美国，一个留在国内。

那个瞬间是秦方远心中永远的痛。同样是两个无辜的女孩子，出国时丢掉了一个，回国时又丢掉了另一个。人生，就是这样永远背负着愧疚前行。

回国后，秦方远通过同学找到了胡晓磊的电话号码，第一次拨通后，他一自报家门，对方就掐掉了电话。此后数次，要么掐掉，要么长期通着不接。

钱丰说："趁现在还可以挽回局面，能否和忘不了传媒的老板一起吃个饭聊聊？"

秦方远停顿了一会儿，说："行吧。"

钱丰约在方庄桥西南的飘香逸品茶楼，茶楼老板是温州人，提供茶饮，也提供温州餐饭，以清淡为主。钱丰说："忘不了传媒的老板周易财现在注重养生，不喜欢吃高盐高油食物，他还建议我们提前步入养生大军。"

秦方远知道钱丰的意思，就是说约的这个地方符合周易财的需求。秦方远对这些细节其实一点儿都不在意，在意的是和谁聚餐，谈什么事。

周易财提前一刻钟进了包间，钱丰在楼下等着秦方远过来，然后一起上楼。

周易财四十多岁，微秃，前额几乎谢完了，肥胖。在秦方远的印象中，海南人由于饮食习惯的原因，胖子的比例远逊于北方，也许周易财是个例外。

秦方远看着他，心里比较别扭，不是因为这次事件，而是因为他是初恋女友的老公。也许这个老男人不知道，但尴尬的是，秦方远知道。

周易财点的菜以海鲜和素食为主，他挺亲和地表示歉意："两位年轻人，我擅自做主了，如果你们有不满意的就加菜。秦总是钱总的同学，也是我太太的同学，那就是一家人了，别客气。"

秦方远当然不会客气。他也没有心思和眼前的这个商人，准确地说是前女友的老公进行东拉西扯的寒暄，他主动挑起这次谈话的主题，单刀直入地说："汤姆这个人，不是在你那里做 COO 吗？这是非常关键的岗位，怎么轻易就让他放弃呢？"

周易财后仰着坐在沙发上，双手交叉放在胸前，一枚颇有厚度的钻石戒指戴在右手食指上。许多年前，同学们喜欢讨论戒指的意义，一般认为，戴金戒指者比较重视利益，往往有精明的生意头脑；戴翡翠玉石者注重品位和素质，处事严谨；而戴在食指上，则意味着性格较偏激倔强。周易财听到秦方远如此问，立即坐直了身子。他原本打算曲里拐弯地聊，这是多年来形成的商业习惯，想谈的事情不专门谈，而是旁敲侧击，曲里拐弯，既达到目的，又不伤和气，甚至是不影响气氛，这是中国式传统商人的风格。他没有料到秦方远直来直去，从心里来讲，他还是蛮喜欢这种风格的。

周易财也坦诚相告："对于高总——哦，对，你们都叫他汤姆——这个人，不是他放弃我们，而是我们放弃他，这有本质的区别。"

哦？秦方远表现得很奇怪："你们主动放弃，那不应该可惜啊，更不应该如此大动干戈的啊！"他转头看了钱丰一眼。

钱丰说："从我们的角度讲，当然不乐意看到我们投资的企业，资金刚进去不久就发生高层变动，即使变，也得适应一段时间再变；何况，COO 这样关键的岗位，和 CFO（Chief Financial Officer，首席财务官）一样敏感。但是，周总跟我们解释后，我们就不再反对了。"

"我们非常愤怒的是，汤姆走就走了，竟然还要把一百多号骨干全部拉走，这不是要造反吗？这不是要对我们釜底抽薪吗？"周易财刚喝了一口酸梅汤降火，却恼火地骂了起来。

秦方远刚要开口，就被钱丰的暗示制止了。钱丰当然明白秦方远要说什么——为什么那么多人跟着跳槽？肯定是公司有问题呗。

周易财也猜到了秦方远的意思，他说："公司当然有责任，我们会检讨。也许是我求胜心切，太苛求业绩了；我也不辩解说 VC 们催得紧，我检讨自己的工作方法存在问题。但是，这个人一下子拉走那么多人，搁谁身上谁不急？我想请你转告你们张总，如果汤姆这次从公司一下子拉走一个群体，说不定哪天在铭记传媒也会发生同样的事情，他就是有反骨的魏延！"

秦方远听了心里一惊，他吃惊的是周易财的最后一句话，未来的铭记传媒会不会是今天的忘不了传媒？

秦方远随意问了句："汤姆这个人怎么样？"

"他怎么样？！"周易财恢复了常态，看着秦方远年轻的面孔，高深莫测地说，"你们一旦共事，迟早会知道的。"

说完，他左嘴角轻微抽动了下，一副似笑非笑的表情。

饭后分开，钱丰在路上给秦方远打电话："刚才你问汤姆这个人怎么样，他不便说，我说说我个人的看法吧。我认识他半年多了，他一直以为我年轻，还是个小孩子，交往不多。不过，我知道的情况是，他突然离开是有原因的，他犯了很严重的错误，公司正在想办法处理他，谁知道他溜得更快。我认为，你们老板一旦收留了他，迟早有一天会后悔。"

这就让秦方远不解了："既然如此，你们为什么还要这么费尽心机地留他呢？我看过你们的律师函，态度很强硬。"

钱丰说："留着他是暂时给资本市场一个假象。更关键的是，他要带走一百来号人，公司总共才多少人，不到六百，结果一下子跑了 1/6，还都是总部骨干，这不是逼企业自宫吗？"

秦方远说："我回去跟张总沟通一下试试。"

张家红一听是劝阻汤姆带队跳槽，就连连摇头："我们正是用人之际，他带来一百来号人，能给我们节约大量的招聘费用。"

"但是，张总，汤姆一下子带来一百来号人，风险是非常大的。第一，如果他能够带一个群体过来，也许有一天，他也会一夜之间带队离去，人力资源风险很大。这是颗定时炸弹，今天浩浩荡荡而来，明天可能浩浩荡荡而去。第二，我也琢磨不透，一个有着三轮融资并且很快要到纳斯达克 IPO 的公司的 COO，突然放弃到手的羔羊，这确实不可思议。您想过这层原因没有？他为什么突然离职？是不是让人力资源做下背景调查？"

张家红算是认真听了秦方远的一番话，不过，她的理念是："做销售业务的只要谈好利益机制，不会随便跳槽。我会再考虑一下。"

最终跟随汤姆跳槽到铭记传媒的有三十多人，比原定报送的名单少了 70%。张家红亲自挑选的，有市场推广总监、资源开拓总监，其他都是销售人员。

汤姆事件妥善处理后，通过猎头公司陆续招进来一些高管，包括在珠海某制药公司做营销副总的王兵兵。王兵兵过来后任副总裁，负责媒体资源开发。他一下子从社会各个角落网罗了一批开发人员，这些人原来做过医药代表，沟通能力极强，可以帮助公司迅速地向全国扩张。

秦方远的理想岗位是 CFO，但是张家红并没有把这个岗位给他。投资公司推荐了一个人担任 CFO，这让秦方远很意外。

秦方远直接去找张家红，说："张总，我个人认为自己可以胜任 CFO。"

张家红没有直接回答："你会有更重要的任务和岗位，CFO 这个岗位的人选得到了投资人的认可，他们认为你更适合另外一个岗位。"

秦方远其实明白。之前他跟投资人沟通过，投资人也认为秦方远很适合做 CFO，有华尔街背景，更容易被美国纳斯达克资本市场认可；他们也没有意愿外派 CFO 过来。

秦方远给石文庆打电话，咨询投资人在人事安排上的事宜。石文庆说："我也听到了一些信息，你们张董事长跟投资人沟通过了，据说让你担任 CSO（Chief Strategy Officer，首席战略官）。"

秦方远内心不爽，但又有什么办法呢？子曰："不患无位，患所以立。不患莫己知，求为可知也。"在社会上混的，唯一不会被埋没的是人的才华，权且如此自我安慰吧！

不爽的不仅是他一个人，在这拨新人加盟之前的高管大部分被降级，像负责销售的副总裁肖强降格为大客户一部总监，负责媒体资源开发的副总裁邹华生降格为华北区媒体资源开发总监……他们敢怒不敢言。外来的和尚好念经。

工商股东名册变更完成后，公司迅速召开第一届董事会，讨论了张家红提交的高管名单。秦方远担任首席战略官，同时兼任董事长特别助理。

董事会还特批了一笔300万元的费用，用于张家红提议的庆功宴，实际上是鼓舞士气和答谢大客户的宴会。

3. 带一个美国姑娘回老家

庆功宴还没来得及召开，秦方远老家就出事了。

接到婶娘去世的消息是一个大清早。秦方远早晨7点左右醒来，习惯性地拿起苹果手机准备翻看新浪微博，自从回国后就上不了Facebook和推特了，但幸好还有微博。这时候他看到了同一号码打来的两个未接电话，均是凌晨5点多打过来的，号码是老家堂兄的。

他回电话过去，得知婶娘在凌晨5点左右去世了，秦方远当时就愣了。这位婶娘是秦方远在老家唯一的长辈亲属，早过了耄耋之年。堂兄在电话中说："你得赶回来奔丧。"

下葬的日期定在第三天，他向张家红说明情况，获准了丧假，也跟于岩打了电话，谁知道于岩说："我也要去。"秦方远有些犹豫："你去干吗啊？这是白喜事。再说了，回去怎么介绍你啊？"

于岩说："是什么就说什么啊！我不是你女朋友啊？！我想过去看看你老家。"

秦方远在心理上确实没有做好将于岩作为女朋友介绍给亲人的准备。在故乡，一个人如果单独带女孩子回家，基本上就等于宣告这个人就是未婚妻，走亲串友，他们都要给见面礼的，是件大事。因此，从这些村庄出去的人，绝大多数青年男女都不敢随便带异性回家过年或过夜。虽然现在已经是二十一世纪，各色暧昧的异性朋友在城市泛滥成灾，但这些村庄却还固守着这份干净的"陋习"。

秦方远知道于岩才不管什么陈规陋习、清规戒律。她和大多数美国女孩子一样，过早地恋爱，过早地有性生活，有性不一定等于爱，有爱情不一定最后会有婚姻。秦方远心里也不确定，自己和于岩是否有未来——有婚姻的未来，虽然他们在一起很疯狂。

"嘿，我不明白，为什么你总是在一些本来不该是问题的地方犹豫呢？"于岩有些疑惑，又有些不满。

秦方远最后还是把于岩带回了老家。在老家邻县任县委组织部部长的同学在电话中说："都什么年代了，还顾忌这个顾忌那个。你还是留洋的呢，怎么一点儿都不像喝过洋墨水的年轻人？"

秦方远苦笑。喝再多洋墨水，在北上广、在纽约曼哈顿再西装笔挺满口英文，回到山村里不还得当回二狗子。先贤如胡适，如鲁迅，在外是思想巨擘文学巨子，纵横时局指点时事，回到家也只能奉母亲大人之命，娶江冬秀娶朱安。

秦方远买了第二天早晨 7 点 40 分的航班，飞到武汉天河机场是 9 点 30 分左右，组织部部长同学派司机来接机。车子走高速，两个多小时就抵达故乡——一个曾经绿树成荫的乡村，如今展现在眼前的是片光秃秃的土地。村里的房子都建在新开辟的一条公路两边，路的两端是两个小镇。在少年时代，秦方远就听闻"要致富先修路"，如今，公路无处不在。

尼桑轿车在坑洼不平的小路上吃力地行走，扬起阵阵尘土，两边的路人不时用手遮脸，显示出厌恶而又无奈的神情。原来的良田被政府征用了，打算开发建厂，这是堂兄之前告诉他的。

对 赌

姊娘去世，秦方远心里并没有多少悲伤，86岁了，在乡村已经算高寿，而秦方远父母去世的时候也就60岁左右。如果不是国内高校推行助学贷款，秦方远差点儿上不成大学，估计现在也就在某个建筑工地做泥瓦工。秦方远曾经和乔梅开过这种玩笑，乔梅说："我舅舅在北京郊区就是做建筑工地包工头的，如果你没有上大学，我又有幸认识你，就建议他收留你，好歹也是一个好管家，干什么苦力啊！"

想到乔梅，秦方远下意识地看了一眼坐在身旁的于岩，她眼睛紧贴着车窗玻璃，兴致勃勃地看着鄂东乡村，成片的黄土地，零散的树木，那些偶尔出现接着就远去的斑驳的油菜花和青草。

亲戚都来了，姐姐姐夫们、堂兄表兄们，他们脸上挂着悲伤。看到秦方远从车上下来，还带来一个漂亮的女孩子，都围了过来。于岩从车上下来，看到一张张或年轻或年老，强作微笑的面孔，他们围着她却又不敢靠近，她能感受到这些笑容的善意和谦卑。

表哥说："方远，这就是弟妹吧？"表哥操着老家的话，跟普通话有比较大的区别，语速又快，于岩自然听不懂。她看着秦方远，看到秦方远的脸红了一下，然后有些尴尬，像是点了下头，又似乎摇了一下，她也没有看懂什么。

家族的小孩子嬉笑着抢着拎秦方远和于岩的行李，往家里跑。他们俩在亲戚们的簇拥下回到了堂兄家。这是一栋三层的小楼，建在乡村通往镇上的唯一的一条土路旁，也是村子里唯一的高层建筑，这是堂兄的孩子在外打工挣钱盖的，据说孩子们的手艺不错，收入不菲。站在山坡上俯视，还能看到一些土房子，这些房子中有一间是秦方远父母留给他的。

于岩看着这一切都很新鲜。在鄂东农村，喜丧有很多程序，比如请轿夫。请来的乐队敲锣打鼓，吹着凄恻的号子，孝子穿着白色孝袍，在村中老人的带领下，到十二个轿夫家门口一个一个地跪请。轿夫都是自己一家一院的，大都五十多岁了。秦方远知道，青壮年都到省城或外地城市打工谋生去了，留守的只有老人。

灵堂设在堂屋里。于岩看到一口褐色的柏树棺木，觉得好玩儿，她围着棺木转圈欣赏，但听说里面躺着的就是死去的婶娘时，顿时花容失色，赶紧贴着秦方远，心脏跳得厉害。后来，于岩看到亲戚们围坐在棺木周边谈话，心情才逐渐放松下来。

晚上，轿夫们纷纷赶过来吃大鱼大肉的宴席，这是风俗，吃饱了才有力量。都是上了年纪的人，于岩比较担心地问："他们能抬得起棺木吗？为什么都是些老年人呢？"

秦方远说："这就是当代的中国农村。年轻人都外出打工挣钱了，像我们这个年纪的基本上都不在老家，留守在乡村的大部分是孤寡老人和儿童。在我们从镇上到村庄的路上，你看到了荒废的农田，大部分还被推土机推平了，等待投资商开发建厂；小部分没有被征用的农田也因水利被破坏无法耕种。听亲戚讲，乡亲们不种庄稼，就等着政府征收拿补偿金。"

于岩似懂非懂，她纠缠着问："他们抬得动庞大的棺木吗？要抬多远？"

"应该不远，晚宴后我们要过去找路。我也担心呢。"秦方远也说出了自己心里的隐忧。于岩说："你不是身体强健吗？你也出出力。"秦方远听了心里一乐，挽起袖子绷起胳膊，结实的肌肉一块一块的。于岩看着秦方远顽皮的样子，也乐了。

晚宴后，轿夫们跟着道士一起去寻路，这是给死去的人寻找最终的归宿。孝子们在路上哭喊："娘啊，不要半路迷路啊！现在带你回家。"轿夫点着香火，燃着蜡烛，敲锣打鼓地跟着，吹唢呐的也跟着，然后是亲戚们哭哭啼啼。秦方远接的是放鞭炮的活儿，点一个小鞭炮就猛地往天上扔，随后便听到一声春雷般的炸响。第一次，紧跟着的于岩吓得赶紧捂住耳朵，慢慢地就适应了，放开了手，也抢着要放鞭炮。

大概用了半个小时，穿过半个村庄，在一块空地上找了个墓穴，用点着的香烛围了一个圈，算是给逝去的亲人划了块阴间领地。

晚上回到家里，讨论住宿，堂兄说："给你们俩安排在三楼的独立卧室。"

秦方远用老家的话说："我们俩？别这样啦！这样不好，我们还没有确定关系呢。"

堂兄很意外："这么好的姑娘，还没有确定？你不是带回来了吗？怎么就没确定呢？村里人都看着呢。"

秦方远赶紧应承下来："你就别管那么多了，那间房留给我们就行了。"

说完，他找到于岩用英语跟她说洗漱完毕后上三楼的独立卧室休息，自己得按照农村的风俗守孝。于岩在似懂非懂中上楼去了。

整个晚上，秦方远和多少年未见的表兄、堂兄们一起玩牌守孝。

于岩对第二天上午的整个安葬仪式依然是处处充满好奇，包括轿夫抬轿时的吟唱、凄恻的唢呐声和道士的念念有词。这两天里，她看到的是另外一个朴实无华的世界。

安葬仪式结束后，秦方远带着于岩穿过村庄，看了他小时候住的祖屋——一座三间的土房，泥土墙，褐色的瓦块，因长时间暴晒雨淋，土砖露在外面的部分已经斑驳不堪。秦方远小时候在这所房子里吃饭，睡觉，听父亲讲故事，然后从这所祖屋里走出去，走到小镇，走到县城、省城，然后去了美国。

他站在祖屋门口，童年往事历历在目，恍如隔世。

4. 资本入侵乡村

在邻县担任县委组织部部长的同学亲自带车过来了，把他们接到县城里一家豪华酒楼吃饭。他们约上了在县城工作的部分中小学同学和老师，简单一算，也有十来个。

见到这些老同学，秦方远想起了马华，他给马华打了个电话，告诉他自己在老家。

马华说："可惜啊，我现在人在香港呢，我们企业正在推动借壳上市，搞这个事情太烦琐了——你在老家待几天啊？"

秦方远说："看到那么多老同学很感慨，他们都很关心你啊。借壳上市？你们走得还真快。我们公司还没走到上市那一步呢。不错啊，你可是我们这拨同学中第一个上市公司的老总啊！"

"说起来惭愧，我现在很后悔当年不好好读书，没有上大学，书到用时方恨少啊！知识不够用，很痛苦！"马华在电话中说得很真诚。

这些话，零零散散地也被在座的一些经营企业的同学听见了。

"是啊，如果像你那样留洋多好啊！哦，对了，你怎么就回国了？不适应美国啊？美国多好啊！"一个当小学老师的同学在秦方远放下电话后问他。

"机会选择吧，我个人感觉还是中国的机会比较多。"

"那怎么县城有钱的人都急着把孩子送到国外去，美国啊，加拿大啊，澳大利亚啊，高中还没毕业呢，就送出去了。"

"也许送出去开阔视野吧。这种情况我一直以为只大城市里有，没想到我们这个小地方也存在，其实在国内完成本科教育，至少中学阶段的教育，再送出去比较合适，中国的基础教育还是蛮扎实的。"秦方远比较纳闷。

"我们隔壁村的，在昆明做鞋的生意，挣了不少钱，两个孩子连高考都没有参加就都送出去了。当年他是个啥呀，蚂蚁都不敢碰，结果在外面鼓捣得有钱了，连说话声音都变响亮了。"

于岩在一旁听，秦方远的同学操着家乡土话，她听不懂，一会儿看着秦方远，一会儿看着他的同学们。

一个在省城工作的同学也赶过来了，开着单位的公车，奥迪A6。这位小学同学姓陈，武汉大学毕业，在武汉做外贸，也是经常出国，算是见过世面的。

他开着秦方远的玩笑："你这留洋生，怎么穿的好像旧 T 恤啊？这什么牌子？没牌子啊，你竟然也穿地摊货？！"

看着他惊讶的样子，于岩很好奇，就问秦方远，秦方远用英文如实地翻译给于岩听。

于岩就乐了，这是 J.Crew，在美国属于中上等，奥巴马总统就职典礼上第一夫人穿的品牌。那天，第一夫人米歇尔戴了一双绿色的 J.Crew 手套，两个女儿一个穿蓝色大衣，一个穿粉红大衣，全部来自 J.Crew。

"奥巴马就职那年的感恩节和圣诞购物季，我出去溜达，在洛克菲勒中心被 J.Crew 店里涌动的人流吓了一跳，居然跟买白菜似的抢购并不便宜的 J.Crew，哪里像是经济危机。纽约上州的奥特莱斯中心，两个店门口排的队最长：一个是打到三折的 Gucci（古驰），另一个则是撞了大运的 J.Crew。"秦方远看似轻描淡写的一番话，却情不自禁地透着一股优越感。

"啊？是吗？"他们都好奇地伸手摸了摸，手感还真不错，"可是怎么没有商标啊？"

于岩说："这个品牌就是不贴商标的，也是以略显陈旧为特色。"

"那得多少钱？"

"30 美元，我是趁打折的时候在纽约梅西百货买的。"秦方远回答。

"哎呀，你也买打折货？谁不知道啊，你在美国投资银行工作，银行啊，还是美国的，那得挣多少钱？！还买打折货！你说说，除了我们小学同学马华凭着老爸开了工厂，还有谁比方远挣钱多？"

"你们俗不俗啊！"还是做组织部部长的同学把这个话题打断了，"整天钱钱钱的，还讲不讲些品位？"

一直在一旁翻手机短信的当地环保局的同学出来帮腔："难得老同学聚在一块，还是谈些别的吧。"

做组织部部长的同学毕业于武汉的一所高校，英语还不错，他当着秦方远的面，跟于岩说了很多秦方远小时候的糗事，调皮捣蛋，组织同学声东击西偷西瓜之类，听得于岩笑得花枝乱颤。

秦方远冲着那同学说："别毁我形象啊！"

中小学同学虽然没有大学同学聚会频繁，但是在两小无猜的年龄同窗就读，那种亲昵的感情是其他任何阶段的感情都无法替代的。

担任组织部部长的同学也是当地一号新闻人物，本科毕业参加工作，七八年间从一个乡镇干事迅猛攀升到县委常委，被称为火箭速度，甚至有媒体调查他的背景，是否为高干子弟或有钱家族。同学笑说："调查来调查去，调查出来我小时候是个放牛的，至今家里还种个一亩三分地，地地道道的农民出身啊！这些媒体，唉，无语啊！"

于岩接过话说："在美国，记者干的就是扒粪的活儿，尼克松水门事件啊，克林顿和莱温斯基性丑闻啊，还有麦道夫金融诈骗啊，都是媒体揭露出来的，这是正常社会生活的一部分。"

"这不是在中国吗？我们还真有些不适应，是吧，方远？"

这时秦方远正和几个人聊征地开发的事。在座的有几位在政府系统里做事，其中有一位在秦方远的那个镇上做副镇长，他倒干脆利落："大量占用土地，推平后招商引资，是当前政府的一项重点工作。说句心里话，其实我也不想这么干，能招到什么样的商家？我们心里没底，倒是一些化工、水泥等污染企业跑过来要投资。就在我们隔壁镇，一家化学制药上市公司征用了一大片地，要建设一个大型生产基地，谁能保证没有污染？但这些不是我们说了算，有上级，还有上级的上级，官大一级压死人，通过行政手段而不是市场手段招商引资，我们一线政府也是没办法。让他们治污？他们都不愿意掏这个钱，就是买了治污设备也不运行，说是提高了成本不划算。政府也没有办法，全国都是这个样子，只好眼不见为净，只管建设，治污就交给下一届政府，如此就形成了恶性循环。再说句良心话，农民对土地也都没有感情了。我们去征地，农民都很高兴，拉着我们说，什么时候把我们的地也给征了吧，反正地荒着，也没啥可种的，政府征用了还可以补偿一笔钱。如果在我老家，我是不乐意被征用的。今天是同学聚会，话说到哪儿就到哪儿了，权当酒后胡言乱语。"

秦方远问组织部部长同学："怎么看这个问题？"

组织部部长同学很尴尬，讪笑着说："不谈国事，不谈国事，这么多老师和同学聚会谈点儿开心的。要不是你这位留洋生回来了，我们还真难得聚集在一起呢。"

这顿饭局，本来是师生叙旧、老同学久别重逢的一场轻松快乐的饭局，最后却变得沉重起来。

秦方远连夜买了机票回北京。张家红在电话中问他什么时候回京，公司已经确定了融资庆功宴会的日子，所有高管必须到场，否则会议就开不成了。

回到北京，下了飞机，出租车司机老赵早就等在那里了。从飞机上往下看，霓虹灯光彩夺目，整个城市在灯火辉煌的夜晚像一座童话中的城堡。回城的路上，他们看着眼前一辆辆宝马、奥迪、宾利、劳斯莱斯交织如流，高速路两边的路灯快速地后移。早晨还在贫瘠的乡村，晚上已在奢华得如梦如幻的都市，于岩有些恍惚，仿似她跨越的不是一千公里的空间，而是几十年甚至上百年的时间。

于岩喃喃自语："就像时间机器。这个国家就是个巨大的时间机器。幸好……幸好，你是真实的，始终在我身边。"

于岩紧紧抓着秦方远的手，头依偎着他的肩膀。车窗里倒映着秦方远阳光俊朗的面孔，嵌在迷离灯火和黑色夜空中。如果不是跟着秦方远回了一趟鄂东老家，还根本意识不到他那沉重的记忆，古老山村生活与几十年时间裂隙的重压。一瞬间，她强烈地意识到，自己更深地爱上了这个男人。阳光，只有在漆黑深远的宇宙之中，才迸发出最璀璨的光芒。

5. 记者大闹发布会

"投资协议的签署可以举行一个仪式，对外公开的。尽管之前早就签署了，钱也到位了，还是要办个仪式，你以为国家领导人出访签署那么多协议都是新签的？那也就是一个形式而已。"张家红说。

商道公关公司的滕总经理建议："融资金额对外公布时，能否翻上几倍？"

张家红关心的是这样做的好处是什么。

滕总有过财经媒体记者的从业经历，后来改行做公关，这也是当前记者的主要出路之一。记者一旦离开媒体圈，要么拉起几条枪组建公关公司，客户就是做记者时积累的一些企事业单位，要么就是去大公司做公关部总监，他们对媒体圈里的明规则和潜规则自然熟稔。商道公关公司的滕总分析起来头头是道："现在 TMT 行业基本形成了一个惯例，融了 1000 万说成是 3000 万，融了 3000 万说成是一个多亿，牛皮能吹多大就吹多大。比如那个京城最大的网上电子商城，上一轮估值 50 亿美元，对外号称是 100 亿美元，融资 10 亿美元号称 15 亿。这样做的目的很明显：一是鉴于行业竞争惨烈，在发展初期基本上就是拼资金、拼流水、拼推广费用，说白了就是拼烧钱实力，谁能烧到最后还活着谁就最牛。因此，谁也不愿把自己的实际融资金额包括实际到账金额往外讲，这属于商业机密，一旦如实讲了，人家三下五除二就能计算出来你的生存期，计算出你的推广费用和销售价格，甚至能推出你的每个客户投入产出比，然后采取各种打法，让你痛不欲生，毫无招架之力。二是

213

壮大声威，融资上亿美元，得烧多久啊？投资者这么看好啊！无论媒体还是客户，都会对融巨资的企业刮目相看。三是鼓舞员工的士气。"

秦方远也被邀请参与讨论，他当然不同意虚夸融资金额。他说："这样上浮融资金额，有两个问题。一是下一轮融资怎么跟他们说。终有一天会披露真相，像上市招股说明书上融资金额就是必须披露的项目，那样市场会怀疑我们不诚信。二是未来我们打算在纳斯达克上市，美国投资者较真儿，他们会认为我们之前向市场公开的信息造假，故意浮夸，存在诚信瑕疵。因此，上浮融资数额，虽然有一时之利，但可能影响公司的长远利益。"

张家红本来对公关公司的建议举双手赞成，但秦方远这样一说，她又有些犹豫。

秦方远说："不管最后怎么决定，我们都要听听投资者的意见。"他相信投资者会倾向他的建议。

比较意外，张家红给托尼徐打电话说明此事，托尼徐说，尊重张总的意见，他没有意见。金额上浮是障眼法，也是当下中国 TMT 行业的惯例；至于秦总所说的担心，实际上美国投资者已经有辨别能力了。

就这样，张家红采纳公关公司的建议，上浮了一倍，对外称融资6000 万美元。

秦方远想：我又 out（落伍）了！

投资协议签署仪式及庆功宴在东方君悦 B1 层大宴会厅举行，容纳三百多人的大厅座无虚席，投资界和媒体界人士以及重点客户占了 1/3，大区总经理、副经理及各部门总监全部与会。

整个会议安排大气、紧凑，第一项议程是协议签署仪式，协议签署后就是铭记传媒公司高管集体亮相，然后媒体问答，最后是晚宴。

于岩也来了，坐在投资者专区，秦方远自然是在公司高管专区了，两个专区位置紧挨着，于岩对秦方远眨了眨眼。在秦方远眼里，于岩就是一个顽皮的小姑娘。

签约仪式后，会议进入了高管亮相和媒体问答的环节，只听前台

"嘭"的一声，彩带碎片和塑料烟花像天女散花一般散开，会场洋溢着胜利的气氛。在运动员进行曲的高亢旋律下，高管们陆续上台亮相，站成一排，司仪每念一个名字，底下就响起热烈的掌声，有董事长兼CEO张家红、COO汤姆、开发副总裁王兵兵、CMO（Chief Marketing Officer，首席营销官）李宜、CAO（Chief Administrative Officer，首席行政官）沈均、CFO李东、CSO秦方远等，在镁光灯下，COO汤姆的光头泛着锃亮的光。

男主持人是从央视请过来的当家小生，整体表现很大气、得体，间或幽默。他操着浑厚的男中音说，今天是户外传媒的一大盛事。铭记传媒管理团队，他认为是自己所接触的最有竞争力的团队，堪称豪华阵容，有媒体大亨加入，有营销大腕加盟，有常春藤名校毕业的华尔街海归，美女CEO张家红自己也是华丽转身，我们期待着在不久的将来，中国又有一家类似分众传媒的户外传媒在美国纳斯达克上市，敲响开市的钟声。"好了，我们现在进入媒体提问环节。如有与此次融资、公司发展等相关的问题，请尽管向台上诸位提问，他们将有问必答，言无不尽。"

媒体提问环节是公关公司早就安排好了的，提问的基本上是商道公关公司多年的关系媒体，都安排好了哪个媒体提哪个问题。

有电视台问张家红公司未来的发展战略，也有媒体提问未来在哪里上市，有媒体甚至问融了这么多钱该怎么花，他们为张董事长着急。这个诙谐的问题把大家都逗乐了，会场气氛又掀起高潮。

这时，一种声音，一种即使地球上所有声音都消失秦方远也忘不掉的声音，在这个和谐的气氛里刺耳地响起，不仅仅是秦方远，包括张家红都非常惊诧。

这个人竟然是胡晓磊！她穿着一袭浅红色的套裙，长发过肩，一米六五的身高，身材苗条，面容清秀，神态沉静。她对张家红说："我提一个和今天的气氛不协调的问题，想请张董事长回答：如何判定一家企业伟大？如果一家企业崇尚的是从对手那里群体性地挖墙脚，是否也算？"

沉浸在众星捧月般的喜悦之中的张家红猛一听到这个提问，她还以为是听错了。在全场一下安静的瞬间，她意识到，没有错，是向她提问的。这是个刺耳的声音、刺耳的问题，怎么会问到这个问题呢？她刚才还乐呵呵的情绪立即不可抑制地转为恼怒，如果不是想到现在是在台上，她也搞不清自己会做出什么样的举动。

她径直回答说："我不清楚这位记者所指。我个人认为人才来去本自由，水往低处流人往高处走是人之常情，每个人都有选择适合自己的平台的权利。这样的回答，你满意吗？"

"不满意！张董事长，台上的几位高管，包括贵公司的新任 COO 汤姆，你们不是一个人，也不是几个人，而是几十个人，甚至曾经高达上百人地集体挖墙脚，我认为这是这个行业的丑闻！"胡晓磊着重强调了"不满意"三个字，铿锵有力，毫不配合。

这下子，整个会场哗然。

秦方远看出是胡晓磊，本来就有些诧异，然后看她咄咄逼人地提问，他更为惊诧！这个当年纤弱的女孩子，一度爱他爱得刻骨铭心的女孩，今天就在自己眼前，在这种场合，竟变得不可侵犯甚至富有攻击性。

这时，汤姆在台上已经认出是前东家老板娘了。他从张家红手里抢过话筒，帮张家红解围："胡记者，我知道你所指的是什么。每个人都有选择的权利；同样，每个企业也有选择员工的权利。我只想说，如果是群体性出走，不要责怪他们没有责任心，应该问问这家企业：他们为什么会集体出走？"

公关公司发现场面不对，就上前沟通，否则难以向客户交代，接下来，按照张家红的性格，合作关系肯定玩儿完。想到这里，在一旁急得满头大汗的滕总让手下的员工从胡晓磊手上抢下了话筒，然后传话给台上的主持人，草草结束了提问环节。

媒体提问环节结束，秦方远从台上下来后，就跑到记者席找胡晓磊，同行说她刚刚走。秦方远立即跑出去，从楼梯爬到地上一层，然后跑到东方君悦酒店门口，看到胡晓磊钻进了一辆奔驰轿车，绝尘而去。

秦方远很失落。他没有别的想法，他只是想告诉她，他回来了，也只想跟她说一声，对不起！想到那年他在首都机场出国时那来不及躲闪的哀怨的眼睛，他就心痛。后来听到她嫁给了周易财，他的心理负担更重了，认为这一切都是他的过错，是他造成的。

他在门口喷泉的台阶上坐下，掏出手机给钱丰打电话："我看到胡晓磊了。"

钱丰似乎并不奇怪："她走了吗？"

"走了。"

"她没闹出什么事儿吧？"

"也不算大事。哦，怎么？你知道她要过来闹事儿？"秦方远警惕起来。

"唉，昨天她接到你们的邀请——也许公关公司不知道她的背景，她还向我打听你今天在不在，我说当然在，秦方远是功臣，也是公司高管，肯定在，然后她就什么都没说。"

"你怎么不告诉我？"

"我自己都忙得晕头转向的，哪顾得上这事儿啊！"

实际上，从秦方远踏进国内第一步，胡晓磊就知道他回国了，这个消息是钱丰去她家里找她老公谈事时，特意告诉她的。

那天钱丰说这个消息的时候，周易财刚好接到一个重要电话，他到阳台上去了。他们两人在客厅，钱丰毕恭毕敬地端坐在矮座沙发上，胡晓磊坐在另一处沙发上，正在用遥控器调换电视频道。听到"秦方远"这三个字，她心头一颤，调换频道的手慢了下来。当她听到秦方远回国的信息，调换频道的手就悬在空中，停滞了，怔怔地盯着电视屏幕。

这个细节被钱丰敏锐地捕捉到了。

她故作冷淡地回应了一声："哦。"然后是长时间的愣神。

对 赌

钱丰对胡晓磊的这个神情有些尴尬。他这辈子也琢磨不透，为什么胡晓磊对秦方远一往情深？为什么他得到了这个女人的身体却得不到她的心？虽然胡晓磊结婚了，他也匆忙结束了单身，老婆还是北京第二外国语学院的高才生，按说应该是过了那种为情纠结的阶段，他却还是为秦方远吃醋。

他还想说点儿什么，周易财进来了，就继续谈起了业务。胡晓磊起身说："我有些累了，先回房间休息。"

周易财已经习惯了夫人不"干政"，但这次只有钱丰知道是怎么回事。

秦方远挂了钱丰的电话，一转身就看到于岩坐在一旁。于岩看到秦方远忧郁的神情，她满眼关切："Simon，发生什么事儿了吗？"

"哦，没什么，刚才那么多人，空间小，憋得慌，出来透透气。"秦方远随口撒了个谎。

于岩信以为真，她拉起秦方远的手："宴会开始了，我们下去吧！"

宴会已经觥筹交错，热闹非凡。张家红喝了红酒，红光满面，从这桌窜到那桌，跟投资商干完杯，又跟客户们干杯。她跑到媒体那里说："拜托各位了，美言美事啊！"又和大区经理们坐在一起，说："我们搭了这么大的台子，融了这么多钱，接下来就看你们的了。哥们儿姐们儿，八仙过海各显神通，我们争取早日到纳斯达克敲钟去！"

秦方远和于岩坐在一起。肖南跑过来敬酒，瞧了眼于岩，对秦方远说："你应该喝洋酒！"

秦方远一愣："啤酒不好吗？"

肖南颇有些不可捉摸："你只适合洋酒。"她碰了碰杯子，嫣然一笑，扭身走了，没等秦方远回应。

秦方远坐下来，忽然回过味来，心头觉得怪异，她是怎么了？

坐在一旁的于岩在做尽职调查的时候跟肖南有过接触，但不甚了解，听不懂肖南的话中有话，满脸诧异地问："你怎么了？还是不舒服吗？"

秦方远放下酒杯，坦荡荡地回答："我挺好的。"

218

6. 有了风投不一定就能上市

庆功宴结束后，秦方远独自回到住处时已近凌晨。秦方远进了房间就脱掉西装，解下领带，把自己扔在床上。

于岩是个快乐的天使。于岩现在每周基本上看两三个项目，由南飞北，由东到西，穿梭在广袤无垠的神州大地上。这个看起来安静的女孩很兴奋，不是因为碰到了好项目，而是哪个地方都很新鲜，每次都会给秦方远打电话，兴奋地叫喊，秦方远脑海里总是浮现出一幅画：一个快乐的天使，在大海边，迎着朝霞，展开翅膀，轻灵地飞起来！

这个晚上，这幅美丽的画面成为秦方远心里的一道咒，想到胡晓磊，还有美国的乔梅，他的心里就不是滋味。也许快乐永远是短暂的，而负疚和忧伤则很绵长。

仔细想起来，仿佛一切都是不确定的。公司融资了，能否上市，什么时候上市，不确定。于岩爱自己吗？爱，自己也接受她，但她从来没有提过嫁给他或者结婚的话题，将来能否走到一起？不确定。乔梅呢？她现在怎么样？她就这么离开自己了吗？她还会回来吗？自己还有资格跟她谈情说爱吗？不确定。胡晓磊，她怎么会嫁给周易财？她为什么要闹场？为什么不见自己？不知道。

秦方远趴在床上，脑子里乱糟糟的。他一直认为自己不是一个优柔寡断的人，但现在却有这么多的不确定，难道是回国后自己变了？他爬起来，照着镜子，左看右看，看不出变化在哪儿，只看到黑眼圈，不禁哑然失笑。

他打开电脑，登录 MSN，融资完成后他基本上没有过去那么忙了，MSN 聊天已成为习惯。CSO 是干什么的，公司也没有明确定位，张家红就是那么一说，秦方远认为公司是因人设岗。他特意查了一下，百度上关于 CSO 的定位是运用现代企业战略管理知识、技术、方法和手段为企业提供发展规划、组织结构、业务模式、运营流程，以及企业文化、品牌、营销、人力资源、财务税收、信息化、管理等综合系统或单一层面的战略服务，还给予了很高的评价，认为 CSO 是一个多面手，大多数 CSO 曾在技术管理、市场营销与运营等领域有过丰富的一线管理经验。CSO 还是一位明星选手，大多数 CSO 都曾在以前的工作中取得过出色的业务成绩，在他们眼中，首席战略官只是一个跳板，而不是最终目标。同时，CSO 是一个实干家，而不只是思想家。尽管 CSO 在战略制定与执行的时间分配上大致平衡，但他们必须把重点放在后者上。

秦方远自己读着这些解释都感到不可思议，与自己的情况相距甚远。融资完成后，他认为这笔资金足够公司稳妥地扩张，他给董事会提交的建议是两条路一起走：一是直接开发，由开发团队一个地区一个地区地啃，成本低，但速度偏慢；二是直接收购区域竞争对手，成本高，但速度快。董事会批准了这项计划，包括预算方案。

得到董事会核准后，张家红把资源直接开发的活儿交给王兵兵负责，而委派给秦方远的，则是洽谈收购。

MSN 打开了，还是一些老朋友。一会儿，一个叫"孤芳飘零"的人要加他为好友。他加了，点开对方的空间，是空白，头像是一条深秋季节飘满金黄色叶子的道路，两侧是高大的枫树，一眼望不到尽头。

对方上来就给秦方远一个微笑的表情，没有文字。

楚风萧萧：你好！你是谁？我们认识吗？

孤芳飘零：你是大名鼎鼎的秦总，天下无人不知。

楚风萧萧：别笑话我了，我就是一个打工仔，商业圈里的一个小兵。

孤芳飘零：还从来没有见过你如此谦虚，你不是向来踌躇满志、志得意满吗？今天可不像你啊！

秦方远心里"咯噔"了一下，这个人对我很熟悉！是谁呢？

秦方远第一个想到的是乔梅，可是她从来不这么嘲讽自己啊！

楚风萧萧：谢谢夸奖！能告诉我尊姓大名吗？

孤芳飘零：我是个无足轻重的小人物，不足挂齿。

楚风萧萧：你这样我都不知道说什么了。

对方沉默，半晌没有打出一个字。

秦方远按捺不住，他试探了一下。

楚风萧萧：我判断你应该是我的一个老朋友，在美国吧？

孤芳飘零：那是你自己，我为什么要去美国？

秦方远有些明白了，用这种口气说话的只有一个人。

孤芳飘零：一年三百六十日，风刀霜剑严相逼。明媚鲜妍能几时，一朝漂泊难寻觅。

孤芳飘零：人生若只如初见……水木清华。

孤芳飘零打出这两行字后就下线了。

秦方远已经确定她是谁了。

7. 一辈子与钱打交道也不是好事

第二天上午，汤姆过来找他："兄弟，最近有没有时间？我们去石家庄转转。我一个客户有融资方面的问题，想请教你，陪我过去一趟？"

自从那次与钱丰、周易财喝茶聊天之后，秦方远对汤姆的印象一直是负面的，虽然同在高管团队，秦方远对他也是敬而远之。

秦方远淡淡地说："高总，最近时间比较紧，公司安排要进行扩张，我一是要整理一些资料，挑选收购对象；二是要修整一下公司的中期发展战略规划。不是给我安排的 CSO 吗？总得干点儿 CSO 的事。"

说到"CSO"这几个字母，秦方远就有些想笑，不经意间在汤姆面前流露出大男孩的顽皮。

汤姆是何等聪明的人，自然知道秦方远对张家红给他安排的这个位置颇有微词。他说："我们可以成为兄弟，虽然我虚长你十多岁。你高学历高素质，还是铭记传媒的融资功臣，我非常佩服你！石家庄的客户也是公司的客户，关系处理好了有利于广告投放，我们的利益是一致的。要不，我向张总申请批准你过去？"

秦方远一乐："这事儿要去就去，还要张总批啥呀？"

他们就约定了时间。

接近午饭时间，秦方远给钱丰打电话，约中午吃饭。

钱丰在北京，他们刚搬进北京地标性建筑国贸三期办公。钱丰边说边噼里啪啦整理东西："去哪儿吃饭？你们那儿？先锋剧场楼上的菜根香？非去不可？好吧好吧，不过我不能久待，下午还要飞昆明，那里有个项目。"

钱丰赶过来时拖着行李箱，坐下来就说："吃完饭我就赶紧奔机场了。"

"怎么那么忙啊？吃顿饭也不安生。"

"做投资的就是这个命，时间属于客户，由不得我了。"

"更正一下：时间是卖给了金钱。"

秦方远点好了菜，特别为钱丰点了辣椒炒剔骨肉，知道他爱吃这个。

钱丰开门见山地问："是不是问她的事儿？昨天闹大了？"

"这倒没有，一个小插曲而已。"秦方远故作镇定，"你小子是不是早就知道她可能发飙，怎么不提前给我打个电话？"

"她不让啊！"

"你们在国内一直保持着联系？投资她老公的企业是她牵的线吧？"

"是的，我们一直保持着联系。"钱丰喝了口普洱茶，他的脸色开始有些难看，"说实在话，你没有资格关心这个。"

秦方远立即变脸了："你是罪魁祸首！"

气氛有些紧张。也许是声音大了点儿，旁边桌子上的人频频往这边张望。

钱丰猛地吸了一口气："我知道，她一直对你念念不忘，这也是我心头的一块疤。"然后，他摇了一下头，竭力恢复到常态："你还为当年的事情耿耿于怀？都什么年代了，至于吗？何况，你现在身边有那么漂亮的美籍华人李若彤啊！"

秦方远也恢复常态，凄然一笑："不至于。我就是不明白，她为什么总是躲我？"

"是石文庆把她的电话号码给你的吧？你回来不久我就告诉她了，她都跟我说了，也谈不上恨吧！我知道，她爱你比爱我多，我们现在就是普通朋友。对你，也许投入太多，难以释怀。"

"普通朋友？别提当年啊！我们是纯粹的恋爱关系，可不像你！"

"得得，一说她的事儿你就急，我今天可是客人啊，要以礼相待。"钱丰想缓和气氛，"那时候我们都不懂事，我知道我是很龌龊，但那时候我也是很爱她的！如果没有你，也许今天和她结婚的人是我。"

"别说那么漂亮的话！也别提当年了。"

当年，秦方远一心一意地爱着胡晓磊，一次偶然事件让胡晓磊失身，得逞的人不是他，而是钱丰，这成为秦方远心里的巨大阴影。

"不说了，我们都亏欠她很多，包括她匆忙嫁给周易财。你知道，周易财是二婚，还有个十多岁的女儿，我也不知道他们是否真的有爱情。胡晓磊下嫁给他，我们都有责任。"钱丰说起来也颇为伤感，眼圈红红的。

秦方远想起了当年出国在机场出关的那一幕，那时秦方远刻意逃避。本来都说好了，要么一起出国，要么都在国内，然而秦方远悄悄去考了GRE（Graduate Record Examination，留学研究生入学考试）和托福，也悄悄地申请了奖学金。这在胡晓磊看来就是背叛，经常在一起的一对恋人，幕后背叛是不可原谅的行为。

这顿饭吃得寡淡无味。

钱丰说："她还是一个很纯粹的人，她依靠文字走天下，是个理想主义者。不像我们，我们注定一辈子跟钱打交道，我们在这个过程中可能会异化，会丢失自己，唉！"

秦方远闷头吃饭，一言不发。

钱丰说："她对她老公商业上的事一概不过问，我个人感觉，她心里一直有你。但是我希望你不要再打扰她了，我们已经亏欠她太多了。"

这种语气，像是在谈论一个行将就木的老朋友。秦方远感到身上一阵阵发冷。

8. 媒体潜规则：封口费

庆功宴会后，张家红立即终止了和商道公关公司的合作。那天晚宴结束，她回到公司就开骂："什么破公司，还京城第一公关，认识这个能搞定那个的，收了那么多钱，最后闹那么一出，恶心！"

张家红一直对在台上被质询的事情耿耿于怀。汤姆告诉她："那个美女记者就是忘不了传媒的老板周易财的妻子。"

张家红立即迁怒于周易财："我们可是给足他面子了。他还让秦方远传话，说不让我们挖那么多人，我们就没有挖，结果给我们来这么一出，什么意思嘛！大家低头不见抬头见的。再说，事先不是已经谈好了吗？这个女记者是他老婆？看起来也就二十多岁，很年轻嘛，周易财多大？五十多了吧？也赶时髦啊！"

汤姆凑上去说："人家是二婚。"

张家红直接从某媒体挖了一位记者做 PR（Public Relations，公关经理），这就是张凯伦。

张凯伦经历丰富，曾经在一家地方媒体做事，后来独自闯荡京城，在一家行业媒体干得风生水起。后来，报社主管部门需要一个文笔不错又是党员的人到办公室给局长写写材料，协助局机关新闻发言人写写稿子，报社就挑选了他。到了机关后，混得也算是有头有脸，局长非常欣赏他，去哪儿都带上他，快成贴身秘书了。后来该局长因受贿倒台，随之倒下一批亲信，或许是受此牵连，本来有机会顺利正式调入局机关的张凯伦又回到了报社。亲历了官场的生态，再难甘于过清贫的报社生活，因此在一个朋友的推荐下，张凯伦顺理成章地投身这家新传媒公司，做了 PR（Public Relations，公关人员），兼董事长特别助理。

不愧为行家，张凯伦过来不几天就拿出一份宣传计划，参与一些奖项评选、网络媒体和专业媒体专访等，面面俱到，张家红批了 1000 万元的品牌宣传预算。

有钱能使鬼推磨，不久，各类名誉纷至沓来，什么年度最具价值投资企业、"新锐媒体"称号、户外广告风尚奖等。秦方远发现，在公司前台与大办公区之间的过道上，专门开辟了一块区域，摆满了装饰讲究的奖杯、奖牌，几乎是一夜之间名满天下。就这么一家公司，怎么就是中国最具投资价值的企业了？虽然回国大半年了，也顺利成功融资，他依然对公司一夜成名百思不解。

这些奖项当然是需要白花花的银子的，这是张凯伦跟秦方远混熟后告诉他的。在管理层会议上，张凯伦建议公司遴选几位高管接受各种媒体采访，扩大公司的影响力。铭记传媒就定了两个人，一是张家红自己，另外一个就是秦方远。汤姆私下找过张凯伦，想让媒体多采访他，毕竟是蒸蒸日上的新媒体，从职业经理人生涯的角度来看，抛头露面镀镀金，自然有利于未来的发展。张凯伦做不了主，就去询问张家红，张家红一听就皱眉头。本来作为 COO，接受媒体采访也未尝不可，但他刚刚从忘不了传媒跳槽过来，还是低调点儿好；而且听了周易财关于汤姆的传言，她也心存疑虑。

对赌

虽然经营业绩还谈不上，但商业模式和成功融资还是值得大肆宣传的。因此，在张家红之外，秦方远成为公司仅有的对外接受采访的人物，被媒体誉为少帅。

一次去腾讯网接受网上直播采访，主要谈融资和商业模式。秦方远侃侃而谈，极尽口舌之能事，让年轻的美女主持人充分领教了他的口才，连他自己都有些吃惊，什么时候变得这么能说了？

秦方远将铭记传媒成功融资的意义总结为"四个一"："一个巨大的写字楼液晶广告市场、一个强大的投资组合、一个强大的铭记传媒团队，以及一个强大的铭记传媒高档写字楼传播网络。

"通过此次融资，铭记传媒将迅速覆盖全国，未来将在北京、上海、广州以及60个二、三线城市的6000余座高档写字楼，安装8万台液晶显示屏。根据这个趋势，未来3年，铭记传媒将拥有北京高档写字楼液晶屏广告市场88%的份额，在上海控制82%的市场，形成完全垄断格局。在巩固国内垄断地位的基础上，有望于不久的将来赴海外上市。

"对于市场问题，我们十分看好这个市场。高档写字楼洗手间联播网络市场，一年相关联的药品和保健品广告花费可能有几百亿，随便切一点过来就不得了。洗手间是一个特殊的场所，需要安静，在声音和技术设备方面有特殊的要求。对这样特殊的场所，铭记传媒比其他对手有更好的理解，尤其是充分考虑到观众的需求，在节目中较多地普及医疗保健知识，而不仅仅是广告。现在团队的装屏能力和装屏以后的广告营销能力已经非常强大，所以投资者认为我们是最有可能在市场上成功的公司。

"我自己研究发现，中国户外广告联播网络的发展是很不充分的。因为中国全国性的广告联播网，过去主要是电视台，除此之外就没有了，所以分众传媒成功了。分众传媒成功了，是不是意味着全国的广告联播网得到了充分开发呢？不是。分众传媒的成功告诉资本市场一件事情：中国这样一个幅员辽阔、人口众多、高速增长的发展中国家，一定需要很多全国性的广告联播系统。"

对于此次融资的成功，秦方远还不忘替石文庆美言几句："非常感谢华夏中鼎投资集团作为财务顾问对铭记传媒的帮助。华夏中鼎投资集团是中国一流的投资银行，其对户外传媒市场的深刻理解以及卓越的服务品质是本次融资成功的重要因素之一。"

网络直播就是厉害，秦方远在从媒体直播间回公司的车上，接连收到好几条短信，都是针对这次直播的。有的说牛 × 啊，千万别功高盖主哦；有的说平常文质彬彬的，接受起媒体采访来口若悬河，看来平常伪装不少啊！只有一个电话是石文庆打过来的，给他泼了一盆冷水："还是低调些好，吹牛本来就不是你的强项。还有，这些论调应该是张董事长的口吻吧？"

秦方远自己也感觉整个人比较亢奋，脸颊通红，是不是发烧了？摸了一下额头，温度不高。他对石文庆的提醒不以为然："我是张总的代言人。"不过，事后仔细琢磨石文庆的话，秦方远也觉得有点儿不像自己了。张口就来，大话套话，这可不是他秦方远的风格。以前的秦方远呢？他好一阵精神恍惚。

过度宣传有害。密集宣传后不久，张家红的手机收到一条短信：张总，我们记者调查采写了一篇稿件，涉及贵公司的敏感信息，敬请审阅。有任何问题可派人与我联系。落款是华夏消费时报社某某。态度诚恳。张家红还说，现在的记者素质就是高。

然后他们就收到了一篇稿子，粗略一看，张家红气得脸色发白。这篇《昔日恋人反目成仇　两大新传媒挖角大战》的文章以汤姆带队跳槽到铭记传媒为主线，以秦方远与胡晓磊这对昔日恋人今日反目为暗线，还写到了张家红粗暴的行事风格，基本属实，但语言夸张，渲染过分，对两家公司都会造成巨大的伤害。

张家红不管三七二十一，拿起电话就打过去，是一个男士的声音。张家红开口就骂："这是什么狗屁报道？！严重违背事实，立即撤下，否则让你们报社吃不了兜着走！"

对方对此习以为常，不紧不慢地说："我们证据确凿，有录音、有照片、有人证，我们只是客观陈述，追寻真相。如果贵公司有异议，可以派人过来谈。"

张家红气得摔了电话，然后直奔秦方远的办公室，把传真过来的文字递给秦方远。

秦方远看到写他和胡晓磊的关系，也脸色大变："这是污蔑！"

张家红说："你认识那天的那位女记者？"说着，有些怪异地看着秦方远，秦方远自然明白是什么意思。文章中提到了周易财约见过秦方远，这么隐秘的事情是谁泄露的？

秦方远坦然地对张家红说："张总，那次我和周易财谈过，就是为了汤姆的事情，见面后我也向您汇报过。也是在这次会谈的基础上，我们才采取了一个稳妥的方案。这篇文章一旦发表出来，将侵犯公司和我个人的隐私权、名誉权，我要起诉他们。"

张凯伦是媒体人出身，他给公司提供的建议是，先稳住这个记者，不让文章发出来，至于打官司之类的那是后话。

张凯伦去跟对方接触，对方提出来，如果想压下这篇报道，需要支付 20 万元的广告费用。张凯伦跟张家红汇报，张家红一口否决了，说："我来找找他们老总。"

张家红不知道通过什么关系联系上了《华夏消费时报》的总编，张凯伦被委派过去沟通。

华夏消费时报社的总编是个五十多岁的秃顶，见了张凯伦就拿出排好版的报纸大样，说："张总监，这个事情让我为难啊！你们张总是通过另外一家报社总编打招呼过来的，按理说这个账我得买，可那时已经晚了，这篇文章排了一大版，现在撤下来，上其他稿子也来不及，总不能开天窗吧？"

张凯伦一听就知道这个总编是个老狐狸，报纸大样是可以临时做的，不过是噼里啪啦十几分钟的事，这是报纸搞创收的把戏。前不久，有一家准上市公司被媒体折腾坏了，也是因为一篇负面报道，被讹诈了120 万元。

终于，这总编开口了，要一个版面的广告，10 万元。

张家红说："开什么玩笑，竟然敲诈到我的头上来了？！让他们吃不了兜着走！"她让张凯伦写了一个情况报告，她要拿去递交给一个什么人。

第三天，那秃顶的总编打电话给张凯伦，说："张总，我们都是误会。这么小的事情，也别闹那么大的动静，这么高的部门领导都打电话过来了。我们是小报，生存困难，还望多多谅解。稿子已经撤了，放心吧！我们知道贵公司的能量大，以后凡是涉及贵公司的报道，我们都会慎重的。"

这件事情刚办完没几天，钱丰打电话过来，说胡晓磊去华夏消费时报社闹事去了，差点儿跟那个男记者打起来。

秦方远一听就知道怎么回事："你们也收到那稿子了？"

"何止收到了，我们还掏了 20 万才摆平的，难道你们没有出钱？"

秦方远比较恼火："我们没有花一分冤枉钱。对这些人，坚决不能让他们的阴谋得逞！"

钱丰说："唉，这已经成为明规则了。现在无论创业板还是中小板，当然国企除外，只要这个企业提交上市申请，快要过会了，或者过会后准备挂牌交易，就有各色媒体以各种理由，无论理由是否正当，都来敲诈一番。知道封口费吗？就是什么广告都不登，仅仅不刊发负面报道所支付的费用，美其名曰财经公关费。关注 IPO 的媒体在 200 家以上，仅这项支出就达 400 万甚至 1000 万。不予理睬？瞧瞧南方那家做黄酒的，人家都已经过会了，甚至连庆功宴都开了，结果最后一夜被翻盘，取消上市资格。听说，一家媒体给这家酒厂的老板发了一条短信，和我们这次的短信一样，要价 200 万，那老板没搭理他。第二次，就是过会后准备挂牌，又是同一个人，要价 300 万，还水涨船高了，老板又置之不理，结果报道出来被查，被撤销上市资格了，那真是惨痛的教训啊！"

秦方远说："俗话说'打铁先得自身硬'，这是根本。对了，我们这次找的是主管部门的高层，一个电话过去，对方就立马撤下来了，一物降一物。"

"什么？是你们让撤的？我们还出钱了，太冤了！"

"胡晓磊去闹事没受伤吧？"

"没有，毕竟是女人，谁敢打她？不过，我看到周易财这几天的情绪不对。原来他只知道你们是同学关系，还不知道是恋人关系，现在心情很烦躁。"

秦方远一听这话，心里别有一番滋味。

9. 物是人非事事休

此后不久，李宏进行了一场广告行业的投融资演讲，在清华园宾馆。他邀请了秦方远参加。

演讲结束后，李宏在一群拥趸的簇拥中去吃韩国烧烤，他喊秦方远一起去，秦方远说自己提前约了朋友谈事，就不过去了。实际上秦方远谁也没有约，他是要去清华大学。现在他说起谎来草稿都不用打，脸不红心不跳，连他自己都有些吃惊，只能在心里安慰自己，善意的谎言没有伤害性。

清华园里比较幽静。夏天了，茂盛的树木冲天而立，夕阳拉长了树的影子，秦方远像孩子一样用脚丈量着树影间的空隙，从这个树影一步跨到另外一个树影上。天色开始暗下来，已经可以听到知了的叫唤，多么像童年的乡下！大人们在大树底下乘凉，小孩子们拿着透明的罐头瓶跑到田间捉萤火虫，捉到后放进瓶子里，一闪一闪的。他们比赛看谁捉得多，谁的瓶子最亮。在有些竞争性的游戏里，个个斗志昂扬，四处蹦跳、打闹、嬉笑，那是多么美好的童年啊！可惜，这样的时光如此短暂，现在的乡村逐渐工业化了，农田被征用，建厂盖楼房，田园牧歌式的农村生活再也找不到了。

是的，人都不愿意长大。成熟的最大好处是，以前得不到的，现在不想要了。没有欲望的生活是恐怖的。没有欲望了吗？想起这些，忧伤像海水一样漫过全身。

秦方远想起了胡晓磊。大三那个暑假，他们一帮同学游北京，分别住在清华大学、北京大学各自中学同学安排的宿舍里。秦方远有个高中同班同学上了清华大学水利工程系，宿舍里的四个同学回去了两个，秦方远自然就占用了其中的一张空床；胡晓磊的同学在外文系，也安排妥当了住宿。反正住宿不花钱，他们就在清华住了半个多月，乐不思蜀。

第六教学楼南侧一小块草地摆满了自行车，秦方远情不自禁地走上去。是的，那个傍晚，洗完澡的胡晓磊赶了过来，穿着一件薄薄的白色连衣裙，湿漉漉的头发垂在脑后，奔跑起来像一头小鹿。胡晓磊说，这是她第一次在夏天穿一件连衣裙，专门给一个男生看。听着这句话，秦方远颇为触动，他相信是真的。他们对视的眼睛里充满着激情和欲望，他们拥抱了，接吻了，暗淡的路灯把他们拥抱的背影拉得好长好长。他们憋了很久，一吻绵长，吻得彼此快要透不过气来。他们相信，那是他们这辈子最刻骨铭心的吻。那个晚上，他们从六教到附近那片茂密的小松林、操场、留学生公寓的小树林，青春的欲望在彼此的身体中膨胀，又彼此遏制，不是沉默就是爆发，疯狂、甜蜜……

秦方远眼睛发热，鼻子发酸。一路往北，穿过网球场、棒球场、篮球场和游泳馆，走过紫金公寓的半地下购物中心，他仿佛看到胡晓磊和她同学推着购物车走在前面，自己紧跟着，酸奶、卡夫巧克力夹心饼干、西瓜、哈密瓜、大白兔奶糖……转眼的工夫，购物车就塞得满满的。胡晓磊喜欢吃大白兔奶糖，虽然从小就被屡次警告糖吃多了会坏牙齿，胡晓磊却死不悔改。秦方远抢着付的钱，那个暑假，秦方远帮助一个图书出版商出了一本计算机类的辅导书，挣了一些辛苦费，够在北京逍遥的生活费。

操场上有些同学在盲踢足球——没有灯光，自然是盲踢了。那个暑假，他们在操场上看了电影，露天的，那天看的是一个山区邮递员一个人坚守岗位几十年的感人故事，当年还获得了大学生电影节的什么奖。他们并排坐在靠近银幕的最前排，相互依偎着，眼睛盯着银幕，心却早已飘远……

走在稀稀拉拉的学生中，秦方远情不自禁地走向紫荆学生公寓8号宿舍楼，那是胡晓磊临时住宿的地方。一个晚上，秦方远送胡晓磊回来，在宿舍楼门口，"进去""等会儿""进去吧""再等一会儿""我真的进去了""再等一会儿"……如此反复，两人缠绵了一个多小时，宿舍的灯快要灭了的时候，胡晓磊才匆忙跑上去。

与听涛园（十食堂）一河之隔的草地还在。这块草地生命力旺盛，轻易踩不坏，一对对年轻的情侣躺在草地上，数着天上的星星，一颗、两颗、三颗……他们将身体完全伸展开，仰躺在草地上。是的，当年暑假也有一个傍晚，他们也是这样仰躺在草地上，那时星星还没有出来，他们谈着梦想，谈着爱，谈着彼此的欢喜。秦方远说："如果我们能永远这样躺着多好啊！"胡晓磊说："不要，我要紧紧地抱着你，不要分开……"

物是人非，时过境迁，那个当年牵手的人就在眼前，在这座城市，却又很远。这个夜晚，她安然地躺在一个男人的臂弯里，那个男人不是秦方远，而是一个叫周易财的中年人。这个中年人身体肥胖，皮肤松弛，还耷起了一对大眼袋。秦方远有些难过，替胡晓磊，也替自己。生活很残酷，残酷得让你常会不经意地回忆起难忘的、美好的过往，现实却让这些记忆在眼前成为空气，伸手去抓，却怎么也抓不着，空空如也。

秦方远有些颓废，人生可以犯很多错误，很多错误可以原谅，可以认了错重来，但有些错误是不能犯的，只要犯了一次，就再也没有重来的机会。是的，再也回不去了！

秦方远还在感时伤怀，突然接到一个电话，是于岩打过来的，她在南锣鼓巷过客酒吧等他。秦方远打了一个激灵，这个电话一下子把他从忧伤里解脱了出来。

10. "傍大款"的销售经

秦方远陪汤姆去了趟石家庄，还有汤姆的秘书赵雅。

汤姆希望别人叫他的英文名，不喜欢人家叫高总。在去石家庄的路上，汤姆拉着秦方远坐在小车后排。他对秦方远说："秦总，我们来个君子协定吧，我叫你方远，你也叫我汤姆吧！反正你也习惯叫英文名，不习惯叫什么总的，这样彼此自然、亲切。"

秦方远发现汤姆是个有幽默感的人，看起来也不是那么世故圆滑。

在车上，汤姆给秦方远讲起了他的历史。汤姆崇尚自由主义，当年大学毕业正值全国敏感时期，他也曾四处串联，不过，事后被追查，没有做成公务员，就混到公关企划界了。

石家庄的客户是一家生产痔疮药的企业，曾经在国内占有一定的市场份额，不过，近年下滑得很厉害，前有上市公司马应龙的老牌产品打压，后有山东烟台一家药厂的追赶和超越。该公司上上下下气氛紧张，老总焦虑得整宿睡不着觉，患有严重的睡眠障碍症，迫切需要品牌营销挽救局面。

这次石家庄之行，让秦方远对汤姆刮目相看，他慨叹大开眼界，原来造势签单可以这样。

先是在小会议室，对方派了一个管销售的副总符先生、一名营销总监陈先生及一些普通职员过来谈，职位不高不低，态度不咸不淡。不过，转眼的工夫，对方态度大变。

对赌

秘书赵雅做的开场白，言辞老到，宠辱不惊，不愧跟随了汤姆多年。她把汤姆一行介绍给对方，重点介绍汤姆时说："这是我们高总，哦，我们都叫他汤姆。在广告圈工作了七年，在品牌营销圈工作了十年，还从事过产品销售，国内像这种资历的复合型人才并不多。大家听说过'野夫清泉甜甜甜'吧？虽然没有'农夫山泉有点甜'那句广告语流传得广，但是在广大的三线城镇市场也算妇孺皆知。那是汤姆年轻时的杰作。"

与会者摇摇头。

"那大家知道伊利吧？伊利奥运营销，他是当事人之一！"赵雅说这句话时，特意环视了对方的每一个人。

提到伊利，对方立即竖起耳朵。对于石家庄人而言，牛奶曾经是全城人之痛。这座距离首都北京最近的省会城市，曾经有家生产奶粉的三鹿集团，一度可以与现在坐着全国乳业头把交椅的伊利相媲美。可惜，因为三聚氰胺事件，三鹿一夜之间从人们视线中消失，而伊利，如今早已经超越国内诸侯之争，跻身于国际大品牌家族之列。所以，当赵雅提到伊利时，他们的感官神经是敏感的。

分管营销的副总裁符先生瞪大眼睛："那哪儿是仨瓜俩枣的银子啊？要成为奥运会唯一的乳制品赞助商，那钱花得海了去了！"

汤姆微微一笑，接过话："做到这个层次的企业，做营销战略就不仅仅是考虑钱的问题了，奥组委考虑的也不只是谁愿意花更大的价钱的问题。奥运会对于赞助的产品和企业的选择标准，几乎是全世界最高的标准。能够成为奥运会赞助商的企业，大多是行业的领袖企业，是制定和主导行业标准的企业，是有充分保障和发展潜力的企业，是最有实力提供安全、健康产品和优质服务的企业。这才是奥运赞助商的核心价值所在。"他一口气背诵完奥运标准，直接从气势营造高不可及，他瞟了一眼符先生，故作停顿，"伊利在 2008 年北京奥运这个特殊时期的中国乃至全球最核心、最稀缺的营销资源上，战略性地占有品牌制高点。伊利的品牌策略是值得我们中型企业学习的，总结起来就是一句话：对于这种千载难逢的机遇，就是要把分散的优质资源集中用在一个爆发点上，实现效率提升并节省费用，使效果成几何倍数增强，从而获得巨大的正向影响。就像林彪打塔山，集中强势兵力攻其一点，打胜了辽沈战役的关键一战，从而一举扭转乾坤。"

汤姆似乎每次谈市场营销必谈林彪，这成了他的标志性习惯。

符先生频频点头："营销策略本无大小之分，好的就可以借鉴。大象蚂蚁都有互相学习的空间。那您觉得在日常的营销策略中，有哪些是可以实行'拿来主义'的？"

汤姆一听这话，就知道这家公司的营销压力不小，猴急猴急的。他坦然地说："说起这个话题，几天几夜都说不完，而且有些是学不到的。说个简单的吧，比如备受推崇的明星代言策略，恕我直言，这不是贵公司能做得起的。明星代言不是花几个钱就万事大吉的，那是一个系统工程，每一个环节都要完美，环环相扣不能脱节，并且还需要投入更多的资源进行市场维护，不是代言一次广告一播就了事的，没有那么简单。"

"对对，现在一线明星代言费数百上千万吧，还不包括广告投放费用，这些不是我们这类小企业搞得了的。"销售总监陈先生插话。

汤姆闻言迅速报以赞许，以拉近距离："看来陈总监时刻关注着市场动向啊！我接触了不少公司，像总监这个级别的，保持如此市场敏感性的还不多见。"

"哪里哪里，过奖了！我们在一线的，首要素质之一就是必须具备市场敏感性。"陈总监年龄不大，却是场面上的高手。

符先生直奔主题："如果做广告不找明星，那您认为我们应该找什么样的人来做？"

对方提到广告，正中汤姆一行人的下怀，看来这个会谈预热效果很好。他表现得推心置腹、专业、独到："也不是说中型企业不能请明星代言，如果您去过福建晋江，会发现满大街的户外广告牌上都挂着明星的代言照片，那个地方几乎是个企业就聘请明星代言。我们且不说他们的是非，先谈我们自己。根据我个人的了解，由于贵公司产品的特性，我建议不请明星代言，最好就是请一个小人物，就像当年步步高无绳电话机请的小人物一样，效果会很好。当年步步高那个小人物广告是广告业的一个经典案例，至今不少消费者还津津乐道。"

听到这里，符先生他们眼睛发亮，情绪明显高涨，忙喊服务员别忘了给贵宾添水。汤姆趁这个热度打开了PPT，简要地讲解了一下铭记传媒及其投放效果。然后，他合上笔记本电脑，根据自己对这家公司的了解，针对品牌营销推广系列问题侃侃而谈，什么公司企划、公关战略、品牌塑造和升级，简直像大师讲禅，处处玄乎，把对方的情绪完全调动起来了。高潮处，符先生亲自出去把总裁请了过来。

总裁姓刘，中等个头，腹部肥胖明显。他慢悠悠地踱过来，坐下听了十来分钟后，情绪有些激动。待汤姆演讲结束，他迫不及待地站起来说："你们是专家，是大师，不愧为北京来的。我也见过不少点子大王、策划大师、营销专家，真正能贴近我们，让我们耳目一新的，就是你们了！这样吧，各位，我们下午干脆开一个大会，高总来给我们大家洗洗脑。"

汤姆当然求之不得，但表面上还是表现得轻描淡写，说起话来贴心动人："只要对公司有所帮助，哪怕一句话的效果，我也乐意效劳。"

下午，对方把大会议室腾了出来，刘总把在公司的各个部门的头头脑脑一股脑儿叫了过来，又把汤姆奉上主席台，形式十分隆重。汤姆这家伙真是个老江湖，一讲一下午，口不干舌不燥，说的话没有重复的。他引经据典，煞有介事，除了没有把神六上天的策划吹出来，其他能吹的都吹了，还吹得天衣无缝。

这个客户的合同自然是水到渠成，第二次去就签约了。签约那次是汤姆带着自己秘书去的，一笔真金白银的大单子，1000万元，直接奠定了汤姆在公司的COO地位。这是汤姆在铭记传媒的第一笔也是唯一的一笔现金销售单子。

事后，秦方远问汤姆："你真的参与伊利奥运营销策划了？"

"怎么可能？我这也叫拿来主义。你想啊，一个大公司做如此重要的品牌营销事件，得找多少社会专业人士参与？得请多少专家号脉诊断？来来往往，那么多，随便说一个，谁会真正去查？反正这些营销道道随便动一下脑子就想清楚了。"汤姆如实招来。

秦方远很奇怪："那你那天还那么像模像样地跟人家说你是参与者之一？赵雅介绍时你也不否认？这可是欺骗啊。"

汤姆一听这话，拍了一下秦方远的肩膀："你呀，就是一介书生，在国内且学着呢。你知道国内玩得很大的××足球俱乐部大佬吗？社会上传闻他老婆是某个国家领导人的千金，这家伙既不否认也不承认，任其四处传播，在这种正向的社会舆论引导下，办事处处顺风顺水。这种现象比比皆是，几乎成为行业潜规则了，反正吹牛又不违法，只要不被人家点破就行。

"还有人冒充高干子弟，同姓，模样儿有点儿像，甚至连模样都不像，更没有任何血缘关系，八竿子打不着，周边的人以讹传讹，弄得像真的似的，就周旋于各种场合，办事、挣钱，还顺风顺水，被骗的有部级高官、企业老板、小镇党委书记，甚至一些年轻貌美的无知少女，周边的人和他构成了一个利益链，四处营造假象氛围，跟着挣钱，形成一个特定的利益圈。这类现象比比皆是，屡见不鲜啊！"

秦方远闻言一愣，这叫什么潜规则？这是痞子文化！

日子一天天过去，秦方远先后主导收购了武汉、上海、成都等地的几家区域性的竞争对手，这些公司规模都不大，三下五除二就解决掉了。

秦方远给董事会提交的策略是：市场调查报告显示，北京、上海、深圳、广州这四个城市的销售额占比很大，属于第一区域，需要资源极度倾斜；第二区域是近 50 个 GDP 超过 2000 亿元的城市，这需要根据公司的现金流和盈利能力来决定是否全部铺开，全部铺开大概需要两年；第三就是不在上述区域内的省会城市，这是下一轮融资的主攻区域。

至于策略，则是先密度后广度，只要密度够了，客户在这个市场上投入每块屏的成本就下降了，便于帮助客户设计投放方案。替客户着想，为客户创造价值，是公司立足之本。在密度够了后，再考虑广度问题，这是未来上市后要涉及的问题。

董事会对秦方远的中期战略投了赞成票。接下来，就是收购深圳的竞争对手焦点传媒了。

11. 暴富了可以嘚瑟，但要看对象

石文庆在铭记传媒的融资上几乎一战成名。

做完铭记传媒这个单子后，石文庆被提升为华夏中鼎投资集团的MD，比当年在纽约跟秦方远发誓说的三年后就能做到MD提前了两年。

石文庆色性不改。

秦方远在重庆考察市场时，刚好碰到石文庆。当地一家国企老总的儿子是秦方远的师弟，他给秦方远安排了饭局，恰好石文庆也在重庆，就一起吃的饭。

那晚上石文庆喝高了，秦方远让师弟安排了一辆车，自己送他回香格里拉酒店。石文庆虽然醉了，心里还明白，到了酒店就急着跟秦方远拜拜，实际上就是让秦方远先走。秦方远没有听出话外之音，看着石文庆双腿发软跟跟跄跄的样子，哪能放心让他一个人回房间？

秦方远人高马大，扛着石文庆进了电梯。石文庆嘟嘟囔囔，但在秦方远的夹击下动弹不得。到了房间，秦方远在石文庆身上搜房卡，石文庆就按了门铃，于是秦方远认为石文庆有同事一起出差。

门铃响过，门开了，一口地道的重庆话："急啥子嘛，来啰来啰。"一个年轻漂亮的女孩子随着清脆的声音跑了出来，做出拥抱的姿势。

当她发现门口站着的是秦方远，不是石文庆时，顿时僵在那里，脸色变幻不定，由喜悦变为惊讶，继而尴尬。她看到石文庆被扛在来人的肩膀上，就上前把石文庆扶下来，然后低头对秦方远说："请进吧！"

秦方远当然明白了一切。

秦方远放下石文庆，送他进去后就很知趣地跟那姑娘说："石文庆就交给你了。"

那姑娘抬头认真地看了秦方远一眼，有些羞涩地说："谢谢啦。"

第二天，石文庆在电话中跟秦方远说："昨天你对我做过什么吗？"

"能对你做什么？"秦方远纳闷。

"哈哈，以后我们还是别同时在姑娘面前露面。今天早晨，那姑娘对我说，他就是你常说的秦方远啊，你们两个的差别怎么那么大呢？"

"这是表扬你嘛。"

"少来，这是寒碜我。"

"你小子可得注意啊，别每个城市安个点，小心你家里的母老虎吃了你。"

"哎呀，这也是偶遇啊！人家是重庆的一个公务员，业务上偶尔有些交集。你别给我张扬就行了。"

这对哥们儿还是亲密无间。

但是在别人看来，晋升 MD 后，石文庆就嘚瑟起来了。

华夏中鼎公司给石文庆配了一个秘书，对外经贸大学毕业的，娇小、轻灵，是石文庆喜欢的那种类型。石文庆换了辆车，大众辉腾 W12 6.0，号称"低调的奢华"。网上有个帖子：某日，一位辉腾车主去洗车场洗车，旁边一位捷达车主慢悠悠地踱了过来，围着辉腾看了两圈，然后对辉腾车主说道："老兄，你这辆帕萨特是不是才下线的哦？"辉腾车主一脸无奈，点点头："嗯。"捷达车主又说："样子还将就，可以。大概要 30 万吧？"辉腾车主再次无奈回答："嗯！"据说这辆车价值 160 多万元。难道石文庆开始低调、内敛了？

老同学赵宏伟说，石文庆现在是车子、房子、票子和女人样样俱全，越来越嘚瑟了。

他描述说："那晚约他吃饭，我准时到了，就等着他。结果，我接到的短信不是他发的，而是他的小秘书：赵总，我们石总还有 40 分钟就到，请耐心等候。一会儿，又一条短信：还有 35 分钟；还有 15 分钟；还有 7 分钟就到……我 ×，秘书在办公室，自己在路上，干吗不自己给我打电话啊？这不是明显摆谱儿吗？还把秘书往死里用，暴发户啊！"

赵宏伟激动得爆粗口，被秦方远按住了："可能是太忙，有其他事正处理着，腾不出手。"

"那他秘书怎么知道得这么清楚啊，还几点几分的。他腾得出时间给秘书电话或短信，就没有时间给老同学直接发短信或打电话？瞧他嘚瑟的，迟早会精尽人亡！"这位上海同学也实在不明白，石文庆身高不过一米七，BMI（Body Mass Index，体重指数）超过 28，高度近视镜后面是一双小眼睛滴溜溜地转，这个样子，他凭什么？"唉，钱多女人傻。"

其实秦方远知道，石文庆泡妞并不完全是靠钱搞定的，但至于靠什么，他也说不清楚，只能大而化之，归结为情商高吧！

第七章

洗　钱

控股性并购主要有三种：一是全资收购，取其一加一大于二的规模效应；二是股权置换，这是基于收购方缺乏现金流、对方又能部分补充利润的前提；三是现金加股权，这适用于被收购方价值评估存在异议并且自己现金流不十分充裕的情况。

1. 收购中的虚拟对手

对深圳焦点传媒的收购，是秦方远在铭记传媒职业生涯的一个转折点。

飞机抵达深圳的时候是晚上 8 点多，焦点传媒派了一辆奥迪 A6 过来接站，是副总过来接的。副总姓熊，操着一口广东式普通话："秦总啊，欢迎欢迎！我们直接去酒店，杨总在等您一起吃晚饭。"

秦方远架不住熊副总的热情，一路三个小时的飞行疲倦转眼就没了，毕竟是年轻人嘛。去酒店的路上，秦方远了解到，杨总和熊总是老乡，都是湖南人。秦方远心里就想：在广州才混了几天啊，就变得舌头打卷不会说话了。湖南话多好听，当年毛主席还是操着湖南话在天安门城楼上宣布中华人民共和国成立，举国欢腾啊！

熊副总听说秦方远是湖北人，他还是卷着舌头说："难得难得，我们是半个老乡啊！一个洞庭湖以南，一个洞庭湖以北，古称楚地嘛。"

"是啊，湖南、湖北皆为楚地。我去过长沙岳麓书院，门前对联是'千百年楚材导源于此，近世纪湘学与日争光'，大门是'惟楚有材，于斯为盛'，很有气势。"

一路聊着，转眼就到了位于福田商务中心区、毗邻深圳会展中心的星河丽思卡尔顿酒店。

他们为秦方远开了一个大床房的套间。秦方远找到熊副总说："我们自己支付差旅费，这是公司规定。"

"这么客气干吗呀？你们来了就是贵宾嘛。"

秦方远执意不肯，他自己跑到前台刷卡消费。

他们安排了一顿丰盛的晚宴，海鲜为主。杨总四十多岁，也是操着广式普通话，他带着五个人，三女两男，过来作陪。杨总本来是三步并作两步，进来看到是一张年轻的面孔，他就故意把脚步放慢了些，上前来轻轻握了一下手，说："秦总很年轻嘛。"

杨总心里想，铭记传媒怎么派一个小伙子过来谈收购？我们好歹也是一方诸侯，怎么也得派副总裁或者董事会成员过来谈嘛。

饭局在不咸不淡的气氛中开始。秦方远都看在眼里，他是来谈收购的，用不着奉承人家，也用不着被奉承，所以也不介意。

第二天，秦方远去了他们公司，在地王大厦第十一层，五间办公室。熊副总介绍说："原来是整层都租下来了，后来因为没打算上市，想着与大公司形成战略联盟，就压缩成本，减少了租赁面积。"

熊副总还是个老实人，起码谈论这个比较实在，秦方远想。

在小会议室里，秦方远表达了真正的收购意向，然后泛泛地谈了两家合并后的好处。同时，强调了自己是这次收购的主导，一旦双方达成合并意向，收购团队随后就会很快过来，要求速度和效率。

杨总认真地听着，抽着烟，他看到秦方远微皱眉头后，比较知趣地掐灭了烟。他递给秦方远一个意向合并协议："小秦总——这样称呼不介意吧？"

"叫我方远就行，或者叫我的英文名 Simon，请讲。"秦方远翻看了一眼这份协议，眼睛落在甲方时立即停住了。

这一瞬间，被杨总捕捉到了。

秦方远说："你们已经和力量传媒接触了？"

"不仅仅是接触，我们已经谈了条款细节。"杨总谈起生意来就很兴奋，他正襟危坐，对秦方远说，"方远，如果你们想收购，一是要快，二是价格要合适。"

秦方远翻看了一下价格，协议里的价格一栏是空白的，又翻了最后的落款，都是没有盖章的，也就是说，双方连意向协议都没有签署。

秦方远说："合作当然是开放式的，至于与哪家合作，还需要慎重。我们不刻意贬低对方，力量传媒是我们的直接竞争对手，但目前在全国的市场份额上，我们比对方高出至少30%，我们是当前的行业老大，我相信杨总会明白和谁合作胜算最大。"

"我是个粗人，和力量传媒谈了三个月，最后没有签署协议，主要有两个原因：一是他们拖拉，董事会迟迟不做决定；二是价格不合理。如果你们能够比他们多出钱，我们是做生意的，当然会选择你们。"

"对方出多少？"

"4500万，全部收购。"

秦方远瞪大了眼睛，这将是他收购地方媒体中最大的一笔，之前任何交易都没有超过1000万元。之前他也初步了解过焦点传媒的资源和客户情况，尽管不是完全真实，他的估值是最多1500万元。

秦方远说："价格我们可以商谈。您知道，我们也是有两轮风险投资的，未来也是准备向纳斯达克之类的外国资本市场进行IPO，我们的合作意愿还是很强烈的。"

"呵呵，方远，我们是商人，我知道你的用词。说是合作，其实就是并购，或者说得更实在点儿就是收购。我们自己上市是没有希望的，就等着你们来收购，就像当年分众收购聚众一样。"

秦方远觉得杨总这个人说话实在，直截了当，也符合秦方远的行事风格。不过，他把自己类比为当年的聚众传媒，也太高看自己了，聚众传媒是融了几轮资金的，也差点儿成功IPO了，他们这点儿资源算什么？甚至连华南王都称不上。

秦方远说："杨总直爽，那接下来我们就派人来做尽职调查，然后评估下，按照流程来走？"

"这些都没有问题。"杨总顿了顿，"我们要价是 5000 万，比对方高出 500 万，也就溢价 10%。如果同意这个报价，我们就按照收购流程往下走。"

"是溢价 11% 还多。这个价格我们真的要评估后再定，毕竟我们是有投资方的公司，有完善的董事会制度，需要向外方投资者汇报这件事情。"

"哦，那就等你们汇报再确定吧！"老杨开始表现出失去了兴趣的样子，"不过话说在前头，如果你们不加快速度，我们也许随时会和力量传媒签署协议。"

秦方远看了看杨总，说："你们能否提供完整的商业计划书？"

熊副总接话说："这个没有问题，我们会后就提供给你。"

会后，秦方远跟张家红汇报，张家红一听到焦点传媒差点儿已经和别家签署意向协议，就表现得比较紧张："坚决不能让力量传媒得逞！现在是跑马圈地的最好时机，谁先抢到地盘，谁就占据有利形势，北京、上海、广州和深圳四大城市的布局就差深圳了，我们要全力拿下！"

"我刚拿到商业计划书，根据他们的网点初步测算，5000 万的收购价格太高了！"

"没关系，先答应下来，具体实际收购价格再慢慢谈。要阻止力量传媒收购！"

秦方远感觉张家红有些乱了方寸，尤其是一听到竞争对手的动向，就比较紧张。

下午，他直接去了杨总的办公室传达张总的意见，初步同意签署合作协议，也初步同意 5000 万元收购。

杨总明显情绪高涨起来："那好啊，好啊！你们这个团队做事真是高效率。虽然没有跟你们张总直接打过交道，但我们中间有个共同的好朋友，也多少了解一些，她堪称女强人，做事雷厉风行。"

对 赌

当天下午就要签署意向协议，对方又提出一条，就是在签署意向协议后，尽职调查前，铭记传媒需要先期支付 500 万元现金作为预付金。

秦方远当然不同意，他之前从未签署过类似条款。

杨总则说："如果你们不支付预付款，怎么能做尽职调查呢？做了尽职调查把我衣服扒光了，然后来一句不投了，我们找谁去？就像我们看一个苹果，瞧来瞧去，捏来捏去，捏熟了捏烂了，然后就丢下扬长而去，我们找谁哭去？传出去，谁来收购？"

"杨总，我们可以签署保密协议的。"

"保密协议有个屁用！"

秦方远撇撇嘴："您说的这个条款，我得向张总汇报。"

他打电话给张家红，张家红也犹豫了，问秦方远的意见，秦方远当然是不同意。

张家红说："那也不能这样僵持下去啊，我给杨总打电话吧。"

杨总接到张家红的电话，就去了一个小会客间。大概十分钟后，张家红给秦方远打电话过来："预付金 100 万。"

秦方远说："这个条款很苛刻，一旦双方不发生并购行为，那 100 万就归对方所有，我们要损失 100 万。"

张家红信心满怀地给秦方远打气："不会有问题的，这 100 万预付金的事情我来承担责任。"

刚挂断张家红的电话，杨总就进来了："你们张总只同意 100 万，那就按照张总的意见办吧！"

现场办公。秦方远把意向协议传真给总部的法务经理，法务经理看过后，没有指出哪些需要修改，就传真签署了。

秦方远提出，近两天公司就要委派审计和法务的中介机构来进行尽职调查。

2. 尽职调查：要规范，还是要时间

在申请中介机构的问题上，张家红和秦方远发生了争执。秦方远坚决要请审计和法务中介进场，张家红却不同意，她的理由有两个：一是中介尽职调查的时间太长，夜长梦多，从节约时间成本的角度讲，这个项目越快结束越好；二是力量传媒也做了基本调查吧，可以用他们的资料。

在僵持过程中，秦方远感到非常无奈，直觉告诉他，这样做非常不符合规范。虽然之前的几个项目没有做尽职调查，但那也就是几百万元的事情，这个涉及 5000 万元的项目，怎么能不做尽职调查呢？

根据签署的投资协议，超过 500 万元的投资必须得到董事会批准，投资方董事有一票否决权。秦方远想通过董事会理性的声音来干预张家红的一意孤行，这样对公司、对股东，都是有百利而无一害的。

张家红也许揣摩到了秦方远的心理，说："你只管执行，任何投资行为都会有风险。现在是什么时候？时机不等人啊！董事会方面我会去说服他们。我只要一个字：快！"

张家红最终没有聘请中介机构，而是派了法务经理赵宇和财务部胡冬妹及其同事一共三个人赶过来，而且限定了期限。

秦方远只好安排抽样调查，主要是调查三个方面：一是媒体资源是否有对方提供的那么多，查证数据的真实性，还有合同期限。二是抽查对方媒体资源在什么地域、什么楼盘，五星级和三星级不一样，这决定着消费的对象和能力不一样。越高档的地方价值越高，合同也越难啃。

三是抽查对方客户满意度，是否真实投放，是否对投放满意，是否有继续投放的意愿。

法务经理赵宇说，秦总真是行家！招招打到对方的七寸上。

3. 在资本市场，你骗别人，别人也会骗你

秦方远在深圳期间，于岩也飞过来了，她要去广州看一个项目，这个项目还是她在哈佛商学院的同学在俄罗斯发现的，发现之旅堪称"出口转内销"。这个项目就是家用医疗器械的体验式营销。哈佛的同学发现玉石理疗床在俄罗斯的体验店不少，每天都有不少上了年纪的中老年人在门口排队。

秦方远记得刚回国时就听做投资的同学说过这个项目，还记得在给铭记传媒的同事们分析公司商业模式的时候，石文庆还以这家企业举例。

这次，于岩所在的基金通过朋友的关系联系上了器械公司老板，同意见一见。秦方远陪同于岩一起过去的。

公司在广州琶洲新广交会中心的保利世贸大厦购买了一层办公楼，应该花了上亿元吧。公司的老板潘总果真年轻、儒雅、文静，不愧为大学老师出身，考虑问题周到全面："不是不愿意融资上市，我们必须考虑清楚未来五年甚至十年的发展，那样我们才可以启动融资。说实话，之前我是没有看清楚未来，人家说要看五年，那时我最多只看到三年。"

在偌大的办公室里，陈设比较简单，办公桌的后背柜里装着各类书籍，这跟老板的兴趣爱好有关。潘总属于中国比较早期的创业大学生，与辍学创业的大学生不同，他在创业期间一直坚持读到博士，毕业后留

在大学教书，但公司一直经营得有声有色。

潘总 26 岁时就是香港一家上市公司的董事，还是这家公司的第二大股东："这段经历给我的人生提供了很好的借鉴，就是在资本市场上，如果你欺骗别人，别人也会欺骗你。就像时下众多粉饰财务报表上市的公司，只图成功 IPO 一时之快，接下来来自股民股东的盈利压力是相当巨大的，我目睹了香港不少上市公司由于业绩难以为继而黯然退市的惨景，这让我变得更为慎重。"

秦方远问："目前公司的股权结构是什么状况？"

潘总挺坦诚："我们是个家族企业，只有两个股东，我个人是绝对的大股东。实话实说，我曾经是想学欧美，做成百年家族私人企业的。毫不隐讳地说，之前确实没有强烈的意愿要做成公众公司。之所以现在有这方面的考虑，也有公司法人治理方面的考量：一是股权不能过于集中，要做大做强，需要借助他人的智慧，引进外部的力量，以使决策更科学；二是要做公众公司，不做家族企业，目前的市场环境和机会，做前者比后者更好。"

听了潘总的一番话，秦方远和于岩相视一笑。按照华尔街的标准，这样的公司、这样的创业者，才是他们需要找的。

相谈甚欢，大家的兴致都上来了。

于岩说："借助资本力量会发展得更快，有头脑的人会充分使唤资本，成为资本的主人；没有头脑的人只会被资本使唤，成为资本的奴隶。我相信，您属于第一类人。"

潘总微微一笑："按照现在的发展速度，如果只是为了上市，未来两三年上市是没有问题的。我现在更关心的是，如何带领我的团队，抓住中国养老产业即将到来的这波黄金潮。

"对这个行业趋势，我认为自己看清楚了。首先，人口老龄化催生了一个持续 50 年高速增长的产业，这个产业可能是我们这一代人面临的最重要的商业机会。市场需求在迅速扩大，而且很多商品是刚性需求。其次，连续多年的人均收入高速增长解决了购买力问题，尤其在

一、二线城市，很多地区的人均 GDP 已经超过了 1 万美元。按照发达国家和地区的经验，达到这个数字的地区家用医疗器械的购买量会持续快速增长。最后，国民的健康意识在不断强化，解决了买不买的意愿问题。中国的家用医疗器械市场还将经历一个爆发式的增长，到那个时候，最迟到 2030 年，中国家用医疗器械市场的规模，我们预估将是以万亿计。"

潘总陪着他们参观了公司的工厂。两个生产基地位于广州市工业园区，面积约 3 万平方米，严格按照 GMP（Good Manufacturing Practice，《药品生产质量管理规范》）要求进行管理。

公司的发展战略规划显示，准备用 2～3 年的时间做好公司的整体提升，每年以 130%～145% 的速度推进销售增长；将在未来 1～2 年内，转型成为社区家庭健康服务商，借助电子商务、无线传输、云管理平台等最新互联网技术，整合医院、专家、互联网、云计算、医疗器械等综合资源，构建"专业医疗服务机构（专家）—顾客—基于无线侦测诊疗的医疗器械"的立体健康管理系统，在综合健康服务行业占据先机。

于岩笑着对秦方远说："其实我们基金更适合投这类企业。"言外之意是投家用医疗器械比投铭记传媒更适合。秦方远听了比较尴尬，不知道这是玩笑话还是认真的，毕竟秦方远是铭记传媒融资的主导者。

从公司出来，于岩说："这是我在中国看到的为数不多的靠谱儿企业，这个项目将是个 better deal（更好的交易）。"

晚上，秦方远和于岩回到深圳。亲热过后，于岩说："Simon，在中国做事，我感觉好累啊！"

秦方远奇怪，白天于岩的情绪还不错，尤其是白天看了项目后，兴奋劲一直延续到晚上，怎么一转眼就情绪低落了呢？

秦方远问发生什么事情了，于岩回答说具体什么事情也说不清楚，就是感觉累，人人都在奔忙，人人没有幸福感。

"我其实蛮喜欢潘总的梦想：背着挎包，一人行走天下，天马行空，自由自在。阅尽天下美色，妙笔著华章，诗意人生啊！"于岩的眼睛里满是憧憬。

他们披衣起来，站在超大的阳台上，仰望满天星空，俯视窗外美丽的城市。深圳的夜空，辽阔、深远！

4. 疑窦重重的收购

在对焦点传媒的收购前调查期间，张家红几乎是每天一个电话，向秦方远询问调查进展。半个多月过去了，张家红有些坐不住了，一个劲儿地催进度。张家红的口头语是："不能让直接竞争对手得逞，瞧她那个头，还想跟我斗！"

秦方远听出来了，张家红一着急，就要进行人身攻击了。张家红自诩是南人北相，南方女人的皮肤，北方人的个头，自称裸高一米七二。而力量传媒的创始人是湖南人，北大毕业，小巧玲珑。

张家红越来越流露出对秦方远做调查的不满了，之前的项目就没有做，不是照样顺利收购了吗？也没出啥差错。不知道张家红咨询了什么人，还抖落一些专业知识，什么不是上市公司和国企，没有必要进行价值评估，双方谈得差不多就得了。现在是什么年代？快鱼吃慢鱼，不是大鱼吃小鱼、小鱼吃虾米了，速度决定一切。

这笔收购也不是个小项目，怎么急成这样？秦方远有些哭笑不得。他认为，年过不惑的张家红在某些时候表现出来的孩子气甚至比二十多岁的秦方远还严重。

张家红直接干涉一线人员的速度。大概20天的时候，财务经理胡冬妹说财务部分审计完了，做了一些简单的风险评估，风险因素与铭记传媒大同小异；她提出了一些改进建议，也是不痛不痒。

对赌

法务经理提交的情况让秦方远警惕。一看签署的资源开发合同，问题就暴露了出来：第一，开发的楼盘有 80% 在三星级以下，受众消费能力相比铭记传媒的资源低一个档次；第二，约有 60% 的两年期合同即将到期，面临着媒体资源缩减或租金上调的局面，风险极高；第三，目前媒体资源存在 30% 以上黑屏的情况，比行业的 5% 高了 5 倍，并且销售收入有 90% 是易货收入，高于铭记传媒 70% 的易货收入比例。

根据这些报告，秦方远认为 5000 万元收购完全不靠谱儿。他没有直接找焦点传媒的杨总，而是带领团队飞回北京向张家红汇报。

他们直接从机场回办公室，下午 4 点，张家红还在办公室里等着呢。她让秦方远一个人进来。

张家红说："你们要撤回来也得跟老杨打个招呼。人家看你们突然不见了，以为出啥事了，刚才把电话追到我这里来了。"

"哦，这个是我的疏忽，性子太急了，应该跟他打个招呼。不过，他们负责跟我对接的熊总知道我们回京了啊！看来，他不是担心我们，是担心我们不投了吧。"

张家红说："这个项目一定要投，我已经跟董事会汇报过了。"

秦方远把他们初步调查发现的问题以及根据他做的投资模型得到的价值评估结果告诉了张家红，认为如果按照公允价值，公司的溢价评估不超过 1500 万元。

张家红没有接秦方远的话，而是直盯盯地看着他，看得他心里有些发毛。然后，张家红开口了："你提供的情况我会认真考虑。这样，你们这次去深圳也是非常辛苦，我批准你们休一周的假，好好放松一下吧！"

秦方远对放假并没有太大兴趣，他更关心公司如何出资收购焦点传媒，作为公司高管之一，也是期权拥有者之一，他当然关注这宗案子的交易。

秦方远即将离开她的办公室时，张家红突然似乎漫不经心地问："森泰基金的于岩小姐是不是也在深圳啊？"

"是啊，他们去看一个项目，就待了两天，又飞去别的地方了。"

秦方远对张家红突然关心于岩感到很奇怪，之前他们之间从未直接谈及于岩。

"哦，于岩小姐对我们这次收购有什么看法？"

"我们从未交流过这个项目。做这个行业的，即使是夫妻也互不沟通，这是华尔街的行业惯例。"

"哦。"张家红似乎如释重负，"哪天请你们俩吃饭。"

"谢谢张总，我们之间的时间难有交集，不过我会把您的心意传达给她。"

从张家红办公室出来，秦方远的心里又添了不少疑惑。

5. 要为股东负责到什么程度

秦方远在家里睡了一整天，然后去国家图书馆看了一天的书。第三天，石文庆刚好回京，秦方远约了他一起去河北易县。

从北京开车去易县也就两个小时左右，他们去了易县荆轲塔，然后向当地一个出租车司机打听当年的易水河在哪儿。那个出租车司机似乎对这个问题感到奇怪，打量着开着辉腾车的两个年轻人，说："你们去那儿干什么？"

秦方远一本正经地说："荆轲是条汉子，我们去朝拜。"

"我们易县倒是有一座荆轲塔，易水河在哪儿，我还真不知道。不过，你们大老远跑到我们这地方来，我保证帮你打听到。"

他用手机连续问了三个人，然后找出了地址。

在路上，石文庆说："你那个德行怎么一直不见改啊！做事不能一根筋，不要那么固执，事缓则圆。给你放假就是让你多放松放松，别想那么多了。"

秦方远正在琢磨，电话响了，是法务经理赵宇打过来的："秦总，张总飞到深圳去了。"

"去深圳了？"秦方远比较吃惊。

"昨晚就去了，带了CFO李东。公司里除了何静之外，其他人都不知道，我还是今天顺便回公司找张总签字时听何静说的。是不是谈收购？听你刚才那语气，你没有跟着去吧。"

"我在易县呢。"秦方远接着坦陈自己的意见，说，"收购这个项目，我是持保留意见的。"

石文庆在一旁听得一清二楚，他问秦方远具体发生什么事情了。秦方远简单说了一下，但他没有透露多少信息。石文庆已经结束了与公司的合作关系，自然不便了解太多公司内部的事情。

石文庆听后说："这事啊，我给你一个建议，睁一只眼闭一只眼吧！这收购里面的水啊，深着呢。"

秦方远似乎听不懂："我是这个项目的负责人，我还要在这个圈里混，我还得为股东负责。如果条件很离谱儿，我是不会签字的。"

"你就天真去吧，谁让你为股东负责了？张家红自己就是股东，她都不对自己负责，你负什么责？"

"B轮融资我是操盘的人，我起码要对得住这轮投资人吧！"

石文庆哈哈大笑："你是想对于岩负责吧？人家小姑娘什么时候说过要你负责了？"

秦方远知道石文庆无赖的劲儿又上来了，立即制止："别讨论这个了，还嫌不够闹心啊。再说了，我还有期权，低成本高效益，我们得尽快上市！"

易水河是一条干涸的小河，杂草铺满了河床，几洼水像是雨水积蓄而成。河的一侧堆满了垃圾，一阵风吹过，白色的塑料袋和纸屑漫天飞舞。

英雄早已过了易水河，一去不复返，那些美丽的传说也淹没在历史里。看着眼前的易水河，秦方远突然想到了李敖说给年少时暗恋的姑娘的一句话：相见不如怀念。

他的心情，怎么也兴奋不起来。

6. 收购的三种方式

回到北京后，还未休完假，秦方远就回公司了。何静打电话过来说，张家红约他过来，如果人在北京的话。

到了办公室，张家红直言不讳："我去找了焦点传媒的杨总，进行了沟通。你在休假期间，就没有叫你去。"

秦方远一言不发。

张家红继续说："如果A公司收购B公司，你认为有几种收购方式？"

这是个比较专业的问题。秦方远想了想说："控股性并购主要有三种：第一，全资收购，这是基于一加一大于二的前提，取其规模效应；第二就是股权置换，这是基于收购方缺乏现金流，对方又能部分补充利润的前提；第三，现金加股权，这是基于对被收购方价值评估存在异议，并且自己现金流并不十分充裕的前提，当然，也有风险控制的因素。"

秦方远直截了当地问："我知道您还是坚持收购焦点传媒，我只是想知道，这次去谈判价格谈定了吗？"

张家红没有直截了当地回答秦方远的问题："我把你们提供的评估报告给他们了，有一定的收获。"

临离开时，秦方远说："不管是什么价格，我都建议您加上对赌条款。"

张家红没有完全采纳秦方远的建议，只是采纳了一半，就是现金加股权的收购方式。最终签署的收购协议，是 2500 万元现金加上铭记传媒出让价值 2500 万元的股权，同时焦点传媒占有一席董事席位。秦方远拒绝在内部报批流程上签字，张家红把内部申报文件的起草人变更为 CFO 李东，在电话会议形式的董事会上获得通过。秦方远逐渐明白了石文庆在易县跟他说的一番话。

签约那天，老杨一行四五人飞到北京来签约。签约时，何静进来喊秦方远过去，秦方远借口有事外出推辞了。

他去楼下百老汇新世纪影院看了场电影。电影放完后，秦方远上楼，刚进公司，看到大堂里杨总他们在乐呵呵地聊天。见到秦方远进来，杨总跑上前来抢着握住秦方远的手："方远，一上午都没有看到你，你们张总说你有事外出了。我们正式合并了，你是大功臣啊，年轻有为，年轻有为！以后我们就是同事啰。"

看着热情洋溢的杨总，秦方远非常被动地伸出手去。他敷衍了几句，就跑回自己的办公室，顺手关上了门。

秦方远瞧着堆在案头的调查资料，突然，他拿起一堆报告狠狠地砸在地上。

过了几天，财经媒体的报道出来了：铭记传媒击败竞争对手，成功收购焦点传媒，只花了七天时间，创造了行业内的收购神话。

7. 最大的规则是没有规则

郝运来给秦方远打电话的时候，秦方远出差回京的飞机刚刚停稳："你刚才在飞机上吗？我打了两次都是关机，第三次打才接通。"

"我从武汉回京，飞机刚停稳，正排队下飞机呢。"

"你直接打的到金融街威斯汀酒店吧，我在大堂咖啡厅靠窗的位置等你。"

秦方远有些日子没有跟郝运来联系了。不久前的深圳焦点传媒收购事件以来，这些日子过得确实憋屈，听到郝运来的邀约，他的心情立即好了起来。

他打的赶到金融街威斯汀酒店，找到了郝运来，与他在一起的还有两个中年人。

"来，给你介绍一下，这位是财经信息网的总编郭来贵郭总，我多年的哥们儿；这位是郑红旗郑总，我们投资业的前辈。这就是秦方远，我在普林斯顿大学的师弟，他在铭记传媒公司做首席战略官，负责收购业务。"

秦方远比较讶异，那次从方庄湘菜馆出来后就很少联系了，郝运来也是天天飞来飞去，忙得不得了，因此不是特别紧急的事情，秦方远是不会轻易打扰的，没想到他却对自己了如指掌。资本圈还真是小啊！

"这么帅的小伙子！"郭总上来就是这么一句，"真是青年才俊啊！"

这些话秦方远已经听多了，任何事情听多了就见怪不怪了，所谓熟悉的地方没有风景。他谦虚一下："郭总过奖了。"

郑总则微闭着眼，听到介绍他时半睁了一下眼，算是打过招呼了。

郝运来问他最近在忙什么，秦方远就简单地讲了一下深圳收购的事情，讲了不适应官场规则的苦衷。

"你这算什么？投你们公司的老严，他前不久在亚布力企业家论坛上言辞激烈：目前国内 90% 的 PE 靠套利，最典型的是用高干子弟拉项目，靠特权获得项目和资源。这是中国发展中的必经之路，你有本事你就拉呗。"郝运来自己也是服务于权贵资本，所以有此说法。

秦方远点头说是。他有个本科同学的爷爷是正部级，这位同学在一家美元基金时，就利用他爷爷的老关系搞定了三个项目，提前拿到了佣金，刚刚去了一家外汇交易银行，欧洲的，做了驻华首席代表。

郝运来说："我也是刚从海南的一个项目上回来，我差点儿就回不来了。"

"怎么了？出事了？"

"不是我出事了，是我要投资的事儿差点儿出事儿了，到手的鸭子差点儿飞了。唉，一言难尽！"郝运来也有叹气的时候，这让秦方远愈加觉得奇怪。

"你们投资人不是特别有背景吗？不也是高干吗？怎么也会有搞不定的？"秦方远直接问。

"咳，天外有天，山外有山，我们投资人的老爸没有那人的老爸硬呗，这个拼爹的年代！"

这时郭总打断了郝运来的话："郝总，别说得这么直白，这是敏感话题，大庭广众的。"

郝运来脖子一梗："怕啥？我们花了半年时间调查考察好的项目，什么都谈好了，他就半途杀出来，差点儿让我黄了。"

秦方远已经逐渐融入这个社会，他更关注细节。

郝运来说："这个项目是上创业板，创业板刚开的时候试图冲关，结果过会前一夜撤下来了，是证监会强行撤下的，对外公开的理由是主营业务盈利能力存疑，获得的政府补贴过多。这是一个农产品深加工项目，具体哪一家我就不说了，反正这个行业里，这家企业不说在世界，起码在亚洲地区掌握着这类产品的定价权。去年，净利润每股接近 3 元，这是什么概念？这是造钱机器啊！我通过当地的同学结识了这家企业的董事长，花了半年时间沟通才同意我们进入，再次启动股改，准备报会。

"没想到这个人半途杀出来，竟然要求把我们赶走，独家投资。这怎么可以？！不能这么欺负人啊！我们投资人通过关系联系上那人，谈好平分，总算搞定了。这过程，简直惊心动魄！"

秦方远说："记得上学的时候老师怎么教我们投资的吗？他把 VC 解释成 Vision Capital，要的是眼光；把 PE 解释成 Price Earning，看的是市盈率。现在这些技术手段和专业知识沦落为一个工具，通过这个工具选择好一个项目后，就是看谁的权力更大了。谁的权力大，掌控资源的能力更强，就是谁的囊中之物。"

一直懒洋洋靠在松软的沙发上闭目养神的郑总，这时猛地睁开双眼，靠近秦方远，微微低下头，从近视眼镜上方射出犀利的目光，接过郝运来的话说："他们凭什么就轻易获得财富？简直是不劳而获！"说话时，他顺势抓起玻璃水杯敲了一下桌子，声音脆响，把本来比较安静幽暗的咖啡区惊动了，服务小姐、服务生以及坐在一旁的顾客都停下来，投过来诧异的目光。

郝运来向他们摆摆手："没啥事儿，我们在聊天，聊得太激动了，惊动大家了，不好意思。"然后他用手做了个往下压的手势，就是让郑总说话小声点儿。

郑总不管不顾，继续说："在澳大利亚墨尔本、悉尼甚至堪培拉，你们去看看，豪宅都谁买的？黄皮肤黑头发的人，清一色的中国人！他们是谁？中年妇女、年轻的姑娘、尚未成年的小孩子，还有一些胖保镖，他们怎么会有那么多钱？当然不是他们自己的，而是背后那个人的，背后那个人的钱又是从哪里来的？很少有企业家，真正的企业家知道每一分钱都是不容易挣的，他们不会轻易拿那么多钱到国外购置那么多房产。这样的人有，但不是主流；商人移民潮也有，但也不是主流，别听媒体成天吹，真正移民的是那个特殊群体的家眷。"

郑总所说的特殊群体，他们几个人心知肚明。虽然秦方远回国不久，但他也不是生活在真空里，即使在美国众多的唐人街，这个特殊群体的家眷也无处不在，甚至成为老移民们茶余饭后的热点谈资。

郝运来打断他的话，对秦方远说："我简要介绍一下，郑总是澳大利亚华裔，在国内做投行很多年了，是我们的前辈。"

秦方远听后，立即表现出钦佩的样子。

郑总立即用手制止："秦总，你别见外，你是郝总的师弟，那也算是我的朋友了，我说话也就不客套了。什么前辈不前辈的，邓小平就说，不管白猫黑猫，抓住老鼠就是好猫，多么务实的理论！在投资界，也是不管什么前辈不前辈，投了好项目挣了大钱才是好投资人。说句话你别不爱听，在中国，别听那么多什么投资理论，也甭管什么华尔街规则，这里最大的规则就是没有什么规则，能抢到好项目就是规则，你郝师兄给你讲的这些案例就是中国当下的规则。这些东西，不是特别好的关系肯定不会讲，这也看出来你们的关系不一般。说实话，从你一进来，我就觉得你很单纯。在中国，这迟早是要吃亏的。"

秦方远虽然不同意一些观点，但瞧他说话的神情，起码很真诚，他也报以真诚的回笑。

郑总言犹未尽："你痛恨权贵也好，鄙视奴才也好，批判体制也好，在中国这样一个政府主导的经济体里面，政府资源就是最重要的商业成功因素之一。商业智慧在这里不再是纯粹的商业智慧，而是饱含政治敏感的商业智慧。你可以保持清高和气节，前提是你有不赚中国这份钱的魄力。你能吗？还不是赶紧研究总理的政府工作报告去了？"

红酒喝得大家晕乎乎的，也许是侃得比较开心，一瓶红酒见底后，郭总提议去附近一家川菜馆吃饭。那家老板上过清华大学 EMBA，据说在北京有三家连锁店了，一家在金融街，一家在亚运村，一家在CBD，都是富人区。

上了车，郭总说话大胆起来，他说："咨询两位一个专业问题：最近我有这样一个机会，一家可能今年要上市的创业板公司，他们的一位高管想出让手头的股份提前套现，但已经完成股改了，直接进去不可能了，你们认为代持和股权质押哪个方式更好？"

郝运来说："这两个方式都不妥。代持是没有法律效力的，一般是要上市披露的。如果私下代持的话，就是不告诉监管部门，上市后一旦市值超过持股人的心理预期，比如每股 10 元的投入，上市后涨到每股 100 元，这种诱惑力不是一般人能抗拒的，他肯定要撕毁协议。除非你们的关系非常好，如果是一般关系，基本上没有希望，最多只是把当初的股本给你，或者稍微溢价。股权质押也需要披露，上市之前肯定会让你们解除质押；如果不到登记机构去登记备案，这类质押也属于无效合同。"

"那就没有其他办法了？"郭总有些不舍。

"我看基本上没有，除非对方用房产抵押。"

"他有什么房产？农村出来的，中学文化。如果条件好，他也不着急上市前套现。"

"如果是这个情况，我更觉得这个人抵抗不了上市后的诱惑了。"

"我觉得嘛，也可以操作，如果这个人届时不兑现，那就白道黑道一齐来，让他承担不履约的代价，用江湖的方式进入就用江湖的方式解决。"秦方远插嘴道。

与秦方远同坐在后座的郝运来转头看着他："士别三日，当刮目相待，你也学会中国式思考了，入乡随俗得真快！"

8. 副市长想吃"洋豆腐"

晚上回到住处，一看表，快 11 点了，秦方远想起来该给于岩打个电话，不知道她从东北回来了没有。

于岩一听电话是秦方远打来的，就在电话中骂起来："他们都是shit（屎）！"

秦方远一听就紧张起来，担心于岩发生什么事情了："你在哪儿？怎么了？"

于岩说还在东北，刚回酒店，在房间里准备洗澡："今天差点儿出事了。"

原来，他们去东北看一个稀土矿项目，当地政府给接洽的，他们也开始走地方政府路线了。晚上，当地政府的常务副市长宴请他们，也许是多喝了几杯酒，常务副市长借着酒劲儿调戏于岩。

于岩是何种人？第一次，常务副市长要和于岩喝交杯酒，于岩不懂什么叫交杯，同事解释了半天才知道是什么，那就交杯呗！副市长趁着仰脖喝的时机，另一只手趁势摸了一下于岩的后背，把于岩惊得差点儿把喝到嘴里的酒给喷出来。也许是大家没有注意到，在一阵热烈的鼓掌声中，那副市长看到于岩没有怎么反对，尤其听说是在美国长大的女人，又这么年轻漂亮，就起了邪心。他第二次端着酒上来，准备再次做小动作时，被于岩迎面一杯酒给泼傻了。

于岩立即站起来，回酒店房间了。

"泼得好！赶紧回来！"

于岩说："这是什么地方啊？！怎么能这样侵犯我？！我要投诉他！"

"傻妞，这是中国，在当地怎么投诉啊？谁给你做证啊？赶紧回来吧，那项目就不投了。"

"我一分钟都不想待了，项目我也不打算看了，明天就回去。你回来了吗？"

"我明天去接你吧。早点儿休息，注意安全。"

"嗯，你也早点儿休息，我还要给我爸爸打个电话。"

躺在床上，秦方远也情不自禁恶狠狠地骂了一句："The son of bitch!（婊子养的！）"

9. 谁敢挣官员的钱

与郑红旗那次会面后不久，秦方远接到他打来的电话，说过来坐坐。秦方远当然同意，最近他也没有什么要紧的事情。

郑红旗过来的时候，秦方远赶到大堂迎接，接到了自己的办公室。

一般会客，秦方远是接到小会议室，提前跟前台说好，在小会议室的门牌上贴上几点到几点秦总会约之类的字样。秦方远把他接到办公室，一是显示自己对这位前辈的尊重，二是接到自己的办公室方便，万一郑总像那晚一样突发奇论，小会议室不合适。

郑红旗提出要到公司走走，于是秦方远带着他从大堂穿过奖牌区，然后转到大办公区，再转身到大会议室，路过小会议室，里面有运营中心的人约见客户。回到秦方远的办公室，郑总就对秦方远小声地说："可别说，你们公司充满着脂粉气，难以做大。脂粉气意味着什么？阴盛阳衰啊，多不吉利啊！方远，你得警惕啊！"

秦方远不信这些风水玄说，他乐了："郑总，这可是我们老板的嗜好啊，她是位女士。何况这是一家广告公司，拉客户自然是女性多，女性拉客户天生有优势，这您比我了解得更多啊！"

郑红旗不依不饶，他接着自己的话题往下说："老板还是个女的？那就更有问题了。"

秦方远赶紧制止，笑着说："郑总，咱先别谈这个话题了，这话题我把它归属于敏感话题。现在微博上不是经常会出现发言中有不当用词而给删除的情况吗？您多担待，晚辈这厢抱歉了。"说着，秦方远抱拳。

郑红旗也乐了："我就喜欢你这样的年轻人，一表人才，还颇有主见。郝运来告诉我，你在华尔街摩根士丹利工作过三年，还拿了美国绿卡，很不简单啊！"

"咳，郑总，您过奖了！在您面前，我就是一个小学生而已，我以后得多向您请益。"话说完，秦方远感到有些别扭，今天怎么客套得有些乏味了。

郑红旗这时凑过来，对秦方远说："有没有兴趣出来，我们干点儿大事？"

秦方远一听是这么个敏感话题，立即站起来看办公室的门有没有关好，然后他坐到沙发上，静听他的下文。

对 赌

"是这样的，我手头有这样一些业务，就是那个特殊群体的，他们有不少钱需要转往境外漂白，无论美国、瑞士，还是加拿大、澳大利亚，都可以。客户不少，但需要找一个诚信、有华尔街背景的人来具体运作，佣金是 30%！"

这种业务秦方远在华尔街时就知道，还帮助石文庆成功联系过一宗。在华尔街，倒腾这事的一般是华人加上本土白人，即使是黑人也行，只要不是非洲土生土长的，每年的金额还不少，个个挣得盆满钵满的。这类业务获益大，风险也巨大，尤其是生活在国内的人。秦方远自然没有想过要从事这样的业务，他本能地摇头。

郑红旗以为是不相信他能找到客户，他说："这类客户在国内一抓就是一大把，资金量很吓人，比我们辛苦搞什么 PE、VC 更来钱。我认识一个加拿大籍的朋友，去年就帮助这样的客户倒腾了 20 亿，这是什么概念？佣金就是 6 亿啊！现在他们也逐渐明白了，这些钱放在国内不安全。当然，也还有一些素养不高的人，他们就像一些山西煤老板，整天看着成捆的现钞睡觉才踏实，这是多么愚蠢的事！去年认识一个中部省份司局级的官，被'双规'了，从他家的沙发底下搜出了大量现金，多笨！虽然现在还有这样的人存在，但你要看到另外一个趋势，受过良好教育的官员越来越多了。"

他喝了一大口秦方远递过来的碧螺春，接着说："现在这些官员，受过良好教育，也懂得理财了，知道如何漂白。他们愿意出这么高的佣金吗？当然得出啊，但有两个前提条件，一是信得过，二是要有非常棒的财技，比如台湾帮陈水扁家族理财的那帮人就很厉害。为什么找你？我觉得你可靠，再者你在美国华尔街工作过，这个背景更令他们信任。"

秦方远想了想，说："郑总，对这方面的业务，我也多少了解一些，主要是通过地下钱庄把钱转出去，然后把钱打到业主在离岸公司的账户上，一般都是这样操作的。不过，在这方面我估计帮不上你什么忙了，一是经验严重不足，只听过这事，还没有具体操盘过；二是我个人对这种风险难以承受。"

郑红旗当然是个老江湖，他说："这是个金矿。你先听听这个数据，招商银行和 Bain（贝恩）咨询公司的研究显示，截至去年，拥有超过1000 万元人民币可投资资产的中国人，共向海外转移了 5500 亿元人民币，还不包括移居海外的中国富人。27% 移居海外的中国富人有逾1500 万美元的财产。

"我还在找新加坡的人脉资源。我最近研究出一个新动向，我发现内地富人投资移民最热门的目的地是新加坡。富人们认为，香港离内地监管机构的视线太近，瑞士又太远了，而新加坡同属亚洲文化圈，很合适。普华永道预测新加坡将取代瑞士成为全球财富管理中心。新加坡金融投资移民也比较容易，只要投资 1000 万新元以上，将之交由一家由新加坡金融管理局监管的金融机构管理，即可取得新加坡国籍。"

秦方远佩服郑红旗的洞察力。这就是投资圈里的"老贼"，就像当年中国 IT 圈将此称呼送给段永基一样，那是很高的声誉，又让秦方远等年轻后生敬而远之。

临走时，郑红旗对秦方远说："你先不要急于拒绝，认真想一想。我们是提供财技服务的，是靠我们的专业服务吃饭，不偷不抢不骗，不存在法律风险问题。你什么时候想好了就过来找我，即使不干这块业务，我也还有其他业务，我很看好你。小伙子，在当前的中国，我们要以专业的财技挣些快钱、大钱，说不定哪天环境就变了。至于怎么变的，我们谁也说不清楚。抓住眼前的，活得更好些！"

说完，他拍拍秦方远的肩膀，飘然而去。

过了几天，秦方远给郝运来打电话聊起这事，郝运来说："你来我家吧，电话不方便。"

郝运来住在昌平玫瑰园别墅区隔壁，紧挨着北京航空航天大学沙河校区。如果不是亲自过来，他们在外张口就说玫瑰园别墅。玫瑰园别墅区是北京早期著名的别墅区之一，且不说传闻影星刘晓庆择居于此，单是前些年著名相声演员侯耀文因心梗于此别墅区去世，就让它名声大振。当然，住这里的人，要么是商贾，要么是高官，或者至少是个演艺圈叫得上号的人物。

郝运来的所谓别墅实际上是独家房屋，四个卧室，三个厅，三个卫生间，还有一个厨房，楼上楼下两层，大概有 350 平方米。这个伪别墅是他在国际金融危机爆发后半年左右买的，正值全球消费心理低谷期，国内房价直线下滑到谷底，郝运来果断出手，低价买入，不愧为玩儿资本的。但是，他想脱手时却遭遇北京房产限购，就砸在手上了，真是人算不如天算。

郝运来又是一个人在家。房子宽敞、明亮、舒适，有落地窗和露台，房间让小时工打扫得干干净净。

秦方远说起那天和郑红旗见面的事情，郝运来说："郑总这个人不错，乐于帮人，关爱后辈。早些年他也投资了不少好的项目，挣了一些钱，但近些年，他剑走偏锋，容易极端。你自己怎么看这件事情？"

"我个人觉得风险很大。官员资产在中国还是个敏感领域，挣这类人的钱，虽然可以大赚，却有很大的风险，随时可能被牵扯进去。"

"不错嘛，你才回国多久，问题就看透了，不愧为在华尔街混过的。"

"嘿嘿，郝兄过誉了，你永远是我学习的榜样。对了，你是怎么认识郑总的？"

"郑红旗身世复杂。他爷爷在新中国成立前是江苏一位名气不小的地主，名气堪比四川的刘文彩，拥有庞大的庄园，家财万贯，在 1950 年代土改时被打倒了。在他不到 10 岁的时候，'文革'爆发，他父亲又死于红卫兵之手。在改革开放早期，他们全家移民澳大利亚。毕竟之前是地主，家族势力也不小，聪明的、跑得快的都跑到国外去了，因此他也就顺理成章地出去了。

"这个人对中国向来有偏见，但是玩儿资本的，除了美国，现在的热点也就是中国了。大概 5 年前，他从香港回到内地，开始倒腾资本这些事。业界传闻，他在香港接手有'东北第一猛庄'之称的银信信托前，为香港李氏证券董事。他短暂接任濒于崩盘的银信信托的董事长，香港李氏证券为此专门发表声明称他已经离职。郑红旗当时宣称英格兰银行旗下的泛海投资将入股银信信托，投资金额达 7 亿元。不过，所谓的英格兰泛海投资是郑先生自己在境外注册的一家公司。

"这场骗局让业界对其争议很大，要么全盘否定，要么赞其颇有手腕，能量大。我们认识多年，是很好的朋友，但从未有过生意往来。"

秦方远听明白了，就像看了一部大片，感触颇深："我明白！对于我们这等人，既无资产也无权势，不会有什么生意往来的。"

郝运来提醒说："你是个人才，背景好，要警惕，不要成为别人的打手和垫背的。"

"哈哈，郝兄放心吧！我情商再低，也不至于低到这种地步。"

从郝运来家里出来，秦方远更加明确了自己的目标和判断。

10. 一顿 600 万元的午餐

前几天还在讨论政商关系，关于政商关系的一场纠纷就让秦方远碰上了。

专程到北京找秦方远的人是他一位小学同学的表哥，叫章净，白白净净，一表人才，小时候还是秦方远学习的偶像，老家在同一个小镇上。章净也已过不惑之年了，曾经在深圳某商业银行分行担任行长。

章净夹着一个公文包，还拖着一个行李箱，是直接从机场打的赶到东方广场的，风尘仆仆。

看着这副打扮，秦方远心生疑惑：什么事情让他急成这个样子？

章净见了秦方远，第一句话就是："我这次可遭难了，就靠兄弟你了。"

秦方远赶紧给他倒了杯茶，让他别激动，慢慢说。他忽然有种时空变换的感觉。当年,秦方远要赴美国留学,回老家跟亲戚朋友辞别。这位偶像级的同学表哥刚好在武汉出差,特别安排了一辆车把秦方远接到武汉,在香格里拉酒店办了一次丰盛的送别宴,为秦方远饯行。那时候,秦方远是仰望着他的。

章净说:"我遭到一个案子的陷害。"这次是一个涉及土地的案子,他带来了一份申诉材料。

章净数年前从银行离职,成为深圳鄂华世纪实业有限公司(以下简称"鄂华世纪")和深圳武黄银投资顾问有限公司的实际控制人。

2007年5月,中南某中部城市的一个区长吴伟——中南中华投资控股集团有限公司(以下简称"中华")、中南仁旺房地产开发有限公司(以下简称"仁旺")的实际控制人(中华公司实际拥有仁旺公司90%的股权,为方便工作,对外宣称是30%)——利用职权和个人影响力,以200多万元的极低价格获得了一块826亩的土地。此地当时是综合用地,因一直没向农民和政府付款,随时有可能被政府收走。吴伟身为公务员,按正常途径,是不可能支付200万元的,更谈不上支付农民和政府的款,百般无奈之下,他找到章净,请求帮忙融资运作该地块。几经谈判,最终达成协议:章净支付9100万元,收购仁旺公司90%的股权,双方一致同意一个月尽职调查后付款办理过户手续。于是中华公司、仁旺公司与鄂华世纪于2007年10月11日签订了股权转让的正式协议,将仁旺公司90%的股权作价9292.50万元转让给鄂华世纪,主要的运作项目是仁旺公司拥有的这块826的亩土地。担任区长的吴伟在协议上签字确认。

一个月尽职调查后,章净费尽周折,通过各种途径终于凑齐款项,就在即将打款至共管账户时,吴伟一方反悔了,要求加价至1.1亿元。不仅如此,吴伟方继续变卦,索性不同意办理过户,要求与章净的下家直接签署合同,而章净只能做中间方。章净原本想买下后与他人合作开发的,出于无奈,他只好同意吴伟方提出的无理要求。

后来章净找到了在广州做商贸生意的中南人王乐田,王乐田非常看好此地块，并于 2007 年 11 月 20 日同意以 1.75 亿元购买上述标的，三方很快达成一致：章净与吴伟解除股权转让合同，同时王乐田与吴伟直接签订合作协议；王乐田与章净签居间合同，前提条件是将 6000 多万元的差价一次性付给章净。当章净与吴伟于 2008 年 1 月 28 日解除股权转让合同，同时吴伟与王乐田签订合作协议后，王乐田有预谋地提出与章净修改合同，并以未带公章为由，故意拖延签订居间合同。直至 2008 年 2 月 25 日，章净才与王乐田签订协议书，协议规定 6000 多万元的款项分多次支付，章净觉得时间相差不长，就同意了，却没想到对方会赖账。王乐田与吴伟合作后，为表酬谢，向吴伟行贿 200 万元，吴伟在一个月内帮助王乐田将该地块的用途由综合用地变为别墅用地。

王乐田至今未支付一分钱给章净。章净想托秦方远在北京找政府关系为他讨回公道，让王乐田向章净支付应付款项，以维护当事人的合法权益。

"你怎么找我？"秦方远比较好奇。

"你一回国我就知道了，只是事情太忙，一时没有时间来找你。"

"可是，我就是一介书生，没有什么特别的关系，也帮不上忙。我个人认为可以通过法律途径解决。"

"我可知道你们公司的能耐了，你们前不久不是收购了深圳焦点传媒吗？我还有些怪你呢，你在深圳期间也不找我，好让我尽尽地主之谊。"

秦方远心头一热："不好意思，是我疏忽了，这次让我尽尽地主之谊。当年我出国时，您还特地摆酒给我饯行呢。"

"我有一年去纽约，你也陪我逛了一天中央公园啊！"

说着，两个人的话题就跑远了，还是章净把话题拉了回来："我了解到，你们老板在海里有关系，听说能量很大，能否找她帮帮忙？这个案子找法院没有用，只有找上层关系，要害部门一级级地往下批示，往下压，才能搞定。"

秦方远一听，知道这位同学的表哥是有备而来，他面露难色。不过，

对赌

他还是咬牙答应了："我试一试吧。"

果不出秦方远所料，张家红听完秦方远帮助处理那个土地案件的请求后，就流露出了商人的本色："可以帮忙，他能提供多少广告业务？"

秦方远有些哭笑不得："张总，这是朋友帮忙，他不是我们的目标客户。"

"那他能帮助介绍客户吗？他不是干过银行行长吗？那他手头肯定积累了不少客户啊！这种事，不见兔子不撒鹰，不能白帮忙。"

秦方远一时无语。

看来，张家红已经不再顾忌秦方远的感受了，跟融资期间的态度已经截然不同。

他忽然想起了武汉的马华，这哥们儿曾经说他在北京有政商关系。

电话那头，马华的声音疲倦不堪，秦方远担心他的身体，马华说："没事，我年轻，身体没有任何问题，只是公司上市遇到一些波折，没什么大事。"

秦方远似乎意识到什么，就问："上次你说的融资和上市搞得怎么样了？走到哪一步了？"

"唉，一言难尽！电话中也说不清，以后再说。你要找那方面的人？行，我给你联系一个，这个人跟我们的年纪差不多，据说在北京挺有能耐。"

随后秦方远联系上马华介绍的那个人，叫黄峰宇，约了见面的时间。

秦方远一个人去的，北五环外天通苑附近的一个别墅区。一个年轻姑娘开的门，黄峰宇斜靠在沙发上，嚼着口香糖，不时翻看苹果手机上的微博。

秦方远说明来意，黄峰宇立即坐起来："这事没问题，既然对方不履行承诺，我们就让他吃不了兜着走，我最痛恨不讲诚信的商人。"

他说："我可不是为了你。马华是哥们儿，我们经常一起打高尔夫，去韩国济州岛打，还一起炒地皮。既然是他介绍的，这个面子得给你。"

秦方远感觉，这个比自己大不了几岁的年轻人，比自己老练多了。

"这事呢，你得赶快定下来。否则，我估计又得出去晃悠了。"黄峰宇一急一慢，似乎成竹在胸。

秦方远没想到他如此爽快，满心欢喜。

他把这件事跟章净在电话中说了，章净说："这么顺？靠谱儿吗？"

秦方远说："我也不好判断。关系是发小介绍的，叫马华，也和你表弟是同学，不知道你是否认识。"

"哦，我知道，他父亲就是做石油设备公司的。他介绍的啊？应该靠点儿谱儿吧！"章净也在心里给自己吃定心丸。

"办这事，你得亲自过来谈，我只负责牵线，你们直接对接吧！"秦方远表现得比较谨慎。

章净约了饭局，约在东三环外光华路江南赋酒店，娃哈哈开的。秦方远和章净提前到达，黄峰宇晚了半个小时，并坚持要秦方远他们下来接，说带来了一个重要人物。

秦方远和章净下来，门口停着一辆挂着 WJ 牌照的军车，从车上下来一个接近秦方远高度的中年男子，肥胖，肚子挺得老高。黄峰宇介绍说："这是王秘书。"

章净赶紧上前握手，对方轻轻示意一下，就把手抽了出来。

上楼的时候，黄峰宇在章净身边耳语说，这是海里某领导的秘书，这次是专门为办理他的事情来的。

点菜时，王秘书说："我们都是自家人，就不要点得太复杂。两个标准，一是素食为主，二是汤菜为主。我这人嘛，一般不愿意在外面吃饭，这次要不是小宇小兄弟说这事特别重要，我还不出来呢，在家吃饭安全、放心。"

"是是，都看过媒体报道了。"章净迎合着说，"食品安全是个大问题。"

"就是嘛，得解决。"王秘书说，"首长们经常批示，他们也很痛心啊！"

对赌

章净说："是啊，王秘书说得是。最近微博上有人写了一首《沁园春·雪》，说得很形象，等我给大家翻出来。"

他摆弄了半天手机，翻出来那条微博："大家听听：才饮老酸奶，又服明胶囊。万里农药茶叶，极目地沟油。不管东邪西毒，闭眼吃完散步，今日还活着。子在川上曰：是药三分毒！注水肉，避孕鱼，苏丹红。一壶甲醇美酒，地狱变通途。今闻马兜铃酸，白菜福尔马林，特供出南湖。国人应无恙，当惊世界殊。"

"太有才了！"王秘书刚听完就忙着表了态，又刻意缓和气氛，"小时候吃得多安全，我们现在都成惊弓之鸟了。"

一旁等待点菜的服务员嫌等久了，就有些不高兴："还点吗？"

"你甩脸给谁看啊？"不知怎么的，黄峰宇的脾气突然上来了，冲着服务员凶起来，"我们不点，吃什么啊？我们不吃，跑这儿来干嘛？"

气氛很不和谐，王秘书出来解围："别跟服务员计较，人家挣份儿工资也不容易，是我们自己聊天聊忘了。还是我来吧，我口述，你记下来。"

他对着服务员，一口气点了十道菜，确实不是蒸的就是煮的。

王秘书不喝白酒，要了有机牛奶："我们这个年纪，过了四十了，要戒烟限酒，吃有机食品，无化肥、无转基因、无污水污染，饮食要平衡，要多运动，健康第一，其他神马都是浮云啊！"

这句话一出，把大家都逗乐了。看来，待在海里的人也在与时俱进。章净跟秦方远对视一眼，他心里想：这个秘书官做得大，却还蛮亲民的。

大家也跟着王秘书要了有机牛奶，看来权威就是力量。

气氛融洽起来。酒桌上，章净故意提到南方某省一些分管公检法系统的领导，党系统和政府系统的，王秘书是娓娓道来，一个不漏，一个不错。章净就心里有数了，如果不是体制内的人，一般是搞不清楚这里面的道道的。

酒桌上没有谈敏感话题。从饭店出来，黄峰宇把他们俩拉到一边，王秘书提前坐在车里了。

"来之前我们沟通过了，王秘书亲自督办，说这个完全能搞定，找当地的公检法部门来处理，肯定没有任何问题。"黄峰宇说，"我们这个行业收费也是有潜规则的，一般按 20% 提取佣金。不过，既然都是朋友，就权当帮忙了，我们收 600 万好了。"

秦方远心里一紧："这么贵？"真是天下没有白帮忙的。

章净琢磨了一会儿，说："行，我懂，这是行规。怎么支付？"

秦方远抢过话说："按照进度支付比较合理，先支付佣金的 20%，问题解决后一次性支付剩下的 80%，或者中间按照可控的、可了解的进度来分期支付，这样对双方都比较好。"

黄峰宇一听这话就不高兴了："你以为我们是做生意啊？这是帮忙，并且这事要不是特殊关系介绍，一般我们都不接。"

章净担心关系弄僵，说："那我们打你卡里吧！"

送走他们后，秦方远说："章哥，这里还是有风险的。那边合同还没有履约，这边就支付 600 万，悬乎。"

"办这事儿，舍不得孩子套不住狼。听这人说话，挺上道的，应该没有问题。再说，这个姓黄的小伙子开着军车，背景应该不一般；还是你发小介绍的，那马家结识的人档次应该差不到哪儿去。"章净的信心比秦方远还足。

"那好，章哥，下面的事你就自己处理吧，我就不参与了。希望一切顺利！"秦方远对章净说，"你自己权衡好之后再打款，万一有问题呢？"

对这话，章净一是听出了秦方远的谨慎，但他不知道这是秦方远的职业习惯；二是听出了秦方远的关心，这个还在穿开裆裤的时候就认识的小孩子毕竟长大了，虽然成熟的外表下掩饰不了这个年龄共有的稚嫩。

他拍了拍秦方远的肩膀说："放心好了，我会有分寸的。"

听了这话，秦方远就放心了。这时，一阵风从旁边的工地刮过来，刮得他们满面灰尘，秦方远赶紧拦了一辆的士，把章净送回了酒店。

11. 花钱也要讲技巧

深圳项目收购后，秦方远主张放弃对其他公司的收购，重点规范公司内部的管理和加大经营力度。

没想到向来主张快、大、猛的张家红竟然同意了秦方远的建议，她还无意识地说了句："如果再启动收购就得着手第三轮融资了，只有钱够了才可以跑马圈地。"

秦方远捕捉到了这句话的弦外之音，就是说，公司的现金流又开始告急了，但融资过来还不到一年时间啊！

秦方远心里一惊，他很清楚当初融来的钱足够用 24 个月，即使收购也不会一下子花那么多，怎么这么快就没钱了？钱都花到哪儿去了？

铭记传媒在努力脱胎换骨。公司规模由他刚进公司时的不到两百人，大半年就扩张到七百多人。

铭记传媒的名声越来越响。CMO 李宜制订了一套广告投放计划，在一些排名靠前、可以与央视叫板的地方卫视投放了巨额广告，广告语诙谐：释放你的能量，成就你的未来——铭记传媒。广告内容是一个小人物憋得满脸通红，在超人的帮助下释放废气获得轻松，然后冲天飞起。

在 MSN 上，大学同学白鹿嘲笑说："你们整个儿一个傻不啦唧的，拍的是什么玩意儿啊，还铭记终生呢，是嘲笑终生吧！乱花冤枉钱，把我们投资人的钱不当钱啊。做什么广告嘛，你们自己是媒体公司，要尽量干不花钱的广告。多么简单的事，要么互换广告资源，要么易货支付。

我可听说了啊，你们都是真金白银投放，知道 PPG（批批吉服饰公司）是怎么死的吗？都快成为行业笑话了。"

　　本来是调侃，结果刺激到秦方远敏感的神经了。具体广告投放了多少钱，秦方远也不知道，高管会议上只是提了那么一句；至于预算和决算，只有张家红、CFO 和 CMO 知道了。

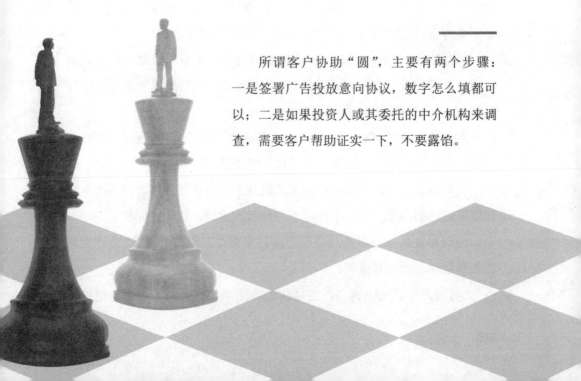

第八章

内部人控制

所谓客户协助"圆",主要有两个步骤：一是签署广告投放意向协议，数字怎么填都可以；二是如果投资人或其委托的中介机构来调查，需要客户帮助证实一下，不要露馅。

1. 冷飕飕的夏天

时间如白驹过隙，转眼就融资大半年了。

最先感受到寒意的是汤姆，当时还是夏天，离冬天还远着呢。汤姆说："狗日的夏天，我怎么觉得冷飕飕的？"

汤姆在青岛的时候给秦方远打电话："过来玩儿吧，坐动车也就五个小时。"

秦方远说："你们是去谈客户，我不好擅自请假出去。"

"你是公司高管，关心一下销售部门有什么不行？管他呢，先过来再说，哥们儿几个聚一下。"汤姆和秦方远的关系越来越融洽。在秦方远眼里，汤姆是个善良的人，江湖义气重。

秦方远跟张家红打了个电话，她挺爽快，听了几句话就说："好啊好啊，多指导指导，汤姆那边最近也没啥动静。"

火车到达青岛，一出站台，宛如置身于一个童话世界。青岛火车站保留了老站的原貌，德式小楼配上各种西式建筑，让人恍如梦中。

汤姆和青岛分公司的总经理李梅过来接站。秦方远说："劳你们两位大驾接站，受宠若惊啊！"

"呵呵，秦总光临青岛，也是我们的荣幸！在公司，谁不知道帅哥秦总风度翩翩，才华横溢，公司发展壮大还不是仰赖秦总的成功融资？"
李梅说话做事很干练。

秦方远最不愿意公司内部传播这种信息，他立即制止，说自家人别
过誉了。

车子停在一家海鲜城门口，汤姆说："我们既然到青岛了，就要尝
尝地道的海鲜。"李梅是当地人，点的海鲜自然是很地道。她要了份
鳕鱼，本来秦方远想去看，汤姆拉住他说："这个菜味道不错，看了的
话就会感觉恶心，还是不看为妙。"

酒过三巡，汤姆的话就多了起来："秦总，方远兄弟，我这个人是
个粗人，书读得不多，本来想着大学毕业混个一官半职的，结果混到商
业道上了。"汤姆虽然酒喝多了，但说话不结巴，"我人过四十了，很多
事情就想开了。我现在发现自己越来越不会搞广告了，都那么大年纪了
还要重新选择。"

秦方远也喝了几杯啤酒，微醉，但头脑清楚，他从汤姆的话中捕捉
到一丝不妙的信息："你要重新选择？你这个团队不是干得好好的吗？
我的手机天天收到公司 IT 部发的短信，某某团队又签了 200 万的单子，
华北区上周还签订了一个 800 万的大单，还有李梅，青岛区不是刚搞定
红海药业吗？都是好消息啊，怎么不会搞了？"

李梅听了汤姆那些话，就赶紧用手敲了一下酒杯，提醒他别酒后乱
说。听秦方远说到她的业绩，还提到红海药业，她比较尴尬地说："那
是易货，而且估计还得三个月后执行。秦总，你别听汤姆在这里瞎说，
他这是喝高了。"

秦方远发现李梅掩饰的伎俩不高。

汤姆抢过话："方远是兄弟，不怕。说实话，我们这媒体真的不行。
还有我们的政策，张家红这个女人朝令夕改，上午定的政策，人家一提
反对意见，她下午就推翻，晚上我们一抗议，她又改回来了，没有什么
标准。还有啊，你去看看，很多区域的液晶屏整天黑屏，监控也是形同
虚设，让我们怎么拉客户？"

对 赌

秦方远认为这些不是问题。有问题就解决，有错误就改，具体运营的事情，汤姆有发言权，业绩考核、时间考核、推行首问负责制，这些都是手段啊！

"你啊，还是一书生！"汤姆真的喝高了，他冲着秦方远一挥手，一不留神把手边的空瓶子给扫到桌下，只听"砰"的一声响，啤酒瓶碎了一地。

服务员闻声过来，秦方远说："这个瓶子算我们的，最后结账时记上。"

李梅拉起汤姆，说："秦总，我们结账走吧。"

汤姆说："他们不是安排好了？ K 歌去，泡澡去。方远啊，既然来了就听我的啊！既来之则安之，完全放松。"

他们直接去了当地一家比较大型的夜总会。

秦方远在青岛待了三天，然后自己提前回京。三天时间里，喝酒、桑拿、唱歌、飙车，算得上回国这么久以来最放松的三天。

回京的路上，秦方远又收到了公司的短信，华东区又和一家保健品公司签了 300 万元的广告合同。想到李梅和汤姆说的那番话，他已经明白了这些广告合同的真相，不觉摇头苦笑。

秦方远预感到，危机正扑面而来。

预感正在一步步成为现实，投资者们向铭记传媒公司派出顾问金仲良。

没有永远的敌人，只有永远的利益。投资者们已经结成了一个集体，这种联盟几乎不需要直白的宣告，他们是天然的利益共同体。如果说 B 轮融资进来之前，老严和张家红构成利益共同体的话，那是因为老严也在做击鼓传花的游戏，有新投资者进来，并且高溢价，不仅最初的 A 轮投资增值了，企业发展也加足了油。投资进来之后，先前的利益共同体自然解体，然后像细胞一样，按照自然属性，各就各位。

他们自然联盟的一个显著标志就是共同向铭记传媒委派了一名顾问，美其名曰协助公司发展，具体做什么不言而喻，张家红心里清楚着呢。

这名顾问在内部被戏称为金老头。金仲良其实不老,也就五十来岁,之前在众多跨国公司做过高管,熟悉国情,同时又是香港人,自然还是比较受欢迎。只有一个人例外,那就是张家红。投资者委派金仲良过来,最初提出待遇薪酬皆由公司承担,张家红在办公室里就跳了起来:"派了一个人来监视我们,还要我们支付工资?!"

她当即给老严打电话过去:"员工们都盯着呢,现在公司岗位都满了,突然来一个顾问,不是很合适吧?像这个级别的人,仅仅薪酬就会增加公司的成本,你们在董事会上不是一再提倡减员增效吗?我还打算再开掉一些呢。您看怎么做?"

老严一听心里就明白:"金先生的薪酬我们投资者支付,我们派他过去主要是支持公司业务发展,是给你们添加力量而不是增加负担。不过,我们内部的定位是,金先生在公司全权代表我们,希望你们的内部资料对他开放。毕竟我们是一个利益共同体,我们争取获得好的发展,共同获得好的回报。"

张家红自然也无法再说什么了。

在这个问题上,森泰基金、大道投资和老严的意见是一致的。

金仲良进来后一个人一个办公室,基本上就是参加公司的高管会议、运营中心会议、财务中心会议,包括媒体资源开发、客户销售、品牌维护以及政府关系维护,态度很热情,甚至动用自己在国内积累多年的关系,给公司介绍客户。如此再三,公司总监们觉得这个金仲良真是不错,又不挣佣金,还不拿公司薪酬,真正体现了投资者的增值服务啊!

在这种舆论环境下,张家红逐渐改变了态度,由刚开始的排斥变为接受,甚至一些重大的决策还咨询金仲良的意见。

毕竟在江湖上混,姜还是老的辣。

2. 旧爱归来

乔梅回京半个多月了，石文庆才告诉秦方远。

秦方远听到这个消息时，顾不上一旁的于岩，连珠炮式地问："她什么时候回来的？怎么不早点儿告诉我？你们见面了吗？她提到我了吗？"

于岩看出了他的急躁，她问："谁啊？"

秦方远放下电话，还未从刚才的急躁甚至失措的情绪中走出来，脱口而出："乔梅回来了！"说到"乔梅"两个字，才警醒过来旁边是于岩。他侧过头，想找个什么话题给转移过去，一时没找到，转回来，于岩正在看着他，脸上是前所未有的严肃。

"怎么了？你应该和我说说。"

秦方远勉强笑了笑，摇着头，"没事。我和石文庆一直这个方式说话。"

"如果有什么事情，你应该和我沟通。如果没什么事，请你放下，不要表现出来。"于岩固执地看着他，坚持自己的要求。

秦方远摊开手，表示歉意，说："我去见石文庆。"

临出门时，他吻了吻于岩洁净的额头。于岩僵直坐着，纹丝不动。

石文庆约在大望路阳光 100 附近的一家普洱茶馆会面。秦方远火急火燎地赶到茶馆，在二楼一个靠窗的位置，石文庆已经等候在那里了。

"昨天，那个位置是乔梅坐过的。"

秦方远刚一屁股坐下，听到这句话条件反射般蹦起来，然后哑然一笑，又坐下来了。

石文庆等他坐定，不紧不慢地说："她昨天约的我，见了她之后把我吓了一大跳。"

"你怎么到现在才跟我说？！"

石文庆没回答他，脸上有种少见的深沉。

秦方远有些紧张，追问："她怎么了？"

"两个字：消瘦！"

秦方远对石文庆的吞吞吐吐有些不耐烦了："你怎么叽叽歪歪的，快说吧！"

石文庆一脸严肃："昨天乔梅可是什么都跟我说了，包括好意思的不好意思的，都说了。唉，让我怎么说呢？像我这么一个浪荡的人，在你们眼里就是一个多么多么无赖的人，对于乔梅，我都感觉很愧疚，何况是你。"

秦方远着急了解关键信息，等不及石文庆长篇大论，打断他说："说核心。"

"你走了后，乔梅说是对你彻底放手了，但心里没有放。后来认识了一个从北京过去的男孩，比她还小一岁，两人谈了一段时间。她总是陷入对你的怀念，难以释怀，总觉得他没有你好，谈了不久就分开了。"

想到曾经属于自己的女人又有了别人，心里有些别扭，秦方远耐着性子听。

"这次分开后不久，她在网上认识一个在美国的安徽人，姓王，喜欢书画，好像是什么北京信息工程学院毕业的，说自己搞电气工程的，在国内有企业。这个人比我们都大，也许是情场高手。乔梅是谁？多单纯的一个女孩子，你是最了解的，是吧！"石文庆朝秦方远努了一下嘴。

秦方远说："哪有心情开玩笑啊，你接着讲，后来怎样了？"

"乔梅和那个人搞网恋三个多月，那人说离异，老婆在国内，乔梅

对赌

毫不犹豫地扑了上去。你分析分析，现在是不是女博士在海外也很饥渴啊？不对啊，我们这些黄皮肤的泡白妞困难，泡黄妞也困难，在美国也是男多女少啊，怎么总是乔梅扑上去啊？"

说着说着石文庆就偏离了主题，被秦方远制止："都啥心情了，你还开这种玩笑，说正事。"

"那人住在离乔梅公寓不远的一个社区。一天早晨，乔梅拎着早餐——自己熬的绿豆粥，用钥匙打开门的时候，看到了惊人的一幕——还有另外的女人！"

秦方远心里一紧，他非常理解乔梅那一瞬间的感受，他甚至感受到了自己的愤怒，情不自禁地握紧了拳头。

石文庆一瞧情形不对，就伸手拍了一下秦方远的肩膀："如果连这点儿事都承受不了，我就不往下讲了。"

秦方远轻吐一口气，舒缓了一下情绪，也开着玩笑说："你谈起别人的事情描述得惟妙惟肖，还记得你和何静那次吧？"

石文庆连忙摆手："以后别提这事啊，被哥们儿撞见那事算哥们儿晦气。这不，说乔梅怎么说到我头上了，接着说乔梅，接着说乔梅。

"乔梅撞见这一幕后，迅速退出了房间，一个人跑到楼下，蹲在一旁号啕大哭。哭完以后，她冷静下来，再次回到房间，对方已经穿好衣服。乔梅进去后一言不发，拿起东西就砸，笔记本电脑、陶瓷、花瓶，什么值钱砸什么，还把墙上的油画扯下来撕掉，把那姑娘——也是中国的——吓跑了，估计她以为乔梅疯了。那气势，把那个安徽籍王姓画家给镇住了！乔梅说，那次是砸爽了，之后就走了。"

秦方远心想：这就是乔梅，这就是北京妞！

"乔梅遇人不淑，还是因为心里惦记着你啊！唉，说实话我真的挺羡慕你的。虽然我女人不少，却皆如过客；你女人寥寥，却个个为你欲生欲死，欲罢不能，这才叫功夫！如果说我练的是少林，你学的绝对是武当太极，四两拨千斤，力量连绵不尽，好生羡慕！"

秦方远挥一下手："少来，怎么联系乔梅？把电话给我。"

"你还真是直奔主题，跟我要东西还像抢似的，今天这顿茶你买单啊！还有，见着乔梅别说我坏话啊——我现在混得咋样，这个嘛，可以实话实说。"

石文庆想表达什么意思，要达到什么目的，秦方远早看得一清二楚。他知道，石文庆是想乔梅给他滞留在美国的女友们传个话，当然是好话美言。

秦方远把乔梅的电话存进手机里，正要拨号，石文庆的手轻轻按住他，秦方远一愣，抬头望着他。

石文庆脸上没什么表情，声音低沉，几乎带着叹息："兄弟，想清楚。你不是我，做不来我的事。别忘了还有于岩。"

秦方远僵住了，看着石文庆起身出门，都没缓过来。

周末，他终于给乔梅打了电话。乔梅刚听一句"喂"就知道是谁了，顿时泣不成声。秦方远说："你在哪儿？"

"在家。"乔梅的声音软弱无力。

秦方远立即打的往顺义跑，也顾不上叫老赵出车。

乔梅在自己的闺房里。在秦方远快到乔梅家楼下时，乔梅的妈妈先下楼了，她握着秦方远的手，话还未说，眼泪就在眼眶里打转："孩子，你去劝劝她。回国后她就闷闷不乐，也不知道在国外受啥委屈了，我又不敢问，问多了她就急。这是怎么了啊？"说着老人家就哭。

秦方远安慰了一番，上楼去了。乔梅躲在闺房里，她冷冷地看着秦方远推门进来，没有表情，只是一直盯着他，手里翻着一支签字笔。

秦方远说："我来了！"

他蹲下来，在乔梅跟前，扶着她的双肩，看着她的眼睛。

乔梅的眼睛空荡荡的，这让秦方远心里发紧。当年是多么精神，只需一个眼神就知道对方要说什么。

乔梅还是不说话，秦方远自顾自地讲回国一年多的经历和有趣的事情，当然他没说于岩的事情。乔梅还是冷冷地听着。

秦方远蹲着太累，乔梅的妈妈敲门递给秦方远一把小板凳又出去了。

秦方远坐着小板凳，继续讲着有趣的事情。渐渐地，乔梅的眼睛里有了热气、有了温度，转眼间，眼眶里噙满了泪水，大颗泪珠掉下来。她猛地抱住秦方远，像孩子一样号啕大哭，就像失散多年的兄妹突然相见，那哭声，有着不可抑制的颤抖和沉重。

秦方远也流下了眼泪。毕竟，他们一起经历过那么多辛苦和拼搏。

乔梅说："抱着我，不要离开我！不要，我会死的。"

秦方远的手伸在空中，最后还是落在乔梅身上，用力地抱紧她。乔梅的身体颤抖而灼热。

3. 摊 牌

美好的时光总是很短暂。

秦方远曾经问过石文庆，是否有意或者无意跟于岩透露过乔梅的事。石文庆大怒："你就这么不待见哥们儿？！咱们谁跟谁啊，就差从小没穿一条裤子了，这种事，我能泄露吗？我能做那勾当吗？"他义正词严，好像受到了很大的冤屈。"不过，我真想骂你。我做事向来坦坦荡荡。没错，我是阅女人无数，但我绝不会同一时间段拥有不同的女人。"

本来是向石文庆咨询求助，结果不但没有获得想要的答案，还遭到一番奚落。在处理男女关系方面，秦方远不得不承认自己比较弱智。

也许是女人的第六感起了作用，于岩不但知道秦方远和乔梅有过不一般的过往，还知道前些日子秦方远经常跑过去和乔梅待在一起。她很伤心，又愤怒。这件事情迟早是要解决的。

于岩给乔梅打电话，邀请她在崇文门饭店马克西姆餐厅吃饭。马克西姆餐厅是北京乃至全国出现的第一家中外合资的高档西餐厅，外方投资者是皮尔·卡丹。崔健就是在这里第一次演唱了那首成名曲《一无所有》，娶了宋怀桂的女儿宋晓红。

于岩给乔梅点的是 600 元 / 套的法式正餐，另加 15% 的服务费。套餐均含头盘、汤、主菜、甜点和咖啡茶，还加了鹅肝批、焗蜗牛和煎牛排。乔梅一言不发，看着于岩忙里忙外，要了一瓶 19800 元的路易艾希纳的美洛。

于岩嫣然举杯，说："为健康干杯！"

乔梅举杯。

"为梦想干杯！"

乔梅举杯。

"为了停止这种无聊争斗干杯！"

这次乔梅没有干杯。她看着于岩的眼睛，那眼里的东西是她不熟悉，也不明白的，或者准确点说，是她不愿意去明白的。

在悠扬的弦乐里，两人悄然无声地吃饭，一顿丰盛的西餐，吃得寡然无味。乔梅知道，她就是秦方远口中的 Jessie，看着这个跟自己年龄相仿的女孩，她心里很不是滋味。

第二天，于岩找到秦方远说："你还爱她，是吗？ OK, easy and clear.（简单明了。）"

秦方远早就等候着这一刻。周旋在两个女人之间让他感觉很累，虽然于岩从未为此争吵过，但越是这样，越让秦方远感到即将大雨倾盆。

秦方远曾经就此事向石文庆讨教过。石文庆说："你心里装得下两个女人吗？你给我说实话。"

秦方远想了想，点头。

"她们两个你都爱吗？"

秦方远点头。

"这就对了，你们之前嘲笑我滥情，根本不是嘛。其实跟我交往的那么多女孩子，我个个都是有感情的，真的不是像换衣服那样随便换掉。

对赌

像电影学院的那个，我都跑去很远的地方摘草莓给她做生日礼物。像那个空姐，你还别说我矫情，我真的是打算和她结婚的，我还打算给她买辆宝马，50万现金我都留着呢。还有那个小梅，你认识的，如果不是单亲家庭，非要婚后跟她妈妈生活在一起，超出我的承受能力，恐怕早就和她结婚了。我从小一个人惯了，哪能和老人住一起啊？反正你现在的心情我特别理解，男人真的可以爱几个女人，而女人心里只能装下一个男人，不是说嘛，男人是先有性后有爱，女人是先有爱再有性，或者是一旦有性了整个心都扑向你了。"

"和于岩在一起，我很快乐，像燃烧一样。和乔梅一起，我会很安稳，过得很好，虽然，有时候很压抑。我不知道于岩是否爱我，或者是否会和我结婚；但对于乔梅，我心里有底。"秦方远老老实实地说。在这方面，他承认石文庆是他的老师。

"你老了。"石文庆莫名其妙来了一句。

秦方远听懂了。像尘世间大多数庸庸碌碌的感情纠葛，你爱的人和爱你的人，热烈的未知和安稳的束缚，你选择哪个。他沮丧地说："我也烦我自己，我确实是个没有勇气的人。"

"哈哈，这个问题确实棘手。就生活而言，乔梅适合你，毕竟在异国他乡共同生活了多年；就事业前途而言，于岩更适合你。她什么背景啊？相信你也知道吧。性格单纯，麻利，对你的事业是有帮助的。"

石文庆说了那么多，秦方远还是不知道怎么选择，最后帮助他选择的是于岩。

于岩问他："你爱我吗？"

秦方远认真地说："我爱你。"他心里苦涩地想，是的，我爱你，可是我也爱乔梅。

于岩说："我爱你，对我来说，爱就是爱，爱你，和别的事情无关。你的爱，有好多东西在里面。既然她回来了，你也回到她身边了，我就不奉陪了。"

于岩转身的时候秦方远没有看到她流泪，他总认为于岩会流泪的。

说到这个细节时，石文庆嘲笑了秦方远一番："你以为你是谁啊？爱就要流泪吗？这是什么逻辑！其实你是不甘心于岩处理这事这么干净利落吧！告诉你，像于岩这类人，她才不会跟你犹犹豫豫、拉拉扯扯、叽叽歪歪、婆婆妈妈，人家快刀斩乱麻。你啊，谈恋爱还是小学生水平。不过，也不应该啊，我看你处的这几个，还确实个儿顶个儿的，老天不长眼！"

于岩自那次与秦方远摊牌后，就再也没有给秦方远思考和辩解的机会。她收拾了留在秦方远那里为数不多的个人用品，扭头就离开了。

于岩离开后，秦方远失落地坐着，空荡荡地看着窗外，好长时间。让他自己都鄙视自己的是，虽然痛苦和受挫，但他居然觉得发自心底地轻松。

4. 瞒不住了

有道是，人多半是命，运气好的时候天上可以掉馅饼，一旦转霉运了，就是喝口凉水都塞牙。

此后不久，于岩突然找上秦方远，在东方君悦大酒店门口的喷泉池旁边，拿着一堆资料，开门见山："秦方远，关于铭记传媒，tell me something I don't know（告诉我点儿我不知道的事情）。"

秦方远看出于岩的神情不对，似乎在用挑衅的眼神看着他，他一时没明白过来是怎么回事。

于岩说："能对上帝发誓，那次融资中，你不知情吗？"

于岩这样一问，他就明白了。这是压在他心上的一块石头，时间过去快一年了，当初这些人承诺的合同执行几乎都没有兑现。不是不报，时候未到。

他是知情者。这还用说吗？他是融资主导者之一，商业计划书也是他主抓的，谈判也是他。是的，他确实隐瞒了，但他有苦衷，当事人信誓旦旦地说，完全可以把意向变为正式合同，可以让梦想照进现实；还说这已经是行业潜规则，早就屡见不鲜了。而且，那时候资本市场躁狂，项目基本处于抢的状态，抓大放小，这个问题应该放在大环境下去看。

这样想着，他又觉得自己没有必要愧疚。于是，当于岩用质问的口气问他的时候，他摇摇头，表现得很坚定。

于岩本来期待他如实地陈述，换来的却是坚决的否定，她一下子愤怒起来，甚至有点悲痛。那璀璨的阳光似乎正在被漆黑的宇宙吞没，逐渐湮灭成暗淡的星光。

她已经拿到内部材料——一度是公司商业机密的资料。到底怎么弄到的？秦方远百思不得其解，就像于岩是怎么了解到他和乔梅的事情一样。

于岩愤怒是因为她对爸爸说了谎。作为这只基金最大的LP，在犹豫徘徊之际，是自己的女儿给自己打了个电话，让一个可投可不投的项目在一念之间生死转变，做出这个决定是由于自己孩子的承诺。这个承诺实际上来自秦方远，来自于岩对秦方远的信任和支持。

于岩看到坚定摇头的秦方远，心里立即凉了。她"啪"的一下把手里的资料拍向秦方远的脸，转身走掉，任凭资料像烟花一样散落一地。

秦方远孤零零的，像被掏空了一样，蹲在喷泉池一旁。

这个场景，也许会在很长一段时间里成为秦方远独自咀嚼的酸楚。

秦方远其实理解于岩的心情，在美国接受教育的人，连小孩子都知道《木偶奇遇记》中的主角小木偶匹诺曹学不得。于岩的表现就像秦方远第一次接触到这个信息时所表现的一样，只是秦方远妥协了。铭记传媒是自己在国内的第一个项目，回国后的第一仗，谁都渴望成功。在冠冕堂皇、众口一词、利益至上的背景下，他选择了妥协，甚至隐瞒。

5. "亲信会议"浮夸风

这天，秦方远刚进自己的办公室，何静就冲进来："秦总，张总让你去小会议室开会。"

自从那次在石文庆的公寓里被秦方远撞见那事后，何静对秦方远的态度大为转变，每次见面都几乎是板着面孔了。秦方远心想，就算是貂蝉，情绪恶化后也没有原来美了。

秦方远走到小会议室，发现人不多，但个个面色凝重，正襟危坐。秦方远迅速扫了一眼，发现今天参会的人比较奇怪，公司的好几位核心高管没有与会，像 COO 汤姆不在，CAO 沈均不在，CMO 更是两三个礼拜不见面了，也不知道忙啥去了，CFO 李东也不在，甚至人力资源总监夏涛也不见人影。他心里涌起了一个大大的问号：这是什么规格的会议？要讨论什么？

张家红端坐在长条桌主持人的位置上，每一位被邀与会者进来时她都点头示意，这么平和，部属们都有些不适应。

围坐在条桌两边的，有负责媒体资源开发的副总王兵兵、新提拔不久的液晶屏采购总监李勇、办公室主任董怀恩、大客户一部总监肖强、财务部经理胡冬妹。秦方远突然明白了，这些人是张家红经常挂在嘴上的亲信。"难道我也被纳入亲信阵营了？"秦方远对今天这个局面迷惑不解。

张家红看到秦方远进来了，就让秘书关上门："都是自家人，不说两家话。你们很多人跟我做广告多年，长的有十年，又参与创办铭记传媒，一起打江山。"她顿了顿，"不瞒大家说，公司现在遇到非常大的困难，接下来会有一场硬仗。打虎要靠亲兄弟，上阵依仗父子兵，关键时刻希望你们在座的任何一位都不要掉链子。"

听完这段开场白，大家面面相觑，不知道接下来会发生什么，也不知道硬仗何为。秦方远本能地感到暗流汹涌。都说女人心难测，女强人的心更是如雾里看花，外面的人永远只看到冰山的一角。

回想起加盟铭记传媒公司一年多来的点点滴滴，秦方远意识到，该来的总会来，一切的因都会结果，有道是"不是不报，时候未到"。

秦方远思维飘散，他只看到张家红的嘴巴上下开合，不知道她说了些什么。张家红突然转头对坐在一旁的秦方远说话，打断了他的胡思乱想："方远，最近公司会有一些比较大的变化，希望你不要受影响。你是石文庆介绍的，是自己人。"

这种直白的表态，秦方远好久都没有听到了。究竟会有什么大变化，值得张家红特别叮嘱？

张家红布置任务："我们要整理一下今年前三季度的业绩报表以及第四季度的业绩预测。"

这件事其实交给业务部门就可以了，业绩报表财务可以出具数据，业绩预测由运营部门提供报表，应该不是董事长亲自过问的，更不适合在今天这个小型会议上讨论，何况相关核心部门的人都不在。

张家红似乎特别在意这个东西，因此大家都明白，这件事情很重要，但又不知道做这个干什么。

"请问，做什么用的？"王兵兵道出了大家共同的疑问。

这天，张家红几乎有问必答。她态度温和地回答道："先不要管做什么用，把报表做扎实些就行，今天晚上要提交给秦总。"

办公室主任董怀恩顺口接了句："估计又要开始融资，做给投资人看的吧！"

这下子，大家都明白了，只有秦方远不明白，这些表格压根儿不是融资所需要的，公司目前还没有启动 C 轮融资的条件和迹象。那张家红召集这帮人搞这些干什么呢？他忽然想起来了什么，B 轮融资前，也是在这样的办公室，那天下午开了关于融资的通气会后，张家红又在晚上召集了少数人参加内部会议，称为"亲信会"，那次会议秦方远没有被邀请参加。此情此景，仿佛如昨。

"这件事情，我们还得依仗秦总的支持了。"大客户一部总监肖强冲着秦方远阴阳怪气地说，"如果秦总不通过，我们做多了也白搭。融资嘛，人家大权在握啊！说行就行，说不行就不行，牛着呢。"

刚刚琢磨出一点儿味道，听到肖强这一句话，秦方远受到了很大的刺激，顿时一股热血喷涌而出，条件反射般脱口而出："说什么呢？我碍事了吗？你们任何人做的事情自己负责，你们又不是三岁小孩！"

这帮人对平日文质彬彬的秦方远突然发飙明显心理准备不足，好几道目光都砸在秦方远身上。那些目光阴冷，犹如一把把利剑悬在高空，随时可能杀下来，秦方远深刻地想到了两个字——孤独。

小会议室里的空气凝固起来，静悄悄的，坐在不远处的何静看看这个，瞧瞧那个，不敢吱声。

"秦总，当初我们做第二轮融资的时候，你不是拿着我们提供的合同和报表去告状吗？你还要求我们签字确认，你不是一直要做好人吗？"肖强针锋相对。

办公室主任董怀恩也过来帮腔："是啊，当初我负责一个分区的资源开发，人家还偷偷去调查我们合同的真伪，以为我不知道，现在不都拿下来了吗？何必那么较真儿呢。"

秦方远立即"腾"地站起来，狠狠地把记录本摔在桌子上，对他们怒目而视。这是一块未愈的伤疤，已经影响到他在于岩及投资人眼里的信誉了，没想到在这个场合还被他们合力猛然撕裂，流着鲜红的血，一群看客还在那儿嗤嗤地笑，那么放荡，那么冰冷。

张家红铁青着脸看着这一切。何静看情形不对，站起来冲着肖强和董怀恩说："你们能消停下吗？张总还在呢！不是讨论事情的吗？你们怎么像吃了枪药似的？"

提到董事长还在呢，他们立马乖了起来。

张家红发话："你们做业务的功夫都去哪儿了？这个节骨眼了还学会内斗了？啊？！"

秦方远听出了"内斗"的别样含义，他有些明白张家红做这些报表要达到什么目的了——马上要开董事会了。他顺势坐了下来。

对于张家红提到数据报表用的"扎实"这个词，王兵兵心领神会。他首先提议，我们要展示成本控制能力，让人看看我们是怎么节约成本的，尤其是资源维护费用，一年只有300多万元。人家分众传媒多少啊？上市财务报表显示不少啊，虽然广告点位数量有差异。我们的单位资源维护成本非常低，成本意识这么强的团队，去哪里找？什么是价值？这才是我们的价值。

"OK！这个你来完善。"张家红很满意。

"销售业绩怎么报？"华北大区总监廖红问。这个女人是张家红进京做电视广告业务时招的第一名员工，忠心耿耿。

这个问题很愚蠢，销售业绩当然是根据业务合同来计算了，签订了多少合同、执行了多少、实收多少、应收多少，白纸黑字，不应该信口开河张口就来一串数字。秦方远耸了耸肩，他们把目光转向张家红。

"第四季度预售报5000万，明年的广告计划预测可以报高些。"张董事长对手下吩咐，"那些重点客户要提前打好招呼，每一笔预售单子都要落实到具体客户，如果投资人做尽职调查的话，让这些客户帮助圆一下。我们要过好眼前这一关。"

这是去年融资事件中的情景再现，秦方远已经看明白了。他突然有些恶心，站起来对张家红说："张总，我身体有些不舒服，请假休息一下。"

所有人都看着张家红，张家红一看这情形，犹豫了一会儿，她紧紧盯着秦方远的脸色看，看到他的额头有些汗珠，就轻轻挥挥手，让秦方远回他自己的办公室去休息。

其他人开始琢磨"圆"的含义和动作。所谓圆，主要有两个步骤：一是签署一份广告投放的意向协议，既然是意向协议，不用承担正式合约的法律责任，因此，数字怎么填都可以；二是签署了意向协议后，如果有第三方来调查，需要客户帮助证明一下，不要露馅。

其实，这些活儿应该是铭记传媒的 COO 汤姆具体负责，董事长应该躲在幕后，这样即使投资者追问起来，董事长前面起码还有一道防火墙嘛。不知道为何，汤姆竟然没有被邀请参加此次会议。

6. 高管也是局外人

董事长布置完任务，各个部门都在紧锣密鼓地准备，秦方远独自待在办公室头痛欲裂，不是真的头痛，而是预感危机扑面而来。不祥的预感像块巨石压在心头，怎么也搬不开，压得他快透不过气了。

张凯伦推开门进来，看到秦方远一副痛苦不堪的样子，他就敞开嗓子嚷："这又是谁啊，把我们的高富帅惹成这样？"

张凯伦一亮嗓子，原本还有些吵吵嚷嚷的写字间突然寂静下来，他们都期待着又一部大片的上演。

秦方远赶紧站起来关上门："你就嘴上积点儿德吧，得饶人处且饶人。"

张凯伦说："我就是看不惯一群傻帽欺负一个书生，他们不就是仗着人多吗？不知好歹！如果没有你那笔融资，他们喝西北风去。"

秦方远自然知道张凯伦的作风，湘人性格彪悍，与秦方远的谨小慎微形成了鲜明的对比，也许是因为互补，两人惺惺相惜。

对 赌

张家红至今认为，公司最难处理的就是张凯伦，请神容易送神难。张凯伦办事效率高，但是个刺儿头，压根儿不吃张家红的那一套。曾经有一次张家红被他惹急了，气得当众扔了 LV 包。在众多员工看来，这该天下大乱了，谁知张凯伦掉头就走，把张家红气得面无血色。但是，张家红又离不开他。张凯伦能玩转政商，还是有一些道道的，尤其是主管部门的处长们，还是愿意被他请出来吃吃喝喝捧捧场的。

也就这么一个董事长特别助理，在铭记传媒公司是为数不多的张家红不敢张口来句"猪脑子""脑子进水"这种脏话的部属之一。

秦方远关上门后拉着张凯伦坐在沙发上："你别嚷了。好些日子没看到你了，你最近忙什么？"

"忙什么？嘿嘿，忙着找下家呗。"张凯伦在秦方远面前从来不打诳语，这让秦方远颇为感动。

"这么着急走？"

"你别装糊涂卖乖，你是公司高管，还不知道公司的经营状况啊？"张凯伦说话不喜欢含水分，都让公司其他人怀疑他是否真在政府机关混过，在那些地方滚爬过来的人，说话可是滴水不漏，让人听了半天，最后还是没弄清楚真实意图，这叫官话套话。"我估计撑不下去了，你看那钱，烧得哗啦啦的，让人心痛。收购什么破公司，竟然花了 5000 万，行业内部都传遍了，整个一个傻帽儿！还有那广告，什么玩意儿，花那么多钱！"

秦方远知道张凯伦指的是三个月前收购深圳焦点传媒公司和公司的形象广告。

秦方远问："广告投放了多少钱？"

张凯伦斜了他一眼："你是真傻还是装傻？不亚于你收购焦点传媒啊！"

秦方远甚是吃惊，心里迅速盘算了一下，越算心里越凉，他终于理解了张家红之前那句"如果再想收购就得启动第三轮融资"的含义了。再次融资？如果确如汤姆所言，水中捞月吧！

这时，肖南闪身进来。张凯伦立即站起来，诡秘地一笑："嘿，我不打扰你们的好事了。"

肖南反讥："哎呀，张总，人家张小姐等你吃饭黄花菜都凉了。"

秦方远对这句话有些不明白："又是哪个张小姐啊？"

"还能有谁？大客户一部肖总秘书呗。"

"呵呵，得了，不和两位费口舌了，我自逍遥去。"张凯伦推了推眼镜，开门而去。

"你晚上要请我吃饭？"肖南看着张凯伦出去，关上门问秦方远。

"你去哪儿了？没事吧，昨晚听你哭得那么伤心。"

"我很伤心吗？我去太原出差了。唉，甭提了，今天一大早就买机票跑回来了。"肖南换了话题，"对了，你昨晚怎么那么晚还没睡？都12点多了，原来你可是作息很有规律的，10点多准时就寝。我们还感慨，不做销售就是好，作息规律，养身养颜。"

昨晚，秦方远正和乔梅在床上欢愉地大战，结果被肖南的电话吵得中途停止。肖南提起昨晚，秦方远想起和乔梅亲热的情景，还被肖南的一个电话给弄得半途而废，他突然感觉有些不好意思，脸霎时就红了。

"这次去山西，本来签约没啥问题，帮助他们做推广计划的是我的研究生同学，也推荐了我们媒体，基本搞定。不去见面也许能签成，去了后，不说签不成，反盯上我人了，开出价来赤裸裸地说要包养我，有几个钱就可以为所欲为吗？！"肖南气得胸脯起伏不定。

秦方远一听就知道结果："做不成就算了，还有下一次机会。"

肖南对秦方远说："那事就算了。明天又要出差了，目的地是武汉，那是你的地盘啊！"

她直勾勾看着秦方远，目光里带着渴望。秦方远目光迎上去，那股渴望无关男女，只关乎成功。湖北是你出生、成长和上学的地方，是你老家，总有人脉吧。帮我一把，这单我一定要成！秦方远挠了挠头，说："你去武汉啊，那我找朋友照应你。"

秦方远告诉她，晚上自己的前女友要回美国了，要送她去机场，就不请她吃饭了。

"你们不是分了吗？"肖南比较吃惊。

之前，公司里已经传出秦方远和于岩分手的消息。秦方远一直很奇怪，他和于岩两个人的事情应该比较隐秘，不知道为何，稍有举动总是会很快在公司传开。还有，于岩能够掌握那么多信息，包括融资时有瑕疵的合同资料以及他与乔梅的事情，自己几乎都快成透明人了。是谁，在幕后偷窥了这一切？

后来，他想到何静，作为董事长秘书，她是距离公司机密最近的人。自从那次他们在石文庆房子里尴尬相遇，何静对秦方远再也没有以前那么亲昵了。

7. 断臂求生

傍晚 6 点，秦方远送乔梅去机场。乔梅还有最后半年就博士毕业了。

秦方远脸色不对，乔梅心疼地摸了摸他的脸，说："如果你不舒服，就别送我了吧。"

"不行，再怎么的，我也得送你。"秦方远在乔梅面前表现得很平静。

"你什么时候去美国？"乔梅这次用了"去"，而不是"回"。

2010 年当当网在美国纽交所顺利上市，当当网 CEO 李国庆是个性情中人，他邀请初恋女友出席庆功宴。因此，在投融资圈流传这样一句话：邀初恋女友参加上市庆功宴，羡慕嫉妒恨。

乔梅问的当然是铭记传媒在美国上市的事情。想到这个和李国庆的故事，秦方远就有些黯然。不过，他在乔梅面前表现得很镇静，当初自己那么雄心勃勃地回国图谋大业，他可不想让乔梅看笑话。男人，有时候面子比什么都重要，宁可要一时的面子，也不惧永远的伤痛。

"时机成熟就去。"秦方远故意轻描淡写地回答，"边走边瞧吧。"

乔梅很敏感，明显感觉到秦方远底气不足："发生什么事了？"

"能有什么事，我这不是好好的吗？"

出租车司机老赵通过后视镜看了看这对恋人，插话说："方远最近瘦了不少，工作也悠着点儿吧！"

乔梅说："是啊，我就纳闷儿了，天天这么拼命干，就为了去纳斯达克敲钟啊？那得到猴年马月？敲钟就那么有意思吗？"

当然有意思啊，只有上市才会有十倍或者上百倍的（国内创业板）回报。如果真的去敲钟了，那我秦方远转眼间就由一介穷书生摇身变为身家千万的富翁，那才堪称华丽转身。

也就这么想着，秦方远不吭声，他让老赵打开音乐电台，周杰伦的《菊花台》飘了过来：

……

菊花残

满地伤

你的笑容已泛黄

花落人断肠

我心事静静淌

北风乱

夜未央

你的影子剪不断

独留我孤单

在湖面成双

……

伤感的旋律，淹没在一点点沉没的夕阳中。

这次离开，乔梅让秦方远亲自送她，想着离开前再来一次最后的温存。只是，这个小小的愿望被汤姆的一个电话给完全打乱了。

"兄弟，我准备辞职！"汤姆上来就说了这么一个结果。

秦方远虽然有些预感，但没有想到会这么快："怎么走得这么急？"

汤姆说："你现在在哪里？电话里说不清楚，我去找你吧！"

秦方远算了一下时间，与汤姆约在了晚上十点半，在东三环富力城的上岛咖啡。

放下电话，秦方远一时愣住了。

晚上十点半，汤姆准时赶了过来，他进来时夹着一股寒风，还没等小木门关上，就"呼"地一下冲进来。他看起来灰头土脸的，胡子坚挺地长着，一看就没有刮，而头皮还是那么亮。

"怎么回事？"待汤姆屁股落在单人沙发上，秦方远就迫不及待地问，"今天上午召开的会议就没见到你，我还纳闷呢。"

"唉，一言难尽！"汤姆看着秦方远，欲言又止。沉默半天，汤姆还是憋不住了："这个娘们儿把我给开了。"

"为什么？"一抛出这个问题，秦方远就有些后悔，这不是和尚头上的虱子明摆着的吗？董事会早就对经营管理团队耐心耗尽，已经不仅仅是不满了，但秦方远仍有些纳闷："事情很突然啊！"

"唉，不受信任就得走，我们都是成年人，心里明白。"汤姆话中有些悲壮，"此处不留爷，自有留爷处。"

也许是命运轮回。当初汤姆跳离忘不了传媒，周易财就预言汤姆在铭记传媒待不长，那句话一语成谶。不过不同的是，这次汤姆不是主动跳槽，而是被裁掉，两者之间似乎有较大的不同。

"对不起啊，当初你带人进来的时候，我还在背后打你的小报告，竭力反对你。"想起去年那桩事，秦方远表达了歉意。

"咳，那都是过去的事情了，我早就知道了。"

秦方远纳闷："哦？你怎么会知道？这话我只跟董事长说过。"

汤姆反而像看外星人似的看着秦方远："你前头说的话，她转头就告诉我了。她心里留不住话，这你还不知道？"

这下轮到秦方远郁闷了。

汤姆说："这次她是让人力资源打电话给我说的这件事，她不直接给我打，我也就不给她打了。对了，我想问问，我那痔疮药厂的客户转让给谁比较合适？"

"只要留在公司，转给谁都行。"秦方远想都没想就脱口而出。

"那怎么行？随便给谁，那都是银行提款机啊！"

"对方不是嫌弃我们点位不够，播放质量不好不投了吗？你那个1000万的合同不是还有300万给退回去了，哪有未来的合作机会？"秦方远比较奇怪。

"也不是。"汤姆说起话来吞吞吐吐，"我是想，这个客户不能交给其他人，得交给放心的人，安全第一！"说这话时，汤姆没有抬头看秦方远，他端起茶杯喝了一口茶。秦方远注意到茶杯里的水较剧烈地晃了一下。

汤姆竭力掩饰着，很快调整了情绪，提议说："那转给肖南吧，她是放心的人吧。"说完，他盯着秦方远。

秦方远在琢磨他的用意。突然，他想起一个传闻，说是曾经在一次公司聚会上，肖南和汤姆消失了两个多小时，有人神秘地说，看见汤姆和肖南在玩"车震"。之前，他根本不相信，也不好意思问。肖南也不是这种人，除非有别的原因。

"方远，我一直把你看成是我的兄弟，我拜托你一件事，肖南你罩着点。这个丫头嘛，虽然说话尖刻，但人很善良。"

拜托我照顾肖南？秦方远瞪大了眼睛，心里充满吃惊和沮丧。那个传闻，莫非是真的？！

"我知道你为什么这么看着我，实话说吧，我和肖南那传闻……不是真的。"汤姆毕竟是老江湖，有时候戳破了那一层纸反而使事情变得更安全。"我是打着车震的主意来的，我想搞定她，一步一步都是对的,但是最后……没成。老实告诉你,你都可以说是我被她搞定了。"他摇头,苦笑。"但是,这个娘们是个可以相信的人。我这辈子没信过谁。"

不知道说什么好,秦方远干脆不说话了。他难以想象汤姆怎么能信任一个没搞到床上的女人,但是汤姆这番话他相信。然而,秦方远没有完全明白,也是很久以后才恍然大悟:汤姆转交这个客户给肖南的深刻含义,不只是照顾肖南,而是涉及一桩隐秘事件。

与汤姆分手后,秦方远回家冲了个澡,然后把疲惫不堪的身体扔在两米宽的大床上。很快,秦方远就进入了梦乡——失眠已经有些日子了。

好梦不长,接近一点的时候,秦方远的苹果手机又急剧地响起来,把他吵醒了。电话是石文庆打过来的,一下子把秦方远搞得睡意全无。

石文庆劈头就问:"你在公司得罪什么人了吗?"

秦方远一头雾水:"此话怎讲?"

石文庆就点明了:"你负责收购的深圳焦点传媒出事了。"

"出啥事了?"秦方远非常奇怪,"收购尽职调查是我负责,所有法律和财务调查都有专门报告,但我对这宗收购持有不同意见,因此没有在内部收购文件上签字。再说,这轮收购不是经过董事会批准的吗?无论收购程序还是收购条款,都是公开、透明、合法有效的。"

石文庆说:"有人怀疑收购有猫腻,你们从中牟利。"

秦方远听了非常生气:"扯淡!我堂堂正正!我怎么可能干那种事儿?不行,我明天一定要跟董事长谈清楚,究竟是谁在背后散布谣言,找出来对质!"

石文庆立即制止:"目前还只是传闻,你不要打草惊蛇,他们其实蛮相信你的。你去找张董事长,那不是此地无银三百两吗?还是以静制动,静观其变。现在是非常时期,要冷静。"

挂了电话,秦方远愤怒到极点,握手机的手都有些哆嗦。在国内外受教育多年，他认为人最重要的品质之一就是诚实和不贪婪，所谓君子爱财取之有道，这也是华尔街提倡的基本准则之一，没想到却被人如此猜疑。

第九章

董事之战

撤董事长？可以。换 CEO？也可以。但
是，前提是公司中层支持。如果搞派别之争，
将没站在自己这边的中层以及摇摆不定的"骑
墙派"都得罪了，那被踢走的很可能是投资人
自己。

1. 董事会汇报材料是"做"出来的

张家红把秦方远叫到她的办公室，告诉他，她开除了汤姆。说这句话时，她盯着秦方远，注意他的情绪变化，并且刻意放松神情，说话轻描淡写。最近一段时间，张家红又像融资时那样对秦方远很亲切，这让他有些不适应。

秦方远一夜未眠，黑眼圈很明显，他神色萎靡，强打着精神听。他没有惊讶，眼神空洞。一方面，他仍沉浸在昨晚石文庆告之的那个传闻中；另一方面，之前他已经知道这个结果了。因此，他只是出于本能地问了一句："那么，COO 这个岗位谁来接任？"

"天下熙熙，皆为利来；天下攘攘，皆为利往。广告圈就是名利场，对于这些人的来或去，我们心里都有准备，有预案。"张家红说，"董事会对我们的业绩不满意，我们开除 COO 表示我们已经关注到这个关键点，是让董事会了解我们的决心。你找机会和石文庆一起探探 VC 他们的风声。"

汤姆成为本年业绩不佳的牺牲品，张家红这招被喻为"断臂求生"。

大半年前，汤姆从河北痔疮药厂签了一份 1000 万元的广告合同，张家红在晨会上举着盖了双方红章的合同扬了又扬，像黄健翔解说那届世界杯意大利的进球似的，激情澎湃，声音洪亮："什么叫真金白银？这就是！什么叫大腕？这就是！"汤姆从最初的被质疑一下子成为公司里的红人。

张家红之所以这么激动，是因为铭记传媒从创办之初，就没有怎么见到真金白银的大单子，要么几万元，用张家红的话说，仨瓜俩枣；要么是易货，虽然会计准则允许实物收入，但未来上市对这个比例还是有限制的，即占比不能超过30%。

只是，这样的易货越来越多，保健品、药酒、高尔夫卡、体检卡……几乎占据了近一年来收入的80%，而融进来的现金却哗啦啦地一去不复返，账上的资金节节缩减。

VC们是怎么知道这个情况的？张家红很吃惊，因为每份报表都必须经过她亲自审批才能上报。那天下午，老严打电话过来，把张家红叫过去问了个究竟。回来后，张家红黑着一张脸，她直接回到自己办公室，进门就摔LV挎包，脱下外套也不记得挂，直接丢在沙发上，说话敞开了嗓子。有员工陆续进来谈事，她一会儿骂这个："猪脑子，对方既然要回扣，他们敢要，我们敢给，广告不就成了吗？就盯着你那仨瓜俩枣，真是草根！"一会儿批那个："脑子进水了吧，我们出钱登广告，怎么登上一个跳艳舞的照片？"泼性大发。

秦方远的办公室就在隔壁，听得一清二楚，侧对面是财务室，那里也是小心翼翼，只听到翻账本的声音。张家红显然认为，肯定是内部谁告的密，这些核心财务数据只有有限的几个人知道。

张家红骂人的口头禅下属广知，"猪脑子""脑子进水了"，骂起来劈头盖脸，毫不留情，只有秦方远、汤姆、王兵兵和张凯伦几个人没有享受过如此"待遇"。她有几次想骂张凯伦，话到嘴边又生生地吞回去了。事后，张凯伦酒后吐真言："看她生生吞回去的样子真难受。一个女人家怎么那么多脏话？张口就来，成何体统，憋死她！"

顾问金仲良也没有享受这种"待遇"。张家红对金仲良有点儿忌惮，毕竟是VC派来的。这个五十多岁的老头可谓久经沙场，混过多家跨国公司，还曾经担任过某国际知名 4A 广告公司的大中华区总裁，张家红私下叫他老狐狸。

从一开始，金仲良就被授权代表投资方对经营状况进行全面了解。虽然公司设置了一些人为的障碍，但通过一些财务账目和私下聊天，金仲良估计也了解了个大概。这是张家红的心病。

这次开除汤姆，张家红快刀斩乱麻，干净利落，毫不犹豫。她对秦方远说："走了一个汤姆算什么？这个世界上，三条腿的难找，两条腿的多的是。我们是公司，不是慈善机构，没有业绩或者业绩不突出的，必须让他们离开，不能占着茅坑不拉屎，不行就换人。我的用人标准是，有能力但人品不佳或者人老实但能力差的人都不要，我们是未来要在海外上市的公司，员工素质必须要高，既能开单，又忠诚，勇于维护公司的利益。

"还有一件事，我现在不能说，但它却让我下了最后的决心裁掉汤姆。还是忘不了传媒的老板周先生说得对，要提防着。"

秦方远想起了猎头公司刚挖汤姆时，钱丰还帮助周易财约他吃饭，谈到汤姆离职的原因，周易财欲言又止的神情一直是秦方远心中的一个谜。想起昨晚汤姆有些恐慌的神色，他似乎明白了什么。

张家红没有就汤姆的话题继续说下去，而是对秦方远推心置腹，大为感慨："现在稍有亮色的人才怎么越来越少啊？费了九牛二虎之力从竞争对手那儿挖过来的华东区总经理，据说是他们业绩最好的，在我们这里的业绩却是倒数第一。要是个个都像你这么出色，我就可以回家睡安稳觉了。"

接着，张家红说："明天要开董事会了，昨天我们开会布置的那些报表明天要在会上汇报，你亲自审一审，做个详细的汇报材料吧！"

"就昨天那数据？不可能经得起推敲。"秦方远直言不讳。

"现在是非常时期，我们没有时间一个一个推敲了，过去三个季度的财务报表可以根据财务提供的数据来做，经营业绩预测根据运营部门报的数据来做。"

这番话让秦方远想起了融资时向中介机构提供的材料，那就像是一个巨大的阴影，一直没有从秦方远心中彻底抹掉。这次，它又不期而至，刺激着秦方远的神经。

"张总，这个汇报文件恕我不能参与。"秦方远态度坚定地说。

这很令张家红意外，她盯着秦方远足足看了半天，然后一字一板地说："你可以保留你的意见，但这是你的工作。"

秦方远说："我可以不要这份工作。"

2. 纸包不住火

汤姆没有亲自来办理离职手续，他派了两位秘书过来办的，他们一起离职了。北京的公关广告圈都知道汤姆有一个嗜好，无论去哪家公司任职，都要带上这两位女秘书，一个主内勤，一个主外勤。曾经有人不怀好意地笑问汤姆："厉害啊，双秘书双飞，人到中年了，顾得过来吗？"

汤姆也不回避："知道你们在想什么。我这个人确实好色，但绝对是兔子不吃窝边草。你们想想，一旦和一个女人上床，第二天人家看你的眼神就不对，还怎么工作？"

离吃午饭时间还有20多分钟，汤姆主管外联的秘书赵雅敲门进来，对秦方远说："秦总，我们办好手续了。汤姆说改天请您吃饭，他虽然离开了，但他说公司里最值得交往的就是您了。"

"这么快就办好了？他自己怎么不过来？"

"手续简单，张总办事也比较干脆，七七八八的开销全部报销，从公司借的50万公关费用也与离职补偿抵销，所以办得快。"

"哦，好的，代我向汤姆问好，改天一起喝酒去。"秦方远目送赵雅离去。对他们的离开，他还是有些失落。

晚上，秦方远被石文庆拉到南锣鼓巷三棵树，他神色紧张。

"你告诉我，那个谣传是什么意思？"秦方远迫不及待，这个谣传已经使他整夜失眠。

石文庆本来打算告诉他另外一件更为重要的事情，却一碰头就被秦方远抓住昨天那事不放："你怎么这么沉不住气啊？我说过那是谣传。"

秦方远不语，直直地盯着他。石文庆受不了了，就和盘托出。

"你知道吗？焦点传媒给你们提供的那个与力量传媒合并的协议是假的，实际交易金额是1000万，根本不是4500万，那是他们的障眼法。"

"这个我根本没有采纳，我们是自己的团队做的尽职调查。我在内部给的价格上限是1500万，但是张总他们最后敲定的是现金加股权模式，现金2500万，再加上价值2500万的股权，这个还是经过董事会批准的。"

"董事会根本没有详细了解具体情况。张家红专门为这事儿邀请董事们开了一个电话会议，在会上张家红故意表现得很着急，一再说一旦竞争对手收购了，将会导致什么样的严重后果，机不可失，时不再来，要立即做决定。董事会是基于对你的信任，尤其是你带队调查的报告，才投了赞成票。"

"他们没有看到内部报批流程文件吗？签字的不是我，而是CFO。为什么我不签字？因为我不同意。我所能做的也就是如此，不签字就是无声的抗议！"秦方远对当初董事会轻易通过这笔交易一度不解。

"董事会已经拿到了关于这宗交易的不少材料，现在严重怀疑你们公司故意联手被收购方抬高收购价格，然后内部洗钱，从中获利。"

秦方远根本没有想到这一层，他瞠目结舌。

"你应该明白了吧。"石文庆说，"你们一下子比竞争对手高出4000万，傻子都明白这里面肯定有利益输送问题。不过，这只是谣传，董事会成员也只是听到传闻，也不知道是谁告发到董事会的，他们还是相信你的品质的。"他顿了顿，"我今天约你出来，是谈另外一个问题。明天的董事会你知道是什么议题吗？"

"不就是汇报前三个季度的经营情况，展望第四季度的业绩吗？"秦方远说，他隐瞒了张家红安排部属往业绩里注水的事情。他已经拒绝了，谁造假谁去承担责任。

"不是那么简单。"石文庆喝了一大口普洱茶，"你们上午开掉汤姆的事情，VC很快就知道了，他们下午开了一个会，明天会有大动作。"

"什么大动作？你怎么知道？"

"我怎么知道的就不告诉你了，做我们这一行业的，最大的特点就是得随时知道所服务客户的风吹草动。"

石文庆看了一下周边，然后伸过头来，咬着耳朵说了一句。

秦方远大吃一惊。

3. 投资人的秘密会议

铭记传媒的张家红在小会议室召开秘密会议的第二天，三大投资机构召开了一个电话会议，专门研究铭记传媒问题。金仲良被邀请参会，而且是主要发言者。

金仲良的开场白已是举座皆惊："铭记传媒公司的现金收入不到3000万元，仅完成了预期承诺的销售3亿元的10%！"

电话会议各方一时沉寂，似乎在憋着呼吸。老严毕竟是行业大佬，还沉得住气，他压住火，不紧不慢地说："现在可以考虑我们的后续方案了，我们已经给了一年时间。"

两家机构当初投资铭记传媒，很大程度上是冲着老严的眼光来的。他们清楚，老严最近也够郁闷的。他好不容易把一家电视购物公司送上香港主板上市，禁售期满可以顺利退出的时候，股价却跌到进入价以下，无法退出。

作为森泰基金的管理合伙人，托尼徐也是铭记传媒的董事。他说："现在这个样子，我怎么感觉这个女老板在欺骗我们？每个季度都开一次董事会，每次都说业绩在节节攀升，怎么一年快到了，现金收入还不到3000万元，只完成10%，这是什么业绩？！"

"创业公司要学会审时度势，如果每天都在苦苦挣扎却一直没有结果，也看不到希望，该放弃就放弃，该转型就转型。很多成功的公司，最终成就的和出发时设想的都不一样。"老严也表态。

观察员大道投资合伙人洪达开表态说："是时候按法定条款合法处理铭记传媒的事情了。"

洪达开虽然是跟投，但为了成功投资铭记传媒项目，在内部投审会上，他当着众多投审委员夸下海口，说铭记传媒估计会是第二个分众传媒，甚至超越分众传媒。

他也对公司目前的状况百思不得其解。投资之前他们还做了尽职调查，也上门拜访了几家大型客户，都表示不仅要投广告给公司，并且还要大投，但是从金仲良调查回来的数据看，当初信誓旦旦的客户投放寥寥。难道是客户在欺骗他？

洪达开虽然在这轮投资里投入的金额不大，这却是他作为合伙人身份主导投资的第一个项目，这么快就出现问题，自然压力最大。前不久，他单独找汤姆聊了业务上的事情，汤姆的一句话让他彻夜难眠。

汤姆说："跟你交个底，这类媒体根本卖不出去。为什么？看似消费者在上厕所时基本无事可做，但是，他们在这种状态下的注意力基本在排泄上，没有心思看面前的液晶屏，不关心也记不住液晶屏上播放什么内容。广告客户一听说是卫生间广告，都避之不及，说在这里登广告降低他们的广告品位。而适合此类场所投放广告的治疗痔疮、前列腺的产品则蛋糕有限，而且他们可选择的传播载体很多，为什么要投卫生间媒体呢？不是我们不努力，而是努力了也是枉然。第一年3亿销售额？

能完成 10% 就烧高香了。"

洪达开在会上转述了汤姆的话，会上一阵冷寂。

金仲良的汇报最具杀伤力的还不是业绩，而是另外一组数据，让与会者更为吃惊。金仲良说："目前公司账上只有 500 万美元，所剩无几了。"

这句话犹如一盆冷水，把他们从头浇到脚。按照这个烧钱速度，公司只能维持 5 个月。钱怎么会烧得这么快呢？

在老严的提议下，电话会议达成共识，准备在次日的董事会上启动。

4. 执行对赌失败

董事会如期顺利召开。

在上班时，秦方远遇到一件奇怪的事：他在电梯里碰到了朱圆——大学室友的前女友。

朱圆最先惊叫："秦方远！"

秦方远前脚刚踏进电梯，被她吓了一跳，抬头一看，才发现是朱圆。朱圆留着短发，没有了当年的秀发飘逸，也没有了那份娇羞，显得精明干练。本科毕业后，朱圆读了中国政法大学法律硕士，据说毕业后做了律师。

"回国多久了？你在这里上班？"朱圆问。

"一年多了，我在打工。"秦方远赶紧解释，"我在铭记传媒，做投融资。"

"我今天要去的就是铭记传媒，真巧。"朱圆嫣然一笑，露出两排洁白的牙齿，有些女人味了。

秦方远比较诧异，还没有来得及问，电梯就到了18层，他们下了电梯。走出电梯门，他迎头看到张家红在电梯间神色紧张地走来走去。

张家红看了一眼秦方远，说："你先进去吧。"然后她拉着朱圆迅速进了办公室，在她那布满了各类蜻蜓装饰品的办公室里说话。

秦方远作为铭记传媒的 CSO，被邀请列席这次董事会。由于焦点传媒的加入，董事会由五人组成，VC 们有老严和托尼徐两位，焦点传媒是杨总，铭记传媒是张家红，另外是观察员洪达开。

张家红带着朱圆进来。朱圆刚坐下来，老严就提出抗议："今天是我们的临时董事会，参会人员都是事前邀请的，没有被事前邀请的不适宜参会。"

张家红站出来替朱圆辩解："朱律师是我特别邀请的列席代表，很多向会议汇报的合同和文件需要朱律师帮助我给各位董事解答，希望能得到各位董事的批准。"

张家红说完，向老严颔首示意，以示尊重。既然董事长如此说，老严也没有打算刻意刁难，他和托尼徐、洪达开对视一眼，就没有再提出异议。

不过，这场会议从一开始就隐隐地吹着一股冷风，不祥的预感笼罩着秦方远。

按照张家红的要求，属下们经过两天通宵达旦的准备，做出了一份运营数据和销售业绩 PPT，包括明年的销售目标。初看起来，整理得井井有条，一切均在掌握之中。

开场白是老严做的，这位中国出生的美籍华人还是懂一些国情的，他先是学国人开会寒暄了一番，并没有像老美那样直奔主题。开场白中，老严提到当前的严峻形势，尤其提到美国雷曼兄弟倒闭，欧洲一些国家信用等级下调，不排除全球经济第二次探底，突然有些冲动，声音哽咽，让他看起来像个感性的人。不过，开场白结束，老严马上恢复常态，一脸严肃地说："张董事长，请汇报一下当前的经营情况。"

张董事长信心十足地打开电脑，开始说资源维护费用全国最低的竞争优势，还没说完，就被老严打断："这些我们投资的时候就调查过了，直接汇报销售业绩吧。"

"今年大部分时间是夯实基础，尽管如此，前 9 个月我们完成了现金收入 3000 多万元、易货收益 5000 多万元，第四季度我们将会创收 5000 万元。"

老严立即站起来："第四季度怎么会一下子收入 5000 万元？易货收入在哪儿？卖了多少？"

张家红的思维被老严突如其来的质问打乱了，一时失态，怔怔地看着老严。旋即，她恢复常态："易货有 5000 万啊！"

老严立即转头向列席董事会的金仲良发问："易货收入在哪儿？"

金仲良回答："公司确实有易货收入，但具体多少以及卖了多少，在财务报表上没有体现。"

金仲良一直被张家红视为 VC 派过来的间谍，她对金仲良的回答很不满意："你怎么看不到啊？你喝的那酒、抽的那烟、打高尔夫的金卡，不都是换来的吗？"

她又转头对老严说："第四季度我们肯定可以回款 5000 万，明年预计可以突破 5 个亿，因为今年基础打得好。"

洪达开说："明年能卖 5 个亿当然好，但现在我们要的是今年承诺的 3 亿，即使第四季度有 5000 万进账，也不到 1 个亿啊。我提议董事会执行股权对赌条款，对股份进行调整。"

张家红立马跳起来："那个协议不是我本人意思的真实表示，你们利用我不懂资本规则的缺点诓我，搞什么对赌条款。我根本不承认这个协议，不能执行！"

老严一听，火气上涌，他强压着自己的声音说："鉴于你目前的经营状况，我提议：一是免掉张家红的董事长和 CEO 职位；二是立即执行对赌条款。"

张家红"霍"地站起来，合上电脑，"啪"地把笔记本往桌子上一摔："这是资本强盗逻辑，我坚决不同意，今天董事会的所有决议无效。"

说完，她拉上朱圆退出会议室以示抗议。

秦方远愣了，看来石文庆昨天透露的消息确凿无疑。石文庆说，投资人已经达成内部共识：（1）必须换掉 CEO，不管张家红在业界多有名，资源多么好，都要靠业绩说话，当前的业绩说明一切。如果张家红没有意见，同意她继续留任董事长，但不参与公司的具体运营。（2）必须有人承担此前经营业绩惨淡的责任，承担责任的方式根据协议来执行。根据条款，张家红承诺第一年销售业绩要达到 3 亿元，如果达不到，则回赠投资人 6% 的股份。考虑到还有部分易货收入以及避免撕破双方的关系，而且张家红还是创始人，风险投资商仅是财务投资，一般不干涉日常经营管理，此轮对赌生效股份降至 5%。（3）如果上述条款通过，三家 VC 联合再出资 2000 万美元，公司至少可以再争取一年的生存期。

在秦方远看来，这是完全按照资本市场的游戏规则处置，愿赌服输，无可厚非。

老严就上述提议表决，焦点传媒的老杨竟然投了赞成票，于是任命金仲良为公司的新 CEO，即刻生效。

董事会在 15 分钟之内就结束了，这是秦方远所想不到的，但更想不到的还在后头。

张家红站在大堂高声叫喊："你们是强盗，你们强抢我的公司，这家公司是我一手创办的！告诉你们：今天董事会的所有决议无效，我决不让出对公司的控制权！"

董事会的成员陆续走出小会议室，来到大会议室，让前台通知公司所有中层员工参加会议，向大家宣布董事会的决议。

张家红站在大堂，对接到会议通知的手下威胁道："看你们谁敢参加？"陆续走出来的中层只好尴尬地站住，去也不是，不去也不是。

这时，张家红聘请的女律师朱圆也帮腔喊："今天董事会的决议无效。根据中国法律，董事会的召开必须提前 15 天通知并公布议题，这种临时召开的董事会毫无法律效力。"

女律师正在嚷，老严一脸严肃地走出来，指着朱圆质问："你是谁？你有什么权力在我投资的公司指手画脚？我告诉你，我们投资的是外资公司，我们执行的是离岸公司所在地法律，不限时间、不限主题、不限地点。跟我讲法律？你回去翻翻书吧！"

也许是被老严的气势给震慑住了，朱圆立即噤声不言。

接着，老严亲自一个个拉着中层管理者进入大会议室，秦方远也是硬着头皮从张家红的眼皮底下被老严给拉进会议室的。一些张家红的亲信，在她的阻挠下没有参加会议。

老严召集部分中层在大会议室宣布董事会决定的同时，张家红则在她摆满盆景的办公室召集亲信开秘密会议。

他们惊讶地发现，向来强悍的张家红竟然抽泣起来，用小手帕蒙着脸，压抑着声音，双肩有规律地耸动。当一个手下推门进来，她才意识到失态，迅速恢复到常态，一脸的坚定。

"他们在干什么？他们是欺负人！什么对赌条款，这不适合国情，这是在中国的土地上！"张家红一上来就直指要害，"这家企业是我们一手创办起来的，我们怎么可能轻易拱手相让？！"

"绝不能！"张家红突然提高嗓音。

她迅速做出安排，财务经理胡冬妹立即锁好所有的账本，除了财务公章在CFO李东手上，所有资料交给办公室董主任，包括公司的公章和法人章。所有合同不是在法务部存档吗？法务经理赵宇叛变了，你李霞，作为法务助理，不是管钥匙吗？马上取出来交给董主任统一保管。如此这般，一一安排妥当。

下属们心里犹豫不决，是听投资方和董事会的决定呢，还是听从已经被解职的张总的安排？他们面面相觑。

本来一切都在按照VC们预先构想的方向发展，只是老严一个错误的决定，顿时让形势发生了逆转。

在大会议室给中层干部宣布完董事会决定后，老严让部门代表表态。然后，老严突然说："我临时还有一个决定，通知今天没有参加董事会决定宣布会议的其他中层，从明天开始就不用来上班了。"

托尼徐愕然，马上跟老严说："这样是不是不妥？一下子处理这么多人，会给接下来的日常工作造成被动；再说，法不责众。"

老严则是另外一套思路："这些不参加会议的，要么是懦弱，要么是前 CEO 的人，这些人不处理，以后还怎么让老金树立威信，开展工作？"

在一旁的新任 CEO 金仲良表示："确实是这样。"然后，他四处找办公室主任下通知，却没找到。他看到了 IT 部新任总监，让他把董事会的决定群发下去，利用 OA（Office Automation，办公自动化）系统群发通知是铭记传媒会议通知下发的官方途径。

令 VC 们想不到的是，恰恰是这条群发短信，恰恰是这条临时增加的处理措施，让形势大幅逆转。

正在为执行谁的决定而愁眉不展的管理层人员，突然收到这条处理他们的短信，立即炸开了锅。

"凭什么开除我？我招谁惹谁了？你们股东之间的矛盾，为什么要我们承担后果？"

反抗唯一有效的方式不是找 VC 们理论，而是坚决执行张家红的决定。很快，不用张家红催促，这些管理层迅速四处收集合同、印章、账本等有效资料。

董事会结束后，董事们发现这些人忙忙碌碌，才意识到大事不妙，就去抢夺公章和合同等资料。张家红跑去招呼大厦的保安，那些保安只认识张家红，毕竟她是这家公司的法人和他们的主顾，立即不由分说地把董事会这帮人给撵走了。

老严一边走一边抗议："我们是大股东，这家公司是我们投资的，你们有什么权力驱赶我们？"

"老板，"一位胖保安说，"我们不了解也不关心谁是这家公司的股东，我们知道的是，必须保障我们租户的人身和财产安全，这家公司的法人就是张女士。"

在纠缠中，VC 们离开了。秦方远后来回想起这个场景，一直很郁闷，堂堂正正、接受美国良好教育、投入了那么多白花花银子的 VC 们，竟然是在保安们的挟持下离开了自己投资的公司。

5. 期权梦想成空

第二天早上 8 点半，像平常一样，金仲良来到公司。他还没有迈进公司大门，就被四个彪形大汉拦在门外。

"我是这家公司的 CEO，你们有什么权力不让我进去办公？你们是谁？"金仲良非常意外，冲着四个大汉咆哮。

"先生，我们是听从张总的命令，她是公司的法人，这是她签署的通知。"其中一个大汉递上来一纸通知。

金仲良看着递过来的通知，是张家红以公司法人名义签署的开除金仲良的通知。金仲良抗议："这份通知无效，她已经被解除了所有职务，无权发布命令。"

"先生，张女士是以公司法人身份签署的通知，并且盖有公司的公章。你们董事会之间的纠纷应该通过法律途径解决。"那个大汉似乎经过了预演和彩排，回答起来滴水不漏。

金仲良执意要进去，大汉们坚决不让进，四双大手几乎把金仲良给抬起来了。这时，何静出来，把金仲良的个人物品递给他："金先生，我们认为董事会的决议是无效的，张总会和董事会继续沟通。至于金先生个人，已经不是本公司的正式员工了，手续会随后办理。"

金仲良此时深感无奈，只好带着个人物品来到地下一层的车库。他打电话向老严汇报，老严听了半晌不吭声，然后只是沉闷地回复了

对 赌

一句话："那你先回去吧！"

当天下午，张家红还做出了另一项决定：她以公司法人代表的身份，将参加头一天董事会宣布决定会议的所有与会人员集体开除，理由是串通 VC 做出有损公司利益的行为。

秦方远决定主动辞职，虽然他不在此轮解雇人员之列。是张家红同情器重，还是别有目的？秦方远已经懒得想这些了。

不过，张家红并不同意他辞职，先是晓之以理，动之以情："你为什么要辞职？是落井下石吗？方远，你是石文庆的同学，是他推荐过来的，我还是那句话，你是我们自己人。"

秦方远认为这时候还说这些话有些矫情，他坚持离职。

张家红这回翻脸了："方远，你是和公司签署了竞业禁止、知识产权和相关保密协议的，如果你现在迈出公司大门：第一，我们承诺的那些期权是要收回的；第二，在半年之内不能在构成竞争的同类企业从业；第三，你得保守所有的商业秘密，否则我们将不得不与你对簿公堂。"张家红说这话时高高在上，她想以此吓唬住秦方远。

秦方远说："张总，我是职业人，我比较关注相关的法律法规。第一，我承诺放弃公司的期权；第二，我承诺在半年之内不会触发竞业禁止条款，不过，公司也需支付这期间的费用；第三，保守企业的商业机密是员工的基本职业操守。谢谢您当初在我回国期间提供的一切便利，不过我也想提醒张总，君子求诸己，小人求诸人，是所谓以责人之心责己，恕己之心恕人。"

秦方远表现得不亢不卑，在张家红惊诧的目光中离开了她的办公室。

秦方远看到一些管理层同事，一个个拿着被人事部门裁掉的通知走到人力资源部签署手续，默默无声。看着他们无奈的面孔，还未进入冬天，他就感到一阵阵发冷。

在华尔街，解雇和聘用是人力资源市场的常态。他不理解的是，即使在华尔街这个资本为王、充满铜臭味的地方，一个人被解雇，也没有这么无情、冷酷，连一个申辩的机会都没有，领导也不和你谈话，只是例行公事。

　　秦方远收拾了个人物品，俯视了一会儿窗前畅通无阻的长安街，这并不是这个城市的全部，在其他地方，不堵车已经成为非常态了。他叹了口气，径直去了人力资源部，签署了一系列离职手续，然后打的回家。

　　回到家里，他直接把自己摔到两米宽的大床上，突然感觉很轻松，回国一年多以来，每天连轴转，几乎没有自己的时间。他想好了，关掉手机，出去逍遥几天。

　　晚上9点多钟，他给乔梅打了国际长途电话。乔梅似乎刚刚睡醒，正准备起床洗漱去上课，她一听到秦方远离职的事情，就孩子般兴奋地叫起来："哎呀，离职太好了，来美国陪我吧！"

　　秦方远知道她又耍小孩子脾气，安慰了半天，然后说："我想安静地休息一段时间。我会关掉手机，就不跟你联系了。我会很好的，别担心！"

　　秦方远一个人去了云南丽江。

6. 人人都有感情债

　　一周后，秦方远在从丽江回北京的飞机上，看到忘不了传媒的一则消息：已经进入该公司一个多月的全球某著名会计师事务所正式退出审计，具体原因没有说。这个财经记者写道，消息来源是"据知情人士透露"。

　　忘不了传媒可谓祸不单行，它的主要竞争对手华天传媒顺利在纳斯达克上市，创造了上市神话，从创建到上市不足3年。媒体报道说，华

对 赌

天传媒的创始人在南方以房地产和餐饮业为主，华天传媒纯属玩儿票玩儿出的一个上市公司。据说这期间有财务利益输送嫌疑，左手倒右手。

如果审计部门退出的消息确切，秦方远认为这件事情非同寻常，他仰躺在座椅上，脑子飞速地运转。如果忘不了传媒无法被审计，无法获得海外会计师事务所出具的无保留意见，上市的成功率基本为零。

他想到了胡晓磊，这个独来独往、表面强悍而内心脆弱的女人。这家企业毕竟是她老公的，毕竟和她有着密切的关系，或者说，在法律意义上她老公有一半的资产归属于她，如果无法上市，那将会怎样？前有阻截（竞争对手顺利上市，融资后已经快速跑马圈地，抢占地盘），后有追兵（投资人的耐心是有限的，一旦发现上市无望，要么干掉董事长，要么卖掉公司），日子不好过啊！他又想到了钱丰，这是钱丰在这家外资基金的第一个项目，投资如此巨大，一旦失败，钱丰又将是何种命运？他还想到了铭记传媒，如果资本市场对户外传媒产生质疑，城门失火殃及池鱼，他们的日子也好不到哪儿去，何况还有那种种假象。他的心情灰暗起来，于岩的影子也在他眼前一晃而过，沉寂来临。

下了飞机，他给钱丰打电话，权当问候，结果电话响了三声被掐掉，也许在会议中吧！

在回城的路上，大约半个小时后钱丰的电话打了过来，听清秦方远的意思后，淡淡地说："一点儿小瑕疵，没啥事儿，谢谢秦总的关心。"

秦方远在电话中听不出来钱丰的真实情绪，但也敏感地捕捉到，钱丰不是过去那样吊儿郎当或者热情洋溢的语气了，突然变得像九寨沟的湖水，波澜不惊。这不像钱丰的风格。

想起九寨沟，秦方远至今还没有去过。他在美国时曾经答应乔梅，有机会回国后一起去两个地方：一是风景如画的九寨沟，在国内时曾经看过张艺谋拍的《英雄》，梁朝伟与李连杰打斗时蜻蜓点水波澜不惊的湖面，简直是人间仙境；二是去西藏，那是人类离天空最近的地方。可惜，这样的机会一直没来，不知是秦方远没有兑现承诺，还是乔梅没有给他机会？

　　回京第三天晚上，石文庆跑到秦方远的住处喝小酒，买了鸭脖子、鸭腿和鸭肠，还有两瓶白酒。石文庆说："偷偷告诉你，哥们儿——要不是看在咱们是铁哥们儿的分儿上，一起在大学逃课，一起去老美留学，一起泡妞，这个绝世秘密，我就是带进棺材去，也谁都不会说的。"

　　秦方远有些瞧不上越来越不爽快、越来越嘚瑟的石文庆了："不说拉倒，憋死你。"其实他心里明白，越不想说的东西，石文庆越想告诉他，这个世界上，这种事起码目前还只有秦方远是他的忠实听众。即使当年秦方远在美国，石文庆碰到这种事还给他打越洋电话唠呢。秦方远很清楚，这种性格的人真的憋不住，有道是有尿不撒憋成前列腺炎，有话不说憋成神经病。还有心理学家研究说，这是男人的隐秘心理，越是一些见不得阳光的东西，越想和密友分享，比如有过多少女人。

　　石文庆熬不住，就说："唉，也不知道咋的，我现在干那事儿，三两下就完蛋了，惹得女人们非常不满，让俺很是沮丧。"

　　秦方远一听就乐了："这叫报应，要么血管过早硬化，要么纵欲过度！你啊，就属于后者，谁让你家里红旗不倒外面彩旗飘飘，都有家室的人啦，还在外面厮混。"

　　"哪有家室啊？起码在法律上和仪式上，我们还不是夫妻。"石文庆抗议。

　　"人家都把电话打到我这里来了。上次那个电影学院的，现在在电视台做节目主持的那个，你老婆给我电话说，她从微博和手机上看到你们调情，都快疯掉了，还埋怨我不提前跟她说，毫无心理准备，伤害太重了。这都让我没法说你，陷我于不义啊！"秦方远干脆点破，这可不是一次两次，很多次了。

　　"你以为你自己多清白啊，胡晓磊且不论，人家已经结婚了，算是好的归宿吧。乔梅呢？还有于岩，你就独善其身？"石文庆反唇相讥。

　　秦方远眼看着火烧到自己身上了，立马还击："瞧瞧你，算算，从高中开始有过多少女人，我给你数数，李桂花、罗岩……稍远的就不说了，单说近期的吧，那个电影学院的小梅，她的上铺果果，那个80

后女作家，还有你那个空姐，人家 87 年的，才多大……"

"你可别提她啊，我可跟你急！"石文庆对那些过往的女人本来还不怎么在意，当数到空姐，立即跳起来，"这是我心中永远的痛啊！我对每个女人用情都很深。"

猛喝了一大口白酒，石文庆准备大倒苦水。这时，钱丰敲门进来了，他一脸沮丧，进了房门，脱下鞋子，没有换松软的拖鞋，光着脚就进来了，一屁股坐在沙发上，把头往沙发背上一靠，长叹一口气："这事儿咋整啊？"

他们都以为是忘不了传媒的事情，就安慰他。钱丰摆摆手说："要只是那事就好了，又不是我一个人的问题。这事儿是我一个人的事，闹大了。"

"什么事？"秦方远首先想到的是家里，"是不是老家出啥事儿了？别担心，什么事我们这帮哥们儿帮你顶着！"

石文庆盯了钱丰半天，嘿嘿一笑："莫非是女人的事情？"

钱丰抬起头，盯着石文庆："我的女人怀孕了！"

秦方远也明白了，他见过钱丰口中的那个女人，不是他远在加拿大的妻子罗曼，而是南锣鼓巷那家湘菜馆的云南妹子。

云南妹子长得小巧玲珑，身高不到一米六，戴着一副黑边眼镜，皮肤白皙，看起来比较文静。钱丰是在几次饭局后认识她的，他至今也说不清楚为什么喜欢这个普通的云南妹子。作为投资界的新秀，一般应该周旋于东方君悦、中国大饭店、凯宾斯基之类的豪华场所，谁也不会把他与古巷一个普通饭馆的小妹子联系起来。

这个云南妹子对钱丰仰慕得不得了。她知道自身与钱丰的距离，因此两年前离开北京，去了福建，认识了一个网友，结婚了。一年后，她离婚又回到北京。云南妹子给钱丰打了个电话，正处于空虚期的钱丰就这样又联系上了。

"你还没有离婚呢，瞧你这事儿办的。"秦方远数落起钱丰来，"知道你和罗曼迟早要离的，可是你跟这个姑娘好，那也得不能出事，安全第一。"

钱丰其实蛮享受秦方远道貌岸然地批评人的样子。当年为了胡晓磊，两人一度差点儿大动干戈，都快动刀子了。相逢一笑泯恩仇啊，时间真是个好东西。

百密一疏，钱丰说平常已经非常注意了，但事实就是还是怀上了。

"这在法律上算重婚罪啊！"石文庆摆出一副幸灾乐祸的样子，"其实有啥难的，要么娶，要么做掉。"

钱丰指着石文庆说："你自从做了投行，就没干过好事。"

石文庆一听急了："这不是你让大家给你出主意吗，干吗扯上工作啊？我没做过好事，你又做过啥好事？忘不了传媒有了个大窟窿，也叫成功？"

钱丰一听就站起来，情绪很激动，好像要动武。石文庆对于打架从来不是个好鸟，他也"噌"地跳起来。

秦方远按住两人："你们要干吗？都坐下，解决问题就解决问题，不要扯远了。"

钱丰深呼吸，压了下气，坐下后就像泄了气的皮球，双手抱住头："现在的问题是，我即使离婚了也不想娶她，她怀孕两个月了，跑回老家坚持要生下来。"

秦方远和石文庆一听，知道问题比想象的要严重得多，一时没了主意。

还是石文庆历练得多："那继续做她的思想工作，陈述利害关系，一个女孩子未婚先孕，生下孩子怎么养啊？"

"唉，都做工作了。她表弟在清华大学读博士，也给她做过思想工作，但是，做不通。她亲姨在她老家的小镇，也去说了，结果被她和她妈给赶出来了。"

钱丰之所以不愿意娶云南妹子，除了身份悬殊外，还在于那个云南妹子的成长历程。云南妹子10岁的时候，妈妈被拐卖到山西，父亲在她12岁的时候病逝，她是跟叔叔长大的。妈妈在山西生下一个儿子，在小孩 4 岁的时候跑回云南，又嫁给了当地的一个人。这个女孩子最大的梦想就是到北京工作，小时候只要听到某某家有亲戚在北京，就羡慕得不得了。

"我分析过，她跟我在一起很有安全感，可能与她小时候的坎坷经历有关。"钱丰忽然感慨起来，"其实她挺好的，有过一段短暂的婚姻，对我很体贴。早晨我一起床，她就把牙膏挤好了，早餐也做好了，而且无论我穿什么衣服，都会说：'老公，你穿这件衣服真帅！'

"可惜，我不想和她结婚，身高、学历以及她的成长经历，都让我心里不爽。我咨询过律师，律师的主意是，可以把手机号换掉，把房子卖掉，然后人间蒸发。即使告到法院，法院每天要受理那么多案子，根本没有时间处理这种事情，只能当事人自己去找下落，这么大的中国，去哪儿找啊！"

"这是什么狗屁主意！"秦方远和石文庆几乎是异口同声。他们都听明白了，钱丰是享受了美色又不想负责任的主儿。其实，这样的人少吗？或者说，这不是大多数男人的隐秘心理吗？

秦方远认为这是人性的丑恶：这是怎么啦？这是一个生命，三个男人谈起来却有些轻描淡写。

也许这就是生活。秦方远发了半天呆，一言不发。石文庆开了另外一瓶酒，给秦方远和钱丰都倒上，然后端起酒杯一言不发地碰杯，一饮而尽。

半晌，秦方远理清了思路，对钱丰说："事情已经这样了，我认为你应该去找她的家人和她本人认真地谈一谈，你要抱着开放的态度去谈，无论结婚还是流产，都要开诚布公。我相信成年人都有理智，虽然感情暂时战胜了理智，小姑娘转不过弯儿来，她的长辈经历过那么多磨难，应该想得通的。"

"我个人认为，要想成功解决这个问题，你得准备一些钱，这个社会能用钱解决的问题就不是问题。"石文庆说，"这件事已经闹成这样了，你一个人去不方便，万一对方情绪激动动起手来，你人生地不熟的，怕会受到伤害。我在昆明有个特别要好的哥们儿，在当地人脉广，够哥们儿，让他陪你去。"

钱丰想了想，起身说："行，谢了。我明天就走，立即，马上！"

7. 送上门的美女不能要

秦方远回京第五天晚上 11 点左右，正准备休息，突然听到有人敲门。

秦方远打开房门，肖南赫然站在门口。他把她请进来。肖南进了门廊，带上门，站着不动。秦方远看着她。

"你去哪儿了？很多人都在找你呢！"

"很多人？"

"你不在，大家心里都很不安定。"

秦方远听她随口说出，应该是实情。廊灯下，他看到一张消瘦的脸，眼角像打了结一样。

"是不是那个人又找事了？"

"谁啊？你说霍中秋吗？"

秦方远点点头。

霍中秋是肖南的手下。铭记传媒应董事会要求压缩公司的人力成本，前不久进行小幅度裁员，作为其上司的肖南把他挂上了裁员的黑名单。

自以为可以拿着不错的薪水在公司混日子的霍中秋对被裁员比较意外。刚进公司时，霍中秋自称在央视广告部混过，在圈内颇有资源，可入职半年，业绩寥寥，只做了一单业务，就是利用公司自有的户外媒体资源置换了一批鸡蛋。

那天晚上，肖南正开着她的新广汽本田蜗行在北京东二环路上。秦方远坐在副驾驶座上，听着王菲的《传奇》，摆弄着托美国同学邮寄回来的 iPad，玩着上面的游戏，那款游戏是《FBI 读心术》，肖南一直试图借用这款软件读懂身旁男人的心。一路上，他们轻松闲扯，对于严重的堵车熟视无睹。这时，霍中秋给她打电话，肖南顺势就按了接通键，开车时习惯设置为免提状态，霍中秋的声音就粗壮地冲过来，如同一头粗野的疯牛闯进静悄悄的牧场，横冲直撞，一时场面大乱。霍中秋在电话中醉醺醺地粗着嗓子嚷："你终于把我干掉了，臭娘们儿！你砸了我的饭碗，我不会让你好过的！"他扬言要跟她没完，抖出她的很多事："包括你和汤姆，还有和秦方远那小白脸的事情，我全部抖出来。"肖南对此没有丝毫的心理准备，一时乱了方寸，车子开始有些晃荡。秦方远听得一清二楚，他赶紧扶了一下方向盘，打了右转向灯，在一阵嘶鸣声中，安稳地靠边停车。秦方远抢过电话，这个平日看起来文质彬彬的君子，在电话中一字一板地对霍中秋说："如果你继续纠缠，我来和你单挑！如果是真爷们儿，就要对自己的任何行为勇于担当！"

肖南身体有些发颤，秦方远情不自禁地用力抱了抱，轻拍了一下肖南的后背："别怕，我会收拾他。"过了好一段时间，肖南恢复了常态，她说："没事了，就是有些闹心。"秦方远问："你的部属为什么这样对待上司？"肖南说："他刚被公司辞掉了。"

原来，霍中秋前不久擅自越级找到张家红，想自立门户。张家红之所以成为董事长，自有不凡之处，洞察事态无所不及，在广告圈内早被磨炼成精了，她当然知晓其中的利害关系。肖南是铭记传媒的当家花旦，还是创收大户，当天晚上她就把这件事告诉了肖南。

自从那次电话威胁后，霍中秋再也没有找上门来，也没见其他动静。

肖南抿着嘴，灯影掩映下，居然显得有些楚楚可怜。她伸出食指，轻轻抵着秦方远的胸脯，犹豫着说："你……以后……"

秦方远僵在原地，心脏不争气地跳起来。他只要再往前一步，肖南的手就会顺势抱到他背后，她的人就在他怀里。但是，汤姆的话在他耳边响起，"你都可以说是我被她搞定了"。他清醒了点，微笑着抓住肖南的手指，放了下来。

"你这个人啊，做事很厉害，但是人呢……"

"怎么了？"

"蛮冷漠的。"

秦方远有些意外，这是他第一次听到有人这么评价他。有时夜里独自呆着，他不经意间，也会察觉，除了工作之外，自己对于生活中许多事情似乎是缺乏了些热情。但是，冷漠，至于吗？没有热情就是冷漠吗？

"还有点冷酷。"肖南补上一句，"那些掉入你魔掌的女人，挺可怜的，我对她们表示同情。"

秦方远笑着说："你是来讨伐我的？"

肖南摇头："你不请我进去喝杯酒什么的？聊一聊以后吧。"

是你故意站在这里的，秦方远心里想，没说出来，带着她进了客厅，指向沙发。

"我也看不到以后在哪里。"他边说，边从酒柜里拿出一瓶好红酒，再拿出两个高脚杯。

8. 新 CEO 被人买了一条腿

送走肖南，秦方远一觉睡到第二天下午 1 点多，起来的时候昏昏沉沉的。他打开手机，短信的提示声响了 20 多分钟，塞满了手机的存储空间，都是同事发来的，问候和担忧。他正在一个一个翻看短信，一个电话打进来，是金仲良。金仲良约他在后海茶马古道云南菜馆一起吃晚饭。预约的包间在二楼，靠近后海，俯首望去，水面上灯影闪烁不定。

晚上七点一刻左右，金仲良灰头土脸地进来了，嘴里恶狠狠地骂着："小赤佬！竟然跑到我家威胁我！"

"怎么回事？"

"我上午在家，突然有个彪形大汉冲进来威胁我，警告我以后不要多管闲事儿，不要做甫志高。我一听就知道怎么回事，肯定是那姓张的女人找的。什么叫多管闲事儿？还甫志高呢！我是董事会任命的CEO，竟然非法把我赶出来，还派人到我家威胁我！什么世道！"

五十多岁的金仲良在秦方远的眼里向来文静，有修养，在职场打拼多年，应该说早就百炼成钢，宠辱不惊了，能把他气成这样，可谓事态严重。

"报警！"

"报了啊，警察过来了，但那小子跑了。警察挺好，做了笔录，然后说下次来了不要让对方轻易进门，赶紧报警，他们就过来处理。唉，还下次呢！"

金仲良一脸郁闷，昂头喝了一大杯普洱茶。

菜上来了，两人边聊边喝云南米酒。吃到半晌，金仲良接到一个电话，没说几句，他脸色大变。接完电话，金仲良神态异常，身体有些发抖。

秦方远一看情形不对，伸手扶在金仲良的肩膀上："究竟怎么了？谁的电话？"

"一个陌生人。"金仲良深吸了口气，逐渐恢复常态，"对方说让我不要管闲事儿，不要参与铭记传媒的事情，说已经有人买我一条腿了，让我看着办！"

"这是黑社会啊！"

"关键是他们说出了我儿子在北京哪所学校上学！"

秦方远拿起电话就拨通了110，边打边说，我就不信社会主义国家还不如美国，人身安全都没有，怎么建设和谐社会？报了警，最后却因找不到对方电话而作罢，因为来电显示没有号码。

金仲良决定放弃 CEO 的职位，他打电话给老严。老严没有说什么，他的心情也好不到哪里去。

9. 政商关系：离不开，靠不住，得把握一个度

章净跑到北京来了，他脸色灰暗，对秦方远说："估计我被骗了。"

秦方远一听就知道是那事。

那次回去后不久，章净就赶到北京来，带着 600 万元的支票，还有 50 万元现金。他把支票给了黄峰宇，又单独约见了王秘书，电话号码也是在黄峰宇给王秘书打电话后，章净借用对方手机的瞬间悄悄记住的。按照黄峰宇的说法，做这种事情，当事人不能直接跟官员联系，这是行规。

章净交付了支票，为进一步确认，就单独约见了王秘书，给了他 50 万元现金。王秘书的酒量很大，一个人至少喝了两斤茅台。饭毕，章净专门打的送王秘书回家，他也顺带记住了他家的门牌号码。

对方承诺一个月内摆平，然而两个多月过去了，事情毫无进展。前几天，黄峰宇手机突然停机了，王秘书的手机打通了也没人接，把章净吓着了。

"你知道黄峰宇的家吗？"

"知道，天通苑的别墅区。"

他们赶到那里，敲门，开门的是一个上了年纪的老年人，操着山西口音。听说找黄峰宇，就说这个人已经搬走了，最近也有好几拨

人找他。

"这不是他家的房子吗？"

"不是啊，这是我儿子的，这个小伙子是租户。"老人家的语气很肯定。

秦方远亲耳听见，黄峰宇得意扬扬地跟他说，他在北京，像这样的别墅有好几套。这套他最喜欢，离市中心远，污染少，花了几千万买的。

秦方远预感到，他们上当了！

章净说："王秘书的电话关机了。走，我们去他家吧！"

赶到王秘书家，敲门，开门的是一个老太太。老太太一看敲门的两个人文质彬彬，张口就说："找大伟吧？他不在。这个畜生，是不是又在你那里蒙钱了啊？找他的人不少。他很少过来住，就是过来，每次也都酒气熏天，进来待一会儿就走了。瞧瞧，他把我们两口子从东北老家接过来，也没过个安稳的日子。"

章净脸色大变，说话有些哆嗦："大、大娘，您知道他在哪儿还有房子啊？"

"不知道啊，我们见不着他，也不知道他整天瞎忙啥。"

"他不是在××× 工作吗？还是某领导的秘书。"

"他还秘书？他初中都没毕业，17 岁就跑出来混了，几十年了，也没见混出个啥名堂来。你们不会也被他骗了吧？你们要当心啊！这个畜生把我们的老脸都丢尽了，来北京给我们换了好几个地方了，唉！"大妈是个实诚人，骂起自己的儿子来毫不留情。

离真相越近，心情越灰暗。

从王秘书家里出来，秦方远说："我得马上给马华打电话。"

他打通马华的电话，马华一听就暴跳如雷："这孙子，连你也骗了？还骗着我呢，我也在四处找他。"

哀莫大于心死。秦方远扶着章净："章哥，我们得报案。"

"怎么报啊？现金又构不成证据。"

"不是有支票吗？转账有记录。这事儿，我们得找个律师处理。"

章净说："也只能这样了。"

章净报了案，但一直没有立案，因为证据不足。

秦方远表现出无比的愧疚。

章净说："这事儿不怪你，你也是好心帮助张罗，怪只怪我贪婪，都一把年纪了，做事还那么不谨慎。方远啊，在这个圈里做事，要处处防地雷啊！政商关系，那个万通集团的老板冯仑说得好啊，离不开，靠不住，得把握一个度。"

第十章

资本骗局

董事长洗钱、CEO 挪用公款、基金合伙人
要暗股、股权代持一场空、优质企业遭遇华尔
街式诈骗……出来混，迟早都要还的。

1. 东窗事发

　　钱丰东窗事发时，秦方远又跑到海南三亚闲逛。他泡在三亚湾大卫传奇酒店正对面的浅海里，望着蔚蓝的天空，放空思绪。

　　秦方远打算休息半年再找工作，无论是在国内还是回到华尔街。根据他与铭记传媒的合约，主动辞职有半年时间的竞业禁止期。

　　秦方远从大海里回到岸上，看到有9个未接电话，其中7个是石文庆打过来的，他回拨了电话。"钱丰出事了，是周易财牵扯出来的，圈内人都知道了，投资公司内部正在商讨如何处理。"石文庆说，"赶紧回北京吧，别在三亚独自逍遥了，同学们都火烧眉毛了！"

　　秦方远经历了这场波折后已是百炼成钢，感觉自己的心态一下子到了不惑之年。他淡然地说："莫慌，只要不是危及生命，怕什么嘛，天塌不下来。待我回酒店，我用座机给你打回去，国内这个漫游费不便宜啊！"

　　石文庆一听这话就想大骂，骂声到嘴边又给生吞了回去："别说钱丰是我们的老同学、多年的兄弟，这事还涉及胡晓磊的幸福呢，你就这么事不关己高高挂起的样子？我懒得和你说。"说完果真挂了电话。

　　这下子，秦方远有些着急了。究竟出了什么事情？听石文庆说话的口气，好像不简单，不是几个人的恩怨，难道是忘不了传媒大厦将倾了？

想到这里，秦方远就出了一身冷汗。他跑回酒店，四处打电话，刚刚修炼出的一点功夫，化装成村姑、老爷子，三两下又被打回原形，还原成了白骨精。

事情弄清楚了一个大概。

自汤姆跳槽，忘不了传媒的霉运就接二连三地来了。汤姆跳槽之前，钱丰所在基金作为第三轮主投，投资了 6000 万美元，堪称当时户外传媒最大的一笔投资。然而家门不幸，竞争对手海南华天传媒抢先在纳斯达克成功上市，这个被媒体称为奇迹的上市，基本宣告了第二家主打同样概念的忘不了传媒上市的机会大大缩小，时间又被延长。

怎么办？一方面启动纳斯达克上市议程，一方面着手准备一旦上市不成功就寻找第三方融资，不能暴毙在路上。

钱丰曾经找过秦方远咨询纳斯达克上市的事情，那时秦方远还没有从铭记传媒出来。

钱丰说："你那上市什么时候启动？有希望吗？"

秦方远说："还在前进中。"

钱丰就不乐意了："老同学之间，有必要这么遮遮掩掩的吗？我是真诚地跟你沟通，如果有戏，你就踏踏实实待着；如果没戏，我建议你过来。忘不了传媒马上启动上市议程，作为职业经理人也好，或是想挣一笔钱也好，都是好机会。"

"开什么玩笑，大半年前我们从忘不了传媒挖人，现在竟然让我过去，岂不是天大的笑话？那根本不可能！"秦方远直接给否了，他随口问了句，"准备在哪里上市？准备好了？"

按照他从行业内获得的信息，忘不了传媒的业绩比铭记传媒好不到哪儿去，怎么可能就要上市了？不过，他从海南那家华天传媒快速上市中又得到印证，在祖国，这样的奇迹每天都在发生。因此，他又有了些兴趣："怎么操作？"

钱丰说："财务指标不是问题。你不是华尔街投行出身吗？正好有一些问题要咨询你。纳斯达克这个创业板，上市进程是个什么情况？"

这些当然是秦方远的看家本领，在国内，除了为数不多的券商和律师事务所可以帮助运作上市，真正了解纳斯达克的不多，秦方远也算得上一号了。钱丰问到这个话题，秦方远就来了精神，他很享受这种布道者的荣耀。

秦方远说："我得更正你一个认识，纳斯达克不是创业板，也属于主板，与国内深圳证券交易所的创业板不是一个概念。对，这是一个重大的误区。首先需要澄清主板、创业板这两个概念。在美国，主板市场具有三大特征：一是接受美国最高监管层的监管，主要是国会和美国证监会；二是运作上市的公司要承担主板市场的相关法律责任和义务；三是所有机构投资者都可以进入市场交易，没有限制。与此相区别，美国创业板的监管层次较低，所承担的法律责任不同，并且也不是所有机构的投资者都能进入。以主板市场概念和标准来衡量，纳斯达克完全是美国最主要的主板市场。

"目前纳斯达克已经成为全球最大的股票交易机构，并且覆盖各个行业，而不是只有科技股。在纳斯达克上市的公司约 24% 是科技公司，22% 是金融行业公司，17% 是消费行业，15% 是医疗保健行业，其余是工业、能源、材料等行业。无论从交易的股份数还是交易的现金额度来看，纳斯达克都是全球交易量最大、流通性最强的单一市场。美国现在市值排名前三的公司当中，纳斯达克就占了两名——第一名苹果和第三名微软。"

"嘿嘿，好，我是土鳖，又给我上了一课。"钱丰看着聊起业务来激情澎湃的秦方远，喝了口茶，心想免费的 MBA 课不上白不上，"纳斯达克的上市条件比纽交所要低很多吧？"

"哈哈，你们肯定是被一帮假洋鬼子给骗了吧，如果这个人是华尔街出来的，绝对不会给你们灌输这个观念。这又是一个需要更正大家普遍认知错误的问题。事实是现在纳斯达克最高层次的全球精选市场的上市条件比纽交所的最高层次市场 Big Board（纽约证券交易所）的上市条件还要高，每项指标高出约 10%。

"纳斯达克整个主板市场划分为三个层次：最高层次是 NGS（NASDAQ Global Select Market，纳斯达克全球精选市场），IPO 标准为世界最高上市标准；第二层次是 NGM（NASDAQ Global Market，纳斯达克全球市场），由之前的纳斯达克全国市场升级而来；第三是 NCM（NASDAQ Capital Market，纳斯达克资本市场），前身为纳斯达克小型资本市场。三个层次的设计是为了更好地满足大中小公司的上市需求。在纳斯达克三个市场层次内，低层次的公司只要满足相关条件，比如市值、股价、流通量、财务等，都可上升到高层次市场；同样，高层次市场上表现较差的公司也会被自动下调。

"纽交所在美国的主板市场由两个层次组成，即传统意义上的 Big Board（纽约证券交易所）和 AMEX（American Stock Exchange，美国证券交易所）小板市场。对比两家上市条件，纳斯达克最高板块全球精选市场的各项上市条件基本上都比纽交所 Big Board 高 10%。纳斯达克的最低板块资本市场板的股价要求高于纽交所 AMEX，其他财务等条件两家基本相同。"

"行了，你是华尔街通，就别嘲笑我了。如果上纳斯达克，最快的速度是多快？"钱丰更关心这个。

"到纳斯达克上市，快的话 4～6 个月就可以完成，慢的话 8～10 个月。就具体花费来说，不同公司聘请不同的会计师事务所、律师事务所，费用会有所不同。作为交易所的纳斯达克并不会收取很多费用，主要包括初次挂牌费、上市后年费，总费用情况要低于纽交所。挂牌费 10 万美元左右，年费平均 3.5 万美元，5 万美元封顶。

"许多人可能比较感兴趣，纳斯达克既然不在 IPO 项目上赚钱，那么会在哪些项目上赚钱？其实主要来自五大方面：一是交易费用，在投资者买卖股票时纳斯达克会赚到钱；二是提供交易数据、行情数据、指数数据等，购买数据的机构需要支付给纳斯达克相关费用；三是收取交易技术费用、交易系统授权费以及咨询费用；四是发布纳斯达克各项指数，通过与基金合作赚钱；五是上市公司的挂牌费和年费。一般情况下，在公司上市这一项目上，纳斯达克都是亏钱的。"

"假如一家中国公司想到纳斯达克上市，它一般要经历哪些流程？"钱丰这天表现得非常好学，都有些让秦方远感到意外了。

秦方远叫服务生拿了纸和笔，他在纸上写写画画："拟上市的公司可以先召开赴美上市启动大会，邀请各大机构——投资银行、律师事务所、会计师事务所等会面，让其了解公司财务、运营、管理架构等情况，进行项目前期磋商。拟上市公司如果不想刚开始就惊动这么多机构，也可以先邀请会计师事务所进行财务审计，了解公司财务状况是否能满足上市的相关条件。

"第一步走完后，投行等合作伙伴会开始做尽职调查，准备上市资料，并撰写招股说明书。招股说明书随后会提交给美国 SEC（Securities and Exchange Commission，美国证券交易委员会）进行申报，申报通常会有 4～5 个回合（申报—修改），直到没有问题后，即可开始公开申报上市，也就是公开招股说明书等资料。在公开申报时，相关公司就可以决定在哪个交易所上市。

"接下来是上市前的路演，上市公司高管及承销投行需要向有兴趣的潜在机构投资者预售股票。最后就是确定发行价，登陆交易所并敲钟，成为资本市场上的公开公司。

"此外，在美上市还需要提前在法律结构上做好准备，目前主要采用 VIE 结构，拥有 VIE 结构意味着公司在法律上更为透明和可信。"

钱丰慨叹："别看我们搞了几个钱，跟你比起来，含金量差太多了。土鳖就是土鳖，海龟就是海龟，相形见绌啊！"

那次见面以后，钱丰就消失了。秦方远还是从同行那里了解到，忘不了传媒强势推动赴纳斯达克上市，一些财经类网站开始放出风来。秦方远比较注意这个案子，看他们怎样把丑小鸭打扮成金凤凰，却没想到不久之后却在飞机上看到了会计师事务所退出审计的消息，这打击也太大了吧。

事情的曲折已经超出秦方远的想象力了。那家会计师事务所退出，让钱丰所在的荷兰海道基金极为诧异，他们让这家事务所做出说明。事务所的解释是，账务在短时期内难以理清，无法在时间上达到贵公司的要求，鉴于该公司董事会上市的迫切要求无法满足，敬请另请审计，望予以谅解。

荷兰海道基金的 LP 是外国人，GP 则是外国人和中国人各占一半，他们对会计师事务所这份解释迷惑不解。因为之前忘不了传媒召开董事会，作为董事之一的钱丰传达的董事会共识是，公司可以满足上市条件，决定启动快速上市议程。这给他们吃了颗定心丸，毕竟当初是以高溢价进入的。

曝出惊天内幕的是一封内部的实名举报信，举报者是忘不了传媒的财务总监周海洋。

举报信揭露，在短短数月之内，忘不了传媒竟然在国内严格的外汇管制下，倒腾走了 8000 多万元人民币。

举报信的内容详细无比，包括一段时间内的往来账户明细，公司内部几家子公司关联交易的路线图，触目惊心。很显然，如果不是掌握核心交易机密的人，肯定拿不出如此详细的报案资料。

立即查！几家 VC 和 PE 碰头后一致认为坚决要查，查得越仔细越好。一方面，自己投的钱被洗掉，谁都不愿意当冤大头；另一方面，担心外界负面评价会影响到下一轮融资。

由于拥有详细的举报材料，聘请的机构半个月就基本查清了，周易财等人利用左右手倒腾的手段，洗走了 8000 多万元人民币，佐证了那封举报信上的内容 90% 以上属实。

根据查出的问题账户，VC 们发现这是一个典型的左手倒右手的洗钱游戏。周易财以亲戚朋友的名义注册了多家公司，公司与忘不了科技发生业务关系，而忘不了科技则是投资者和周易财在英属开曼群岛注册的一家离岸公司，它通过协议控制忘不了传媒。

忘不了科技尽管在开曼群岛注册，但所有员工办公及日常业务等均在内地进行。忘不了科技又分别在国内注册了几个与业务相关的全资子公司，如采购液晶屏的为忘不了采购公司，而忘不了采购公司又从周易财个人控制的另一家公司那里进货。忘不了科技的广告也是通过周易财的广告代理公司进行投放，负责物资使用管理的也是周易财控制的一家置业公司，等等。几家公司之间发生关联交易，其中就大有猫腻。

比如，液晶屏由周易财个人控制的公司采购，然后转手卖给忘不了采购公司，如果采购成本是六折的话，内部关联交易则可以是八折，中间利润归属周易财个人的采购公司；周易财的置业公司买到物料后，再租赁给忘不了资源公司，安装在与忘不了资源公司签约的出租车上，置业公司收取租赁费。广告公司除了投放外，还与忘不了传媒签署了销售总代理，把广告位卖出去产生效益。就这样，在三个月时间里，尽管受到国家严格的外汇管制，周易财就通过各种手段，以支付货款和费用的名义，硬生生地洗走了8000多万元人民币。

这样，就算荷兰海道基金退出也无钱可退，他们咨询外汇管理局，外管局的朋友说退股他们不干涉，但人民币转换成美元比较难，控制很严。同时他提醒，如果外资退股，还会涉及另外的管理部门。

没想到会这么麻烦，有其他办法挽回损失吗？他们咨询了法律顾问，也向总部做了汇报，毕竟事情发展到这种地步，瞒是瞒不住了。

总部授权中国公司全权处理，而中国公司让钱丰收拾这个残局。钱丰接受这个授权时，心事重重，曾经在一个晚上给秦方远打电话，但秦方远关机。他本来想给石文庆打电话，但打通了又能说什么？他知道石文庆够仗义，但他是个大嘴巴，他不知道自己的心里话能否与他说。最终，他还是放弃了。

VC们齐聚北京，开了一个重要的会议，从早晨开到晚上9点多。VC们个个灰着脸，最初说是快速启动纳斯达克上市，结果上市未成，突然爆出黑幕，这简直是坐过山车，历练再多的人也承受不住这种打击。会议主要讨论忘不了传媒下一步怎么办，未来向何处去。为这些问题讨论了半天，也争论了半天，甚至发生对于控制权的争夺，出钱多的不一定股比高，毕竟是不同时期进来的，但他们在对周易财的处理上达成了共识。

VC 们授权钱丰去跟周易财谈，最初钱丰是抗拒的，但他们的 GP 大佬说，这个项目当初在很大程度上是基于你的信息和信心投资的，而且你们在董事会共事了一年多，当然应该由你去处理。

钱丰获得了两种解决方案：一是基金们全部退出股份，即使折算成人民币也接受，但是公司账上已经没有什么钱了，此路不通。二是公司必须有人为洗钱承担责任，董事长理所当然。怎么承担呢？要么董事长让出全部股份，全身而退，洗走的 8000 万元人民币也不追究；要么就向司法机关举报，以挪用公司款项或职务侵占的罪名蹲监狱。

自从事情败露后，周易财很快消瘦下去，他之前做过检察官，知道洗钱被查出来意味着什么。他基本上没有考虑，就同意全身而退。他盘算得非常清楚，如果不答应，基金会让自己进局子，不但要遭受牢狱之灾，还要吐出那 8000 万元。

钱丰进去谈了不到 10 分钟，周易财就在解决方案上签字了，然后默默地收拾好个人物品，走出了公司大门。钱丰说，周易财似乎突然苍老了，跟钱丰握手的时候，眼圈有些红。毕竟，这家公司是他一手一脚打拼出来的。其实周易财本没有打算洗钱，自从接二连三地发生公司高管跳槽、竞争对手闪电上市等事情，他逐渐看不清楚公司的发展方向，看不到前景，感到心灰意懒，所以才动了洗钱的念头。

周易财只是想不通，财务总监为什么要告他？无论薪水还是奖金，周易财都给予了照顾，还给了他价值 60 万元的期权，待遇之高，超过其他非股东级别的任何员工。

周易财退出后，公司重新整合管理层，从香港聘请了一个总裁，财务总监也来自香港。原财务总监周海洋与周易财洗钱存在职务犯法，虽是从犯，也应当追究法律责任，鉴于事情和平处理，周海洋又存在举报有功的表现，公司不再追究其法律责任，只是解聘了事。

欲念一生，满盘全输，没有赢家。

回到北京，秦方远给钱丰打电话，手机关机。他给石文庆打电话，石文庆说，他也联系不上，听他公司的人说，钱丰已经从荷兰海道基金辞职了。

秦方远说："是不是心理压力大？犯了错误可以改嘛。再说，谁敢说投资一家企业就能保证百分之百成功？他是 VC 出身，应该懂的。"

石文庆说："据我的了解，事情没有这么简单。"

秦方远再三追问，石文庆说是没有得到验证的东西，再者关系同学的声誉，还是不说为妙，秦方远于是作罢。

不过，他放不下胡晓磊。周易财被剥夺了股份，他下一步去哪儿？做什么？胡晓磊现在怎么样？

想到胡晓磊，他给她打电话问候，爱情不在友情在，毕竟是老同学嘛。胡晓磊的手机也关机了。

秦方远通过张凯伦找到她所在报社的座机号码打过去，是一个男士接的，说她最近有些日子没来了，请了长假，好像回海口婆家了。

秦方远悬着的一颗心平静下来了。

2. 出来混，迟早要还的

就像一场梦。秦方远从铭记传媒出来后的一个多月中，当局者迷的状态逐渐消解，帮助消解的是他那些前同事。就像俄罗斯套娃，取出一个又一个，惊险的迷局一层层剥开，触目惊心。待浪潮退却，原先竭尽全力搭起的理想主义的沙滩城堡，顷刻间倒塌。

前 CFO 李东约他喝茶，还是在南锣鼓巷。为什么人们都喜欢这个地方？一是留存了一些北京古城的风韵，这些年被开辟成了外国友人游玩的据点；二是这里是中央戏剧学院所在地，坐在靠窗的位置，品着茶，欣赏美女成群，来来往往，很是养眼。

李东也在董事会事件发生后申请撤出。

"我早就想撤了，不是老严按着，谁待得下去。"B 轮融资完成后，张家红把老严当作自己一边的人，很痛快地就答应了老严推荐的 CFO。这时候，秦方远真正明白了为什么自己争取 CFO 的岗位没有如愿，当初一直在心里不爽张家红过河拆桥，原来老严也是其中的阻拦者之一。

秦方远还是比较纳闷：李东是老严推荐的，而在收购焦点传媒的事件中，参与签约的恰恰是李东和张家红，如果有密谋，难道李东没有给老严汇报？难道李东脱得了干系？而且，为何 VC 们把高溢价收购的质疑冲着秦方远来？李东就是知情者。

"为什么早就想撤？在年中会议上，你不是对公司未来的前景振振有词吗？"秦方远不解地问。

"那是作秀。那么多人，各个大区经理、各部门总监都在，只能打气不能泄气。"李东抿了口铁观音，口气变得有了怨恨，"当初董事会做出的授权是 2 万以下的开支我签字，2 万以上 CEO 签字，这条财务制度形同虚设，什么开支都不通过我。关键问题还不在这儿，张家红挪用 500 万元从新疆批发了一批和田玉，是以自己其他公司的名义，我根本不知晓。"

"怎么会有这种事情？那是挪用公款。"

"是啊，性质很严重，她胆子也够大。这不，董事会那天下午，他们忙着抢收财务账目和法人章，就是怕这件事败露，证据一旦被 VC 抓住，她罪责难逃。"

"你没有签字，怎么知道的？"

"这事哪有不透风的墙？"

秦方远突然想到了一个人，于娜，跟著名模特同名，是财务部出纳，跟随张家红多年。但是张家红估计也没有想到，于娜正与帅哥李东谈恋爱。

秦方远恍然大悟："挪用公款是她自己的事情，你郁闷什么？"

李东看着秦方远，若有所思，欲言又止："那是是非之地，早离开早解脱。"

秦方远其实已然明了李东欲言又止的含义。在焦点传媒收购的事情上，李东和张家红往来密切，避开秦方远密会了杨总多次，随着时间的推移，一些真相逐渐浮出水面。

与李东的那次谈话后，秦方远感觉心里越来越堵得慌，因为浮出水面的一件件事情破坏了他在华尔街建立起来的价值观，甚至是做人最基本的准则。

最先让他觉得意外的是汤姆。汤姆让张家红开除是故意为之，这个消息是运营开发部北方区总监吴平告诉秦方远的。

吴平比汤姆早一个多月被张家红开除，开除的理由是汤姆的那家大客户——石家庄的痔疮药厂——因为大量黑屏非常不满意。根据协议，黑屏率超过 5% 就是违约，应退回广告款。

这事是汤姆写的报告，他还组织人去写字楼卫生间拍照片，一个一个统计，仅北京的黑屏率就超过了 20%。

汤姆在业务会上拿着报告说："这么高的黑屏率客户是难以容忍的，对方要追回所有的广告款，怎么办？我费了九牛二虎之力，做了大量工作，客户同意只退还 300 万元。同志们，损失惨重啊！"

张家红听得花容失色："300 万的损失我们得承担，一是要维护客户，二是要讲诚信。汤姆很负责任，减少了损失，但是这件事情不能就此不了了之，得有人承担责任。"她指着在座的吴平说："你拿出一个方案，要处罚到位。"

会后，吴平做出的处理决定是：扣除自己一个月的奖金，然后主动离职。

吴平也是与张家红一起打江山的人。张家红在离职申请上签字，同意离职，奖金工资照给，另外补偿了三个月工资。

秦方远一度为张家红的大度和人情味叫好，但吴平"呸"了一声，说："这里面文章大着呢。知道为什么那么痛快答应我辞职吗？还不扣我奖金，给我补偿，为什么呀？世上真有那么好的老板啊？"

秦方远看他一副苦大仇深的样子，乐了："你是犯了错误并且主动离职，补偿三个月工资已经不错了。"

"哼，这还不错？她的事情你知道吗？"

"哦？她的什么事情？"

"知道我负责开发之前做什么的吗？采购！"

"对，你当初负责液晶屏采购，但没多久就被调离了。"

"事情就发生在这儿。你知道公司账上为啥一下子少了一个多亿的现金吗？"

秦方远很吃惊，摇摇头。

"我们液晶屏是全款现金采购，价格比市场价格每台高出 200 元，一下子现金采购 1.3 亿元，一次性付清，差价是多少？"

"我知道这件事，不是说中关村的是水货，我们采购的屏是海风厂商定制的吗？"

"基本上一样。做这一行的谁不明白？谁不会算成本？"

这下子，秦方远彻底醒悟了，原来奥秘在这里。

吴平把秦方远视为一个文人，一个中规中矩的知识分子，值得信赖。

"汤姆也不是一个好鸟，这里面文章大着呢。汤姆以为他做得天衣无缝，但纸是包不住火的，别以为我不知道。"然后，他抬头望着远方，长吁一口气，"人在做，天在看。他砸了我的饭碗，迟早会有他难受的一天。"然后，他转头对秦方远说："秦总，国内有一句话很流行：出来混，迟早是要还的。"说罢，诡秘地嘿嘿一笑。

3. 不是不报，时候未到

铭记传媒融资事件在逐渐发酵，这正应了那句话：不是不报，时候未到。在这场融资事件中个人获益不菲的华夏中鼎投资集团和具体项目负责人石文庆，好景不长，VC 们找上门来讨说法了。

问题出在石文庆做的项目计划书和财务预测上，数字注水的情况被重点关注，VC 们找上门来索赔。

跟投的大道投资合伙人洪达开因受铭记传媒事件的影响，在自己单位的内部会议上做了多次检讨。虽说投资有风险，但一个一度被寄予厚望的项目在投资刚刚一年的时候，就陷入无法继续下去的境地，这简直是一场噩梦。铭记传媒是洪达开晋升为合伙人后投资的第一个项目，他曾一度梦想着靠这个项目打开一个好局面，增强在基金内部的威信，却没想到成为了业内的笑话，这让洪达开十分恼火。自然，他第一个要讨说法的就是中介机构华夏中鼎。

那天上午，洪达开直接冲上楼去，不管前台小姐怎么喊叫，径直往石文庆的办公室跑去。那天华夏中鼎的高管都在公司，李宏刚要出门，就听到洪达开大声喊着石文庆奔过来了。李宏本来打算出来干涉一下，刚打开一条门缝，就见洪达开从他门口冲了过去，冲向石文庆的办公室。李宏瞧着情形有些不妙，就悄悄地锁上门溜了。

石文庆对洪达开的到来比较意外，虽然一年前给铭记传媒做融资顾问的时候双方来往密切，后来也有过几次业务上的合作。洪达开冲进来的时候，石文庆正在 MSN 上和南方卫视一个著名的女主持人调情。

洪达开说："我今天来就是要讨一个说法，你们为什么在融资的时候欺骗我们？就为了你们那点儿佣金？你知道这样一来我们的损失有多大吗？"

石文庆一听就知道是什么意思了。铭记传媒融资项目让他名利双收，后来局势急转直下，也让他受到业界尤其是投资人的非议，他早有心理准备。

他竭力装出不明就里的样子："我们欺骗你们什么了？我们提供中介服务，各个环节都获得了你们的认可，是你们自己决定要投资的。"

"你们在融资报告里说有 1.5 万块屏，怎么实际上只有 5000 块？"洪达开指出当初的融资报告和商业计划书里的数据严重注水。

"那是有合同的啊！"石文庆不以为然。

"根据我们拿到的铭记传媒的内部资料，实际只有 5000 多块安装的屏，大量的液晶屏都躺在库房里。"洪达开鼓起眼睛，直盯着石文庆，"写字楼签署的合同，很多都是假的！"

"不是有第三方会计师事务所和律师事务所的调查报告吗？如果存在数据造假，他们应当承担责任。"石文庆毫不示弱。

"他们也脱不了干系。"洪达开急了，"啪"的一下拿出一把水果刀，直插进石文庆添置不久的黄花梨桌子上，"你应该知道后果，如果你还想继续在这个行业干下去的话。我们绝不会轻易放过！"说完，洪达开没有等待石文庆回话，就摔门疾步而去。

石文庆的心跳随着刀子"啪"的一声迅疾加快，年轻气盛，如果不是强大的理性控制着，他会冲上去跟洪达开干起来。他看着桌子上插出来的一个洞，就像插在自己的身上，心疼不已。

当天下午，石文庆心情郁闷，约秦方远吃饭。秦方远还在休假疗养中，他不是身体有恙，而是心灵。于岩回美国了，她走的时候没有给秦方远打电话，没有只言片语。秦方远以为怎么也会写封邮件，外国人不是很讲究礼貌性告知吗，怎么连邮件都没有？他隐隐还期望着在邮件平淡的文字背后读出于岩的伤感。一个女人可以为一个男人奉献所有，也可以为一个男人放弃一切，只要她爱他，但自己却伤了她，那么深。——但是，没有，什么都没有。

石文庆见面就说："对不起啊，老同学，把你从华尔街叫回来却出了这档子事儿，是我的不对。"

秦方远说："你这说的什么话，都三十而立的人了，任何选择都是自己的决定，与他人无关。这事就不要谈了，我过去没有，现在没有，未来也不会怨恨任何人，更何况是你。看过叶京导演的《与青春有关的日子》吗？套用他们的台词：咱们谁跟谁，从小一块儿偷幼儿园的向日葵，从楼上往过路的人身上吐痰玩儿，美好的童年啊！"

秦方远学得惟妙惟肖，让石文庆烦闷的心情好了一些。接着说起下午的事，秦方远似笑非笑地看着石文庆。石文庆有点发毛，"怎么了？难道是我有什么不对，你这么看着我？"

秦方远笑了出来："你被骗了！没想到一向精明的你也被人骗了！那黄花梨桌子肯定是假的。黄花梨可是硬木，斧头都砍不动，一个水果刀就能戳个洞，哈哈哈……"

"狗日的，我得找那个奸商算账！"石文庆愣了一会，也忍不住捧腹大笑，把一下午的郁闷都笑了出来。

笑完，石文庆不由感慨："同学关系，是这个世界上比较靠谱儿的社会关系之一。多年前，社会曾流传一句话：'什么是哥们儿？一起扛过枪，一起下过乡，一起嫖过娼。'后来这句话与时俱进，演变成了紧密的官商关系。其实，同学更是哥们儿。"

秦方远问："最近见着钱丰了吗？"

石文庆摇摇头："我也在找他呢，奇怪，转眼间就没影了。"忽然，他想起了什么，"我有一个同事在海口见着周易财了，说他瘦得很厉害，一阵风就可以吹跑。听说得了一种奇怪的病，美尼尔氏综合征，经常突然眩晕。唉，再多的钱又有什么用？"

秦方远听了一愣，叹口气说："不知道胡晓磊怎么样了。"

那天，两人从下午聊到晚上。他们从湘菜馆出来后，又在路边摊上大吃臭豆腐，这是他们在武汉上学时养成的共同爱好。

凌晨 3 点，都有些醉意，石文庆要带老同学去泡桑拿，找小姐给捏捏脚，秦方远说要回去睡觉。看老同学不领情，石文庆就把车停在饭店门口，打的跑到方庄热公馆泡了个桑拿。

4. 融资骗局

　　马莉莉出现在秦方远的视野里，就像一株故乡湖中的芦苇，一阵风就可以把她轻飘飘地吹跑。马莉莉站在协和医院东院的门诊楼门口，东张西望，焦虑不堪。当她看到秦方远出现时，快步迎上来，劈头就是一句："你认识协和医院的大夫吗？"

　　秦方远本打算寒暄几句，问问这些年过得怎么样，在湖北的家族生意如何，马华这小子不再打架了吧，为人夫为人父了吧等，他一路这么念叨着，却没想到，这位同学的姐姐，小时候带他们玩，也没少为他们闹事买单的姐姐，见面的第一句话就是找关系看医生。

　　秦方远问："谁看病，姐姐你自己吗？"

　　马莉莉这才意识到电话中没有给他解释清楚，就简要地说了一下："是我爸，心脏不好，在武汉治疗心里不踏实。不是说北京的医疗条件最好嘛，就过来了。来之前托朋友联系的那位大夫在外地做手术，这两天还回不来，协和医院的床位紧张得很，我得想办法帮他先搞一个床位。"

　　秦方远明白了："走，先去看看老爷子。"

　　老爷子叫马新政，共和国的新生一代，因此取了这么个有时代特色的名字，六十来岁，秦方远喊他马伯伯。当年秦方远在老家读书，马伯伯是当地富豪，是家乡闯事业的人的骄傲。秦方远记得，马伯伯走路总是很快，能够刮起一阵风，跟着他走的人一般都会感觉吃力，他基本是不管不顾，即使是小孩子，他边走边回头喊："跟上，男人要像个男人样，要有气魄、有干劲儿，敢闯敢干，勇于承担责任。"这些话至今还印在秦方远的脑海里。毕竟，马伯伯是军人出身，对于小孩子而言，还是有些神秘色彩的。

马伯伯刚从专家门诊出来，坐在门诊厅的椅子上，旁边一个年轻人在照看他，马莉莉说是司机小王。马伯伯看起来消瘦多了，右手习惯性地摸在左胸口，他看到秦方远过来，投来诧异的目光，继而眼神有了温度："你是方远吧？"

秦方远点点头，大步迈过去，蹲下来握住马伯伯的手。秦方远感觉他的手没有厚度，主要是骨架，就轻轻地握了一下，怕用力对方会痛。秦方远说："马伯伯，别担心，这种病，只要注意，按时吃药，没什么大碍的。如果严重，医生会积极处理的，比如放支架啊，搭桥啊，现在技术非常先进。再说，这种病在国外也太常见了。"

马伯伯轻声说："我明白，活了这把年纪了，没啥问题，都看透了。我也是今天才听莉莉说你回国发展了，好啊，学了本领报效祖国，不像我那儿子，至今还在混！"

秦方远当然理解这代人的心情，也知道马伯伯说的不是套话官话，他们这代人对祖国的热爱，尤其是曾经做过军人的人，是常人难以理解的。

"马伯伯，每个人都有不同的人生。小时候你不是常跟我讲吗？儿孙自有儿孙福，不用太担心马华。活好自己就是对社会最大的贡献。"秦方远安慰道。

"呵呵，你还记得老朽这些话啊，从小我就看你有出息。现在我老了，就靠女儿一家在支撑。"马新政的情绪明显好起来了。

秦方远站起来说："别让马伯伯待在这儿了，先找个地方休息，我们再想办法安排一个床位。"

马莉莉说在东方君悦大酒店开了一个总统套间。马莉莉说，父亲辛苦一辈子，出差从来不住豪华间，早先习惯住普通招待所，后来习惯住经济型酒店，还差点儿在武汉投资搞一个连锁酒店，我们担心他精力吃不消就拦了下来，总不至于为了吃牛肉养头牛嘛。

　　秦方远和马莉莉随同司机小王把马伯伯送回酒店住下。秦方远说："姐姐，我联系上了一个朋友，他在一家医院管理协会工作，原来也是从协和出去的。他听了马伯伯的情况，说一会儿打电话给我。"刚刚说完，就接到了这个人的电话。马莉莉在一旁屏息静气，期待着好消息。

　　那位朋友早年跟团出访美国，恰好读研的秦方远打临时工，做驻地翻译和向导，就认识了。对方先是在电话中抱怨："你不知道啊，中国医疗体制出问题了，不是看病贵的事情，现在有各种医疗保险，而是看病难。专家也就那么一些，基本上集中在北京、上海和广州等有限的几个地方，全国的人都喜欢过来，有限的资源被严重透支；再加上有级别的老干部长期霸占着大医院的床位，即使病治好了也赖着不走，导致床位极度紧张，平民百姓看个病，难！"

　　"那床位能安排出来吗？"秦方远这时候最关心床位问题。

　　"哦，差点儿忘了正事儿。应该问题不大，我刚才跟院方联系了，明天听通知吧！"

　　秦方远在电话中连连表示感谢，说找个时间去拜访他。马莉莉一听这话，知道床位快有着落了，一时有些感动得要哭的样子，说不尽的感激话。这些话说多了，反倒让秦方远有些不适应。秦方远打断马莉莉："姐姐，我请你吃饭吧。喜欢吃什么菜？我请。这么多年没见面了，小时候那么关照我。"

　　马莉莉说："自家人就不跟你客气了，行，这次就你请客吧。"

　　秦方远安排在皇城根公园附近的一家湘菜馆，老板姓刘，湖南人，据说当年与一位远逃日本的内地某上市公司富豪是哥们儿，一起在海南闯过世界，这个富豪哥们儿曾经有一位红颜知己是某著名女影星。秦方远在东方广场工作时招待客人主要在两个地方，一是先锋剧场楼上的菜根香，一个就是这家湘菜馆，一来二往，这些人都认识了秦方远。

　　秦方远选择了大厅一个靠窗的位置，点的都是好菜。秦方远说："姐姐，马伯伯的身体怎么突然变得这么虚弱，是不是上了年纪的原因？"

　　一听秦方远问起这个，马莉莉的眼泪哗啦一下子就出来了，秦方远立即递上餐巾纸。马莉莉说:"这也是我着急找你的另外一个原因。"

从马莉莉口中讲出来的,是一个惊心动魄的华尔街式巧取豪夺的故事。

在秦方远关于童年的记忆里,小学同学马华有一位了不得的爸爸,在周末的时候经常会有专职司机开车把他爸爸马新政从省城武汉送回小镇。每次车子停在小镇中心医院对面的宅子门口,马新政从车上下来,高大的个头,梳理得光滑的头发,拎着一个褐色的牛皮手包,那精神劲头就像高官莅临,成为小镇的一道风景。

马新政是退伍军人出身,曾随石油系统到海外做过劳务工。20多年前,他以5万元的成本创办了湖北大地石油机械厂(湖北大地石油设备集团公司的前身)。兢兢业业经营20多年,马新政拥有了湖北大地石油设备集团公司(以下简称"湖北大地")、鄂东大地等公司。

湖北大地主营设备租赁,主要购买鄂东大地生产的钻铤、螺旋钻铤、加重钻杆、螺旋加重钻杆等各类钻井工具及液压拆装架、液压试验架、螺杆钻具试验台、防喷器自动化清洗系统等设备,为几大石油公司提供专业的石油勘探、施工和石油设备租赁服务,产品销售网络覆盖各大油田,并出口到美国、加拿大、欧盟、俄罗斯、印度、中东、北非等国家和地区。

马莉莉说:"在运作上市之前,投资者对我们垂涎三尺,我们两家企业净资产有3个多亿,你是知道的,在当地还是叫得响的。"

事情的转折与马华密切相关。马华在公司主管营销,被当地人称为"富二代"。马华不知道通过什么途径认识了一个姓郑的外籍华人,这个人自称是投资家,有钱有背景,帮助很多企业成功上市,马华心动了。

马华回来游说他爸爸:"做企业多苦啊,我们做了20多年,才干到今天这个地步。现在那些干了七八年的,甚至四五年的,'啪'的一下上市了,一下子身家就上百亿了。爸,您瞧瞧,那些人当年哪入得了您的法眼啊!"

马新政虽然年纪大了,但自认思想还是与时俱进的,他也对时下一夜暴富一族心怀不满，前些日子还是个拉广告的兔崽子，转眼就成为房地产开发商，香港上市号称首富，这样的人还比比皆是，随便拎出来一个就是身家几十亿元甚至上百亿元。想当年自己创业的时候，他们还在穿开裆裤呢。

其实，这些年也有不少投资基金过来要投资，他算了个简单的账就给否了："如果引入投资，今后上市，我要照章纳税，每年要多交 3000 多万元的税，这可都是现金啊！投资进来也就是 3000 万美元，我还要给你 30% 的股权，我少交点儿税，6 年时间省的税就够了。我为什么要你的投资？"

不过这次，尤其是周边人前后发生的剧变，让马新政对儿子的建议心动了。他说："我们不懂这些玩意儿，得找个在行的人。"

因此，马华顺理成章地把郑先生介绍给了他爸爸。大概不到 3 个月的时间，郑先生果真介绍了一家人民币基金投资了 1 亿元进来，通过股权受让和认缴新增注册资本的方式，合计持有鄂东大地 18.02% 的股权，当时的 PB（Price-to-Book Ratio，市净率）值高达 2.2 倍。

既不用像银行贷款一样到期还债，又是真金白银的投入，共患难同生死，这样的资金让马新政彻底放松了对郑先生的警惕，反而把他供为上宾。也正是基于这种状况，当郑先生提出帮助其在香港上市的计划，马新政立即就答应了。

5. 借壳上市的隐患

根据马莉莉的讲述，秦方远分析，这位郑先生的整个阴谋计划分成了三步：

第一步：境外人士郑先生投资设立并百分之百控制境外公司中国石油重工，中国石油重工又设立两家境外（BVI）公司，即中股投公司和海鼎公司，而海鼎公司在国内设立外商独资企业鄂东海鼎科技有限公司，即鄂东海鼎。

第二步：中股投公司与湖北大地签订股权转让及增资合同，以2000万元的价格受让湖北大地70%的股份，再向湖北大地增资4000万元，成为湖北大地控股股东，拥有90%的股权。鄂东海鼎则与鄂东大地签署《业务合作框架协议》《独家技术支持与技术服务合同》《独家管理及咨询服务合同》，通过合同绑定方式，将鄂东大地产生的利润计入鄂东海鼎的报表，通过这种"类新浪模式"，鄂东大地间接被鄂东海鼎控制。湖北大地和鄂东大地也因此被中国石油重工间接控制。

秦方远说，这两步是典型的红筹模式的操盘。为规避商务部10号文对"小红筹模式"上市的限制，郑先生制订了将鄂东大地和湖北大地捆绑，借壳纳斯达克上市公司兴旺发展控股有限公司上市的计划。

第三步：选定纳斯达克上市壳公司兴旺发展后，中国石油重工以反向并购的方式置换进兴旺发展，并更名为中国石油重工集团有限公司。按此重组方案，在收购完成后，马新政及管理层持有上市公司的股份为25%，郑先生持股30%，兴旺发展的老股东35%，来自配售的新股东持有10%。

马新政及其团队就上市事宜前往投资银行进行路演时，第一次看到了鄂东大地和湖北大地与兴旺发展换股上市的方案：净资产2亿元的鄂东大地和净资产1亿元的湖北大地捆绑上市，获取兴旺发展支付的相当于20亿元的对价。

然而，上市后的利益分配出乎马新政的意料：兴旺发展收购中国石油重工的对价是用现金加股票和可转换票据的组合方式支付的。马新政及其团队持股比例是2%，可转换票据的锁定期是2年，其间无投票权；而郑先生通过其壳公司持股6%，获5亿港元现金，可转换票据的锁定期只有6个月。即使在全面行使可转换票据兑换权之后，马新政及其团队持股比例也只有 25%，而郑先生通过其壳公司持股比例是 30%，仍是兴旺发展的控股人。

这时候马新政才知道自己掉入了别人早已挖好的陷阱，当即拍案而起，向投资银行提出中止上市。他认为，该方案并未取得他作为鄂东大地和湖北大地实际控制人的同意，明显有损其和团队的利益，也有悖其寻求上市的初衷。

随后，马新政向郑先生发出《关于中止合作的通知》，当时路演尚未完成。在上市实体有意退出的背景下，兴旺发展仍公布了收购中国石油重工百分之百股份重大事项的公告。

为这件事，马新政及其团队两度赴纽约谈判，郑先生拒绝调整股权分配方案，谈判破裂。之后，郑先生与兴旺发展签署了终止契据，兴旺发展亦发布了收购流产的公告。

郑先生等人提前在二级市场上买入 3 亿元的兴旺发展股票，希望在收购完成后获得暴利，上市终止的事实令老鼠仓损失惨重。在运作上市的过程中，兴旺发展的股票短期内由进入时的最低每股 0.089 美元暴涨至停牌时的 1.5 美元，股价翻了近 20 倍。然而，伴随着借壳夭折，兴旺发展的股票价格急转直下，跌幅超过 80%。

"为了对纳斯达克和投资者有所交代，一定要把马新政送进监狱。"事后，这位郑先生放出话来。

6. 华侨骗子

这个故事，秦方远感觉似曾相识。

马莉莉问："方远，你在这个圈里混，又在美国留学、工作过，你说这类事情缺德吗？"

秦方远说："我多少了解这种情况，只是我没有想到会这么恶劣，更没有想到这种事情会落到你们身上。这种人，一辈子将不得心安！"

"我绝对要将他们绳之以法！即使倾家荡产也在所不惜！"马莉莉咬牙切齿。

秦方远隐约感觉到，这个郑先生是不是就是他所认识的那个人？

他紧接着问："那人叫什么名字？"

"郑红旗！"

秦方远听了头"嗡嗡"响，他愣在那儿了，一声不吭。

马莉莉感觉到了秦方远的异样，已经猜到了什么："你们认识？"

秦方远点点头："我是通过读研究生时的一个师兄认识的，有过几次联系。难怪最近一直联系不上，国内手机全部关掉了，我还以为他回澳大利亚了，原来他在编织一张骗人的网，竟然骗到了你们头上！"

秦方远冲动地拿起手机，拨通了郝运来的电话。郝运来说是有这么回事，但他也很久没有联系郑红旗了，对他倒腾的这件事也是从一位跟他私交紧密的朋友那儿听到的。"什么？你发小的家族企业？还住院了？这种钱也能挣？太疯狂了，我们合力围剿他！有消息我们互相通气。"

放下郝运来的电话，秦方远原本白净的一张脸涨得通红。

马莉莉碰了一下秦方远的手："方远，事缓则圆。我相信恶人自有恶报，不是不报，时候未到，要么被我们击败，要么被下一家击败。你也别着急，事情既然发生了，我们是吃一堑长一智。"似乎受伤害的是秦方远，而不是他们。

秦方远做了几个深呼吸，慢慢缓过劲儿来，接过马莉莉的话说："姐姐放心，郑红旗既然这样搞，是不想在这个圈里混了，官司肯定要打，我们也要将他的声誉搞臭，让他无立足之地。"

第二天，那位医院管理协会的朋友打电话过来，说弄到了一个套间，在国际住院部。对方在电话中说，弄这个床位太不容易了，费了九牛二虎之力，还是从地方上一个厅级干部那里争过来的。秦方远连连表示感谢。

7. 前女友孤独离开

秦方远准备去武汉，马莉莉让他帮助处理公司余下的事情。

临走前，他接到了一个神秘的电话，是个清脆的女声。对方在电话中说，她是胡晓磊的前同事兼密友，胡晓磊托她转交秦方远一封信，很重要，一定要亲手交到秦方远本人手上。

秦方远立即约了见面的地方，在她们报社附近，长安街东延线的永安里。秦方远没有喊上老赵，毕竟人家还要讨生计。秦方远辞掉工作后还是租着老赵的车，每月还是支付固定的费用，只是使用的时间不固定，也许一天也用不上一次，也许一天用上两三次。秦方远直接坐地铁在一号线永安里站下，来到华彬大厦的咖啡厅。

胡晓磊的同事早候在那里了，秦方远一进门就看到一个穿浅红色衣服、短头发的女孩在向他招手。秦方远走过去坐下来，那女孩脆脆地笑着："果然跟照片上长得一样，帅！"

"你认识我？"

"当然，大名鼎鼎的铭记传媒的少帅，谁不认识？我很早就看过你的照片了，估计那时你还没有回国吧。"

"是吗？那至少是两年前吧，你才多大啊！"

"我大学还没毕业就知道你了。我是胡姐姐的实习生，毕业后胡姐姐跟报社领导建议把我留了下来，我当然是常常听她谈到你啊！"小姑娘倒是快言快语。

秦方远明白了，他说："她现在在哪儿呢？"

小姑娘的神情黯淡下来，眼睛从秦方远脸上移到咖啡杯上，有些伤感地说："她去了澳大利亚。"

秦方远一惊："什么时候？我找她多次，听说她回海南夫家了。"

"唉，一言难尽。"小姑娘从包里拿出一封信递给秦方远，"你看看就知道了。"

一个白色信封上，用娟秀小楷写着"秦方远亲启"，多么熟悉的字体！

秦方远撕开信封，一句简单的问候就让秦方远鼻子一酸，仿佛回到了当年：

方远：

当你收到这封信时，我想，我已经到澳大利亚了。

现在是北京时间凌晨三点，还有三个小时我就要走了。想了很久，还是决定在最后的时刻为你写下这封信，也算是给自己一个交代吧。我想即便我不说，你也是知道的，你在我心中是多么重要的人。我惦记你太深太深。你回国后给我打了很多次电话，我不敢接，我不知道接通电话后要说什么，会是什么样子，我怕控制不住自己。这么多年了，在这段不曾联系的完全空白的时间里，我有太多话想告诉你，而如今提笔，却又不知该从何说起。

不知道是否冥冥之中注定，我们总会擦肩而过。我们虽然曾在同一时空里，却一直没有交集。每每想起，我都感伤不已。我不知那段没有陪你一起走的路程中究竟错过了什么，一个吻，一个拥抱，还是一次牵手，又或是，一个未知的未来……而今天，我将要离开了，送我的只有眼前这位小妹。当年送你的是我，虽然你执意不让我送，但我还是没忍住偷偷跑去了。看着你孤独远去的背影，我心如刀割。

方远，你知道吗？我常在深夜睡不着时想起我们在学校那些年。想起每次我受了委屈郁闷大哭，你把我的头按在你胸前说不怕，天塌下来都有你顶着；想起我们一无所有时，你在宿舍单人床上抱着我憧憬和幻想未来的样子。每次回忆起那些美好的画面，我总是很难过。

唉，现在还说这些干吗？但是，我也没有什么开心的事情可说了。也许你已经知道周易财的事情了吧——现在我应该称呼他为前夫，我们已经协议离婚了。对他的事，我无言以对。

作为一名财经记者，我曾经揭露过国有资产流失、批判过大股东占用上市公司资金……但我从未想过，有一天这种事情会发生在我自己身边。更让我想不到的是，不仅仅是他，还有钱丰，这是他们合伙干的事情。我很失望。现在我终于看清楚，这是对我的欺骗、利用。他们，曾经都是我生命中的人……对不起，我抑制不住了。

这样的痛楚，我宁愿什么都看不清，什么都不知道。但事已至此，我只能选择孤独地离开。

孤独似乎是我的一个注脚，不管和谁在一起，我注定孤寂。即使当初和你在一起了，也许我们也会孤寂地分开。

一切不过是命。我全然接受命运的安排，也决定将过去完全放下。

我会好好照顾自己的，请放心。希望你在国内过得开心！

胡晓磊

秦方远心情沉重。本来以为胡晓磊嫁给了周易财，家境殷实，家庭和睦，前景不错，减轻了负疚的心理，却没想到是这种结局。世事难料啊！

秦方远从这封信里印证了另外一件事情——钱丰是忘不了传媒周易财事件的参与者之一。为什么他被基金突然开掉？为什么一夜之间从兄弟们的视野里消失？他一直百思不得其解，这下子，似乎明白了很多。

更让秦方远难以接受的是，这两个男人都曾经跟胡晓磊有过肌肤之亲，恰恰是这些一度口口声声说爱她的男人，在关键时刻伤害她最重。想到这里，秦方远自然也想到了已经回美国的乔梅和与自己再没联系的于岩，心情一下子低落到了极点。

在秦方远看信的时候，小姑娘也认真地看着秦方远，紧锁的眉头，粗重的叹气，摇头，爆粗口，然后长时间发呆。

她对秦方远说："事已如此，你们就各自保重吧！"

8. 暗箱操作靠不住

从北京飞往武汉也就不到 2 个小时的时间，秦方远在飞机上吃完便餐，喝了几口水，闭目养神不一会儿，广播说还有 25 分钟就抵达武汉天河机场了。待飞机停稳，秦方远打开苹果手机，第一条短信就是张海涛发过来的，他已经早早在等着了。

张海涛剃着板寸头，个头儿没有秦方远高，肚子却已经隆起来，不是肥胖也算超重了。"你这么胖，小心动脉过早硬化哦！"见了面，秦方远拥抱了一下张海涛，逗笑说。

"别开玩笑了，我这么年轻，离 30 岁还差几个月呢。做投资顾问的嘛，还不得天天陪吃陪喝的，拉一个业务容易吗？再说了，我这能吃能喝能跑的，离动脉硬化远着呢，别吓人啊！"张海涛不以为意。

张海涛接过秦方远的行李，往停车场走。他说："听说你离职了？你说来武汉处理湖北大地公司的事情？这可是件大事啊。"

"我和马华是发小，一个镇上的，现在家里找不到他人，他姐姐马莉莉一个人毕竟势单力薄，我反正现在也没啥事儿，就过来帮帮小忙。"

"想帮忙？那是帮忙吗？有偿服务,什么律师啊会计师审计师啊。哦,对了，我们可以提供财务顾问服务，如果当初请我们做顾问，也许就出不了这种事了。"张海涛真是块做生意的料，不放过任何一个机会，哪怕成功概率很小。

秦方远停下脚步，点点头："你说得有道理，这帮人就是钻了马伯伯他们对资本运作了解少的空子。现在也需要你帮忙处理后事，不过公司遇到这种事，经济上也不宽裕，友情赞助哦！"

"没问题，这个我回去跟领导沟通一下，大地公司毕竟是大公司，我相信他们会同意的。即使领导不同意，我个人也可以业余时间帮忙。嘿嘿，我们也是瞄着下一步他们重组嘛。"张海涛在同学面前说话倒也不藏着掖着。

秦方远笑说："你们是粘上毛比猴还精，投资顾问也学会放长线钓大鱼了。"

他们一边说笑，一边上了车。车子拐上高速，张海涛说了一个重要情况，把秦方远搞得五味杂陈："钱丰就在武汉，我们前天还在一起。"

"他躲在哪儿？"秦方远听了神经"嘭"的一下，刚才还有些懒散的身躯立即挺直起来。

"躲？他在这里一个多月了，先是回了趟老家，然后在武汉住了几天宾馆，现在住我家里。怎么回事？"张海涛对秦方远的问话比较意外。

秦方远说："直接把我拉到你家里吧，我见见他。"

张海涛不解，他想了解详细些，看到秦方远的脸色难看，就没有继续问。不过他自己心里也纳闷：钱丰自从住到家里后，就整天窝在家里上网，哪儿也不愿意去，哪有做投资这么清闲的？

张海涛的别墅在南湖，距离华中农业大学不远，绿树成荫，车子穿过林中小路，能听到斑鸠的鸣叫，这是儿时的田园牧歌，在真正的乡村已经找不到了，反而在城市的郊区能出现。不过，这地方也是巴掌大，城市对其吞噬的进程在急剧加快。

秦方远走进张海涛专门为钱丰辟出的独立卧室时，钱丰正在玩《三国杀》，玩得兴起，来了人看也不看。他以为是张海涛回家了："等我这局完了就下楼去，今晚去吉庆街吃顿鸭脖子，这些天憋坏了，哥们儿就好那个。"

"你应该去海南吃你的文昌鸡。"秦方远冷冰冰地接过话。

声音不对，钱丰抬头一看，是秦方远！他条件反射般停止了游戏。

秦方远冲了进来，钱丰也迅即站了起来。秦方远说："你躲我们干什么？躲得了初一，还躲得过十五？"

钱丰说："我没有躲啊！"

"那为什么打电话你不接？给你短信不回？给你发电子邮件，明明显示你已经阅读了，为什么不回？既然没有做什么亏心事，干吗这样？"秦方远连珠炮般发问。

钱丰无言以对。

秦方远说："胡晓磊离婚了，去了澳大利亚。"

"我知道。"钱丰明显底气不足。

"你们两个大男人，为什么一而再、再而三地伤害她？尤其是你，伤害她还嫌不够吗？"说完这句话，秦方远冲动地挥拳过去，由于用力过猛，接近一米七个头的钱丰被打倒在地，嘴角出血，顺势流了下来。

一旁观望的张海涛一看情势不妙，立即冲进来隔开两人，嚷着说："怎么见面就动手啊！都是老同学，至于吗？"

钱丰站起来，推开张海涛的手，然后擦了一下嘴角的血丝，语气沉重："我是对不起她，我有责任。"

张海涛调侃他："难道你是第三者？"

秦方远一听这话，白了张海涛一眼。张海涛一瞧，知道自己调侃得不是时候，就闭嘴不言了。

秦方远拉着钱丰坐下来，钱丰沮丧地说："我和她老公是存在一些交易，但我也没有料到会出这么大的事儿，更没有料到他们会离婚。"

秦方远没有接话，就等着钱丰说下去。钱丰这次一股脑儿给倒了出来，让秦方远他们大吃一惊。

钱丰认识周易财当然是胡晓磊牵的线搭的桥。当时忘不了传媒正在张罗第二轮融资，财务状况良好，正是投资者们争抢的项目。钱丰通过胡晓磊认识她老公后，快速切入进去，在一片混乱的抢夺战中，钱丰拔得头筹，在同等价格下获得优先权。鉴于此前钱丰的成功经验，这家基金给予钱丰充分的信任，在尽职调查后迅速出资。

钱丰承认，鉴于与他妻子的同学关系，在融资成功后，周易财兑现了一项承诺，即给予钱丰 3% 的股份作为回扣，由周易财本人代持。

"周易财倒腾资金的事你是知情人吧？"秦方远问。

"知道一些，但没想到有这么多，这么手狠心黑！这不是把我们往绝路上逼吗？"说起这个，钱丰有些控制不住情绪。

"你作为投资方代表，竟然敢公开要股份，太让人心惊了。"

这时，张海涛插话说："这有什么，国内的一些基金经理就是靠这个发财的。要么直接要回扣，投成了直接分享 1% ～ 3% 不等的佣金，现金提成；要么是暗股，可以大股东代持；要么这家基金本身机制灵活，允许团队跟投，这样具体项目负责人就可以跟目标公司老板要一个比较低的价格，表面上是与基金同等价格进入，暗地里老板会通过其他方法把折扣后的盈余价格还给具体负责人。司空见惯啊！"

钱丰接过话说："我最后悔的就是跟周易财要了这份暗股，这人胆儿太大，心太狠太黑！"他恶狠狠地骂了一句。

原来周易财被公司净身出户后，他所持有的股份全被投资机构分享。于是，钱丰跑到海南找到周易财，索取他那份被代持股份的利益。结果周易财翻脸不认账："我已经被净身赶出来了，你还跟我要什么？那次不是你和我谈的出户方案吗？"

"我那是代表投资基金啊，不是代表我个人。"

"我现在自己都没有股份，从哪儿给你？如果你要股份，你应该跟你的基金要。"

钱丰一听这话，知道他在耍赖。

"你是净身出户了，股份被没收了，但是你套现了几千万，应该从这笔钱里出吧！"钱丰耐着性子。

周易财冷笑一声："你见过我的钱了吗？你跟我要，我跟谁要去？你们都是资本家，血淋淋的资本，我们玩儿不过你们。"

这完全是流氓嘴脸。钱丰一听这话，就冲动地想去揍他一顿。周易财看到钱丰转眼间脸色变红，眼睛里充血，一看形势不对，就大喊："你想干吗？你不能乱来啊！"

这一喊，把家里人全喊过来了，包括从北京回到海南的胡晓磊。她冲进来的时候，看到已经站起来要冲过去的钱丰，以为钱丰在欺负她老公，于是对钱丰说："什么事啊，竟然谈到要打架！"

钱丰脸一横，指着周易财说："你问问他！"

周易财说："我们什么事都没有，他这是无理取闹。"

本来周易财的丑闻就让胡晓磊在舆论圈里抬不起头来，这次又发生了自己最亲近的两个男人在她面前拔刀相向的事，让她情何以堪！知道两个人的勾当后，本来就疾恶如仇的胡晓磊最终选择了离开，与这两个男人彻底割裂，远走澳大利亚。

钱丰有深深的后悔和后怕："这个人随后就把我举报给我们基金了，基金对我做出了辞退的处理。这些并不是关键，可怕的是，我不知道基金会怎样对外公布，是否会继续对我采取措施，我心里有些恐慌。"

张海涛算是彻底明白了事情的来龙去脉。他问钱丰："我就搞不懂了，忘不了传媒的财务总监为什么要举报？他们应该是利益共同体啊！"

钱丰分析说："还是利益分配不均。我事后以基金代表的名义也给这个财务总监打过一个电话，他说：'为什么要告发周易财？因为周易财太不会来事儿，为什么他独吞8000万就不给我一个子儿？在他们这些老板眼里，我就是一条狗，可有可无，是橡皮图章，他们就不考虑考虑我的利益？公司的财务一旦出现问题，我这财务总监难辞其咎，甚至难逃法网，要承担刑事责任。要我冒这个险也可以，高风险必须高收益嘛！'也就那次电话之后，我再也没法联系上他了，他彻底消失了。我想，按照周易财的性格，绝对不会放过他的。当然，我也绝对不会放过周易财的。"钱丰眼里冷不丁地射出一道冰冷的寒光。

秦方远说："过去的事情就让它过去吧，不要追究了，做好自己，谋划好未来。"

"这个圈子这么小，出了这事儿，我还怎么混？我还不到 30 岁，以后的日子那么漫长啊！"

钱丰长叹一口气，秦方远也黯然神伤。是啊，自己的下一站又是哪里呢？回美国？在中国这么不堪的经历只会减分减值吧，他心里一片茫然。

9. 上市后遗症

马莉莉的爸爸被警方带走，是秦方远从武汉回京 2 个多月后才知道的，他快休完了自己给自己放的 6 个月长假，正准备重整旗鼓去香港赴任。

原来，郑红旗在双方终止协议之前，已经悄悄地采取行动，以取代马新政持有湖北大地 90% 的股权为由，委派国内亲属为湖北大地的法定代表人。终止协议后，马新政在北京就医期间，郑红旗亲自投书，向当地公安机关举报马新政虚列资产，并从湖北大地抽逃 4000 万元股东增资款和其他一些资产，告马新政合同诈骗。

郑红旗列举的理由是，马新政在上市之前，已经把原属于鄂东大地全资拥有的武汉耐久的股份转让给了湖北大地，在上市合作破裂后擅自将股权转回了鄂东大地，属于虚列资产。马新政在获得郑红旗对湖北大地的 4000 万元增资款后，随即分笔将资金转入了鄂东大地用作流动资金，属于抽逃资金。按照合同，郑红旗已经取得了湖北大地 90% 的控股权，但马新政并未配合其完成公司的重新注册和法定代表人的变更等，属于拒不履行合同。

马莉莉在电话中说着说着就哭了，说自己一个人快扛不住了。

那次去武汉，秦方远看到湖北大地和鄂东大地处于停产状态，大门紧闭，工人们都四散而去。当地政府官员说，他们非常重视这个项目，也愿意提供帮助尽快恢复生产，毕竟是当地的利税大户，并建议他们积极妥善地处理好上市后遗症。

秦方远推荐了张海涛的投资顾问公司，马莉莉见了他们的老总。秦方远参与商谈的意见是，寻找一家国有石油企业，不论增资还是并购，尽快帮助企业恢复生机。之所以让国企进来而不是其他民营企业或者外企，是因为在当前特殊的市场经济环境下，国企是一把不错的保护伞。

张海涛拿到一个大单，开始屁颠儿屁颠儿地四处寻找买家。

一波未平一波又起，谁也没有想到，他们还没来得及着手处理郑红旗的事情，结果却被他倒打一耙，把马新政给弄进去了。

秦方远知道这个消息后立即又飞往武汉。湖北大地有自己的律师顾问团，他们集体商谈，然后决定积极应诉和反诉。

律师顾问团魏永才律师说："我跟老马这么多年，从做顾问的第一天起，我就知道他是多么厚道的一个人，虽然有错，但不至于像对方提出的在签订、履行合同中虚构事实，隐瞒真相，骗取对方款项后拒不履行合同并逃匿。"

秦方远问："当初马伯伯做这些事情的时候，魏律师清楚吗？"

魏律师对秦方远的突然发问一愣，待他明白秦方远的意思后，说："我不清楚，我听财务总监讲，是他们两人商定的。如果当初咨询我，我肯定不让他们这么做。"

马莉莉问："我们怎么辩护？如果我们认为自己做得不对，那还怎么辩护？还有法子吗？"

魏律师说："辩护与内部讨论是两个概念，辩护当然是基于维护当事人最大利益的原则来组织进行的。根据我们现有的证据，我们可以做无罪辩护。比如，我们将这个案子定性为双方纠纷的起因是上市后利益分配存在严重分歧而合作破裂，各方应当面对和承担的是民事责任。马新政的目的本是上市，并没有诈骗郑红旗入资的故意，没有实施任何诈骗行为，不能将合作破裂之后的经济纠纷追溯和归责为刑法上的合同诈骗罪。

"并且，湖北大地收购武汉耐久的1000万元始终没有支付。鄂东大地和湖北大地原本同属一个控制人，即马新政，彼此之间的现金往来本来就很频密，我们可以提供两家企业的财务对账单。我们调查的证据显示，截至借壳上市前，湖北大地应付给鄂东大地的货款约为1.2亿元，因此湖北大地的增资款流向鄂东大地是正常的资金往来，而且湖北大地的控制权在法律上已经属于郑红旗。相反，郑红旗受让马新政70%股份应付的2000万元属于按净资产平价转让，属于上市安排中的一部分，且双方约定要等更换了新的工商执照后再支付，至今也未履行，因此不存在马新政骗取郑红旗股权款的主观犯罪故意。"

魏律师还说了一句："根据我们掌握的材料，我们还可以反诉郑红旗诈骗。"

第十一章

理性归来

国内投资指南：看不懂的别做；看得懂但看不准的别做；自以为看明白的准受骗；自己不动脑子和别人联投的死得更冤；别人玩儿不转，别以为自己能玩儿得转；相信自己能点石成金的肯定被忽悠；太高调和吹牛的肯定有问题；便宜没好货，好货不便宜。

1. 中国概念股寒流

中国概念股在美国遭遇全面的信誉危机，矛头指向近两年来在美国上市的中国公司。中国概念股被投资人疯狂抛售，股价大跌，几乎全军覆没。做空机构 Muddy Waters（浑水）在其官网上发表了一篇署名为 John Caines（约翰·凯恩斯）的揭秘中国概念股股灾的文章，爆出了上述"内幕"。文中称，中国存在所谓的"金融诈骗学校"，它们帮助民企粉饰财务数据，以便顺利在海外上市。

一些 PE 和 VC 们奔走呼号，指责是华尔街一小撮专业金融诈骗高手破坏了大多数中国企业在美国股市的商业信誉，并酿成了危机。

一时风声鹤唳，草木皆兵。

留在美国华尔街摩根士丹利总部的前同事中有人与秦方远同病相怜了，一位前同事大卫在 MSN 上留言说他被解雇了，询问中国有没有机会。

媒体披露说，华尔街大裁员，美国银行和高盛等公司将裁减 1300 多名员工。此前，巴克莱银行和瑞士信贷都已在投资银行部门裁员。据美国劳工统计局发布的数据，这年 5 月份美国金融业的就业岗位减少至 761 万个，比 2006 年的高点少了 8.4% 左右。

国内一些做投行的或基金分析师在分析华尔街究竟怎么了，是不是不欢迎中国公司了。秦方远开始参与欧美同学会了，这个充满着铜臭味的松散组织，让秦方远感受到了找到组织般的亲切。

觥筹交错之余，大家纷纷讨论这波中国概念股遭受抛售的影响。秦方远说，这一轮中国概念股造假风波，大部分被查出有问题的公司都是在税务上出的事。比如一家企业，律师到当地税务局一查，它才报了500万元人民币利润的税，但是上市公司报表里却说有3000万美元的利润，这两头肯定有一头是假的。国内是假的，那是偷税，犯法；国外是假的，那是虚报利润欺骗投资人，如果解释不清，只能摘牌。

美籍华人投资家安普若安校长说，有些中国企业家觉得美国大鼻子好骗，确实，但那是前几年的事，现在估计难了。现在投资中国公司的基金，如果没有中国人做基金经理，至少也有中国人做分析师。这些人普遍学历高、经验丰富、学习快，你骗他们一次，他们马上就搞明白了，第二次估计就难骗了。如果还靠忽悠过日子，难了。

到底是谁在美国炒中国概念股？

安校长分析说，有这么几组人：一是中国的投资人。据我观察，这部分人仍然是少数，但是数量在增加；二是美国专门投资中国的投资人，这部分人的人数多，资金规模也不小，他们形成了几个圈子，互相都认识；三是大的基金，这部分人还是主力，因为他们资金量大，后面又有大投行与他们串通。

2. 内幕重重

铭记传媒公司办公区空荡荡的。自从上次张家红一怒之下开掉大半骨干和中层管理人员后，再也没有添加什么新鲜血液，又碰上欧美债务危机，无论大小客户均压缩开支，首当其冲的就是广告投放，因此业绩很是惨淡。

发生董事会罢免事件后，张家红也作了反省，认为主要原因是公司出了内奸，否则董事会掌握不了那么详细的材料。内奸出在哪里？肯定是从社会上或者通过猎头公司招聘来的那些人，跟从自己多年的亲信根本不会出卖公司。她树立了这样一个信念：对公司信息分门别类，部门之间建立防火墙，不该知道的坚决不让知道；建立信息等级制度，分成绝密、机密、限制性信息和公共信息，然后对信息分享对象进行分级管理。

对于引进的外来人员，宁缺毋滥，一定要明确几点：人品高于能力，必须忠诚，能与公司同甘共苦；没有前科，人力资源部门必须进行全面的履历调查；所有岗位由她来决定是否录用。

在深圳，焦点传媒员工聚集讨薪，公司已经有3个月没有支付薪水了。在查出账上还有500万美元的现金后，VC们做出了一项决定，就是支付行为须由投资人与公司共同签署盖章才有效。为了与VC们博弈，张家红决定停止支付员工薪水，对员工说是投资人的决定，把矛盾转向投资人。

深圳一位财务部门的姑娘给秦方远打电话说，为了讨薪，员工们有一天堵住了焦点传媒办公区，甚至堵住了深南大道半个小时，导致深南大道的交通一度中断。

铭记传媒地方销售基本瘫痪，现在公司值钱的就是一些液晶屏。张家红担心头一年大规模进入的这些开发与运营人员靠不住，就让原来的亲信分赴各地接管。但是，接管并非一帆风顺，西南区大换血后，由于拖欠数月工资，西南区原运营总经理带领一帮人取下液晶屏和CF（Compact Flash，紧凑型闪存）卡，拒不交出。

张家红让部属报案，以挪用公司巨额财产的名义将西南区原总经理列为全国通缉犯。通缉信息一上网，当地派出所就把这人抓了，关了3天，一了解情况，原来是商业纠纷，又放了出来。

这个西南区总经理认识秦方远，他在电话中向秦方远哭诉了一通，秦方远心里一阵发凉。

汤姆被张家红弄进了监狱。听到这个消息时，秦方远正在和从香港过来的朋友吃云南特色火锅，在蒲黄榆路的香草阿诗玛店。

电话是石文庆打来的，这个消息差点儿让秦方远把吃进去的鹌鹑蛋吐出来："你是怎么知道的？消息确凿吗？"

石文庆自然不喜欢秦方远动辄质疑他的口气了，懒得跟他啰唆："是何静告诉我的。她天天在张家红身边混，还有假？汤姆是在首都机场外出时被逮起来的。"

"凭什么？汤姆不是早就辞职了吗？"秦方远依然惊骇未定。

"你是真傻还是假傻啊？汤姆如果不是犯事儿，这么聪明的人，他会轻易辞职？或者说，他会这么乖乖地跟张家红好说好散？你在哪里？蒲黄榆？我现在去找你。"石文庆在电话中不耐烦讲那么细。

秦方远跟香港朋友说，他一个同学要过来。继而他想起这个香港朋友也是做投行的，在凯雷，大名鼎鼎。当年他们在美国念书时认识的，秦方远也就没有把他当外人，简单地说了一下情况。

"这个案子可是丑闻扬天下啊！"这哥们儿脱口而出，继而意识到什么，就跟秦方远解释，"这还是你前东家呢，功过自分明啊！融资你是大功臣，不过，钱融进来后可就不职业了。"

秦方远知道，不职业无非就是不道德的代名词。他淡淡地一笑："事情已经过去了，就不纠结它了。"

石文庆上来后，喝了几口茶，才讲起这件事。

张家红拿到了汤姆侵占公司财务的证据。汤姆在石家庄那个广告项目上做了手脚，吞了黑钱，所谓退的300万元基本上是自己私吞了，因为客户根本没有追偿这笔款子。客户把广告款打给一家广告代理公司，这家广告公司没有付清铭记传媒的广告款，扣留了300万元。这家广告公司的法人代表就是汤姆的老婆，而那家客户的广告副总监由于分成不均，向张家红告发。

张家红是何等人，对于黑公司钱的行为从来不手软。像公司装饰，负责这个项目的原人力资源总监朱宏就黑过她的钱，知道这个消息后，张家红手起刀落，开除了事，十来分钟就处理完毕，虽然这个人平常在公司里看起来和她贴心贴肺，还是大管家。

秦方远立即想起汤姆辞职时来找他，谈起这个项目的善后吞吞吐吐，极不自然，最后交给他唯一"信任"的肖南，自然是出于安全性考虑；又想起吴平在离开铭记传媒后神秘莫测地说，如果汤姆不够义气，迟早会让他身败名裂。这些场景像电影镜头一样，在脑海里一一闪过。

他们沉默了好一会儿。

香港哥们儿说："那项目是你们两位融的吧，现在怎么善后啊？这个案子就是一个彻底失败的案子，值得我们学习啊，活生生的教材。"他有些幸灾乐祸。

秦方远说："不在其位不谋其政。我现在是自由人了，天要下雨娘要嫁人，随他去吧！"

石文庆则不屑一顾，他大嘴一咧，说："那有啥呀，媒体都帮俺们总结了：IDG（International Data Group，美国国际数据集团）资本投精英教育，黄了；德同资本投东方标准，崩盘了；软银赛富投华育国际，也失败了；启明和SIG（Susquehanna International Group，海纳国际集团）投巨人学校、凯雷投北科昊月、凯鹏华盈投资汇众的游戏学院，全打水漂了来……投资十个失败八个，是常态，那才叫风险投资呢。"

3. 不能上市，那就期待被并购

张家红被VC们集体起诉，要求执行对赌条款。张家红请的代理律师说，国内并不支持对赌条款，无正当起诉理由；并且公司在开曼群岛注册，中国法院存在管辖权问题，以此拖延诉讼进程。

张家红一直在寻找一个人，那就是前 CFO 李东。她一直认为在 VC 与创业人之间发生的矛盾上，李东起了很坏的作用，打算让李东身败名裂，不得就业。

当初收购焦点传媒高溢价一事，李东也是当事人之一。张家红心想：反正和投资者撕破脸皮了，他们也抓不住确凿的证据，能奈我何？她唯一懊悔的是当初与焦点传媒交割时为什么不拉上秦方远，而是叫上李东，CFO 可是 VC 们推荐过来的人啊！她至今也不明白当初做出这项决定的决定性因素是什么，自己骂自己是鬼使神差。

李东从北京消失了，张家红动用了所有资源都没有找到他。他换了手机号，搬出了原来的房子，房子放给房产中介对外出租了，也基本上断绝了与和张家红熟识的人及铭记传媒所有同事的联系，以免生出事端。自从那次南锣鼓巷小聚后，秦方远也找不到李东了，自己忙着钱丰和湖北大地的事情，也没有太多的时间想起同僚们。非常滑稽的是，李东离开铭记传媒后上班的地方，就在距离东方广场一街之隔的北京饭店，也许正应了"最危险的地方最安全"那句古训。他做了一只私募基金，这是很长一段时间后，秦方远从香港回北京出差时偶然听到的。其实资本这个圈子，本来就不大。

VC 们一直没有善罢甘休，民事起诉不成，就打算提起刑事诉讼。基金里闹得最厉害的当属洪达开，虽然是跟投，毕竟是他晋升基金合伙人后投资的第一个案子。这个东北汉子性格暴躁又疾恶如仇，在 VC 们的碰头会上嚷着一定要让他们付出代价。VC 们同意由洪达开牵头处理这件事情。

他们聘请了一家律师事务所，投资人共同支付了 100 万元，查出张家红在采购液晶屏、采购和田玉上存在挪用资金和职务侵占的证据。至于焦点传媒收购案，他们通过各种办法去找焦点传媒前老板，就是后来成为铭记传媒董事的杨总，他一口回绝了，说绝无洗钱牟利之事。唯一的办法就是期待着焦点传媒前高管们内讧，但这样的期盼也成为镜花水月。据说杨总和熊副总他们一拨人又开始新的征程，杀入了团购领域。还是熊副总跑到北京来找老严看能否融资时泄露的消息：我们在做团购网站了，我们不想上市，期待着窝窝团、美团网或者糯米网的收购，被并购比 IPO 来钱快，收益高啊！

他们这是从铭记传媒收购中尝到了甜头，等待并购也不失为资本市场的一个出路，唉，这就是中国的现实。老严在给他们转述的时候，感慨不已。

律师们拿到了部分证据，他们认为，即使只有这些证据，应该也可以把张家红拿下。洪达开坚持向公安部门报案。虽然公安部门立了案，但还是不了了之了。这让投资人备受打击，不敢轻举妄动，彻底放弃了扳倒张家红的企图。

正所谓没有永远的朋友，也没有永远的敌人，只有永远的利益。VC 们开始寻找下一家投资者，他们的如意算盘是能退就退，即使只有入股价的五折也要退出，这是止损的办法。

张家红接招说，如果投资人给她一定的奖励，她愿意从中斡旋，按照投资人进入时候的价格卖给国企。投资人当然大喜过望，他们又聚拢在一起。自从上次想通过公权部门扳倒张家红未果后，他们彻底相信出售给国企是最好的出路，而张家红有这个能耐。

4. 磨难是男人的财富

秦方远休息了接近半年后，他思虑再三，打算重回华尔街，甚至考虑从最基础的岗位做起。转头看回国的这段时光，就像做了一个梦，只是这个梦太长了。这个梦，不是噩梦，也不是美梦，人从梦中醒来后，身体疲倦，但头脑清楚。他打算竭力把这个梦从人生记忆里抹掉。

他给远在纽约的游苏林写了一封电子邮件。在邮件中，他简要陈述了回国两年的荣辱得失、酸甜苦辣，他几乎以定论的语气说，我现在有一种严重的心理障碍，总觉得别人说的任何话都是假的，每句话都要琢磨半天，总担心话中有阴谋，随时会掉进陷阱里。我知道这是种病，我很困惑。我承认自己有错，在向投资者提供造假数据的事情上，我是参与者之一，也许有些人说这是惯例，甚至说是潜规则，但我于心不安。

这是秦方远第一次向一个年长者吐露这种心声，虽然平日里外在的表现是宠辱不惊，与石文庆他们一起声色犬马，静若处子，动若脱兔，但是这种心理障碍日渐成为他阳光外表下的一块阴影。

这也是他回国后跟游苏林的第二次联系。第一次是刚回到国内，安顿好后给他打了一个电话，那时他踌躇满志、意气风发。这次，他都没有给他打电话的勇气。

游苏林回邮件了，针对当前的资本市场，他谈到了一个趋势，就是从新兴市场撤资成为当前投资者的主流选择。过去几个月，全球投资者开始从新兴市场撤资，回到传统上被认为最安全的美国。他欢迎秦方远回到华尔街，如果回不了大投行，可以去他所在的 FT 投资公司，他当竭力推荐。

在邮件结束之际，引用了子贡问政的故事。子曰："足食，足兵，民信之矣。"子贡曰："必不得已而去，于斯三者何先？"曰："去兵。"子贡曰："必不得已而去。于斯二者何先？"曰："去食。自古皆有死，民无信不立。"

秦方远醒悟了，是的，价值观比生命更重要。他很感动，这个于自己无欲无求的师兄，总是能给他一种力量，即使这种力量仅仅是精神层面的，也足矣。

有道是祸兮福之所倚，正在秦方远着手回美国华尔街之际，他接到了一个陌生的电话，这个电话把他回华尔街的计划给破坏了。电话是一家外资猎头公司打过来的，对方很了解秦方远的情况，秦方远也知道这家猎头公司在美国颇有名气。猎头公司推荐的是一家著名的投资银行，他们在香港的亚洲总部要招聘一个高级管理人员，对这个人的要求是熟悉中国资本市场。

猎头公司与他直接联系的是中国区总经理，一位四十多岁的中年女性，对方约他在东方广场见面。秦方远听到"东方广场"这四个字，有种本能的抗拒，他拒绝了。这个老板耐性好，很爽快地改了见面地点。见面时间比较短暂，秦方远还未开口，这个老板就直言不讳地告诉他，是客户直接点名要的他，至于为什么，也许是因为你有过中国区域的融资经验吧，或者是你在华尔街的从业经历。"这应该是我替客户猎的最有效率的一个案子。你可要珍惜，这个岗位得有多少人盯着啊，你这么年轻，还是空降。"

秦方远回来后，觉得这个人所说的职位和待遇严重不靠谱儿，与事实存在巨大的差距，他不相信天上会掉馅饼。怎么可能是他？应该是在诓他吧？但又何必如此折腾呢，有这个必要吗？他在心里几乎把这个机会给判了死刑。

第二天，猎头公司的女老总又打电话过来，说那家投资银行的亚太区负责人来北京了，专门要约见他，实际上就是面试。

面试地点是中国大饭店一层大堂的咖啡厅休闲区，三三两两的人在闲聊，显然环境比较轻松，像是刻意安排似的，没有选在一个安静、肃穆的办公室或总统套间里。

猎头公司的女老总出来迎接秦方远，把他引到咖啡厅右后方一个比较安静的地方。面试官五十多岁，瘦高个儿，高挺的鼻子，有着犹太人的特征。他递给秦方远一张名片，上面写着他是这家投资银行的亚太区总裁，叫David（大卫）。从秦方远进门，David的脸上一直挂着微笑。

两人用英语寒暄一番，就进入了正题。秦方远上来就是一个大大的问号："不好意思，我想知道，为什么选择我？"

David喝了口苏打水，用戴着戒指的右手像敲击键盘一样轻轻敲击着桌子，表情很轻松。秦方远这个不合时宜且略显突兀的问题，早就在预料之中，他微微一笑，说："是森泰基金推荐的。"

秦方远几乎跳了起来："怎么可能？！"

他脑海里立即浮现出的不是托尼徐，而是于岩，那张清秀的面孔上有一双清澈的眼睛，看他的时候由崇拜到暧昧再到爱，最后变得极度失望和怨恨。一摞资料摔到他脸上的那个场景让他羞愧难当，一辈子都难以抹去。

他立即想到，这是场已经安排好的阴谋，目的就是再一次假他人之手羞辱他。

想到这儿，他的态度不友好起来："森泰基金？我知道，是我之前服务公司的投资商。OK，你肯定知道我的事情吧！是的，我是个失败者，我承认这是段惨痛的经历、不光彩的经历。OK，你们还有什么要说的吗？"

很长一段时间以后，秦方远想起对 David 说的这番话，都不知道自己说了些什么，只知道当时有些语无伦次。

David 自然不明白秦方远要表达的意思，反而安慰起他来："无论失败还是成功，人生中每一段经历都是独一无二的。你们中国不是有句古话吗？前事不忘，后事之师。你在铭记传媒融资、收购以及选择离职的事情我都很清楚，Jessie 都跟我说了，这也是我来找你的原因。我们即将开辟中国区域的投资业务，我们觉得你比较合适。"

果真是于岩。他的脸蛋顿时臊红，不是因为他与她纠结的关系，而是他被她质问的短处。她把所有的事情都跟他说了吧，那为何 David 还要找他，并委以如此重任？他又陷入了怀疑的心理障碍中。

那次面试，秦方远谈起业务，头脑还是清醒的。

David 问秦方远怎么看待对赌条款，秦方远回答这个问题深刻到位："很多投资人把对赌协议和回购条款当成风险的避弹衣，并为此简化尽调、加速决策。可无数的案例证明，对赌和回购最后大都无法执行，执行的也多是两败俱伤。面对企业家的乐观数字，要扎实尽调、谨慎预测、沟通磨合、寻找平衡，如果最后还是达不成共识，宁愿放弃，而不是用对赌和回购来逃避和自我麻醉。"

在秦方远滔滔不绝的阐述中，David 不时地点点头，还投以赞许的目光。

也许是受 David 神情的鼓励，也许是谈起业务感慨太多，他又谈起了在国内投资的陷阱规避，这不是他自己总结的，但字字珠玑：（1）看不懂的别做；（2）看得懂但看不准的别做；（3）自以为看明白的准受骗；（4）自己不动脑子和别人联投的死得更冤；（5）别人玩儿不转，别以为自己就能玩儿得转；（6）相信自己能点石成金的，肯定是把自己给忽悠了；（7）太高调的和吹牛的肯定都是有问题的；（8）便宜没好货，好货不便宜。

David 听后哈哈大笑，欠身拍着秦方远的肩膀说："中国还有句古话：师夷长技以制夷！"

因祸得福，秦方远顺利出任这家投资银行亚太区分管中国市场的执行董事。这个职位的获得，如果在华尔街，一般至少要熬到不惑之年，秦方远竟然提前了 10 年。

猎头公司的女老总跟秦方远熟悉了，就在电话中跟他说，人家非常在意的恰恰是他在国内经历的这些风雨，相信他已经有较强的免疫力。这样，未来公司在华业务就会少走一些弯路，风险控制会比较到位。得到这个位置，难道是拜在国内两年的资本江湖岁月所赐？他依然有点儿不敢相信。

到香港上任那天，他想念起了于岩。这个被自己伤害的女孩，什么时候能再次相见？在香港，还是在华尔街？还能再见吗？

学生物统计的乔梅还在美国，顺利拿到了博士学位。她的导师推荐她去了一家世界五百强公司，做基础研究工作，这基本上是华人优秀毕业生的典型选择。

她在电话中说："我终于工作了，念书时特别想早点儿毕业——你说我会不会工作不久就会想念或者重回念书的时光？"

秦方远说："你还念什么书？再读就要读傻了，踏踏实实工作吧！我先忙着挣钱，等我有很多钱了，我就养你，你在家给我生一整个幼儿园的孩子，那可是功勋卓著啊！"

"你想得美,我得经济独立,说不定届时你又把我狠心丢下,到时候我年老色衰,拖家带口,我找谁哭去啊?"临撂电话前,乔梅嘱咐他,"等在新公司站稳了,你别忘了申请回总部工作。"

肖南从铭记传媒出来,猎头公司四处挖她,虽然前东家品牌坏了,但她个人的业绩还是叫得响的。现在的猎头公司都快成专业的商业间谍了,他们能够很轻易地获得公司内部资料,包括通讯录和经营业绩,不知道他们通过什么手段花什么代价获得的。肖南最终选择了一家火车广告公司,拒绝了一家做中央电视台黄金时段招标业务的著名广告代理公司。当然,肖南在火车广告公司获得了业务副总裁的头衔,相比那家央视广告代理公司客户总监的位置,肖南选择宁为鸡头不为凤尾。

有一次出差香港,她去了秦方远的公司。她没有给秦方远打电话,顺路直接上门,不巧,那天秦方远去了深圳,商谈一个家用医疗器械的投资项目。秦方远的助理遗憾地提醒,提前致 call 免遭空跑,肖南微笑留下一句话,生活和成就都不是能预约到的。

回来后,秦方远听到助理转述的这番话,他站在独立办公室的窗前,俯视大街上拥挤的人群,想起那段刚结束不久却又显得好遥远的岁月,流下了几滴眼泪。

香港也不相信眼泪。香港这座城市跟华尔街没有什么区别,没有性别、年龄、国籍、种族的区别,只有一个标准,那就是钱、钱、钱。你是否有能力为公司带来效益,你是否能在竞争中帮公司打败对手,决定了你的地位和前途。

石文庆也从华夏中鼎出来了,洪达开再也没有去找他。安普若曾经对石文庆这类人有一个精辟的评价:"泡妞的能力其实更是一个人的销售能力,泡妞厉害的往往都是销售高手。他可以是创业团队中非常有用的一员。创业的带头人更需要 vision(眼光)、passion(激情)、gut(胆识)、leadership(领导力),这些品质也是女孩子喜欢的,但是创业者却不见得一定是泡妞高手。"

石文庆拉几个朋友做了一只小规模的风险投资基金,自己做 GP,

大概聚集了国内民营医药行业的十来个"富二代",他们成为这个2亿元盘子的LP。

钱丰与妻子罗曼正式离婚了,罗曼留在加拿大,找了一个荷兰人再婚。钱丰人生荣升一级,做了爸爸。那次云南之行,倔强的云南妹子始终没有答应打掉肚里的孩子,无论如何也要生下来,即使自己独自抚养。

钱丰去的时候正好赶上当地的一个节日,小镇、乡村处处张灯结彩,喜气洋洋。对方看到钱丰风尘仆仆赶过来,很是惊喜,俨然就像对待新女婿,七大姑八大姨忙前忙后,十分热情、周到,他们似乎忘了钱丰是来商量"打胎"这种不堪的事情。乡村人淳朴,无论云南妹子的继父还是她母亲,逢人就说,女婿从北京过来了。哦,原来是北京的女婿。村里人就投过来善意甚至羡慕的笑容。这些场景,如温暖的和风,一阵阵袭击着钱丰在钢筋水泥的城市,在冷酷的资本市场一度变得麻木的心灵。

钱丰给秦方远的电子邮件塞满了孩子的照片,他称之为"我的儿子",虽然他们还没有结婚。用钱丰的话说,也许一辈子都不会和云南妹子结婚,但他内心还是充满着初为人父的强烈喜悦。照片上的男婴非常可爱,几乎和成龙《宝贝计划》里的男婴一个模子,肉乎乎的小脸蛋,虎头虎脑,笑容可掬。钱丰在邮件里说,他会对他们母子负责一辈子,虽然很可能无法给予法律意义上的名分,但他会用一辈子的金钱和精力去照顾他们。

5. 故园乔木

转眼到了阳春三月,北京还没有春光的迹象,庞大而拥挤的车流毫无顾忌地吐出肮脏的尾气,使空气状况雪上加霜。

秦方远到北京出差，他接手了一个国企大项目。这天闲暇，他开着一辆辉腾由东往西去西单湘鄂情酒楼，他约了肖南、石文庆、钱丰等一些相干或不相干的朋友，来一场小规模的聚会。这些同学或前同僚们，接到秦方远的邀请不胜欢欣："这家伙又回北京了，衣锦还乡吧，得去宰他一顿。"

车子穿过长安街，在王府井等待红绿灯的短暂时间里，秦方远又看到了右侧既熟悉又陌生的东方广场大楼，在雾蒙蒙中巍峨耸立。天上没有星星，一片阴霾。他忽然想起南方的儿时家乡，星星满天的夜晚，喊着"播谷"的布谷鸟，田野中此起彼伏的蛙鸣，以及成群结队浩荡翻飞的萤火虫，美丽的童年乡村就像一部电影，在安静中绚烂。

想到这儿，久违的温馨涌上心头。

后　记

　　数年前的一个傍晚，我和好友符策慧在北京方庄一家湘菜馆共进晚餐，谈论的话题是当时一家名气很大的传媒公司的巨幅震荡。有着两轮巨额融资的公司在一年多的时间里迅速崛起，然后垂直下落，让我们不胜唏嘘。

　　这是当时国内创投界的一个缩影。由于与该公司高层有着很深的渊源，了解到不少内情，震惊与遗憾之余，加之以前做财经记者的职业习惯，那时我就有要写作的冲动。只是，那时对整个行业所知、所见、所思甚浅，而后来投身一家创业公司，和合伙人一起埋头打理业务，就逐渐淡忘了这个念头。

　　数年来，由于耳濡目染，我对资本市场有了进一步的认知，并分别在资本市场狂热和国际金融危机爆发后两个不同时期内成功操盘公司的两轮融资，感触颇深。同时，我与那个特殊群体——所谓权贵资本，也有着深深浅浅的接触。业内传闻一位大哥级人物，当年因受一桩举国震惊的高官腐败案牵连，遭受牢狱之灾，之前积累的亿万家财一夜归零。出来后，在很短的时间里东山再起，在资本市场闪转腾挪，所获得的财富远超以前；政商关系也更加紧密、牢固、高端，这源于在牢房里表现出的"钢铁意志"和"江湖义气"。这些传闻就是这些年权贵资本市场疯狂的缩影。总之，几年间对这个圈子听到、看到甚至闲暇时参与的，时常让我长吁不已。

去年，与出版界朋友刘辛闲聊时又提起这个话题，他对这个选题很感兴趣，当场拍板要出版。然后，他就不断催促我拿起笔来。不幸的是，他突然英年早逝。

我决定拿起笔。《南方人物周刊》记者、财经作家薛芳，是我前同事兼好友，她向我推荐了几位出版界的朋友，我们深入商谈后，很快达成共识，定位为"知识小说"，即"阅读小说，同时获得知识"。

老舍文学奖获得者、作家毛银鹏曾经对我说，文学作品最关键之处在于揭露人间的真相，揭示人性的根本，而不是玩弄花哨的技巧。因此，在写作中，我做了取舍，"知识为主，故事为辅"，讲究文字真诚，技巧其次。

我的研究生同学大都分布在银行、保险、证券甚至担保领域，只有为数不多的几个人不在金融系统，包括我自己。我们在学校所获得的金融知识，局限于书本和"明规则"；对于股权投融资实践和"潜规则"，还得吸收大量外来的营养，所谓实践出真知。因此，在这里，我要感谢投资人、曾经是著名融资顾问的桂曙光先生，他当年在《创业邦》开辟的融资系列专栏文章颇为精彩，我从中受益良多，文中也是多次引用；也得感谢义云堂关于VC和PE的微博，关于这个圈子的有趣的谈资。不得不提的是安普若先生当年写的《回国驯火记》，虽未正式出版，但在网上风靡一时，圈内朋友总会聊起这部小说，说是"写绝了"。虽然这本书所写的人和事差不多已经过去十年，环境、政策以及人的心态也许发生了一些改变，但是该书所揭露、批判的思想没有过时，甚至很多细节依然与当下十分相似。自然，这本书也成为我写小说的营养源之一，在此深表谢意。

还要感谢远在故乡的程志远大哥，作为鄂东民间文化的记录者，他不仅文笔好，而且对时局认知深刻。他逐字逐句阅读了小说初稿，提出了一些中肯的修改意见。从事基金投资的好友陆悦、财经专业人士朱地术与我探讨了一些技术细节。年轻的书画家江屹和我从小看着长大的妹妹、已经是广东某高校老师的王贤以及朋友郑蕾，也都对书稿中的情感部分提出了良好建议。对此，我均深表感谢。

最后还要说，感谢我的家人。这部小说是我在失眠状态下完成的，家人虽不胜其扰，但仍然给予理解和大力支持。去年9月我们B轮融资正式交割后，我竟然莫名其妙地突然患上严重的失眠，以至于在半夜醒来无事可干，于是草就了这些文字。当然，之后经过了多次修改。

今年6月，4年来第一次正式休年假，我去丽江、大理和昆明旅行，有些日子住在好友张赋宇的山中别墅，他已由优秀的财经记者华丽转身，转型做企业，并且事业有成——这与近年向好的资本市场密切相关。而且，意外见到了有着十多年交情、数年不见的谢石相博士。他4年前只身离京南下，在风起云涌的资本市场审时度势，善抓机遇，竟然做起了一家堪称云南省最大的融资担保公司，还赞助了云南省围棋队和地方足球队；更令我意外的是，他还成为了一名诗人，诗作不时发表在全国各级的纯文学刊物上。诗人、企业家和业余围棋手，他真堪称诗酒人生。

每个人都比以前好了，国内资本市场经过三四年疯狂也有望趋于理性。在接下来的黄金年代里，希望我们每个人都过得更好。

是为后记。

陈楫宝

2012年8月

后记二

转眼间,《对赌》初版至今已经十年过去了,捧在手上的已经是第三版,时间感扑面而来,何为白驹过隙,此刻正是。

一本书自有命运。最初创作本书时,我还是一个创业者,根本没想过此书出版后能畅销,然后从畅销书成长为长销书;没想过自己从一个创业者转型为创业投资人,同时把业余的文学创作爱好变成了一个非职业的专业爱好。

十年间发生了许多有趣的事情。我经常会在饭局上,发现一桌人七八成看过此书,他们身份高度近似,创业者、投资人、律师、券商、会计师和财经小说爱好者、白领职场人,以及高校经管专业的学生……去年我公司招聘了一个准零零后,他学经济管理,说在读大学时《对赌》是老师力荐的课外读物,并且还组织排练成场景剧,同学们扮演书中各类角色,通过互动洞悉投融资知识;还有一个读者,是创业训练营导师,她把书中故事提炼成案例进行剖析,条分缕析,分门别类,层层递进,做成解决方案,传授给一茬又一茬的创业者们,让创业训练营营员进行情景训练……一本书有如此的社会功能价值,自度度他,利己利人,超越了一个普通文学作品的功能,哪怕价值微如尘埃,作为作者,自是欣慰，希望对得住因它付出的每一个铜板。

此次出版第三版，我略作修改。本来想对少部分读者提出的"主角光环""玛丽苏"等部分进行彻底修改，但编辑提醒如此则会面目全非，陷入了另一个执着的"不执着"，即"山不是山，水不是水"，会产生新的伤害，遂放弃，将涉及人物关系的情感部分略作调整，竭力提升点儿文学艺术性。毕竟，它是本"知识小说"。是的，资本市场十年间发生了巨大变化，即使外在环境等有诸多改变，因缘所生，循环往复，并没有改变资本的底层逻辑，"对赌"所展示的明规则和潜规则也没有发生本质的变化，因此在修订时我尽量保持原貌，保持原有的年代场景。

开卷有益。感谢每一位新老读者！

陈楫宝

2023 年 4 月于北京